少爺，太胡來

YES, MY LORD!

星野櫻—著　三月兔—繪

目錄

第一春：婚前恐懼症

「就妳吧，和我結婚。」

「……哈啊？少……少爺您說什麼？」那種上菜市場買豬肉的口氣是什麼意思啊？

「我只要妳跟我結婚。沒要妳愛上我。」

01 我叫姚錢樹，職業是女僕，萌不？

「姚佳氏錢樹！」

「到！報告奶媽總管！奴婢一切裝備武裝齊全，隨時可為少爺服務！」

「很好！背誦新世紀女僕守則！」

「是！第一，服從少爺的一切命令，合理的命令完全服從，不合理的儘量服從，但命令合不合理由少爺決定！」

「完美，第二條！」

「第二，遵從少爺的一切喜好，少爺喜歡的我喜歡，少爺討厭的我討厭，少爺毆打他人，我在旁邊扔小石頭！」

「除了扔小石頭呢？」

「是！少爺不行的時候，我會第一時間撥打119！」

「妳又記錯了！少爺扁人的時候，妳可以在旁邊扔小石頭，但少爺吃虧的時候，妳要第一時間充當沙包擋箭牌。」

「……」

「妳抖什麼抖！有異議？」

「沒……我幻覺痛而已……」

「第三條，也是最重要的一條！」

「是！第三條，」對她而言，也是最容易的一條，「絕不允許愛上少爺主人！恪守本分，鞠躬盡瘁，做好一隻五臟俱全的小麻雀，秒殺一切鳳凰幻想企圖症狀！」

「嗯哼，絕妙。思想洗腦完畢，一切準備就緒！妳可以上工了！」

「是！」

「少爺，您渴了嗎？紅茶、奶茶，還是菊花茶？」

「……」

「少爺，您餓了嗎？今天想要中式，西式，還是日式？」

「……」

「少爺，您熱了嗎？你想我扇正常風、自然風，還是睡眠風？」

「離我遠點。」

「少爺！十公尺夠遠嗎？」

「……妳擋住電視新聞了。讓開。」

「可是少爺這才八公尺零九十三公分，我拿皮尺量過了，不會有錯的。」

「往後站！」

「可是少爺我背後是電視櫃……」

「坐上去。」

「欸？坐……坐上去？」從電視櫃到少爺的沙發是剛好十公尺沒錯，可是……

「腿張開……再張大點。」

「少……少爺，這個姿勢我……我……」好酸痛，而且好不閨女哦。少爺好奇怪，幹麼沒事叫她玩劈腿。

「很好，就這樣。待在那裡，別靠過來。」

「……可是……您看我騎在胯下的電視機感覺會好嗎？」

「不錯。」

「……」那裡不錯了，她的褲子要開襠了啦！

姚家小女有個吉利討喜的名字——姚錢樹。

如此招財進寶的好名字寄託了父母美好的夢想，妄想她成為全家人的搖錢樹。可不想，正是因為這個名字太過討巧吉利，為了把這顆搖錢樹種在自家門內，她從小就被潛規則，內定為少爺的跟班小奴才。

當時年幼如她根本不知其中含義，直到一本厚重的字典送入她的手中——

包衣奴才，也叫家生奴才。意思是，奴才生的奴才。歷史上滿族社會的最低層。

「少爺，你特意拿字典給我看這個什麼意思？」六歲的娃娃連字都認不全，更別說要理解上頭的艱深話語，可身旁傳來少爺的陰諷笑聲還是讓她背脊發涼，本能地感到這句子絕不是什麼好話。

「哼。最低層。」

「……少爺，您的表情好過分。」

「過來坐。」

「欸？我可以坐您身邊嗎？」

「地上。」

「……」

「坐黑手黨旁邊。」

「……」黑手黨——少爺的愛犬，一隻有嚴重老人臉，憨憨呆呆，嘴邊肉下垂耷拉，但據說是比她還值錢的純種藏獒犬。她不明白，這種好像把獅子的鬃毛偷拔下來，安插在自己臉邊玩 COSPLAY 的狗憑什麼比她值錢。

「蹲好。」

「……」

「手。」

「……」遞上爪兒。

「叫。」

「嗷嗷汪汪喵喵嗚。」

「乖。」他屈尊降貴地彎身摸摸她的腦袋瓜，勾唇輕道：「藏獒一輩子只認一個主人，所以妳要向牠學習，從今天起，妳跟黑手黨一樣，這輩子只能認我這個主人，你們都是屬於我的東西，妳的一切都是我的，從頭髮到腳趾，包括妳將來找的男人，甚至妳跟妳將來找的男人生的娃娃也是屬於我的，聽清楚了嗎？」

「聽是聽清楚了，可是……」

「什麼？」

「少爺，我現在只有六歲半，這種十八禁的挑逗問題等我到了十八歲，您再提醒我好不好？我怕我會忘記。」

「……」

02 少爺回來了？

姚錢樹自此上崗，成為小女僕一枚，十年如一日地辛勤工作著。

AM06:30 起床洗漱。

AM06:45 準備早餐。

AM06:55 潛入少爺睡房，順便踢一腳她每日學習的楷模——睡在少爺床腿邊的黑手黨。

AM07:00 用溫柔體貼的聲音喚醒少爺起床。

AM07:15 少爺賴床完畢，懶懶地坐起身子，伸開雙手，等待被伺候。

AM07:15:01 跳上少爺床，解開少爺的睡衣扣子，就地就床為少爺更衣。

AM07:16:03 因垂涎口水流太多，被少爺一腳踢下床，少爺一邊咒罵一邊自行穿好衣裳。

AM07:20 少爺深情呼喚黑手黨起床，一同下樓用餐。房間內獨留一個抹淚趴地收揀睡衣的悲慘身影。

AM07:45 替少爺打開轎車門，恭送少爺前往貴族學院。

AM07:50 少爺與黑手黨依依惜別中。

AM07:55 依舊惜別中……一人一狗背後有一抹咬手帕看手錶急到臉漲面紅的身影。

AM08:00 少爺滾蛋。

AM08:00:01　咬起麵包衝向平民學校。
AM09:01　遲到，被班主任拎出來拎水桶。
AM11:39　早退，屁滾尿流火速為少爺送午餐便當，順便被嫌棄菜色。
PM02:01　二度遲到，二度水桶的幹活。
PM05:00　放學回家，接到少爺電話並被威脅，如果比他晚到家，她就死定了。
PM05:01　被野狗亂追，往家裡瘋跑中。
PM06:12　燭光晚餐準備完畢。
PM06:15　少爺歸家，進門，拔光她精心設計的浪漫蠟燭，扔進垃圾筒，非常不浪漫地與黑手黨共進無燭光晚餐。
PM06:30　蹲在垃圾筒邊，淚眼婆娑揀蠟燭。
PM07:00　少爺的財經新聞八卦新聞亂七八糟新聞時間。
PM10:00　跟在喜歡邊脫衣邊往浴室走的少爺背後，收衣服。
PM10:05　少爺沐浴，黑手黨被邀共浴，某人淚眼站在門外斜眼偷睨磨砂玻璃勾勒出的美妙線條。
PM11:00　精神自由春夢時間，勿擾。

血與淚的日子一天天過去，少爺暴躁騷動的青春期悄然無聲地到來，小女僕上崗的日子也越來越難混了。

「少爺少爺，奴婢我好像又長高了，現在我不用站在凳子上就能看到灶臺上的鍋了，不會因為看不清楚鍋裡煮的東西而煮糊，也不會再被瓦斯爐燒掉頭髮，更不會因為被黑手黨撞翻凳子而摔進鍋裡去了。」

「言簡意賅。」耐性減少中。

「少爺少爺，您不覺得奴婢我有那裡變了嗎？您看您看，您不覺得我這裡長了點，這裡緊了點，還有這裡短了點嗎？少爺少爺，您不要無視我呀，多少考慮下層人民的疾苦呀，我快被勒得喘不過氣了，這樣我真的很難再為您服務了！」

「說重點。」耐性持續減少。

「少爺少爺，我只是想申請一套新的女僕服，難道就這麼困難嗎？經費就這麼緊張嗎？還是您的情趣太過分了？」

「閉嘴。」耐性跌零。

「少爺少爺，裙子太短了，胸口太小了，看到奴婢我被小號的女僕服勒得很辛苦，您就這麼開心嗎？少爺少爺！不是只有您一個人在發育呀。」

「滾。」耐性破表。

一字比一字少的答覆，讓姚錢樹的小號女僕裝一穿就到十六歲，好在她的身材還算合作，發育不太有前途，由始至終被包裹在小洋裝內的肉體沒有爆炸暴露開來。

但是對於少爺的小氣，她還是怨念頗多，可伺候起他來卻絲毫不敢有怠慢。

高中的最後一個暑假，少爺帶黑手黨去踏青，順便帶上她。

野雲萬里，意境盎然，少爺興致甚好，一手牽住黑手黨，一手朝她伸來。

她想也沒想就把自己的爪兒搭上去，卻被他嫌棄地打開。

「茶。」

「哦哦哦！上等茶，馬上就來！」

回頭，翻找她的小裝備——一個哆啦A夢貼心包，大大的耐磨軍綠帆布袋子斜挎在她的肩膀上，寬大鬆垮的袋身上用鮮豔的大紅色繡著幾個歪斜的大字——

為少爺服務，光榮而神聖的使命。

保溫壺丟出來，紫砂壺丟出來，茶葉包丟出來，烤肉架，黑煤頭，五斤鮮牛肉配上醬醃的雞翅膀一併甩出來。

「少爺，您看您還需要什麼嗎？」

「……妳這破包裡到底能裝多少東西？」

「也不多吧。便當、狗糧、礦泉水、浴巾、牙刷、遮陽傘、防曬油、摺疊式海灘椅，還有您的游泳褲和黑手黨的游泳圈，還有還有這個最最重要的東西，奶媽總管有提醒我，這個東西是一定要為您帶著的，因為少爺現在是青春期嘛！」

「什麼東西？」

「噹噹噹！換洗內褲！三條呢！」

噗嘶！棉布撕裂聲。

「少……少爺，這是您的內褲，不可以罩在奴婢我的頭上的。求求您幫奴婢我拿下來呀。好丟臉耶！」

所以說，那隻不做什麼好事，每天只知道拿出些莫名其妙東西折騰人的蠢機器貓真是讓人討厭極了！

「暑假過完，我要去英國。」

奮力拔除內褲的爪兒停了下來，眨眨眼望向面前的背影。夕陽下，看不真切。

他回頭，「留學。」

「那奴婢我……」

「妳不准跟來。」他蹙眉，「我好不容易才能到英國的學校過幾天清淨日子，妳和奶媽總管誰都不准跟來。」

「……少爺，奶媽總管他會傷心的。雖然他是男人，可是他抱著奶瓶硬把你餵養大，身為一個靠奶粉榮升為奶媽總管的男人精神之力有多可怕，您不是不知道啊？雖然他不讓您交朋友，那是怕您被壞人帶壞，不讓您談戀愛，是怕您被壞女人欺負，不讓您看A片，是怕您被扭曲的性知識汙染，他都是為了少爺您好呀，您要是一走了之，那他會折磨死我的，會的會的。」

「我為什麼要管妳的死活？」

「……少爺，這麼多年過去了，您依舊沒變，還是那麼過分，嗚。」

「妳敢不聽我的話？」

「嗚，不敢。」

「很好，黑手黨坐不了飛機，不能和我一起走，妳待在這裡照顧牠。」

「黑手黨坐不了，可是少爺，我我我，我比牠強呀，我可以坐飛機呀！我終於有一點能贏過牠了耶！」

「妳的確能坐飛機，但我不打算為妳花錢買票。」

「為什麼？我還沒有坐過飛機的說。」

「浪費。」

「……好吧。少爺，奴婢我決定留守豪宅努力完成少爺的命令，對奴婢我來說，黑手黨今後就和您一樣偉大重要，奴婢我一定像照顧您一樣照顧黑手黨，一看到牠就會想起您的偉岸身影，在我的心中，牠和您一樣會永遠活在奴婢心裡。」

「……」

「那您什麼時候回來？」

他看她一眼，不說話。

「一個星期？」

「……」

「一個月？」

「……」

「大半年？」

「……不知道。」

也許就不回來了吧。

儘管他當時含糊其詞，若有所思，但姚錢樹是這麼理解少爺敷衍般的「不知道」的。因為自那以後已經過去了五年。今年，少爺二十四歲，她……唔，二十一了呢！

「姚佳氏錢樹！」奶媽總管的聲音總是中氣十足地響徹沒有主人的豪宅。

「到！報告奶媽總管，奴婢一切準備就緒，隨時可為黑手黨服務。」

「妳妳妳，妳還真把那隻狗當少爺在伺候了？」

「可是除了牠，我就沒有人可以服侍了嘛！」白拿工錢有罪惡感呀。

還不都是怪奶媽總管，從小到大把少爺往死裡伺候，這才導致少爺像逃離魔掌似的奔去英國留學，一待就是五年，還杳無音訊，好像生怕若被發現了他的行蹤，他們一老一少會包袱款款地跟去英國糾纏他一樣。

不過，也是啦。

以奶媽總管的戀少爺癖，一旦少爺的蹤跡被他發現，他就會像資深考古人員一般敬業，就算少爺埋在幾百萬年前的土裡，都會被他挖出來邊膜拜邊伺候。

「今天我給妳安排的任務呢？妳有好好做嗎？」

她眨眨眼，看著奶媽總管，「今天的任務？」她趕緊翻出包包，那上頭依舊高掛著「為少爺服務，光榮而神聖的使命」，可是少爺已經不在了。

摸出記事本，翻到今日行程表，她突地露出驚恐的表情，抬頭望向一臉嚴肅的奶媽總管。

「今天，呀！我要去相親！」

「沒錯！那妳還站在這裡做什麼？」

「又要化妝，吹頭髮，穿洋裝了嗎？」不是聽說男人還滿萌女僕裝的嗎？

「那是當然！抓緊時間，爭取早點嫁出去，再為少爺騙個像樣的男人回來，聽到沒有！」

「可是，奶媽總管，每次我一說我的擇偶標準，他們都馬上嚇得跑走了耶！還說我要找個男人一起去伺候別的男人，是腦殘弱智神經病呀。」

「哼！那些不上道沒出息的男人不可以跟他們來往，妳交的男朋友長相不重要，身材沒關係，最重要的是要和妳一樣，要抱著對少爺的絕對忠心，聽到沒有！」

「哦……」

「大聲點回答我！」

「是！我一定騙個男人回來一同伺候少爺，為少爺效忠，為少爺犧牲，為少爺赴湯蹈火在所不辭！」

「很好！」

「可是，少爺都變成英國人了，我找了男人要效忠誰嘛。總不能叫他跟我一起效忠一隻藏獒犬吧？」她小聲地咕噥，拉了拉狗繩，抱怨歸抱怨，本分工作她可不敢怠慢。

「黑手黨，我們今天要見的男人叫舒城岳，這是他的照片，記清楚哦。我答應像照顧少爺一樣照顧你，所以你是老大，有決定權嘛，你同意了，我才能放心喜歡他呀。喜歡他，你就吱一聲，不喜歡也不要再像上次那樣把人家咬得體無完膚的，太不人道了呀！」

姚錢樹整裝待發，牽著接近年邁的黑手黨奔赴騙男人的相親現場。

奶媽總管目送著她遠去，心情倍感欣慰，欣慰完畢，準備開始他一天的工作。

第一件事，為少爺洗澡——擦拭懸掛在客廳壁爐牆壁上的少爺巨幅油畫像一百遍。少爺那英挺的面貌，那被玫瑰花簇擁的完美身影，那蹺腳而坐，手指交叉擱在脣邊的性感姿勢，那狂野灑脫又滿是男人味的凝視眼神，哦哦哦，曼妙的少爺！

第二件事，為少爺泡茶——供奉到少爺的巨幅油畫像面前。

第三件事，為少爺噴香水——油畫不能灑水，那就香薰吧，嗯嗯，在少爺的巨幅畫像前上幾根粗大的頂級佛香！

鈴鈴鈴——

電話鈴聲突地響起，打擾了他的伺候工作表，這讓他很是不快，抓起電話筒沒好氣地哼道：「喂，哪位？」

「是我。」

「是我？」奶媽總管痴呆中。

「……是我！不是你！」

「我怎麼不是我了？我當我當了這麼多年，你是什麼臭小子，一個電話打來我就不是我了？」

「……閉嘴，飛機場。」

「什麼飛機場啊，你罵誰是飛機場啊！」

「……我在飛機場！」

「欸？」

「來接我！馬上！」

「哈？少……少爺！」

啪！電話筒垂直砸在地上，又被回過神的奶媽總管再度抓起，嘶吼般的聲音穿越電話筒刺進對方的耳朵裡。

「少爺！你回來了！你回來了啊啊啊啊啊啊啊啊啊！你為什麼不多講幾句話，害我都聽不出少爺是少爺了，哦哦哦哦哦，你變聲了，你的聲音變得好性感好低沉好幽雅好有男人味，少爺，你再說兩句話讓我感受一下男人味啊啊啊啊啊啊！」

喀噠。嘟——

回應他的是乾脆的掛斷電話聲。

「啊啊啊啊，好有男人味的掛斷電話聲啊！如此冷漠淡雅充滿男性王者氣質的掛電話聲，除了少爺沒有別人了！」

「全體僕從聽我指揮，立正，稍息，拿好一切裝備，我們現在就去飛機場迎接少爺回歸呀！」

「報告總管，還少了一個人。」

「誰？哪個不要命的傢伙膽敢在少爺歸來的重要日子缺席！」

「姚錢樹！」

「那個丫頭野到那裡去了，把她揪出來！」

「……不是你安排她去相親了嗎？」

03 誰准妳去相親的！

一輛豪華轎車拉風地橫入飛機場。

車門打開，紅色的地毯從門口飛展開來，一路鋪進機場的候機大廳。

一票手持玫瑰花的人，訓練有素，整裝齊發，宛如小軍隊般直衝進候機大廳內，帶頭那個手舉巨幅照片和閃光燈牌奮不顧身地撥開人流，殺出一條血路。

周遭人士無不側目。

「什麼情況？又有什麼偶像明星來了嗎？」

「這幫腦殘粉絲。哇呼，連制服都有了？」

「這什麼團體啊？集體穿女僕執事服？」

「帶頭的那個老頭有五十多了吧？這麼老的老頭還追星？」

「什麼性感豔星魅力這麼大？連老頭都不放過？」

「看看他舉的照片不就知道了。」

「怎樣怎樣？」

「……粉嫩童男。」

「欸？五十歲的老頭喜歡……粉嫩童男？」這是什麼口味？

無視所有人期待性感豔星的眼光，奶媽總管舉著照片，雙眼如雷達般地搜尋目標。

突然，一個皮革黑提包不知從什麼方向飛射出來，奶媽總管手裡高舉的大照片被硬生生地一撞，木杆斷裂，少爺的大照片摔在地上。

「少爺斷了！哪個挨千刀的敢折斷我家少爺！」

啪！

一隻擦得黑亮的皮鞋踩上童男照片，腳尖點地毫不憐惜地用力一轉。

「你說誰斷了？」低沉的嗓音隱忍著不滿。

奶媽總管呆愣地抬起頭來，看著來人。

番紅色的格調立領襯衫配上整套的絢白休閒西裝，領口因天氣微熱而大敞著，一層稀薄的汗絲帶著分挑逗泛上鎖骨。他袖子高高捋到手肘，露出白皙的手臂，柔軟略長的碎黑髮顯得幾分頹廢凌亂，稜角分明的薄唇緊抿著，高挺的鼻梁上架著墨鏡，兩道瞳光穿過茶色的鏡片透射出來。

他一手插進西裝褲袋裡，一手反鉤著行李包，面無表情地站在那兒。

「少……少爺！」

「不是跟你說過，把這張醜畫扔掉嗎？」他一臉不屑，抬腳踢開自己少年時期的東西，嫌棄地看著眼前不知是歡迎還是送葬的隊伍。靈堂布置得不錯啊，用玫瑰花把他的遺像團團圍在中央很有趣嗎？

「少爺啊！」

見奶媽總管快要熊撲過來，他立刻將手裡的包塞進他懷裡，「不要靠過來。站遠點。」

「少……少爺，我是激動，激動！你終於回家了，嗚！你可知道我有多惦記您，那個威什麼鋼的學校終於肯放您回來了嗎？」

「……總管，少爺念的是英國皇家豪樂威，不是威什麼鋼大學。」

「有什麼關係，反正只要少爺回來了，我多年的心願也了了。」

奶媽總管的心心念念並沒換來回應，少爺只擔心那隻一輩子只認一個主人的畜生，「黑手黨呢？」

他一邊說著一邊就地拿出為愛犬買的禮物——罐頭狗糧。

「呃……黑手黨牠……」

掃視過奶媽總管閃爍其詞的臉，他略略降下了墨鏡，仔細地掃過奶媽總管身後的每一位僕從。

很好，一個都不缺，卻獨獨缺了那個穿著小號女僕服，背著哆啦A夢包，被他留下來照顧黑手黨那個包衣小奴才。

「她人呢？」

「呃，牠趴在狗屋裡等少爺您回家吃燭光晚餐。」

「吃什麼燭光晚餐，我在問你，我的包衣奴才呢？」她好大的膽子好大的架子，全部人都站在這裡恭迎他回家，她身為他的貼身小跟班竟然敢缺席。

她是忘記自己屬於誰了吧？有什麼事能比迎接自己主子更重要的？幾年不見，她是想起義造反了！

「那棵搖錢樹在那裡？」

一聽少爺冰霜般的聲音，旁邊的僕從立刻嚇得應聲。

「回少爺的話，她去給您騙男人了。」

他鏡片後黑瞳瞇了瞇，「騙男人？騙什麼男人？」

「呃……意思就是，她去呃……相親了。」

啪嚓！

少爺手裡的罐頭狗糧被捏爆了。

唰啦！

僕從手裡的玫瑰花被甩飛了。

「少爺少爺，你搶我的車鑰匙做什麼？你要去那裡？」

「少爺！在馬路上不能開碰碰車啊！你逆向行駛了，這裡不是英國，得靠右行駛啊！」

「……」

04 少爺，我去相親還不是為了您？

英倫風情咖啡廳裡，上演著怪異的一幕。

「不好意思，小姐，我們這裡是不能帶寵物進入的。」服務生小姐禮貌地對一位女客人說道，心裡不停暗罵失職的門口服務人員連這麼大一隻狗從正門進來都沒阻攔。

「欸？牠不是我的寵物。」

「牠不是小姐您的寵物嗎？那能請您把牠帶走嗎？畢竟是您把牠帶進餐廳的。」

「帶走？那怎麼行？」

「為什麼？」

「為什麼？牠可是我家少爺！我要伺候牠用餐呀！」

不僅不能走，她還要伺候牠上桌坐好，替牠擺好刀叉勺，圍好用餐的白餐巾，用熱毛巾擦擦牠的爪子。

於是——

一隻臉部肌肉極度下垂，還有一圈獅子般鬃毛的老狗蹲坐在沙發椅上，前腳趴上餐桌，吐著舌頭，哈著氣，黑豆般的眼睛審視般地盯著餐桌對面的男人。

服務生一看沒辦法同認狗為主的小姐講話，只要把目光轉向對面英挺的男人，他看起來正常得多，應該比較好溝通。

「先生，您看能不能勸勸您的女伴……」

「沒關係，就讓她親愛的少爺坐在她身邊吧！我不介意。」

「先……先生……」您不介意，我們介意啊！

他不介意？

他竟然不介意？

這回答讓一直沒有正眼看人，忙著照顧黑手黨的姚錢樹愣了愣，終於有了興趣轉頭看向對面正與她相親的男人。

整套剪裁大方的墨黑西裝裹住他高挑的身段，他長腿交疊，雙手交握，精緻的銀亮袖扣閃出冷光。高揚的俊秀眉峰下，一副銀邊眼鏡擋住炯黑有神的墨瞳，斯文儒雅的笑容由始至終掛在臉上，就連面對擁有老人臉的「少爺」時都不曾褪下。

奶媽總管好像有提過今天相親對象的名字，呃……似乎是姓舒，舒什麼來著？

「舒城岳，我的名字。」彷彿看出她心裡所想，舒城岳微笑著開口。那副淡定自若的模樣，似乎在表明他可以應付任何的突發狀況，而這別出心裁的相親場面對他來說根本不算什麼。

見姚錢樹眼睛眨也不眨地盯著自己，他隱隱地牽了牽唇，將面前的餐單一百八十度轉到她的面前，紳士地做了個「請」的姿勢。

黑手黨，快看快看，這是第一個不在意和你同桌用餐的大度男人呢。

這個世界真的有這樣風度氣度優卓的男人耶，他應該可以和我一起伺候你吧？對吧對吧，黑手黨。你不要像少爺一樣無視我呀！

「妳這樣使勁地搖晃妳親愛的少爺沒關係嗎？牠看起來一副想咬妳的模樣。」

「呃……我，我……」

「西冷牛排不錯，妳家少爺愛吃嗎？」

「我想牠大概不會討厭才是。」

「那妳呢？」

「我……我隨便什麼都可以。」

舒城岳輕笑出聲，「我喜歡和聽話的女人相處，那麼我幫妳決定，妳沒有意見吧？」

「唔，好……好的。」

他優雅地舉起手招來侍者，熟練地點著餐點，連飯後甜點都一併幫她決定了。

她第一次體會到被男人照顧的感覺，之前的幾次相親不是被男人半路丟開，就是對方指著黑手黨對她大聲責罵。怎麼辦，她有點飄飄然了。

點餐完畢，舒城岳看向她，「姚小姐，我不喜歡浪費時間。我們開門見山吧。」

「見？見什麼？」

「在我們交往之前，我得讓妳知道我喜歡什麼樣的女人，簡單來說，就是我對女人標準。」

「標……標準？」原來不只她有選男人的條件，男人也有選女人的標準嗎？

「第一，我喜歡女人獨立大方，不要每天打電話追問我在那裡，在做什麼，和什麼人在一起；第二，我喜歡女人柔順乖巧，不要讓我不知道她在那裡，在做什麼，和什麼人在一起；第三，我喜歡女人穩重自信，懂得拿捏分寸，不要每天問我愛不愛妳，有多愛，愛那裡這些無聊的問題。」

「……」

「張著嘴巴呆看我幹什麼？妳呢？」他的直線球打完，現在準備接對方的發球。

「我？我什麼？」她已經被他的條條框框聽到傻眼了。

「妳的條件。」

「我……我的條件？哦，對對對，我的條件很簡單啦，只有一條而已。」

他瞇了瞇眼。

「你願意和我一起效忠少爺，為少爺赴湯蹈火嗎？」

鏡片後的黑瞳游移了一分，斜眼看向正用淡定的老人臉「吧嗒吧嗒」嚼牛排的藏獒犬。

「……牠嗎？」

她猛點頭，「暫時也只能是牠了。」

「……」她還有很多這樣的少爺嗎？

「啊！少爺！你不可以爬過去吃人家舒先生的那份啦！」她揪住自家失控的少爺賠笑道，「舒先生，對不起哦，我家少爺太沒有禮貌了！你不要理牠，繼續吃繼續吃吧，呵呵。」

「……」都被她家少爺舔過了，還怎麼吃？

「呀！少爺，那是我的牛排，你爬過來要幹什麼？你的爪子壓到我了。你好過分呀，怎麼能把我的那份也吃掉啦！」

「……」哀求無用，動物的食欲無可阻擋。

「甜品是我的！這個說什麼也不能讓給你，你已經血糖過高了，再吃會得糖尿病加高血壓的！」

「……」威脅亦無用，舌頭一捲，甜品進肚。

「你吃吧，吃吧，都給你吃呀！看我待會還幫不幫你用牙籤剔牙！讓你牙齒被蟲子蛀光呀！」

一頓精緻的午餐雞飛狗跳地進行著，突然，舒城岳的手機響了起來，他頷首以示抱歉，拿起餐巾拭唇，然後接起電話，「什麼事？」

她聽不清電話那頭的聲音，只看著他舒展的眉頭漸漸地聚攏起來，「好，我馬上回去處理。」

掛了電話，他看著還未吃到一口食物的姚錢樹，輕推了推鼻梁上的眼鏡，明知故問地開口：「吃飽了嗎？」

當然沒有呀！他不是看得一清二楚嗎？為了和黑手黨爭奪食物，她還沒吃到任何東西呢，現在她比吃飯前更餓，都前胸貼著後背了。他眼鏡度數再高也不至於看不到她飢餓到紅了的眼眶吧？

「……」

不等她開口，他率先抬袖招來侍者，「你好，這裡買單。」

「妳在罵髒話？」

「咦？我、我沒有啊？」

「可是妳剛剛的嘴型好像在說『去你的四眼田雞』。」

「啊哈啊哈啊哈哈，您真會開玩笑，我怎麼會罵髒話呢。」

「那就好。我喜歡優雅點的女人。」他起身，走過去替她拉開椅子。

這一起身她才發現穿著高跟鞋的自己也只是剛好到他的肩頭，姚錢樹抬起頭來看著他的臉，稍稍失了下神。

他微微一笑，眼裡卻閃過一絲不耐的光芒，「姚小姐，看來我得追加一條標準，我不喜歡女人浪費我的時間，不管是因為穿高跟鞋動作慢，掉粉補眼線加眼影，還是——吃飯時與狗調情。」

相親地點突然轉換，姚錢樹被塞進舒城岳的轎車裡，開往不明的地方。

「舒……舒先生，我們這是要去那裡？」

舒城岳握著方向盤，「飯店。」

飯店？開房？第一次見面就……

「不不不！這太快了太快了！我家少爺不會喜歡的，舒先生，你不可以……」

他蹙眉，「有什麼不可以？大家已經把條件攤開來談過了，妳要什麼，我要什麼。接下來只要告訴我，妳想從我這裡得到什麼，我可以給予妳什麼，談判完畢，簽定合約，或者妳說結婚協議也可以。」

這也太過有效率了吧？

「我們……不是應該先談個戀愛，約幾次會，吵幾次架，再和好幾次，才來談結婚這種高難度的事嗎？」而且，少爺還沒有表態，她得回家拿出嫁和不嫁的狗骨頭，看黑手黨撲向哪一根才能決定呀。

「省了。」

「省了？」這些她期待已久的可愛的戀愛小情景就這樣被省了？

「我說過，我不喜歡浪費時間，我做的事都是效率最高的，所謂相親，在我看來就是用最短的時間有效率地決定一輩子的事情。我可以提供房子、車子和未來孩子所需的一切費用，妳呢，只需要給我一個賢妻良母的形象就好，至於妳的少爺……」

他哼笑一聲，回頭瞥了一眼趴睡在後座上的藏獒，「我可以忍受未來妻子愛狗成痴，只要妳別讓牠趴在我倆婚床的中間即可。」

本來趴著午睡的黑手黨忽然一改庸懶狀態，抖著滿頭鬃毛，抬起牠拉長的老人臉，無視前排的男女正熱烈地討論著自己，緩緩地爬上車座後背，透過車後玻璃看向後方的大馬路。

一輛銀亮的跑車正從後方飆駛而來，粗暴地連續違規超車，引擎發出的低沉嗡嗡聲讓黑手黨一向耷拉的耳朵抖了抖，哈氣的舌頭捲了捲，一扭身子溜下座位，咬住前排女人的裙襬。

可前排的男女根本不拿牠當回事，依舊自顧自地相著親。

「老實說，我對妳乖巧柔順的形象很滿意，雖然妳呆呆愣愣、磨磨蹭蹭的性格讓人不快，不過拜妳這齣精心設計的相親戲碼所賜，我第一次覺得也不是所有女人都無聊。」

「欸？等等，我設計了什麼戲碼？」

「妳別出心裁的狗少爺戲碼啊。這不是妳想讓我深刻記住妳的手段嗎？」

「不……你弄錯了，我的少爺他不是假的，他是……」

「我喜歡妳做事前準備充分，談合約時展現足夠誠意的態度。」他斜眼瞅著她抓頭髮的憨態，踩下剎車，停在倒數計時的紅燈前。

「我想我們可以開始交往了，以結婚為前提。」

他說罷，趁著紅燈的空檔，一手攬過她肩，彎下身子側過臉，薄唇就要印上她微張的嘴。

吱——啦——砰！

一陣急促的剎車聲伴隨著硬物砸上擋風玻璃的尖銳聲讓舒城岳停下了動作，狐疑地側頭，只見一塊上面用玫瑰花組成「少爺回來了」五個大字的牌匾緩緩地從擋風玻璃上滑落。

不遠處，一輛騷包的銀色敞篷跑車不知何時闖了紅燈，橫在馬路中間。緊接著，一個全身散發著暗黑離子的陰沉男人從跑車上下來，大剌剌地來到舒城岳車前。揚起下巴，囂張十足地抬腳重重地踩上引擎蓋，他戴著深茶色的墨鏡，穿著全白的西裝，朝舒城岳比出挑釁的手勢。

還未等舒城岳有所反應，那男人已大步跨到副駕駛座旁邊，粗魯地打開車門，一把將還半偎在他懷裡的女人給揪出車子。

「沒經過我的允許，妳竟敢跑去找男人？」

惡魔般的陰鬱聲音像冰雹般砸落在姚錢樹身上，她不禁打了個冷戰，在這炎熱的夏天裡，寒意四起。

熱辣辣的陽光迎面射向她，使她一時看不清男人的面容，只能把眼睛瞇了起來，想弄清楚這不好惹的男人究竟是誰。

「妳還敢背著我化妝？」

他一手繞住她的脖子，迫使她仰著頭來貼近自己，另一手摘下鼻梁上的墨鏡，火大的開口：「我不在，妳似乎過分自由了。姚佳氏錢樹，我有准許妳擅自跑去跟男人相親嗎？」

這深邃漆黑又犀利的眸光……

這熟悉的威懾力……

這製造冷凍空氣的驚人實力……

以及黑手黨「嗷嗷」直叫的興奮背景音……

難……難道……這個身材變高，肩膀變寬，聲音變低，渾身散發出性感騷包荷爾蒙，但德行和言詞還是一樣惡劣陰損的男人是──

「……少……少爺？」

一聲難辨喜憂的呼喚讓一旁的舒城岳不禁皺眉，少爺？又是少爺？她究竟有多少個少爺？他可以讓一條公狗趴在他們床上，不表示他可以容忍一個男人睡在他們床上！

05 少爺，您為什麼突然親人家？

「少爺少爺！您竟然還活著！您竟然能活著回來呀！」

「嗷嗷汪汪嗷嗷嗷嗷！」

「少爺！少爺！少爺！英國人有欺負您麼，有嗎有嗎？您有那裡被玷汙了嗎？您在威什麼鋼大學念書開心嗎？」

「嗷嗷嗷嗷嗷嗷嗷嗷嗷嗷！」

「少爺，您長高了變美了，這是不是說明您已經發育完畢，安全度過了您的青春騷動暴躁期，奴婢我的好日子也來到了呀？」

「嗷嗷嗷嗷嗷嗷嗷嗷嗷嗷嗷嗷嗷嗷嗷嗷！」

「黑手黨，你不要跟我同時發出聲音好嗎？」

「嗷嗷汪！」

「都閉嘴！」

「是，少爺。」

「嗷嗷……」

一人一狗同時靜下來，左右護法般窩在少爺身邊。

舒城岳並沒被眼前的怪異陣仗嚇住，他挑起了眉，打開車門走下來。

「姚小姐，這位是？」

「哦，他是我的真真正正嫡親嫡親英挺動人的……呀！少爺，您做什麼呀！」

話音未落，她的腦袋突然被少爺按低到黑手黨面前，緊接著，一條不人道的命令飛出少爺的嘴巴。

「黑手黨，舔她！」

「嗷嗷？」

「用你的舌頭把她的臉給我清洗一遍！」

「少……少爺！我出門前有洗臉的，不……不要呀！黑手黨，你這個沒義氣的狗奴才，少爺才一回來你就背叛我，呸呸呸，你舌頭上還有剛吃的牛排醬！好臭哇！咳咳咳！」

稀里嘩啦咕嚕啪嗒！

一陣噁心的唾液洗臉聲，讓舒城岳再也站不住，正要伸手阻攔酷刑繼續，突然，一張滿是口水翻著白眼的大臉被塞到他的面前，近距離地放大——

「看清楚！她長這副模樣！那些化妝效果，顯得她眼大鼻挺嘴嘟的可愛模樣都是假的，假的！」少爺平靜地道出他的用意，一手反揪住她的後衣領將她一路拖行，一手牽住他心愛又聽指揮的黑手黨，轉身欲走。

舒城岳深呼了一口氣，終是不再有好語氣，冷聲道：「等等！你憑什麼突然冒出來帶走我的相親對象？」

「憑什麼？」他斜睨了舒城岳一眼，一手拎起狗韁繩，「就憑這是我的狗，而這個……」他一手拎起被狗舔暈的女人，還故意地挑釁地晃了晃，「而這個——是我的奴才！她整個人都是我的，所以說那個突然冒出來想帶走別人東西的傢伙是你！」說罷，他拖住一人一狗轉身走向自己的跑車。

眼前荒誕的景象讓舒城岳恍然大悟——

一男一女加一條狗，這種組合叫什麼？

這種組合叫狗男女！

哼！開什麼玩笑，誰要娶一個已經屬於別的男人的女人，還得跟她一起效忠別的男人？就算戴綠帽子也不能戴得這麼正大光明，心甘情願吧？

心裡無限鄙視，眼神也冷冰下來，他正要甩手離去，卻發現那隻叫黑手黨的狗兒跳下敞篷跑車，一臉興奮地向他的車奔來。

然後，牠在他車邊停下，高抬起後腿，用標準的姿勢將狗尿噴向他的車輪胎。

完畢，狗兒爽了，踏著輕快的步子奔回自己親主人的身邊。

舒城岳的頭上冉升起朵朵黑雲，他冷眼射向對面的敞篷跑車，只見那位報復心甚重的少爺贊同地拍了拍自家狗兒，彷彿在表揚自家狗兒優美的撒尿姿勢，順便向他瞥來嘲弄的一眼。隨後，他引擎一踩，留下一堆黑煙，飆車閃人了。

舒城岳捏緊了拳頭，冷瞅著那輛該死的敞篷跑車消失在自己的視野裡，手機突然響了起來，他掀蓋應聲道：「喂。」

「總監大人！你怎麼還在路上啊？」

「發生點事。」

「什麼事啊？」

「被狗男女咬了。」

「啊？狗男女？你不是去相親了嗎？」

「哼，你見過牽著野狗和野男人來相親的女人嗎？」

「耶？」

「飯店裡有什麼事直接在電話裡說。」

「哦哦哦，總監大人，大事件啊，聽說總裁的公子已經拿到管理學位，從英國留學畢業歸國了，總裁打算安排他進我們皇爵飯店工作啊。」

「……你急著叫我回去就為這個？」

「對啊！總裁自己都不在國內，飯店裡大部分的業務都是由總監你代管的啊，突然安插一個什麼都不懂的公子哥來壓人，不是擺明了不信任你嗎？」

「你也說他什麼都不懂了，怕什麼？」

「唔……你的意思是？」

「空降的太子爺，就隨便給他安排個輕鬆悠閒的位置，好好供著他就好了。」

「你叫我們糊弄他哦？」

「不是糊弄，是怕他太過勞累。」

「哦哦哦！我知道怎麼做了，哈哈哈，真不愧是總監大人！」

敞篷跑車在公路上瘋飆向前，被少爺拎上車的姚錢樹從後座爬起來，甩乾了臉上的狗口水，摘掉從眼睛掉到嘴邊的假睫毛，往前貼近駕駛座，想要仔細研究面前的男人。

少爺變了。

比以前略長的軟髮隨風搔上她的鼻梁，襯衫領口挑逗地探出稜角分明的鎖骨，滿是男人氣息的味道讓她忍不住嚥了嚥口水。

「少……少爺？真的是您嗎？」您身上成熟性感的男人味是從那裡冒出來的呀？這個想問不敢問的祕密在她嘴裡直打轉轉。

「閉嘴！」

「您在生氣嗎？」少爺的暴躁青春期好長哦，她都度過很久了欸。

他不理會她，緊緊握著方向盤的手指指節泛白，狠狠地踩下了油門。

「事情不是您想的這樣的啦，奴婢我不敢隨便出來找男人的，舒先生是奶媽總管他親自選的，他說如果我可以嫁給他，就能幫到少爺好多！」

他降下速度回頭看她，「妳剛剛和他在車裡做什麼？」

「欸？我們？我們什麼也沒做啊。」

「沒做是嗎？」

「是呀！」

「很好。」

嘎——吱——

刺耳的剎車聲飆進姚錢樹的耳朵，車子猛然停住，使得她的身子慣性地往前栽。突然一隻大手攬過她，她還來不及反應，嘴巴就結實地貼上兩片緊抿的軟熱。

姚錢樹瞪大了眼，屏住呼吸，少爺輕閉的眸在離自己不到幾公釐的地方，一排濃密的睫毛觸上她敏感的鼻尖，而她大逆不道的嘴正被少爺叼在脣間輾轉品嘗。

「少……少爺……」她不敢動彈，貼在他的唇上動了動嘴。
嘴唇間敏感的騷動讓專心投入的他顫了顫眉頭，卻不予理會。
「黑手黨的口水就這麼好吃嗎？」
想深入的念頭被硬生生地打斷，少爺臉色鐵青。
啪！
「呀！為什麼要拍我的頭呀。是少爺您自己湊上來的……」
他翻了一記白眼，不再多言，轉頭再次發動車子，身後的女人卻蕩漾了。
「少爺，您為什麼突然要……親……親人家。」
「……」
「少爺少爺，那是人家我重要的第一次呀！您不要無視呀！」
「給妳長點記性。」
「長記性？」
「妳是我的包衣奴才，妳的所有一切都是屬於我的，就連初吻也是！」
「……那黑手黨呢？」
「……」
「牠的初吻也是被您奪走的嗎？」

06 少爺，不收您的禮物不行嗎？

很快地，姚錢樹覺得，黑手黨的初吻搞不好真的也奉獻給了少爺。這麼一想，被惡霸奪走初吻的小情緒也平衡了許多。

為什麼這麼說呢？

因為偏心到極點的少爺帶回來的行李，幾乎全是給黑手黨買的禮物。限量版狗鏈，高級名牌狗食盆，就連罐頭狗糧上都打了個「Organic」的健康高級標誌。同為小跟班，她就不相信她姚錢樹在少爺心裡的地位會和一隻只吃不幹活的爛狗差那麼多。

於是，她厚著臉皮開口了。

「少爺少爺，我呢？我呢我呢我呢？」

剛洗澡完的少爺，正用浴巾性感地擦著溼軟的頭髮，「妳什麼？」

「禮物啊！奶媽總管都有一塊爛懷錶，我一定也有吧？」

他拿起遙控器看著電視，漫不經心地應道：「嗯。」

「真的有？少爺！您果然還是想著奴婢的呀！奴婢沒有白忠心您。是什麼是什麼？英國貨一定好高級欸。」

「自己去翻。」他隨手一指攤開的皮箱，繼續看他的電視。

「好呀好呀，我自己翻！」

嘩啦！

皮箱打開，姚錢樹淚奔了。

「少……少爺……這是什麼啊？」

「禮物。」這不是廢話嗎？

「為什麼是這個啊？」跟黑手黨的禮物比起來，她這個算什麼呀！

「妳喜歡。」

「我哪有喜歡哆啦Ａ夢的包包呀！」送她這種女僕上崗必須裝備和變相叫她加班有什麼區別？更過分的是，那句「為少爺服務，光榮而神聖的使命」竟如出一轍地掛在背帶上頭。媽呀！那幾個字還鑲了水鑽，Bling Bling 地閃爍著老土又刺眼的光芒！少爺，你這是什麼要命的品味呀？

「因為我覺得妳喜歡，所以妳就喜歡。」

「……」她還以為她已經從那個大包的壓迫下解放出來了，這下又要她背回去嗎？吼！比她之前那個大布袋還要大！這是在暗示什麼？少爺比原來更加難服侍了，伺候時要用到的道具變更多了嗎？

「開心。」他命令道。

「……是。奴婢我好開心呀，謝謝少爺的禮物。」叫人家加班還要逼人家喜歡，嗚——

「笑。」

「我不是在笑著嗎？」

「比哭還難看。」

「……」

這隻臭狗一定和少爺有不倫的關係！搞不好連第一次都奉獻給少爺了，才得到少爺的偏愛！哼！下流齷齪的黑手黨！讓人鄙視的職業潛規則！

「把包背上。」

「不背好不好？」解放了五年，又要進入奴隸時代，很難讓人釋懷耶！

「……」

「好嘛。」又用冷凍眼神瞪她。

心不甘情不願，姚錢樹將限量鑲鑽的老土大包挎在了身上。

「轉圈給我看看。」

「……」鴨子轉啊轉啊。

半晌，他涼笑，「哼，果然很適合。」

適合在那裡？呸哩！壞心眼的少爺，她好想背起這浪跡天涯的包包奪門而出哦！

於是，姚錢樹在自由放縱了五年後，重新背上了上崗裝備，再次戴回包衣奴才的帽子，躲在霸道邪惡少爺的陰影下畫圈圈種蘑菇。

「姚佳氏錢樹！」

「是啦是啦，你不要這麼大聲啦，奶媽總管。」

「妳這是什麼工作態度！少爺已經畢業回家了，妳就要專心伺候，不准再擺出那副懶散的樣子哦！少爺還給妳從英國買了禮物呢！能夠伺候貼心又迷人的少爺妳還有什麼不滿的？」

她哪敢不滿？

「小錢啊，其實少爺對妳還是不錯的，妳看，新女僕裝也批准發給妳了，還給妳買了這麼可愛的包包。」

「……」她用了五年的青春才申請到這件合身的女僕裝，到底是誰比較不容易哇？

「從今天開始，繼續好好伺候少爺哦！」他說罷，還特意彎腰偷偷在她耳邊講悄悄話，「少爺滿意，我偷偷發妳獎金。」

「嘎嘛，你算了吧！每年都這麼說，可這十幾年來，你什麼時候看到少爺露出過滿意的表情哇？」

「呃……」

「皺眉吊眼撇嘴，永遠一副對社會嚴重不滿的表情。」就好像每天都在例假期生理痛一樣，「我還拿獎金，我別被他扣薪水就很偷笑了！」

「噓噓噓！少爺下樓了，大家集體立正，站好，微笑，鞠躬，口號！」

「少爺日安！」

全體服務人員同時九十度深彎腰，迎接從樓上打著哈欠走下來的主子。

他揮揮手，示意他們全部散去，各做各的事。姚錢樹趁機就想跟著大流一起「勇退」。

「妳想溜到哪去？過來伺候。」背後傳來少爺冷颼颼的命令聲。

嘟嘴，白眼，再轉身，她已掛起了陽光四溢，燦爛百分的假笑。

「是！少爺，請問您昨天睡得好嗎？有做什麼好夢嗎？」

「不好。」

「呃……呵呵……呵呵……」她乾笑兩聲，立刻回身抽自己嘴巴，姚錢樹啊姚錢樹，妳怎麼就管不住這張滿是廢話的嘴，跟少爺多說話就是在幫自己添堵找死嘛，「怎、怎麼會不好呢？」

「夢到自家的搖錢樹搖到牆外去了，換妳會覺得好嗎？」他冷眼挑眉。

奶媽總管一聽，立刻上來插話：「哎呀！這個夢真是不吉利啊，破財啊！這錢怎麼能搖到牆外便宜了別人呢？」

「沒事，」少爺大度地一揮手，「她若再敢搖到牆外去，就找把斧頭。」

「斧頭？」奶媽總管痴呆。

「砍了她。」讓她撒出一地錢，吐出一攤血，在自家院子裡。

「……」女僕顫抖。

少爺比五年前更加蠻不講理，暴力冷血了！為了把她吉利的財氣留在自家，竟然狠心要砍了她呀！她就說吧，要讓少爺滿意，這是人類歷史上最不可能完成的任務啦！

傳統的英式早餐被小女僕送到少爺的桌前。

現磨的香濃意式咖啡，不配奶精也不會苦過頭。

剛出爐的麥香鬆軟麵包，配上冰涼的黃油和蜂蜜醬，也不會甜過頭。

半熟的荷包蛋，奶油蘑菇，培根肉片，煎好的薯餅，配上半個香烤的番茄。

「這是什麼？」少爺鎖眉。

「少爺的早餐啊？我和奶媽總管連夜上網查到的哦，說英國人都愛這麼吃，少爺在英國一定吃習慣了，所以我們……」

「換掉。」他一臉嫌惡。

「欸？少……少爺？換掉？那您的早餐？」

「大滷麵，不要蔥花。」

「……」

「看什麼。換！」

「……哦。」

真是傳統又不忘國的偉大少爺，太讓人敬重了。

敬重歸敬重，但可不可以不要偉得太大？無謂地增加小女僕的工作很沒人性欸！

姚錢樹屁顛顛地去張羅愛國人士的早餐，少爺拿起報紙啜飲著咖啡，慢慢打量了一番久違的大廳，須臾，目光停在懸掛於客廳牆上的巨幅油畫像。

「誰把我的畫像弄得像遺像一樣。」花啊，香啊，居然還有供品。

「呃……」奶媽總管斜了斜眼，「是……是小錢啦！她……她因為太過思念少爺，所以……所以……每天都趴在少爺的畫像前睹物思人啦。」

「她會想我？哼。」嘴角上揚的弧度需要用顯微鏡才能察覺。

一聽少爺的音調不再陰鬱還有些龍心微悅，奶媽總管立刻湊上前，補充道：「我也很想少爺啊！嗚！想到少爺一個人在那麼遠的地方，又沒有人照顧，衣服誰幫你洗，被子誰幫你鋪，吃食誰幫你做，衣服誰幫你穿，馬桶誰幫你刷！而且，那種全是黃毛的地方多可怕，萬一陌生人跟你搭訕怎麼辦？萬一別人覬覦你的美色對你下手怎麼辦？萬一你肚子餓了撿地上的東西吃……」

「夠了！」好心情頓時被一掃而空。當他是生活不能自理的殘疾，還是大小腦癱瘓中風的老年痴呆？

「不過話說回來，少爺你這次突然回來是？」

「相親。」

「什……什麼？」

「你嘴巴張那麼大幹麼？」

「少爺，你說你要相相相相……相……」

「相親！」他重複道。

「跟誰跟誰跟誰呀？」

「不知道。」

「不……不不不不不知道？」

他轉頭繼續看著報紙，無所謂地哼道：「相著誰就是誰吧。我只是想早點把婚結了。」

「結……結結結還要結婚？少爺你已經想要結婚了嗎？」

「廢話。不結婚，我相親幹什麼？」

「……」他的少爺思春了，他的少爺想要女人了，他的少爺想要結婚了呀！他一定是在國外偷看了不該看的小碟片呀！

07 少爺，奴婢在跟蹤您！

「什麼？少爺要去相親？」

充斥著大滷麵幽香的廚房內，姚錢樹震驚了。

「他把我抓回來，自己卻要去相親？」這是怎樣一個「只許州官放火，不許百姓點燈」的少爺啊？

「去去去，妳懂什麼！少爺要去相親，一定是有他的苦衷！」奶媽總管不遺餘力地替自己養大的好娃娃說話，「一定是這樣的！」

「少爺會有什麼苦衷啊？黑手黨喜歡上隔壁家小母狗，他失戀了嗎？」

砰！

小女僕遭到總管大人的平底鍋攻擊，腦袋眩暈中。

奶媽總管手持凶器，陷入自己的妄想世界，「少爺一回來就說要相親結婚，這裡頭一定有蹊蹺。」

「我只覺得我七竅都在冒星星。」

「會不會是少爺在英國發生了什麼不可告人的事情？比如他被什麼壞女人欺騙玩弄了？初戀的情傷難以癒合，於是感到戀愛好辛苦好難受，所以想馬上隨便地找個隨便的女人隨便地結婚，摒棄這隨便的人生啊？」

「好隨便的少爺哦！」

「不要亂說話，少爺怎麼會隨便！少爺這麼純潔，從小都沒有戀愛經驗。依我看，少爺一定是因為被莫名其妙的女人給騙了身心，才會傷心回國，打算踏進婚姻這座墳墓！」

「那還不都是要怪奶媽總管你，從小不准少爺和女生一起出去，上下課轎車接送，情書全部被你燒掉，電話全部被你攔截。接近少爺的女生不是被你放狗咬、潑辣椒水、飛車追殺、皮鞭恐嚇，就是被毒辣的手段弄到人間蒸發不知上哪兒了。」

「噓！小聲點，那些缺德事妳也有份參與哦！」

「那不是重點啦，重點是你最後還讓少爺上貴族男校，連見母動物的機會都不給他！如果少爺是被女人騙還好了，怕就怕……根本就是被男人給玩弄了，才想回國相親玩弄女人，這樣你才要鼻涕眼淚流不止吧？」

「不……不會吧？」

「少爺最喜歡的東西是什麼？」

「黑手黨。」

「黑手黨是公的還是母的？」

「公的。」

「看吧！」她攤手。

奶媽總管一哽，不服氣地捏拳搖頭道：「不會的！少爺不會對女人沒興趣的！」

「他有興趣你開心嗎？」

「……也不。」奶媽總管黯然蹲地抽噎。

「我知我知啦！奶媽總管！」她蹲下身感同身受地拍拍奶媽總管的背，「你那種自己孩子終於長大了的心情，我了啦！其實我看著少爺的時候也在想，哇哩咧，孩子終於長這麼大了，要飛了。他變成男人了，開始對女人有興趣了，好man哦！連鎖骨都那麼曼妙……」

「誰要跟妳心情一樣啊！」奶媽總管揮開小女僕的爪子，擺出總管的模樣哼唧，「總之，為了少爺的清白和安全，這次少爺相親，我們要全程跟蹤！」

「跟蹤？」

「對！要不然少爺萬一又被什麼壞女人給騙了，那可如何是好？」

「那也是，現在世道險惡。相親也是個危險係數很高的事，搞不好就壯烈獻身了。」

「妳也這樣覺得嗎？」

「是啊！奶媽總管上次給人家我介紹的對象就很可怕啊！」

「妳說那個舒城岳舒先生？」

「對啊！他一見面就要帶人家我去開房間！還好少爺救了我，要不然，我的小清白就要不見了！」

「天吶，這個世道太可怕了，連舒先生看上去那麼紳士的男人都如此衣冠禽獸，不行，我們一定保護少爺不被相親女染指！」

「你不會又要我用辣椒水和皮鞭去恐嚇相親對象吧？」

「必要時候就靠妳了！小錢，回頭我給妳發獎金。」

「真的嗎？有獎金？」她的工作積極性被充分調動起來了。

與此同時，大廳外傳來始終等不到大滷麵的少爺不耐煩的摔筷咆哮：「不吃了！把她這月的薪水給我扣光！」

「……」

為了獎金賠了薪水，她的人生難道就是一場難以抉擇的悲劇嗎？

少爺相親第一天。

某高情調咖啡廳內，某高情調小桌上，放著某廠生產的某高情調的心型蠟燭。

某男某女面對面而坐。

男人一臉冰霜，蹺起二郎腿，不耐煩地扯了扯領帶，心裡咒罵著那個今早幫他繫領帶繫太緊的小女僕。

女人一臉嬌羞，併攏雙腿，不安地糾結著自己的手指，眼神略有期待地瞥向對面的男人，心裡一片激盪。

見他始終不主動開口，女人抿了抿脣，決定率先張口說話。

「請問您平時的喜好是？」

「什麼喜好？」男人低聲應道，不爽的音調讓對面的女人縮了下脖子。

「就是您平時閒下來愛做什麼？」

「關妳什麼事？」

「……」女人一愣，臉色一白，乾笑一聲，「那……那您家裡都有些什麼人？」

「跟妳有關係嗎？」

「……那您的職業是……」

「我討厭別人管東管西。」

「……那最起碼您的名字是……」她只是看到他的照片就興致勃勃地飛奔而來了，至少讓她知道這性格不好的美男叫什麼名字吧？

「妳管太多了。」

女人羞憤難平，捂著臉嗚啦啦地跑出去。

男人看著狂奔而去的女人，一臉莫名其妙，皺眉咒罵走去買單。

隔壁座，打扮嚇人像特攻隊的一老一少面面相覷。

「看來少爺應該不會被女人欺負。」姚錢樹掀起墨鏡肯定道，「戰鬥力相差太懸殊了吧。他的舌頭絕對是擦了砒霜加鶴頂紅！」

「啐！又是個壞女人，竟然讓我們風度翩翩的少爺買單！騙吃騙喝的啊！」

「奶媽總管你……」

「我怎麼了！我說的不對嗎？」

「沒事……」嘎嘛哩，難道讓少爺吃軟飯就對了嗎？有過幾次相親經驗，她正常的大腦還知道，相親時男人理所應當該買單啊！

回去以後，一老一少就看到比他們早回來的少爺愁容不展地坐在電視機前，心不在焉地按著電視遙控器。

吃完晚飯，姚錢樹收拾著房間，把少爺脫得到處的衣裳揀一揀，把黑手黨的狗毛掃一掃，把少爺明天相親時要穿的衣服燙一燙。

一回身，突然撞上少爺熱暖暖的胸膛。

只見他將她逼在自己胸口和衣櫃間，恍然間俯低身子側過臉龐就要貼近她。

她嚇得花容失色，舉起手裡燙到一半的衣服就嚷道：「少……少爺。不可以啦！女僕守則上第三條明文規定啦！我們是不可能，不可以，也不般配的呀！」

「……妳在發什麼神經。」他疑惑地皺眉。

「欸？你不是要對奴婢我……」

「我只是有話要說。」

「欸？什……什麼話？」

他好似有難言之隱，左顧右盼了一下，這才低下身子在她耳邊輕說道：「教我。」

她被暖綿綿的耳旁風吹得心曠神怡，渾身酥麻，忽地一抖，毫不猶豫地應道：「好。」

「妳幹麼解我的扣子？」

「不是要教您嗎？雖然奴婢我也不是很懂，不過大家可以共同學習、摸索探究嘛。」

「相親有需要脫衣服嗎？」

「相到一定程度就需要了。」

「渾蛋！這麼說，妳那天是不是也跟那個傢伙脫衣服了？」

少爺的大吼聲，唬唬摧毀了她的夢幻泡泡，她猛然回到現實，「那天？我沒有沒有沒有啊！那天半路就被您截回來了，我哪有時間脫衣服嘛！」

「那妳之前的相親呢？」他不在家，她就荒淫無道了是吧！

「那就更沒有了呀，他們一看到黑手黨全部都嚇跑了嘛，少爺，我要找個跟我一起伺候您的，真的很不容易耶！奴婢我很怕嫁不出去的說，您就不能把政策放寬一點嗎？」

「哼！」他一副沒得商量的酷樣，怒氣衝衝地坐到沙發上。

「少爺，您是不是想問奴婢我相親時候都說些什麼吶？」

「……」

「您不說話，就當默認哦。」她好心地當起相親輔導老師，認真地指導，「其實就少爺您這副好皮相，往那一坐，多餘的話就不用多說了。人家女生問您什麼，您就乖乖回答嘛。個人資料都不告訴別人，人家哪能放心嫁給您呢？」

「……老實回答問題？」

「對呀對呀！好好回答問題，女生一定會覺得少爺是個可以託付終生的對象呀！」

「妳很期待我被別人託付終生嗎？」

「欸？呃……」怎麼突然又生氣了嘛。

「一副相過很多次親，過來人的模樣，還敢教訓起我來。很跩嗎？」

「呃……其實也沒很多次，就那麼四五六七八……」

「滾去把我的畫像擦一百遍！」

「咦？」她的好心為什麼總是不能有好報。

少爺的懲罰還真卑鄙，硬逼她對著他那張放大的冰塊臉好久，她會被凍傻啦！

少爺第二次相親，態度稍有好轉。

「你家裡有些什麼人？」

「一隻藏獒加一群奴才。」

「請問你的興趣是？」
「養狗，虐待奴才。」
「你的名字是？」
「錦玉。」
「有姓錦的嗎？」
「我姓愛新覺羅。」
「呀！你姓……你姓愛新覺羅？」
「怎樣？」
「呀呀呀！你是哪位阿哥的後裔？」
「什麼東西？」
「我是四阿哥的粉絲，四阿哥雍正啊，你知道的吧，是不是你爺爺的爺爺的爺爺什麼的？其實八阿哥溫潤如玉也不錯啦，其實我對十四阿哥也挺喜歡的，哎呀，好開心哦，能和皇族後裔相親呢。我們什麼時候結婚？清穿不了，嫁進愛新覺羅家，我也算是半個福晉了吧？你剛說你還有一群奴才？那就是說將來我也能有一群奴才使喚嗎？」
「我的奴才只能是我的！誰說過妳可以差遣她了？」
「那我們結婚了，我就是當家主母，我要替你打理好你的王府你的家啊，就算你還有很多小妾我也不會介意的，我一定會用現代女人的智慧讓你回心轉意！」
「……莫名其妙。」現在的女人一個比一個難以理解。
「四四、八八不要走呀！我要嫁給你當福晉！從側的開始做起也沒有關係！」

隔壁座，低垂著腦袋的一老一少冷汗涔涔。

奶媽總管：「這是個什麼品種的女人啊？她提的問題少爺都乖乖回答了，她還有什麼不滿的，竟敢把少爺嚇跑！」

姚錢樹：「是欸。好可惜。這次少爺連他最不喜歡、最不想承認的『禁欲』兩字都肯說出來了呢，還以為這次會ＯＫ的。」姚錢樹搖頭暗歎。

聽說少爺的名字是老爺精心逃選的，除了希望他擁有無與倫比、清新雅致、貴而不嬌的少爺氣質外，還希望他能駕輕就熟地操控喜怒哀樂，完滿地繼承家業。也就是俗稱的「禁欲」啦，可少爺無法體會老爺的一片苦心，異常討厭這個溫潤如玉的名字，除非必要絕口不提，看來這次少爺是真的很想把自己盡快清倉出貨啊。

「好可憐的少爺哦，運氣真差。竟然碰上個清穿迷，砸鍋了。」

「清穿迷？這什麼東西啊？小錢啊，她剛說什麼四啊八啊的，到底是什麼啊？」

「哎喲，奶媽總管你ＯＵＴ了！那是在說康熙爺的四阿哥和八阿哥啦。」

「那跟我們少爺有什麼關係？還王府福晉，腦筋不清楚了。」

「這叫復古流行。如果現在還有族譜玉碟，我們少爺好歹也是個貝勒吧？那嫁給少爺的女人自然就是福晉大人呀！貝勒配福晉，好妙哦，感覺比看小說更刺激呀！奶媽總管！」

「……」

「奶媽總管，你說你說，我們少爺會是哪位阿哥的後代？我個人覺得少爺比較像四爺那掛的，冰塊臉嘛。不過，我好希望少爺是八爺的後代吶，他好帥吶，優雅百分百，穿一身月牙白袍，還溫潤如玉！好迷人啊啊啊啊……」

姚錢樹越侃越來勁，奶媽總管卻異常沉默。

幾日過後，悲劇發生。

姚錢樹坐在洗衣間等著衣裳甩乾，吮著手指聚精會神地盯著手裡的書。

書本突然被人抽掉，少爺陰鬱的聲音自上而下砸來。

「上工時候偷看小說是吧？」

「……少……少爺……您您您什麼時候……」竄出來的？

「清穿是吧？」

「呵呵……哈哈哈。」其實有時候她還看點漢穿、明穿、三國穿，架空穿她也不排斥的。

「八阿哥很迷人是吧？」

「呃……」就真的還滿不錯的啊。

「月白色長袍，優雅百分百，還溫潤如玉是吧？」

「……」少爺也開始看清穿了嗎？

「我是冰塊臉是吧？」

「呀！奶媽總管他出賣我！」難怪他那天一聲不吭，原來是算計好了要向少爺打小報告呀！

「哼！」

「少爺，我不是那個意思，我的意思是少爺您冷峻英挺，有帝王之風，豈是一般的凡夫俗子可以比擬……少爺，您要把我的書扔到那裡去？」那是她從租書店租的呀。

「黑手黨，撕了它。」

「嗷嗷嗷嗷！」

少爺牽著黑手黨溫潤如玉地走人了。

破爛的碎紙片伴隨著姚錢樹的眼淚飄散在風裡。

少爺，您這缸酸醋也吃得太沒道理了吧？意淫一下您可能的老祖宗都不行哦？

從此，女僕守則裡多加了一條附錄：禁止看一切穿越文，尤其是清穿文！禁止意淫少爺，禁止幻想少爺溫潤如玉半禿拖長辮的美妙景象。

儘管相親屢次失敗，少爺的結婚計畫還沒有放棄。

不過，不是每次少爺相親時奶媽總管都能二十四小時跟監的。

每逢月底，奶媽總管都要窩在家裡做家庭開銷採買明細，跟蹤保護少爺的偉大任務就落到了姚錢樹一人的肩上。

戴上駭人的大墨鏡，配上攏高的酒糟小丑鼻，扣上超大的鴨舌帽，點上一杯最便宜的菊花茶，姚錢樹再次落座在少爺的隔壁座。

這次又會來個什麼品種呢？

糟糕，她這種幸災樂禍的口氣，抱著看少爺笑話的心理很要不得啊。

噗。

可是不知道為什麼，每次看到少爺相親相到灰頭土臉的，她的內心就泛起一陣莫名的爽快。真是被壓榨太久的小女僕逆反又陰暗的小心思啊。

誰教你撕我的穿越書，誰教你讓我擦你的畫像，誰教你讓黑手黨亂舔我的臉，誰教你阻礙我相親，害我嫁不出去，遭報應了吧，碰不到好女人吧？

哈哈哈哈哈！

「咦？錦玉學長？怎麼會是你？」

一陣甜美的女音從姚錢樹的身邊響過，淡雅的香氣漫漫揚起，清脆的高跟鞋聲從她身邊一掠而過。

她急忙抬起帽簷，回頭打量那剛走過去的高挑美女。

一身寬肩雪紡束腰粉衫，露出雪白的香肩，剪裁合身大方的牛仔喇叭褲，還穿了一雙女人味十足的黑色高跟鞋。

她走到少爺座位旁，側身，姚錢樹看到了她的側面。只見她臉上畫著淡妝，精緻的面孔，細膩的皮膚，微亮的粉唇。

相貌絕佳，氣質暴優，就連聲音都無可挑剔。

「錦玉學長，不會這麼巧，我今天的相親對象是……你吧？」

「嗯。」

劈里啪啦！

少爺悶悶的應聲像一道炸雷響徹在姚錢樹的上空。

呃？是老天聽到她剛才太過囂張又沒氣質的笑聲，所以故意要跟她對著幹打擊她嗎？

還是——少爺的桃花運春暖花開了？

08 少爺，那是爛桃花啊！

姚錢樹咬著手指，豎起耳朵來聆聽隔壁桌的動靜。

「錦玉學長，你什麼時候回國的？」

「剛回。」

「家裡賣了一套房才供我出去念書的，所以我大學畢業就急著回國了。你好像有繼續念碩士學位吧？」

「嗯。」

「錦玉學長，你還是沒變呢，話好少。」

「……」

「Wait，學長，Are you killing me？你不會是在跟若若我開玩笑吧？」

「開什麼玩笑？」

「相親啊。Unblieveable！我才不相信學長這麼好的條件會要來相親呢。在國外的時候，我們班上多少女生想捧進你懷裡啊？對了，你記得那個俄羅斯女生嗎？Liana，長得很像洋娃娃的那個，她遞過情書給你的，說很哈有古典味道的中國男人啊，不過你看也沒看就當垃圾扔了。還有那個泰國議員女兒 Ruusa……」

「我急著結婚，需要一個妻子。」少爺冷冰冰的聲音截住了對方敘舊的話題。

「欸？這麼快就想定下來了？像學長這樣的公子哥，不是回國後該遊戲幾年人生，再被

ture love 捕獲嗎？」

「……」

「學長都不好奇若若我為什麼會來相親嗎？」

突然變得柔弱的女音讓姚錢樹皺眉，偷偷地伸出腦袋窺視隔壁。

少爺看起來好像沒太多反應，自顧自地啜著咖啡，對別人挖心掏肺秀內臟的行為毫無所動。

「當初我會去英國，是因為媽咪發現我和一個男生偷偷交往，那個時候年紀小 puppy love 嘛，總覺得他怎麼那麼迷人，就是想跟他在一起，結果媽咪發現後硬把送我去國外，漸漸地就斷了來往。在英國的時候，學長也知道我交過幾個男友吧？」

「不知道。」

「是嗎？」被冷臉一擋，她也毫不介意，習慣似的笑笑，「反正都沒有結果嘛。最後一事無成地回國了，媽咪對我有些生氣，說賣了一套房子送我出國，結果我連個好女婿都沒幫她找回來。所以，就被逼來相親了。」

賣掉一套房子就為了去國外釣金龜婿，她媽咪也太誇張了吧？好過分欸，拿女兒的幸福當未來籌碼？好可憐的女生哦。

姚錢樹暗自搖頭，瞥眼卻見冷血如少爺竟然依舊毫無動容地坐在那兒，那副表情好像在說「所以，重點呢」。

少爺喜歡別人報告時言簡意賅的壞習慣又來了，對著身世這麼可憐的女生，怎麼還這種態度呀？

「學長，我們可以交換手機號碼嗎？」

「幹麼？」

「我們都相親了，難道不該多聯繫嗎？」

「……」

冰山表情終於有所鬆動，少爺掏出手機，和女生換了號碼。

姚錢樹皺眉了。

少爺還真是現實，剛才還一副高高掛起的態度，一聽到有甜頭有重點立刻就轉變了。

哼！

換過號碼，那女生收起手機，突然笑了笑。

「學長，有個問題一直想問你。」

「什麼？」

「你討厭若若嗎？」

「……」

「因為你一直都是一副生人勿近的模樣，在國外也很少參加同胞聚會，好不容易跟你講到話，你也不太搭理我。那個時候我就在想，是不是我有什麼地方惹你討厭了。」

「……算不上討厭。」

「真的嗎？那太好了，我……可以打電話給你吧？因為我們在相親不是嗎？」

他皺了皺眉，暗自思索，最後去出一個字：「好。」

「那下次要是見面感覺還不錯，我們……可以試著交往嗎？」

「……嗯。」

「學長，是不是有什麼聲音？你聽到了嗎？我背後好像有什麼吱吱的聲音。」

「老鼠磨牙。」

「啊？這家店會有老鼠？」

「哼。」他舉起咖啡杯喝了一口，「偶爾吧。」

偶爾總會有隻礙手礙腳，竄來竄去，不聽話又不要命的蠢東西喜歡自作聰明在他眼皮底下晃來晃去。

礙手礙腳，竄來竄去，不聽話又不要命的蠢東西正在執行第二計畫。

奶媽總管鄭重交代過，在少爺鎖定相親目標後，充分調查那個女人的家底，如能詳細，最好連她出生的醫院都揪出來。因為接生醫生能直接影響她的肚臍眼到底漂不漂亮。

姚錢樹呸掉一嘴的木屑，在少爺起身買單後，壓低鴨舌帽，跟上單獨回家的女人。

那自稱若若的女人與她姚錢樹截然不同，她能穿著尖細的高跟鞋如履平地，毫不費力地逛商場。

她非名牌不買，從不掏現金，拽出卡就猛刷。

從化妝保養品到衣服鞋子，從一樓一路逛到四樓，身上的衣服在逛過一圈商場後已然全數換新。

一個半小時後，她手裡提著七八個袋子，呼吸平穩，而偷跟在後頭的小女僕已經氣喘吁吁，快要廢掉了。

要命哩，她今天發現了一件比溜黑手黨更累的事——溜少爺的相親對象。

又過了半小時，若若小姐終於有了一絲疲意，抬手看了一眼手錶，拿出手機撥電話。

咦？她才剛跟少爺分開，不會這麼快就想念起他來吧？打電話也不該那麼快的，唔……

「喂！你在哪？下班了嗎？跟什麼人在一起？

「為什麼不可以管？我現在是連問一下都不可以了嗎？

「我不管，我在商場買了很多東西，你開車來接我。

「那我就等到你來為止！

「哼！」

啪！

狠絕的撂電話聲，與和少爺見面時的溫柔判若兩人，姚錢樹傻眼了，暗自同情起那個被她撂電話的人。

好可憐哦。大概是和她命運一般的人吧。她剛剛的口氣跟少爺命令她的時候如出一轍耶。

她正搖著頭同情同胞，旁邊兩個售貨員拿著結帳單交談著。

「剛剛那個女的好闊氣哦，一刷就是近萬。」

「那是，不是刷自己的卡，當然狠嘛。」

「你怎麼知道？」

「喏，這簽單分明是個男人的名字啊。」

「不是自己的？喂，那你還給她刷？結不到錢怎麼辦？」

「你傻瓜啊，密碼一次就按對了，肯定是男朋友的啦，怎麼可能結不到，就因為卡的名字不對就不做這個生意才笨呢，拼業績啦！」

「也對啦，呵呵。啊，單子掉下去了！不好意思，那個……不知道是男是女的先生或小姐，能麻煩你幫我撿一下單據嗎？」

姚錢樹左看右瞅，最後指向自己，「我？」

「對對對，就是您，能不能麻煩您，呵呵……」

「……」她帶著鴨舌帽假鼻子是有點醜啦，可是也不至於分不清男女吧，啐，好沒眼光的營業員。

蹲身，她心不甘情不願地撿起地上的簽單，正要將單子送到營業員小姐手中，突然，持卡簽字欄裡那冤大頭男朋友的名字讓她大吃一驚——

「什麼？舒城岳？」

09 舒先生，那是你的前女友？

簽單上熟悉的名字讓姚錢樹急忙追出了商場大門。

若若小姐正走向一輛她看來十分眼熟的車走去。

車子停在商場前的臨時停車位上，車門緊閉。西裝筆挺的男人兩手插進褲袋，表情淡漠地倚在車門邊。襯衫扣子繫得一絲不苟，連領口都不肯放過，他銀邊的眼鏡旁漫韻著煙霧，叼著菸的嘴脣微微輕啟。這個男人就連抽菸的姿勢也是一派斯文。

「城！你真的來了。」

若若小姐一見來人，立刻提著大包小包迎了上去，「我就知道你不會放下我不管的，我剛剛幫你買了一條很適合你的領帶，粉色斜條紋的，待會上車給你看。」

她說罷就要去拉他的車門，一隻大手卻擋住她要拉車把的手。

「城！你這是做什麼？」

「我幫妳叫好了計程車。」男人向後一指，一輛計程車就停在旁邊。

「你這是什麼意思？」

「車錢我已經付過了。」

「我要你開車送我回家！Right now！」

「不用對我飆英文，車在那，妳要回家就自己上車。」

「城！你是在生我的氣嗎？就因為我去跟別人相親？我跟你解釋過了，那是我媽咪她硬逼我去的，還有我之前跟你提分手，那也是因為我媽咪她……」

「妳不用對我解釋。」男人直接出聲冷絕地堵住她的話，「我只是不希望我未婚妻發現我車子裡有別的女人的味道。妳的香水味很重，我不想因為一些無聊的事節外生枝。」

「未……未婚妻？你什麼時候有未婚妻的？」她頓了頓，突然恍然大悟，「難道你助理說你去相親，是真的？」

「是。」

「你是要報復我嗎？我和你提分手還不是因為你整天只知道工作工作，不看我不陪我也不寵我，像個冰疙瘩一樣沒情調又不浪漫，我交的男朋友從來沒有像你冷冰冰到好像根本不愛我一樣！可我還是想跟你在一起啊，我媽咪給我介紹了多少名流公子我都沒有動心，我現在去相親只是權益之計，做給我媽咪看……」

「那是妳的事。」

他撂下話語，轉身要上車，「我沒工夫猜測女人的心思和想法，但請不要給我惹麻煩，我想盡快結婚，不想被她誤會。」

「她是什麼樣的女人？才這麼幾天的工夫，該不會只是為了你的房子你的錢才要跟你結婚的吧？」

「為了房子為了錢有什麼不好的？」他涼笑，「她對我說，為了她家少爺她什麼條件都願意答應我。我就喜歡她那樣有目的直接說的女人，總好過拐彎抹角，口蜜腹劍的。」

他拿出車鑰匙正要拽開車門，卻發現車門被什麼東西卡住，低頭一看，只見一團抱頭蜷縮在地上的東西擋住了他的車門。

「妳……怎麼是妳？」

蹲地的東西扭了扭身子，艱難地挪動腿想要開溜。

沒聽到，她什麼都沒聽到！一句喜歡而已，雖然是她人生遭遇的第一次表白，但身為克盡職守的女僕，她才不會因為一句話就飄飄欲仙，忘乎所以。她還在執行任務中，絕不能被敵人的甜言蜜語迷惑！唔，這不是表白，更不代表舒先生對她餘情未了。

「妳怎麼會在這裡？」見她想開溜，舒城岳索性揭開了她的帽子，扳過她的腦袋對面自己，「妳跟蹤我？」

「我沒有我沒有！我是……我是在跟蹤她……」說跟蹤舒先生的前女友，好像會顯得更加陰險無恥欸，「我是在執行少爺的任務啦，你當做沒有看到我就好了，嘿嘿……」

「我剛剛才說過喜歡妳，妳現在卻要我裝看不到妳？太強人所難了吧？姚小姐。」

呃……他的音調完全感覺不出有多喜歡她，反而還滲著幾分威脅的味道，翻譯過來就是——

你們狗男女組合不久前才得罪過我，妳自己撞上槍口還想要我放過妳？太強人所難了吧？該死的女人。

咕嘟——

她嚥下一口唾沫，正要堆笑解釋，卻發現覺得有蹊蹺的若若小姐繞過車向這邊瞪過來。

「城！你在跟誰說話？」

糟糕！跟蹤失敗被敵人發現了！

「她就是你的未婚妻？」若若小姐不可思議的高八度音讓她脖子一縮再縮。

跟她解釋，跟她說不是啊，拜託了，舒先生！因為若若小姐她將來搞不好會攀上我家少爺，變成我的當家主母嫡福晉大人啊。得罪了她，我就要在皮鞭下度過餘生了！救我救我，勝造七級浮屠的啊！

她閃爍著渴求光芒的眼睛，晶瑩剔透，水靈汪汪，可偏偏被舒城岳視而不見地略過。他推了推眼鏡，嘴角勾起一抹報復性的壞笑，蹲下身親昵地揉了揉她的亂髮，「躲著幹什麼？我都說要和妳在一起了，還怕我跑了嗎？小傻瓜。」

轟隆！

她可以清晰地感到若若小姐的女性大火山爆發出來了。

舒先生，你也太陰毒了吧？連小傻瓜這種見血封喉的話都說得出口？就算少爺的確很卑鄙無恥讓你下不了臺，黑手黨狗仗人勢在你輪胎邊撒了泡野尿，可從頭到尾，她這個小傻瓜都是無辜的呀！

「還愣著幹麼？上車，我送妳回家。」

「不……不用了，我坐公車來的，我也可以坐公車回……回家。」

「妳以為我會准許我的女人坐公車回家嗎？」

「……我……你的女人？」誰？她嗎？哦NO！這句話更加殺人於無形！

要知道，根據女僕條約，她是少爺的人，不經過少爺的同意就隨便當別人的女人會被吊起來抽打的！

「不行不行，舒先生，我還是自己回家的好。」她說完轉身就要逃，手卻被人用力地抓回來，頭一回，只見若若小姐不客氣的巴掌已朝她招呼了過來。

若若小姐是個好開不起玩笑的人啊！怎麼突然就使用這麼高段的武林奧義大絕招——纖纖玉手掌呢？

啪！

一記響亮的耳光聲突地響起，她瞇起眼卻發現沒有預料中的痛疼，再抬頭發現舒城岳不知何時擋在她的身前。微側的臉頰浮上一道紅印，由於眼鏡被力道不輕的巴掌抽飛了，細長精緻的眼眸暴露了出來，此時正充滿危險訊號地微微瞇起。

「城……我氣昏頭了，我不是故意……」

「走開。」

「城，我……」

「滾。」

「……」

他彎身撿起眼鏡，隨手往胸前的口袋一插，拽住還發愣的姚錢樹，將她塞進車裡，轉身自己上車，一踩油門，揚長而去。

被女人甩過巴掌的男人很危險，他開車踩油門轉動方向盤的踐樣更危險，而最最危險的是時速計算表。

「舒、舒舒先生，你心情不好我可以理解，你要飆車我也可以捨命奉陪，但能否請你先把眼鏡戴上？」

一個近視眼摘掉眼鏡耍帥，也不能拿別人的生命開玩笑吧。尤其是她這條命還是屬於少爺的，要是掛了也就罷了，撞個半殘的話，她很難向少爺交代耶。

狹長的眼眸斜睨她，輕輕一哼，無視她好心的提醒，直接讓速度飆破三位數。

「住哪？」

「欸？我？你把我隨便丟在哪個公車站就好。」

「我為妳挨了一巴掌，妳跟我說要我把妳丟在公車站？是嫌我這巴掌挨得太輕了嗎？」

那根本是你咎由自取，想整她反而被老天爺整到，活該唄！

心裡是這麼想，可嘴巴上她轉開了話題，「那個小姐是你的……」

「前女友。」他毫不回避地回答。

「……前女友哦。」

「剛分手。」

「為什麼會分手……哩？」有這麼漂亮的女朋友，怎麼會想不開跑來跟小女僕相親啊？

「我討厭麻煩。需要一個出席舞會的固定舞伴，配偶欄裡的名字，漂亮打眼的擺設。可是，我不喜歡搬起花瓶砸自己的腳。」

「砸得還挺重的。來來，揉揉就不痛了。吹吹，呼呼，不痛了哦！」

照顧人成習慣，看到痛處，她習慣性地伸出手去揉上他的腮幫，搓搓捏捏好半晌才對上他摘下眼鏡後無所阻攔的深幽目光。

「妳在幹麼？」他聲音低啞，因為她冰涼的手碰上他熱辣的傷口。

「幫你呼呼啊。痛痛全飛走！」

「……我不是妳少爺。」男人的興致被摧毀成渣。

「……呀！」後知後覺的叫聲飛起，「你不是我少爺！沒有經過少爺的允許，我是不可以幫別人呼呼的！」

「……」

「你不會告訴他的，對吧？」

「……大概不會吧，狗語，我暫時沒興趣學。」

「呼！你真是個好人！」

「噗……噗哧。」他硬憋下笑意，故作正經地哼了哼，一掃剛才的陰鬱，挑了挑眉，「關於我的前女友，妳還有什麼想知道的嗎？」

「呵呵……她還滿漂亮的。呃，不過，若若小姐她平時也這麼奔放嗎？」

「妳是指——飛人巴掌嗎？」

她超擔心地點頭點頭。

是不是不久後，她就要看到少爺被一巴掌抽飛的可怕景象了？奶媽總管會心痛到崩潰吧？

「妳們女人不都是這樣嗎？莫名其妙又不可理喻，只會在刷卡的時候有好心情。」

「是刷男人的卡吧。」她不能苟同地糾正道，刷自己的卡只會肉痛。

他搖搖頭，「是刷對她有興趣的男人的卡。」

「是刷對她有興趣的，無償提供且餘額充足的男人的卡。」

她精準默契的補白讓他略有深意地偷瞥她一眼，嘴角微微上揚，「妳倒是挺直截了當，怎麼？是在暗示什麼嗎？」比如收回給前女友的卡？再比如送張無償提供且餘額充足的卡給她？

抑或是期待他對她有興趣？

還沒搞明白，身旁傳來她的一聲深歎。

「好可憐的少爺哦。」要被抽打，還要給她錢花？娶個老婆真不容易欸。

胸口一陣憋悶，這丫頭有認真聽他講話嗎？

舒城岳翻了一記白眼，「……喂！現在被女人虧的是我，不是妳家少爺。」

「即將要是了嘛。反正你都脫手了。」

她的小聲咕噥沒被聽在舒城岳的耳朵裡，車速不知覺間從三位數變成了烏龜車，本想盡快送她回家，然後仁至義盡地放心走人，卻沒想到，和她同處一空間還不算太無聊。

少根筋的腦袋，蹩腳的止痛法，說起男女關係頭頭是道，敢跟蹤他，可擦槍走火的關鍵時刻又總是退到安全底線以外，表現出一副沒膽沒出息的模樣。他從不知道世界上還存在著這樣奇怪的生物？

「唔？舒先生。」

「嗯？」

「可以麻煩你把眼鏡戴起來嗎？」

「為什麼？」他這才反應過來，自己一直在看她。

「舒先生你的眼神太犀利了，被人用眼神肢解的感覺很差欸。」

「那如果我說我想吻妳，戴著眼鏡不方便呢？」

「我有讓你厭惡到想把我五馬分屍，凌遲處死嗎？」用眼神把她默默幹掉，這是怎樣膽小謹慎又肆意的事啊。

「妳——」她的不解風情讓他氣結，抬手就將她揪到自己面前，但是要五馬分屍她，還是啃暈她，得看他心情。

嗶嗶！

一陣簡訊鈴響阻止了他即將越界的動作。

她急忙翻出手機，按進收件箱。

她離他太近，他心思不寧，眼神稍微一斜，便瞥見了她的簡訊。

少爺我想妳了，妳可以滾回來了嗎？

渾蛋了！

她家的狗還會發簡訊？

10 少爺，求婚能隨便亂玩嗎？

遵從少爺的一切喜好！少爺的一切命令優先！少爺的一切命令服從！

三條程式跳上姚錢樹的腦袋，她的身體上滿了發條，開始快速運作。

少爺想她了＝少爺急需她＝少爺沒有她會死！

她不可以丟下少爺不管，讓少爺香消玉殞，英年早逝！

她猛然蓋上手機，趁著舒城岳車速緩慢，一把拉開車門就要往下竄。

舒城岳沒料到她會突然打開車門，一腳踩上剎車，車子陡然停頓在路邊。

「舒先生！吻我殺我的事都下次再說！你的車子太緩慢了，我先趕去搭地鐵了！」

「喂，喂！」

她一溜煙地閃身而走，被安全帶扣住的他來不及反應，根本沒法拉回她。

那隻狗就這麼重要嗎？就算牠會發簡訊又怎樣？為了一隻會發簡訊吃牛排的狗玩命很偉大嗎？莫名其妙的女人。

姚錢樹大汗淋漓地衝進了家門。

「少爺！奴婢我回來了！您想我了嗎？您想奴婢我了嗎？您想死奴婢我了嗎嗎嗎？」

回音陣陣，半晌後，得到了少爺姍姍來遲的冷靜回應。

「嗯。去把碗給洗了。」

「噗噗！」少……少爺您……發那樣充滿衝擊力和畫面感的簡訊，難道只是為了叫我回來洗碗嗎？

她眼淚汪汪地看向坐在沙發上分外悠閒的少爺，他一手摸著黑手黨，一手拿著報紙，形成美男與狗完美的組合。

見她石化在門邊半天無法動彈，他揚了揚眉頭，「看什麼？」

「少爺……您不是因為看不到奴婢我，所以很焦慮很焦急又心碎又顫抖地發簡訊給我說您想奴婢我了嗎……」委屈的聲音逐漸減小中……

他從報紙中抬眉，理所當然地回答：「的確是想妳快點回來把碗洗了。」

「……」涙眼婆娑中。

「傻站著幹麼，去啊。」

「……」眼淚奔騰中，勿擾！

姚錢樹悲憤地洗刷電鍋，嘴裡絮絮叨叨怪著奶媽總管。

都怪他把她調教成聽到少爺兩字就會腦袋短路暴走的生化武器。一聽到少爺有需要就恨不得從哆啦A夢口袋裡拿出任意門就地一插，飛起芭蕾人跳躍輕盈地落到少爺身邊。

但如果她真的那麼做，那迎接她的大概是少爺揮來的蒼蠅拍，拍將輕盈如大頭蒼蠅的她砸扁在地。

鑒於少爺的青春發育期距離完結時日遙遙無期，脾氣如此暴躁，若若小姐是她相親對象的前女友的事，還是不要多嘴的為妙，最起碼這個月發薪水前，她都得拉牢嘴巴的拉鏈。

嗯嗯，就這麼辦。

她抱起碗碟，準備塞進消毒櫃，一轉頭卻發現少爺不知何時靠在廚房玻璃門邊，懶懶地看著自己。

「少……少爺？您怎麼可以進廚房呀？這不是您該進來的地方耶。」

他盯住她，像用眼神在解剖一隻會洗碗的青蛙，頓了好一陣，忽然開口：「求婚。要怎麼做？」

「欸？」

「我要向女人求婚，該怎麼做？」

「您是在問奴婢我嗎？」

「妳是女人嗎？」

她急忙低頭看向自己胸前的隆起，確定了答案後，才認真地看著少爺猛點頭。她是女人，有真材實料的。

「算了，我隨便問問。」

「少爺，您那種『這算什麼可憐的尺寸』的表情很傷人欸！奴婢我好歹也算是有呀！」

他挑挑眉，不置可否。

為了證明自己女人的真實身分，她開始絞盡腦汁，幫少爺翻著頭腦裡儲存的所有經典求婚場面。

「向女人求婚，首先得有鑽石戒指。」

「幾克拉？」

「越大越好吧？越大求婚成功率越高呀。」

「……」

「然後是鮮花！」

「幾朵？」

「只要不是插在牛糞上的鮮花越多越好啦！越多被打槍的機率越小呀！」

「……」

「再來是煙火！」

「……幾車？」

「一車，一車就夠了！一車就能讓所有女人心甘情願在少爺您懷裡蹭來蹭去！」

「……」

「最後，也是最關鍵的，當煙火放到最高處時的普羅密素K死（promise kiss）！」

「把舌頭捋直了說話！」

「……往死裡親她。」為什麼她撂英文就要被罵，若若小姐也很愛撂啊，「這幾招下來，她一定會酥軟麻痹，放鬆警惕，稀里糊塗地就把下輩子交給少爺您呀！」

完美的求婚場景設計完畢，她揮了揮額上的汗珠，吼！這奴婢的工作也太繁忙了吧？一邊洗刷碗筷照顧少爺的飲食，一邊還要負責指導少爺相親戀愛結婚。是不是將來怎樣生小孩也要找她切磋請教啦。

「少爺您已經進展到要求婚了嗎？」和那個舒先生的前友若若小姐嗎？這是怎樣迅雷不及掩耳盜鈴的速度哇？才見一面，他根本不知道那是個怎樣的女人，就眼巴巴地想向人家求婚。心上一急，她忘記要拉好嘴巴的拉鏈。

「少爺，她是好女人嗎？您確定您看清楚她了？她會不會欺負您呀？她也許會刷別人的卡，又會抽男人的巴掌！少爺，您確定嗎，就是她了嗎？」

他回頭，篤定地應道：「沒錯！就是她。」

「為什麼？她對少爺來說真的就這麼好嗎？」會比奶媽總管和她對他更好嗎？肚子裡莫名湧上一陣怨氣，她忘記自己的立場，張口咕噥道。

「因為方便。」

「……」

方便？

那個若若小姐難道會比她和奶媽總管的黃金組合更加方便嗎？

背起少爺給她買的哆啦A夢限量版包包，姚錢樹不認輸，發誓要比那個若若小姐方便一百倍。

推著早餐車，姚錢樹整了整自己蕾絲領口，咧著嘴角敲響少爺的房門。

「少爺。早安，起床了喲。」

「……嗯。」庸懶兮兮的沙啞賴床聲從房內飄出來。

「少爺，太陽曬屁股了喲。」

「……」

「少爺，需要奴婢我進來伺候您穿衣服嗎？」

「站外面！」

她撇嘴，不知從什麼時候少爺已經不准她進房給他穿衣裳了，是嫌她動作慢，還是弄得他那裡不舒服了嗎？是不是從那時候他就開始嫌棄她不夠方便了？

好半晌，房門被少爺拉開，他套好了修閒褲卻打著赤腳，一邊胡亂地繫著襯衫扣子，一邊瞇眼打哈欠揉著凌亂的髮絲。

見她陽光微笑百分百地看著自己，打哈欠的嘴僵了僵，踢了踢她推來的餐車。

「這什麼？」

「Room service 呀！怎麼樣？感覺很方便吧？」

「……」

「讓我推進來，讓我推進來呀！」

他懶得發言，側身隨她胡搞，轉身拿起桌上的玻璃杯喝著水。

她擺弄著剛插好的滴露玫瑰，一轉身就瞟到一副煽情的畫面，一縷清水正順著少爺上下滾動的喉結沿路下滑，經過他襟口微敞的胸，最終流向襯衫下若隱若現的小腹。

「少……少爺……您溼了。紙……紙給您……」她怎麼會發出這種丟臉的顫音。

她不敢直視少爺，羞澀地別開頭，遞上面紙。卻見少爺遲遲不伸手拿去，反而呆呆地望著窗外，放任自己有料的腹部在色欲熏心的她面前招搖，顯然還在剛起床的放空狀態。

要拐要騙趁現在！

「少爺，奴婢我幫您擦好嗎？」

「唔？嗯。」他轉眸看她，呆滯地應聲。

「那奴婢我擦了喲。」

「嗯……」

顫抖的手撫上男人結實小腹，姚錢樹心裡的小花朵朵向陽開。

哇哩咧，賺到了！少爺的皮膚觸感好讚。唔，這樣不好這樣不好，已經搞不清楚是誰在Room service誰了，不過，真的好好摸哦，像黑巧克力一樣表面絲滑幽香，不知道口感是不是也像黑巧克力一樣美妙。

嘴巴不自覺地高翹，她緩緩地像誘惑的巧克力移動。

「妳把頭靠過來幹什麼？」

啪！

沉睡的惡龍清醒了，小女僕被瞬間拍飛。

她滿臉委屈，急忙為自己找開脫，「少……少爺，您襯衫扣子扣錯了。我只是想幫您調整一下而已。」

少爺低頭看了一眼自己身上的襯衫，的確是上下不齊，整排錯誤，「過來。」

「又要拍我嗎？」

「……扣扣子！」

「哦哦哦！奴婢我來了！」

她從牆角一蹦三尺高，站到少爺面前，低頭解開他扣錯的扣子，頭頂上傳來少爺均勻的呼吸聲，胸口最細小的起伏也逃不過她的眼睛。

這樣的貼近讓她的臉逐漸熱了起來。她略微抬頭偷窺了一眼少爺，卻不想與少爺低垂的黑眸撞個正著。

少爺那樣深潭般的眼光是她沒有見過的。

深潭般的眼神一閃而過，她再想探究時，少爺已經別開了眼，像沒事般瞥向一邊的窗外。

「少爺少爺，您剛剛在想什麼？」

「……」

「是不是覺得奴婢我其實也不差？挺方便的，不錯用哦？」

「……替我挑一條領帶。」

「好！當然沒問題呀。」

她打開少爺的領帶盒，「少爺想要什麼顏色的？」

「隨便。」

「少爺要去見什麼人嗎？」她拿起一條銀灰色領帶。

「女人。」

「……」漂亮的銀灰色被她默默地放回領帶盒裡，轉手拿起另一條莊重高雅神聖不可侵犯的墨色領帶，「那是什麼場合呢？」

「約會。」

約會是吧？那這條再合適不過啦！

「少爺，領帶選好了喲，您看喜歡嗎？」

「……我討厭綠色。」

青蛙顏色的領帶被摒棄，少爺乾脆隨性大膽地敞開襯衫領口，暴露出輪廓精緻的鎖骨，一枚溫玉垂綴在脖子上，襯得肌膚更加潤澤。他隨手理了理凌亂的碎髮，這偷懶的舉措不但沒讓他顯得邋遢不修邊幅，反而莫名其妙地帶出讓人窒息的慵懶。

姚錢樹看著少爺的帥樣憤憤難平，轉身將咬得皺巴巴的綠領帶套在無辜的黑手黨脖子上，哼道：「你戴起來帥勁不比少爺差嘛！」

「嗷嗷嗷嗷！」

「噓噓，奶媽總管今天不在，可是那個壞女人又很凶悍，你要跟我一起保護少爺的安危，怎麼樣？」

於是，一個背著超級大包的女人牽著一條戴綠領帶的藏獒出現在繁華地段的高級咖啡店外。鬼鬼祟祟地藏身於盆栽後，透過大玻璃窗盯著咖啡廳裡的一對俊男美女。

「黑手黨，你說少爺為什麼那麼想要結婚呢？就算是你到了發情期，也沒有這麼猴急過呢。

「那個若若小姐是舒先生的前女友。她昨天還和舒先生糾纏不清，今天就來約會少爺！以你狗的靈敏度來說，她是不是太奇怪了？沒戀愛經驗的少爺一定是被她玩弄於股掌之間的，我們要怎麼跟奶媽總管交代啊？

「黑手黨，你覺得那個女人她會比我和奶媽總管更方便嗎？她點杯飲料就想了大半個小時，還不知道幫少爺墊好紙巾，也不會幫少爺擦嘴巴，吼！你看她啦，還敢逼少爺吃她點的冰淇淋！她不知道少爺討厭吃甜食嘛？

「少爺不要吃，不要吃，不要吃她餵的冰淇淋！耶！不愧是少爺，把她的手推開了！

「黑手黨，你看她你看她，她在故意把咖啡打翻潑到少爺身上呀！呀！她拿紙巾要擦少爺的身體了！那個女人，敢碰少爺純潔無瑕的肉體我和奶媽總管都不要放過她呀！」

「呃……小姐，您糾結的聲音能不能放小點。」身旁突然傳來一陣親切的問候聲。

「可是那個女人她碰我家少爺的肉體……咦？」萬蟻鑽心的聲音頓住，她扭頭看向同她說話的服務生。

「您好，那位先生請您進去。」服務生笑容可鞠。

「哪、哪位先生？」

「大概是那位被碰到純潔無瑕肉體的先生吧。」

「……少……少爺？他發現我了嗎？」

「整條街的人都在停下來參觀您，要不發現很難吧？」

姚錢樹回頭，「咦！」只見一眾路人正用參觀珍奇動物的眼神盯著自己和黑手黨。

這些路人幹什麼要害她暴露啦！

姚錢樹耷拉著腦袋挨到少爺面前，正要承認自己思想不端，態度猥瑣，行為輕浮，可少爺的第一句話卻是——

「手帕。」

「耶？」

她抬頭，看著被壞女人用咖啡澆了一身的可憐少爺，再看了一眼若若小姐手拿紙巾卻明顯被少爺用手肘擱擋在外，不讓她輕易靠近自己。

她立刻會意，少爺一定是不喜歡別人用廉價紙巾碰他。

她二話不說，俐落地翻出自己的哆啦A夢貼心包，抽出手帕遞上前去。
「偷什麼懶，過來幫我擦。」
「少爺，您是說奴婢我嗎？」
「不然呢？」
「哦哦哦！」少爺允許她靠近了，她受寵若驚地拿起手帕替他擦拭，可是——
「少爺，好像擦不掉呢。」
少爺皺眉。
她立刻繼續翻包，像變戲法般瞬間又抽出熨好的筆挺黑襯衫，灰色的牛仔垮褲。忽然又想起什麼，踮腳湊到少爺耳邊。
「您內褲溼了嗎？」
「……」
「看來是溼了。沒關係，有奴婢我在呀，還好我有幫您帶著，我就知道少爺的內褲經常會莫名其妙就溼了，您一定用得著它呀！純棉的喲，很舒服喲！」
她說罷低頭就要翻找內褲，卻被若若小姐的驚呼聲給嚇住。
「妳是……妳是昨天那個女人！」
「我？」
「要在我面前裝傻嗎？昨天城說了，妳是他的未婚妻。」
身旁突然射來一道冷光，來自少爺的方向。
「若……若小姐，妳弄錯了，我和舒先生……」

「妳怎麼會知道我的名字？他告訴妳的？他連我的事都敢跟妳說，看來你們果然很要好啊！」

「我和舒先生只見過一次面。」名字是她偷聽來的……

「在哪？」不待她解釋完，少爺冰涼的聲音忽地插進來。

「在一個咖啡廳。」她的聲音變小。

「做什麼？」

「相……相親。」持續變小。

「昨天嗎？」

「就……不小心，偶然，巧合，我也不知道要怎麼說……」

「妳把我的話當耳旁風？」

「少爺，我沒有！我不敢……」她想要解釋，可迎上他降霜的眼睛聲音又小了下來。

「我說過什麼？」

「沒有少爺您的允許，我不可以擅自找男人，不可以偷偷去相親，我要嫁的男人要經過少爺同意，少爺不喜歡的，我不可以偷偷來往……」

「所以呢？妳背著我偷偷去見那個男人？」

男人這種酸澀的口氣聽來實在奇怪，坐在一邊的若若小姐聽得實在按耐不住，張口冷哼道：「學長，這個女人究竟是誰？她一直鬼鬼祟祟地跟蹤我呢。」

「……」

「該不會也是你的未婚妻吧？要知道昨天，她可是被另一個男人稱作未婚妻的女人呢。」

她被「未婚妻」三個字驚到，尷尬地看向少爺，妄圖求救，卻見他冷漠地別開眼，冰雹一般的話砸在她身上——

「她什麼都不是，只是一個奴才而已。」

一個不太聽話的奴才，不太方便的奴才。

這不是她理所應當的身分嗎？為什麼直接聽到少爺親口對她這麼說，會感到有點傷心，有點提不起勁呢？

11 少爺，求您別再講冷笑話了！

自從咖啡廳回來後，姚錢樹再沒有看過少爺的好臉色。

本來就冰霜般的臉彷彿放進冷凍櫃裡重新雕琢，溫度已經跌破人類能夠接受的範圍。

他不理睬她，頻繁地赴若若小姐的約會，任由她跟在他身後遞水遞飯遞內褲，他就是不理她。只有講電話的時候才偶爾聽到他的聲音。

「我怎麼知道要包什麼花，隨便包就是。」

「我要一車煙火不是要開煙火晚會，我也不需要拉贊助！別再打電話來。」

「鑽戒的形狀？隨便！問我太太？我沒求婚哪來的太太？」

喀啦！

他憤憤地掛斷電話，看見她急忙心虛低頭，錯開與他對上的視線。

她是奴才，不能多話，少爺要向壞女人求婚，被壞女人簽單刷卡，被壞女人甩巴掌，那就去吧。她只要伺候好主子就可以了。

啪！

手機被暴躁的少爺拍到茶几上，他轉身上樓「砰」地關上房門。

被少爺冷漠地無視，姚錢樹的跟蹤變得光明正大，就連若若小姐的眼光都充滿了諷刺。

她像個礙事又多餘的人跟在看起來很搭的男女身後，只為了盡她身為奴才的任務——保護少爺的安全。

電影院裡，一個人坐在後排的角落，她看到若若小姐靠在少爺耳邊細細說著什麼。

水族館裡，透過湛藍的海水和厚玻璃，她看到若若小姐的手開始挽上少爺的手臂，少爺沒有躲開她。

遊樂園裡，落單的她被請到雲霄飛車最前排的位子，一趟翻滾下來，她偷偷躲到垃圾筒邊狂吐了一氣。

胃裡翻江倒海間，突然一瓶礦泉水遞到她面前，她連道了聲謝謝，接過水瓶卻發現來人是若若小姐。

「小奴才，妳還沒有跟累嗎？打擾別人約會很沒有教養的，妳要怎樣才肯回去？」

「……」

她的確很累也的確沒什麼教養，可是就這樣回去她不甘心，奶媽總管給的任務她沒有執行好，少爺被壞心的女人勾引跑了，再也再也不需要她了。

剛買到的胃藥被揣在男人的口袋裡，可他的面前只剩下一個垃圾筒，背著哆啦A夢包的小女僕不翼而飛，他皺眉問向女伴。

「她人呢？」

「她說跟累了先回家了，學長，終於只剩下我們兩個人了。」

「……」

「啊，好像開始下雨了，學長，我們找個地方躲雨吃晚餐好嗎？」

「……」

「我們去吃西餐好不好？回國後我一直想找一家正宗的西式牛排館，我帶你去吧？」

他討厭吃西餐，卻被拽進了氣氛幽靜的西式牛排館，外面的雨水劈里啪啦地下，順著玻璃窗滑出一條條勾痕。

生冷的前菜，奶油勾芡的濃湯，醬料濃重的血絲牛排，讓他倒足了胃口。

他開始思考自己為什麼會莫名其妙坐在這裡，面對一個熱愛這些奇怪食物的女人。

他想回家。他寧願對著他的包衣小奴才吃上一碗大滷麵也好過坐在這裡。

百無聊賴地看向落雨的窗外，一抹窘迫的身影撞進他的視線裡。

那個應該在家裡吃他嚮往的大滷麵的小女僕，頭髮溼淋淋地躲在狹窄的屋簷下，可憐兮兮地啃著乾麵包。

渾蛋傢伙！不是不再跟他，不是回家了嗎？為什麼不回家？為什麼啃麵包？為什麼要淋雨？為什麼要勾起他的不忍心！

姚錢樹覺得自己悲慘透了，她也想溜進牛排館大吃兼監視，可是一打開錢包只好嚥了嚥口水屁顛顛跑去隔壁的麵包店買了幾塊乾麵包充饑。

奶媽總管說，跟蹤費屬於公款報銷範圍，可得有發票證據，也就是說她得先墊上自己的鈔票。跟蹤少爺價值不菲，她的小錢包已經吃不消了。

啃啃麵包，熬完今天，回去得向奶媽總管打報告提意見。

好冷哦，她蹲下身子蜷縮在屋簷下，他們還要吃多久？少爺會不會突然心血來潮就地在這家氣氛很好的店求婚？

也對啦，若若小姐也沒有什麼不好的，除了是舒先生的前女友外，她是少爺的老同學，她跟少爺一樣去過那個她只在電視裡看過的國家，她有好多話可以陪少爺聊，她看起來比她和奶媽總管還要方便。

她不能陪少爺去電影院，不敢拉少爺去玩雲霄飛車，她更不敢妄想去挽少爺的手。

她這種莫名的寂寞一定和奶媽總管一樣，是不想看到少爺長大飛走不要他們了吧？

雨還在下，她頭好重，眼前好黑，身體好冷，哆啦A夢包好沉。她快要站不住了……

有人走過來了，杵在她面前，半天沉默不語，讓四周的氣氛也跟著凝重起來。她腦袋好重，抬不起頭來看他。

他伸手拉她拽她摟她抱她，她卻無意識又不合作地掙扎亂動，但只消他開口一句話，一抹聲音，她就頓然安靜下來。

「誰讓妳傻站在這兒淋雨的！」

「誰讓妳傻站在這兒淋雨的？」

「少爺，我……我……」

「妳是不是喜歡我？」

「不不不，少爺我不會，我不敢！」

「那我喜歡妳怎麼辦？」

「……少爺您喜歡奴婢我？真……真的嗎？」

「小錢錢，我不能沒有妳！」

唔！少爺抱住了她，可是為什麼這個擁抱感覺好緊，讓人喘不過氣來，唔……好熱……

少爺，您的擁抱太熱情激烈蕩漾了，雖然是很開心啦，可她還是要掙脫開來呼吸哇！

嘩啦！

她手腳並用地推開這沉重的擁抱。

啪噠！

少爺不放過她，執意要抱住她，越摟越緊。

「少……少爺，您不要再這樣了，奴婢我呼吸很困難呀……我們是不會有結果的，奴婢我是滿足不了您的……」

「妳踢被子就能滿足我了嗎？」

「咦？耶？」

姚錢樹從深夢裡轉醒，「呼啦」一聲坐起床鋪，看著少爺正捏起被沿壓向自己。

呃……她突然明白那壓死人的擁抱是什麼了。她要死了！竟然做那種大逆不道的夢，夢到少爺向自己表白！這怎……怎麼可能啦！絕不能讓奶媽總管知道，否則她就破壞了女僕守則啦！

「少……少爺。」她怯怯地向他請安。

他是什麼時候坐在她床邊的，盯著她不停踢被子的丟臉樣子很久了嗎？

瞧他抿唇不滿的模樣，大概給她蓋了幾次被子，又被她不知好歹地踢開了。唔！她簡直是個失敗到家的女僕，竟然讓少爺屈尊降貴替她蓋被子。

「少爺……是您送我回來的嗎？」

他挑起眉冷冷地瞥向她，那表情像在說，除了他這個偶爾腦袋不清楚的傢伙，還會有誰扛她回家。

「多謝少爺慷慨相助，感冒而已，我睡一覺已經好多了，嘿嘿。」她說罷就要下床，「我不用請假，可以上工的。」身為女僕竟然要少爺花力氣把她扛回來，她實在太不像話了，要挽回她丟失的女僕信譽。

「別動。」

「欸？」少爺的命令讓她爬床的動作定格住。

「爬回去。」

「……」

「躺好。」

「……」

「蓋上被子。」

他一個口令她一個動作，她乖乖地窩進被裡看住少爺。

只見他從一邊的小桌上端起一碗稀飯，瓷勺和弄了幾圈，搖起一勺，硬生生地送到她嘴邊。

「吃。」

「少爺，您要餵我吃稀飯嗎？」這怎麼可以？這個不符合女僕守則呀，而且——她的手沒有斷啊，可以自己吃呀。

「少廢話，張嘴。」他皺眉。

「哦……」雖然不符合女僕守則，但是聽少爺的話總是沒錯的。

嘴巴一張，一勺稀飯不客氣地塞進她嘴巴裡，塞得她直咳嗽帶喘。

「少爺，還是我自己來吃吧。」再被他餵下去，估計會吃飽的不是她的嘴巴而是她的鼻子……

見她被自己餵得一臉痛苦，他懊惱地撇了撇嘴，將稀飯塞進她手裡，索性坐在床邊不做聲。

她默默地吹著稀飯，碎碎地吃著，邊吃邊偷偷打量奇怪的少爺。

好半晌，他出聲：「喂！」

「是，少爺！」

「妳知道誰猜拳總是輸嗎？」

「哈？少……少爺，奴婢我愚笨，不知道欸。」對大病初愈的人出智力難題，少爺也太沒人性了吧。

「不就是哆啦A夢嗎？」因為總是出拳頭啊！他用看笨蛋的眼神看著她。

她一勺稀飯塞進嘴裡，聽到這哭笑不得的答案，到嘴的稀飯險些噴流而下，勺子僵在抽搐的嘴角邊。

「妳知道誰最愛幫助他人嗎？」

「……」少爺，您到底想怎樣嘛，還讓不讓她吃稀飯啦，「回少爺的話，奴婢愚笨。我不知道。」

「不就是那個只有圓手的東西嗎？」她的確是夠愚笨的！除了哆啦A夢誰還願意總是伸出「圓」手啊！

「……」

見她整個人凍在原地，不停抽搐嘴角，他眉頭一皺，「妳就一點也不覺得好笑嗎？」

「……少爺，您是想要奴婢我笑嗎？哦……那哈哈哈哈哈。」少爺交代的差事越來越有難度了。

「……」

「少爺，您還有什麼事嗎？」

「……」

「沒事我吃稀飯了喲，呼呼。」完成少爺的命令，她自顧自地吹著燙稀飯，瞥見少爺從她床邊站起身，她鬆了一口氣，以為他終於大發慈悲，停止精神虐待，準備走人了。

「奴婢我恭送少爺呀。」

「妳竟敢趕我走？」

話音剛落，少爺突然立身雙手撐住床板，把她逼靠到床頭邊。她被少爺傾身而下的黑影籠罩住，對上他凝眸憤憤的眼神。

那眼神好像是「反覆立體環繞」效果地罵她不識趣，不可愛，不知好歹，不知天高地厚。燙稀飯冒起煙霧，無辜地飄蕩在大少爺和小女僕的鼻尖間，幽幽冉冉地上升到空氣中。氣氛為什麼這麼奇怪，一瞬間莫名其妙變了樣，心頭的奇怪漣漪隨著霧氣一撩三弄，再也揮之不去。被一碗稀飯的水蒸氣勾挑出浪漫的感覺也太丟臉吧？

少爺漂亮的臉就隱在熱氣嫋嫋間，本來凌厲的眼神彷彿被熱氣感化，漸漸地柔軟下來，變得像墨潭般深幽。

「為什麼要趕我走？我講的笑話就這麼難聽嗎？」

「……不是啦。」是她耳朵出問題了，還是稀飯的魔力太大了，她第一次聽到少爺綿軟的嗓音，「少爺本來就不該進我的房間的，不合規矩嘛……被奶媽總管看到，我會被罵……」

「那為什麼要傻站在那裡等我？」

「……因為奶媽總管叫我跟著少爺……因為奶媽總管會擔心少爺您被有心機的壞女人給玷汙掉呀。因為少爺您又沒有談過戀愛，沒戀愛經驗就會被欺負，被欺負了就會傷心，傷心了就會想不開……」

「妳好煩。」

一瞬間，小女僕咿咿呀呀的聲音，囉囉唆唆的理由，不討人喜歡的藉口通通被含進了大少爺的嘴裡。

她扣緊了手裡的瓷碗，被動地接受嘴唇上的輾轉和探究，少爺額前的髮絲滑到她睫前，蠕蠕顫抖讓她有些微癢，她抬手想揉揉眼睛，卻被少爺順勢牽住放在他的脖後，彷彿不想讓她只被動地享受。

似乎料定了她不敢反抗，少爺吃得很用力，瞇起眼眸肆無忌憚地把她壓靠在床頭。

她閉緊眼眸提心吊膽不敢回應，直到手裡的稀飯溫度退卻，少爺才稍稍退開。

少爺唇片上深重的瑰色，分明還殘留著親近過的溫度，她不敢直視，抿了抿自己的嘴巴，「少爺……為什麼又要親……親奴婢我？」

她的初吻不是已經給少爺了嗎？現在是少爺訂的最新規定嗎？連二吻也要奉獻出來嗎？

他被問得怔了怔，似乎根本沒想過要應答這個問題，就好比點餐的時候根本沒有想過服務生會突然提問「先生，為什麼要點這道菜」。

那如果被問到呢？那就——

「我高興，關妳什麼事？」

「……哦。奴婢我就隨便問問。」

她頗為淡定地低下頭繼續吃稀飯，那副無所謂的討厭模樣讓少爺眯了眯眼。

他扳起她的腦袋就想親第三次。

可這次她不依了，推拒少爺的胸口抗議道：「少爺不要這樣啦，少爺您這樣不好的呀，少爺您放過奴婢我呀！被奶媽總管看到，奴婢我就死定了呀，少爺您行行好吧。黑手黨就在樓上，您有需要就去找牠嘛。奴婢我還要吃稀飯呢！」

「……」她這樣嬌弱的口氣算什麼意思？為什麼她只要一句話就能把他變成一個強迫女娃的變態渾蛋。

「把碗放下，陪我接吻。」

「為什麼？」勞工合約上也沒「要陪老總接吻」這條啊！

「是誰說我會被女人騙的？」

「呃，奴婢我。」

「又是誰說我沒戀愛經驗？」

「……我。」

「那誰來幫我累積經驗，教我接吻？」

「我……」

「哼。」

「欸？」她上當了！

少爺……您太胡來了！不帶這麼玩的！

12 少爺，淫吻後開車如同酒後駕駛，都是違章的

少爺發育得越來越成熟了，開始想嘗試接吻的滋味並沉溺其中了。

根據女僕守則第二條，她得遵從少爺這項惡劣的喜好。

也正因為少爺沉溺在肉欲的情趣裡，他最近都很安分守己地待在家裡，沒有再和壞女人跑出去讓她和奶媽總管擔心不已。

他把自己關在房間裡，不停地上網，翻資料，檔案夾裡放著什麼飯店營運方案。半夜替他送宵夜上去，他的電腦頁面總是停留在皇爵飯店的頁面上，每次她正想湊上去看看，就會被他拉到一邊去盡義務——累積經驗，練習接吻。

練習完畢，她供奉上宵夜。

少爺一邊看著網頁一邊默默地吃著。

她等在旁邊，直到少爺放下筷子，她上前要去收拾。

「把剩下的吃掉。」

「……」又來了。

「少爺，奴婢我不能再吃你剩下的宵夜了，變胖了的說。」

「吃掉。」

他將自己吃過的碗筷一併塞到她手裡。

姚錢樹默默無語兩眼淚，少爺好過分，為什麼每天都要逼她吃他剩下的食物呀，還要同

吃一個碗，不停吃他的口水。

認命地把少爺恩賜的食物吃光光，她打了一個飽嗝，憑良心說，少爺的宵夜真的不錯吃，不愧是奶媽總管特地聘任的廚子做的咩。

咂吧完嘴，她收起碗筷，準備離開少爺的房間。

「妳去哪？」少爺從電腦前回身問道。

「欸？奴婢我把碗放回廚房啊。」

「擱地上。」

「哈？」

「過來。」

「少爺，您還有什麼吩咐嗎？」她屁顛顛跑到他身後，等待他的命令。

他隨手在她手裡塞了一本書。

「少……少爺，這是幹麼？」

「念。」

「……從頭到尾嗎？」

「嗯。」

「少爺，換一本好麼，這本好厚要念好久的……」

「不好。念。」

他沒抬眼，一邊敲打著鍵盤，一邊盯著電腦頁面，不時還要查閱手邊的資料，一副繁忙到沒空理睬她的模樣，卻就是不肯輕易放她走。

她鬱悶地撇嘴，無奈地張嘴大聲朗讀道：「……十萬個為什麼，目錄……人類為什麼要洗澡，為什麼用水來洗滌，為什麼要喝水，為什麼火柴會著火……」

「小聲點。」

「……」您是不是變態哇！要我念給您聽又要我念小聲點，那您還要我站在這裡念什麼哇？讓我走讓我走呀！我最近有很多少女的煩惱，您不要再刺激我了好不好！

似乎察覺背後的小女僕在擠眉弄眼，少爺回過頭來。

「為什麼水能滅火，為什麼水燒開了會呼呼響……」

沒有異樣，少爺回過頭去繼續工作。

「為什麼人類吃完宵夜就開始變態，為什麼人類非要逼別人吃剩下的宵夜，為什麼人類非要一邊工作一邊聽人念十萬個為什麼，為什麼人類可以肆無忌憚地虐待無辜少女……」

「……」

下午三點半，少爺的下午茶時間，庭院的西洋白桌已經擺好。

少爺長腿交疊，靠著長背椅看著資料，黑手黨窩在他腿邊懶懶地曬著太陽。新到任的廚師推著精緻的餐點小桌，畢恭畢敬將一疊疊漂亮奪目的糕點送到桌上，逐一地為少爺介紹。

少爺放下手裡的資料，舉起銀勺，一份只品上一口，每一口都要用清水洗去殘留的甜味。他一邊試吃，細細地品嘗，一邊不時向廚師問著什麼。

不同於剝削階級的悠閒享受命，不遠處的樹牆邊，姚錢樹頭戴遮陽帽，手持大樹剪，正站在梯子上，啐嚓啐嚓地修建著綠色的樹牆。

「奶媽總管，這邊差不多了吧，還有那裡要剪？」

「妳在那裡別動，我站遠點看一下。」奶媽總管走遠了點，又迅速地跑回來大罵道：「妳剪的這是什麼啊？哎喲！我要妳修『少爺偉大』，妳修成什麼東西了？」

「少爺ＷＤ啊，偉大兩個字很複雜耶！用拼音縮寫不是滿好的咩。」她自己都覺得自己很冰雪聰明呢！

「妳自己下來看看妳剪成什麼了！」

「欸？」她跳下去，往上一看……

少爺ＷＣ……

「呃……要不，在這兒給少爺修個專用廁所？怎樣？」

奶媽總管憤怒地奪過剪子，以老邁的身軀衝了上去。

啐嚓啐嚓！

「奶媽總管，你別這樣啊，那是人家我好不容易才修好的欸。」

「怎樣？」大刀闊斧的幾刀下去，奶媽總管從梯子上問道。

「……妳自己下來看看啊。」

奶媽總管走下梯子往遠一站。

少爺ＷＳ……

「有比奴婢我修得好嗎？」

「……」

「你罵少爺猥瑣……還掛那麼大，我看到了。」

「……」

「奶媽總管，我們會被開除嗎？」

「怎麼會！我們的少爺那是多大度的人，妳看他一身白衣白褲優雅地坐在那兒，像不像一隻純潔無瑕的天使？」

「啊？怎麼我只看到他正陰險惡毒地瞪我們，背後還有一團黑漆漆的濃霧。」

「大概是看到妳修的ＷＣ了吧。小錢啊，妳太膽大包天了，怎麼能罵少爺無恥呢？」

「咦！奶媽總管，這明明掛著你修的猥瑣！你怎麼可以這樣陷害我呀。」

「少爺揮手叫妳過去呢，快過去！去啊！」

「奶媽總管你……」

被同事背棄，姚錢樹被拱到了少爺跟前，扭著女僕服前的小圍裙惶惶不安。

少爺正要開口說話，卻被她猛然抬頭打斷，「少爺，您等等。」

他挑眉不解，她急忙反頭奔向奶媽總管，奪過他手裡的大剪刀，帶著碩大的凶器，重新回到少爺的跟前。

「少爺，我準備好了，您罵吧！」

手裡有武器，膽大猛威力，看清楚她手裡拿著什麼東西哦？這下不敢隨便惹她了吧！哼哼！

「把剩下的吃光。」少爺一推他試吃過的點心盤。

「欸？」又叫她吃第一口被他啃過的東西，不過這些甜品看起來好好吃哦，「少……少爺，可以嗎？真的可以嗎？真的真的可以嗎？」

「……拿去扔了。」他被問煩了，沒好氣地補道。

「不要不要不要，奴婢我要吃呀，就算第一口被您給吃了，我也不會介意的！」

擦手，舔唇，她丟開武器，撚起一塊蛋糕正要吃下肚，腳一靠前不小心踩到了黑手黨的尾巴。

黑手黨猛得躥高起來，撞進她的裙下，猛得跳高。

「呼啦」一聲，小女僕的裙襬在少爺面前被掀得老高，露出裙襬下少女美妙的煩惱……

「呀呀呀呀呀！少爺不要看不要看不要看呀！」她丟開蛋糕護住裙子。

「……」

「您……看到了嗎？」

「……」

「小錢！妳竟敢在少爺面前亂掀裙子？」奶媽總管不能忍受少爺被褻瀆，急忙衝來朝小女僕的腦袋上連敲數記。

她委屈地抱頭偷瞥向少爺，他面色平常，毫無所動，抿了抿唇繼續翻他的資料，就好像她少女的內褲和黑手黨露在外頭招搖的大舌頭一樣，天天都能看到，沒什麼好稀奇的。

「跟少爺道歉道歉道歉！」

「我還要道歉哦？」是她被看到，吃虧的是她吧？憑什麼呀！

「廢話，少爺那麼純潔無垢，不解世事，要是被妳裙子下的什麼東西害出心理陰影了怎麼辦？」

咚咚咚！三個板栗連續敲下來，姚錢樹屈服了。

「嗚！對不起少爺，實在太抱歉了，讓您看到醜陋的東西了，下次再也不敢了！」

「……」

晚餐前的一小時，姚錢樹在洗衣間忙碌。

洗衣機的轟隆聲遮蔽了背後的腳步聲。

一隻手突地從後面伸來，摟過她的腰，她回頭想看來人是誰，腦袋一轉就貼上兩片溫潤的唇。

「少……少爺？」今天練習時間怎麼突然提前了？以往不是都在宵夜時間嗎？

「噓。」

他扶住她的背脊，靠在牆壁邊，把她整個人的重量壓在自己身上。

「少爺，還沒到練習時間呢……」

「我等不了。」

唇齒相貼間的對話，微啟的唇口呼出濃濁的熱氣，少爺在焦躁什麼？肌膚也跟著散出這麼貼燙的熱度，瑰透的兩片脣像一口胭脂井，像要吸噬什麼。

「唔……唔！」

有什麼東西挑開了她的嘴縫，不可抗拒地在她領地內親昵地挑動撩撥，是少爺的……

她的臉突然炸紅開來，一瞬間熱度飆升。

這就是所謂的——舌吻嗎？

相較之前只是貼脣的練習，這樣深入的索取，少爺從來沒有過。男人蠻橫吞噬的力量，脣舌溼滑的觸感，微甘半苦的磨蹭，微喘不穩的氣息，有些失控的氣氛。

這樣也算是接吻嗎？感覺像肉搏一樣辛苦，停頓時更像做了見不得人的事似的不敢看對方。

少爺的級別和功力又提高了。成熟的進度可不可以不要這麼快，她快要跟不上他進步的節奏了。

他似乎還沉浸在剛才交纏貼燙的快感裡沒有抽離，眼神迷離氣息微喘，不停地輕輕淺啄她的嘴巴，灼熱曖昧的氣氛流竄在四周。

「少……少爺。您舒服了嗎？」

「……嗯？嗯……」

「那能稍微移一下嗎？您壓到我的女僕裙了。」

他低頭看向她一身貼合的女僕服小裙襬，蓬蓬翹翹貼在他腹間，蕾絲邊卡進了他襯衫的銀扣裡，糾結出畫面衝擊視覺撩人的情趣感。突然，他低頭——

「再來。」

「……還來？少爺，這個和之前的不一樣了，很辛苦很費體力吶。」

「嗯。以後都來這種。」這是明確了練習項目嗎？

「少爺，晚飯前做劇烈的消化運動對您的身體是不好的。奴婢得為您偉大的身體著想。」

「……」

他看了一眼腳邊的洗衣籃,「好多醜陋的東西。」
她用腳撥擋住放內衣的籃子,尷尬地撇嘴,「少爺您別看,會被玷汙的!」
可他已經看到,而且一清二楚,「一看到就很想接吻。」
「欸?少爺,您不是真的被奴婢我害出心理疾病了吧?」
「……」
不是心理疾病,是男人健康的生理反應!不過,這倒提醒他了。
「少爺?您在想什麼?為什麼用陰險的眼光盯著奴婢我。」
迎上少爺如炬般打量的目光,小女僕不自在地挪了挪身子。
少爺沒有多話,自上而下的一陣猛盯後,手插褲袋淡淡一哼走人了。

幾天後,姚錢樹從奶媽總管手裡接到了「新貞潔改良版女僕裝」——裙襬鬆鬆垮垮,長度膝蓋以下。很難再暴露出什麼不該看到的東西。
少爺……他果然是在討厭她裙子下的醜陋東西嗎?
不情願地換上了貞潔改良版女僕裝,小女僕接到少爺的新指示,陪他一道出門。
「少爺想要去哪?」背著哆啦A夢包,姚錢樹不明地問奶媽總管。
「皇爵飯店。」
「蝦米飯店?」
「妳個只吃飯不記事的腦袋!跟妳說過多少次了,皇爵飯店是少爺家重要的產業之一!少爺現在就是要去巡查屬於他的產業!少爺在國外一定吃了很多苦吧,嗚嗚,那個被我用奶瓶餵大的乖娃娃已經變得多麼成熟多麼穩重了啊，舉手投足間都充滿了濃濃的王者氣息。」

「奶媽總管，黑手黨少爺也經常抬腳撒尿霸占電線杆當自己的產業，談不上王者吧？」

咚咚咚！

回答她的是三個板栗。

成熟穩重又有複雜王者氣息的乖娃娃站在長轎車邊，忽然轉頭問她：

「駕照有嗎？」

「欸？」

「沒有？」

「有是有啦。」為了全方面伺候少爺，任何一種技能都是必須的，奶媽總管有勒令她去考過，可是考完後，她就再也沒有機會開車上過大馬路了。

「妳開。」

一把車鑰匙丟進了姚錢樹手裡，她傻眼了。

「欸？少……少爺？」您要不要這樣相信我？就這樣隨隨便便地把您成熟穩重又有王者氣息的寶貴性命交給我？

少爺打開車門上了後座，儀態高貴地環胸靠坐在車後。

小女僕打開駕駛門，縮進駕駛座，豎起車鑰匙到處找插孔。

好半晌，少爺不耐煩的聲音從背後傳來，「右手下面。」

「……哦哦……少爺，奴婢我插進去了！」她興奮得大叫，轉念又覺得這話聽起來有點怪怪的，「少爺，為什麼引擎沒有發動呢？拋錨了嗎？」

「……轉鑰匙。」

「哦哦哦!還要轉下鑰匙,對對對,教練是這樣教我的。」

「……」少爺默默地扣上後座幾乎不用的安全帶。

「少爺,您坐好哦!奴婢我要開動了!」

「……」

「少爺,怎麼還是沒動呀,奴婢我油門踩到底了!」

「……手剎。」

「哦哦哦!手剎手剎,我忘記把手剎關掉了,哈哈哈哈!少爺,這次真的啟動了哦,您坐好,奴婢我送您去皇爵飯店!」

「呼啦!」

高級轎車變身碰碰車衝出了豪門大院,順便蕩平了奶媽總管剛修剪好的滴露玫瑰。

繁忙的馬路上,車輛穿流如梭,交通秩序井然。

舒城岳一臉諷笑,一手握著方向盤,一手拿著手機。

「他要臨時巡查?呵,還真是個想到什麼是什麼的太子少爺。」

「嗯。他要看就讓他看好了。沒計畫又愛指指點點的少爺我見太多了,有什麼好怕的。」

「他說什麼廢話,有什麼指示,你們應著就好。嘴上給他面子,也不代表真要照他的話做。」

「嗯。我正在到飯店的路上,快到了。先這樣,有話飯店說。」

他蓋上電話，瞥了一眼後視鏡，打算變換車道靠右減速駛進皇爵飯店的大門。

忽然間，背後衝出一輛好像喝醉酒的碰碰車，毫無道理地向他猛然逼近，他急忙向左打方向盤，哪知那輛車也跟著左飄，他向右打方向盤，那車也右移，他打開警視燈，踩住剎車放下速度。

砰！

他的車尾被狠狠地吻住了。

「該死的！」

他懊惱地一拍方向盤，打開車門下車，眉頭深鎖地大步走向那輛肇事車，屈指重重地敲了敲車窗玻璃。

「請問你是喝到假酒了嗎？」就算是喝醉了也沒這麼離譜的，追著人撞？

車窗玻璃慢悠悠地沉下來，露出一張熟悉又憋屈的臉，「舒……舒先生。好好巧哦。你的車尾巴好像裝了磁鐵一樣，我難以抗拒被它深深吸引住，不知不覺就……呃……追尾了。」

「……」

13 少爺，發現舒總監的姦情怎麼處理？

加長版黑亮高級轎車，三扇門。算上拉風騷包的前蓋，和豎著小旗的後蓋，長度是一般汽車的兩倍以上。

「所以，妳是剛拿到駕照不久？」舒城岳滿臉笑意，鏡片後的眸光淡然從容。

「是不太久……」

「又是為了妳家少爺才學的？」

「……唔。」

「那隻畜生喜歡橫躺在車裡沐浴更衣，還是打高爾夫？」

「欸？」

「不會開車還敢開輛這麼大的車！牠吃狗糧不懂交通規則難道妳也有學沒懂嗎？」他努力地保持微笑。

她卻完全聽不懂他的弦外之音，「我家少爺他不吃狗糧啊。」

誰要管她家少爺吃什麼！

「就算牠只吃牛排妳也給我下車。照價賠我！」一碼歸一碼，就算是昔日相親對象，他也不打算風度好到當冤大頭，「沒想到妳倒是個膽子頗大的女人？以為開車是談戀愛嗎？玩冒險找刺激追求速度是吧？」

「唔……舒先生，我是……」

無辜兩字還沒出口，後車窗的玻璃徐徐地滑了一條縫隙。

「我就是喜歡讓她追求速度找刺激，少爺我高興。」

舒城岳被堵得一窒，狐疑地看向飄來冰涼聲音的後車窗，那人神龍見首不見尾地坐在後頭，只讓命令聲飄出來，傲慢得不肯露臉。

「不要廢話，走了。」

「是。少爺。」姚錢樹點頭連連，看了一眼好像不打算放過她的舒城岳，抽出車上的便利貼，寫下一串號碼，塞進舒城岳的手裡，「舒先生，少爺命令我趕時間，我要先走了。這是我的電話，賠償的事我們以後商量！」

「妳！」

「乖啦！我先走了！」

她一拉前進檔，左盤一打重新飆車上路，保持著喝到假酒的行軍路線。

摘下眼鏡揉了揉抽痛的眉心，舒城岳看著自家愛車被撞的屁股碎裂，捏緊了手裡的便條紙。想罵髒話的情緒奔湧上心頭，他正在用僅剩的好修養極力地抵制。

突然褲袋裡的手機響起，他拿出來接聽，「喂。抱歉。我得晚點到。車子出了點問題。」

「等等。能不能麻煩你幫我查一下——到底有什麼渾蛋畜生狗會開口說人話？」

修養是什麼？哦！那就是浮雲來著。罵髒話是碰到蠻不講理的馬路土匪時公民應盡的義務。

廢柴版加長轎車內，少爺在背後發出陰冷颼颼的聲音。

「妳給他電話號碼。」

忙著開車的小女僕腦容量不夠用，無瑕顧及後方問話，「是啊，少爺，你會給我報銷賠償費用吧？」

「我有准許過妳給他電話號碼嗎？」

「欸？」

「電話給我。」

「少爺……我在開車。」沒多餘的手可以完成他大爺的命令。

一隻手伸到她的腰邊的包裡，一陣放肆的亂摸，摸得她渾身麻癢亂扭。

啪！清脆的折斷聲。

「少爺，那是奴婢我用薪水買的手機。」兩行清淚如汽車雨刷般搖擺飆出。

氣質華貴典雅卻前蓋破爛的長轎車扭動著駛進了皇爵飯店。

身著鮮紅制服的飯店服務人員愣住了，走上前來向駕駛座鞠了一躬，有禮地說道：「小姐您好，雖然車觀不整不會謝絕招待，不過我們這裡是高級飯店，有專門的汽車修理站，您看您的車是不是需要美容一下？」

「不用了，我們少爺不拘小節。」她一邊擺手拒絕，一邊解下安全帶，偷瞥間發現服務生正要打開後面的車門。

「別碰，退開。」

窗縫飄出不合作的冰涼聲音把服務生嚇得一退。

小女僕無奈地歎氣聳肩，剛誇完他不拘小節，少爺就在耍脾氣了。

「這位大哥，還是我來替我家少爺開門吧。我家少爺怪癖多，你服務他，他會不開心。」

說罷，姚錢樹頂著一身蕾絲女僕裝跳下車子，彬彬有禮地打開車門，恭請少爺下車。

嶄亮的皮鞋踩上炫紅的地毯，傲慢地一踩，頎長的身軀隨後從後車門走下，亂中有序的長碎髮，鐵銀色的西裝彰顯出貴氣，沉黑色的領帶整齊地繫在領間，菱形銀光袖扣閃出耀眼光芒。

小女僕立刻狗腿地撲上前去，遞上自己的手，「少爺少爺，把手放到奴婢手背上來吧，奴婢我攙著您走。」電視裡的仗勢欺人的大人物都愛這麼享受的。

「……離我遠點。」

「喳！」字正腔圓的標準清宮奴才調！

「……」

兩名服務員看得痴呆傻眼，面面相覷走上前來尷尬詢問：「不好意思，這位先生，請問您是入住、用餐，還是來參加晚宴？」

「叫你們執行總監來見我。」

「請問您有預約嗎？」

「憑我姓愛新覺羅，見他還需要預約嗎？」

「……」

太子爺駕到了！

皇爵飯店高層管理會議臨時召開，主持者是剛從英國畢業不久的總裁公子——愛新覺羅·錦玉。

高層主管人人自危，個個抱著一大疊資料乒荒馬亂地衝進會議室。

主位上高背旋轉椅從背後轉向門口，一位眉宇陰鬱氣勢壓人的貴公子輕轉過側顏，蹺腳而坐。與他渾然天成的貴氣秀氣斯文氣截然相反，他昂起下巴，用餘光打量眾人，墨瞳隱在碎劉海間閃過幽幽的眸光，一副「少跟大爺講話，因為大爺不喜歡講話，講太多話會有人見不到明日的太陽」的黑道頭目態度。

一眾高級主管噤若寒蟬，愣在門口不敢靠近。

「愣著幹麼？進來開會。」這是太子爺發出的第一道命令。

是進來開會，不是進來打群架吧？

呼……一堆人同時鬆了一口氣。

一瞬間，男人們僵著脖子互相使眼色，女人們回頭開始使勁補粉填妝。

人員紛紛就位，太子爺左手邊的空位虛懸得刺眼。他不滿地敲了敲空位前的桌子，挑眉以眼神探問這開會遲到的傢伙是誰。

「那是執行總監，舒城岳舒先生的位置。」

「他人呢？」誰想知道他是誰。

「呃……他剛剛打電話來說，他的車子在路上被人追尾了。」

「哼。爛藉口。」

他冷眸一掃與會人士，「開會前，立個規矩。」

「遲到，不准。我不管你是被人追尾了，還是你的尾椎出問題了。」

「噗……」有人噴笑出聲，惹來太子爺陰陰地瞪視。

「嬉皮笑臉，不准。我講笑話時，誰都不許笑。我討厭別人捧場假笑。我講的笑話從來都不好笑。」

他們分明笑得很真誠啊。是哪個不上道的渾蛋膽敢在太子爺面前假笑，害太子爺對自己的笑話如此沒自信，還耿耿於懷至今啊？

「補粉補妝，不准。開會期間，我不需要女人露出第二性特徵。」這就是所謂——女人當男人用，男人當畜生用的典型冷血牲口老闆嗎？

「交頭接耳，不准。不想讓我聽到的話可以滾到廁所去說去發洩，切記廁所包廂門關嚴實點，不要讓我聽到半點風聲。」

「……」

「各位，都聽明白了嗎？」

「……」可以當做聽不明白嗎？

「集體沉默，不准。同樣的問題我不問第二遍，一旦我問了第二遍，那表示你沒機會見到我第二回了。」

被掃地出門就再也見到太子爺大人啊！

瞬間，眾人肅然起敬，異口同聲，聲音宏亮：「聽明白了！」

「很好，開會。」

少爺在聚眾鬧事開大會，小女僕作為閒雜人等被少爺清除出會議室，她本想貼上去就近伺候，卻被塞進一臺照相機，命令她微服四訪這家飯店的四周。凡是她肉眼能看到的就全部收進照相裡，留下記錄給少爺做參考。

姚錢樹舉著照相機，快門按個不停，照片一張一張地咔嚓下來。裝潢奢華的大廳，大理石前臺，進口處的室內噴泉，高級旋轉餐廳，客房裡的玻璃透明淋浴間，整齊潔淨的大廚房，鋪上絨厚地毯的寬長走廊，糾纏摟抱在一起的男女，被若若小姐雙臂摟住腰間的舒先生……

咦咦咦？

被被被……被若若小姐從背後摟抱的舒先生呀！

少爺啊！您看看她她她……她都拍到了些什麼了呀？舊情復燃啊！姦情啊！情定大飯店啊！

不過，以少爺毫無浪漫細胞又缺少幽默因數的惡劣性格看來，他會允許他看上的女人和別的男人在他的飯店裡上演情定大飯店嗎？

下集劇情更精彩，留個愛恨情仇的懸念，暫時卡在這裡了！

如有雷同，與本飯店和拍攝者本人沒有任何關係，快逃！

「妳站住！照相機交出來。」

「……呃，這是私有的。」是用她每月岌岌可危的小薪水買的。

剛被毀滅手機，姚錢樹誓死護衛自己僅存的高科技電子產品，身一轉面向舒城岳，同時將手裡的照相機死死藏在身後。

小女僕直面飯店執行總監。

舒城岳先是一呆，隨即眉頭輕挑，緊接著糾結而起，慢慢深鎖，最後鎖成一片匪夷所思的表情。

「妳……穿的這是什麼？」

「欸？」姚錢樹低頭，「工作制服啊。」有什麼不妥嗎？門口的服務生不是也有一套飯店的制服嗎？

「……工作制服？妳到底是幹什麼的？」

「伺候人啊。」

「哪種伺候？」

「……就早上幫人穿穿衣裳……」

「晚上幫人脫脫衣裳嗎？」

「咦？」她的服務條款裡是沒有具體規定要幫少爺脫衣服啦，不過如果有少爺有這條命令，她還是會很彆扭地幫他脫的。呃……為什麼舒先生看她的眼神越來越複雜，越來越難以理解，越來越恨其不爭……

「……」

「妳穿著情趣工作制服到處走？不覺得丟臉嗎？」

「誠，你這假未婚妻嗜好真不錯。」若若小姐靠在走廊邊笑得很是幸災樂禍。

她點起一根菸，正要吸上一口，卻被舒城岳伸手摘走捏熄丟進旁邊的垃圾筒，「飯店內禁菸。」

「飯店內也禁止不名人士擅自拍攝，破壞客人隱私啊，你怎麼不丟掉她的照相機！」

這一提醒讓舒城岳回頭瞥向一身蕾絲女僕裝的姚錢樹，「妳陰魂不散地在我四周亂竄，到底是想幹麼？」

「我……」她正要開口，卻想起少爺冷聲的命令，拍照時不准被人發現，否則等回家膜拜他的油畫像一百遍。

到嘴邊的話吞了回去，她左顧右盼看見架立在走廊邊的宣傳海報——

招收對飯店業有興趣的高級人才，皇爵飯店歡迎您。

情急之下，姚錢樹脫口而出：「我是來應聘的！」

「應聘？哈，Are you joking？妳什麼學歷什麼身分，想進皇爵飯店上班？」若若小姐穿著高跟鞋走近她，「穿著這種丟臉衣裳跑出來，是想應聘還是走後門？」

「有後門走的話，我也不介意啊……」對她這麼凶幹什麼？也不想想現在她手裡有偷情的罪證，小心她找少爺打小報告哦！

「妳是飯店管理專業畢業的嗎？」

「呃……」

「有海外留學經驗嗎？」

「……」

「有從事過飯店類的工作嗎？」

「伺候過人算嗎？」

「當然不算……」

「算。」舒城岳的聲音突然插進來。

若若小姐咬唇回頭瞪他，「城！這麼做不合規矩。」

「合不合規矩有我說了算。」舒城岳扶了扶眼鏡，輕飄飄地頂回一句，「小女僕，過來。」

「唔……」為什麼突然用怪叔叔騙蘿莉的音調對她講話，都是她這身讓人誤解的工作制服惹的禍，少爺的男人品味太奇怪了。

「不是要應聘嗎？我就來看看妳都是怎麼伺候人的。」

「……」

他挑眉壞笑朝她勾勾手指，輕佻的樣子讓她滿肚子懷疑。

俗話說的好，事情可以搞大，肚子不可以被搞大。女人要懂得自我保護的。舒先生的「伺候」該不會跟純潔的她所理解的有本質差別吧？

西餐的基本餐具——刀叉勺杯盤。

細化到具體的，又可以分為：魚刀，肉排刀，前餐小刀，魚叉，以及正餐大叉，前餐小叉。甜品勺，湯勺和茶勺各有不同，紅酒杯，白酒杯，香擯杯，白水杯和咖啡杯高低有差，還有邊盤，料盤，咖啡盤……

當這些東西同時亂七八糟地堆在眼前時，姚錢樹傻眼了。

「所以……這些要怎麼擺？」

「妳問我？呵……這是我在考妳的問題。妳連最起碼的餐桌擺設都不會嗎？」舒城岳牽脣一笑。

「……呃……」他分明知道她在扯謊，故意不揭穿，是要看她故意出醜嗎？唔，對她這種貨色動用這麼高智慧的手段，又何必呢？

「妳雙手能端幾個盤子？」

「你都說是雙手了。當然是兩個……囉。」

「不合格。我們這裡的服務生最基本要雙手端四份餐點。」

「……另兩份是用頭頂嗎？」

見她回得很是不服氣，舒城岳隨手拿起桌上的盤子，將盤沿插進左手指縫間交疊而起，三隻盤子像一朵三葉草一樣展開在手心，輕鬆穩當漂亮。

姚錢樹嚥下一口唾沫，好厲害！可也太離譜了吧？這是在應聘服務生還是雜技員？

「所以，姚小姐，妳到底會做什麼呢？」

「呃……我……」她抿脣看了他一眼，轉頭翻開自己身後的哆啦A夢包，拿出一樣東西伸到他眼前，「這樣端盤子一定很辛苦，我可以伺候您擦護手霜。」

「……」

幹麼白眼她……這樣不行嗎？那……

「我還可以提供放鬆壓力的口香糖，您眉頭糾成這樣，一定十分辛苦。」

「……」

還是……不行嗎？

「我還可以幫您打扇子，拿毛巾擦汗，或者吃飯時，可以幫您吃掉您所有不喜歡的菜色！」最後一項她很引以為傲呢！少爺不愛吃的東西，都是她負責解決的，這件工作上，捨她其誰啊！

「……」舒城岳深呼了一口氣，彷彿把這輩子所有的風度都透支完畢才勉強展露一記微笑，「我給妳最後一個機會。」

「咦！就最後了嗎？呃……我不插嘴。您請說。」

「客人來的時候，妳要開口說什麼？」

這很簡單啊，只要把少爺的稱謂切換成客人就好了，「喲！客官您來了，哎喲！您為什麼很久沒有來了，想死人家了啦！快進來坐呀！」

「……」

「走的時候我也會說哦！客官您慢走啊，下次再來哦！一定一定要來哦！奴婢我在這裡等著您喲！」

「……妳也可以走了。」跟著妳的客官一起走，一起走！

「考核完畢了嗎？那我的應聘……」

「一輩子休想！」

「……」吃了閉門羹，姚錢樹很是無奈，忽然耳邊刺來一道冷聲。

「我的奴才，你憑什麼指指點點？」

欸欸欸？少……少爺？

14 少爺，我不能和您結婚啦！

「我的奴才你憑什麼指指點點？」

隨著一句冷語，姚錢樹的衣領被人從後拎起，放於身後，她抬頭向前張望，眼前只有弧線完美的側臉。

少爺少爺，您要幫奴婢出頭嗎？好偉岸的說！

姚錢樹無聲地眨動星星眼，向自家少爺投去崇拜仰仗的目光。

「我的奴才，就算她再沒用廢柴愛搗亂，那又關你什麼事！」

「……少……少爺……」您這是在幫人說話嗎？您幫人說話的方式也太讓人難以消受了。您還是別幫我了，讓我自生自滅算了。嗚……

看著面前脾氣陰鬱的大少爺，舒城岳不怒反笑，扶了扶眼鏡確認道：「愛新覺羅・錦玉？我們總裁的公子是吧？」

少爺眼睛一瞇。

「不好意思，我一直以為錦玉該是個粉雕玉琢的小東西，您上次飆車砸人的戲碼實在超過我的預期，沒認出來少爺您來，請多包涵。但是……」

看了一眼身處暴風圈中心還不自知的小女僕，舒城岳挑眉放話道：「您的奴才請您帶回家，她鑒定不合格，對餐桌禮儀一竅不通的人我們沒法錄用。」

「哼！我的奴才，我說她行她便行，不行也行！」

「抱歉，那是在您府上，她怎麼行都沒問題。可在這兒，我執行總裁說她不行她就不行，就算您想安插親信，也請另謀他人。」

張揚跋扈的拉鋸氣氛讓姚錢樹在夾縫中抱頭鼠竄，左手邊是舒先生挑釁輕笑的眼神，右手邊少爺耐性用盡黑眸緊瞇。

「少爺少爺，算了算了，不要再為奴婢我吵架了，您這樣奴婢我會好嬌羞好難招架，奶媽總管會罵我狐媚惑主……喂喂……你們倆不要再互看放電了好嗎？好歹是在為我吵架，多少低頭看我一眼吧？」

撲騰跳動的小女僕惹來舒城岳會心一笑，「姚小姐，我很好奇妳都是怎麼伺候我們太子爺的。主僕情深義重是很好，可伺候人是門學問——妳像個門外漢。」

如遭雷擊。

姚錢樹愣了。她伺候別人十五年，從六歲就開始幹起，竟被人當成連初級階段都不及格的門外漢？

自尊和職業操守都遭到了最直接致命的打擊，她抿緊了脣。

舒城岳撂完話，正要起步走人，又彷彿想起什麼回頭轉身，「還有，大少爺……剛才的會議，不是我尾椎有問題，而是我根本沒必要去開。為什麼呢？」

「……」

他一笑，續道：「因為總裁交代的話您沒有做到，而目前您根本還沒有掌管飯店的資格。」

「……」

「想主持大局也好，給你的親信開後門也好，都得等到大少爺您坐上位置再說吧？」

嗆辣的話說完，舒城岳目中無人地從少爺身邊擦身而過，在小女僕身邊略有一頓，突地俯身在她耳邊輕道：「妳欠我修車費不會不記得吧？」

「欸？」她被提醒，想起追尾一事，可剛才他把自己說得一文不值，還欺負少爺，她已經打算賴帳了，哼！

「不用忠心護主地瞪我，原來妳的少爺就是他啊？」

「關……關你什麼事！呸呸呸！」

對於她微不足道的口水反抗，他視若罔聞，「公事我得公辦，但不妨礙我私下打電話給妳。」

「什……什麼東西？」少爺在盯她瞪她威懾她，陰鬱的眸子好不性感嚇人。總監大人不要損人不利己啊，為顯示她忠心不二，不會和少爺的敵人有什麼私交，她大吼道：「不准打來！我的手機已經被折斷了！」短時間，她都不會有經濟能力讓少爺第二次把她的手機折斷了。

「噓。」他把聲音再度壓沉，阻止她鬧脾氣，低沉的聲音流進女人的耳朵裡，「妳的女僕裝很可愛惹火。下次考慮單獨穿來見我。回頭見。」

抽出褲袋裡的手，他狀似寵溺地揉了揉她的腦袋，頭也不回，大步朝大堂走去。

「……」大方的男人動作配上甜言蜜語對女人太受用了，她頓時忘記自己還暴露在少爺吞噬性的殘忍視線下，瞬間變節——其實舒先生……還真是讓人討厭不起來呢。

「站住。」

一直沉默的少爺突然開口，還陶醉在男人味裡的某女僕立刻收回自己的嘴臉。

舒城岳停住腳步，卻傲慢地不肯回頭。

「只要結婚就可以了吧？」

「……」

「只要配偶欄裡有個女人的名字就成，對嗎？」

「……總裁是這麼交代我的，只要大少爺肯屈尊降貴把婚結了，皇爵飯店就由您掌管。」

「你等著！」

少爺被刺激，後果很嚴重。

不再有情趣逗弄她，少爺親自坐上駕駛座，一路飆車回家。

路上她幾次偷偷瞄他，他的黑眸熠熠閃出不甘的光芒，直望著前方的路。

少爺那句「你等著」在她腦裡盤旋不去，他讓舒先生等著，等著他結婚，等著他配偶欄裡添上一個女人的名字來繼承飯店。

難怪少爺一回國就急著相親戀愛，她和奶媽總管以為少爺發情了，沒想到是因為老爺提出的交換條件。

少爺狠話放得那麼鏗鏘有力，胸有成竹，莫非心裡已經有人選了？是那個若若小姐嗎？

「少爺，您真的要結婚嗎？」

「要。」

關妳什麼事？妳管太多了。走開，別煩我。

她等著諸如此類的答案飄出少爺的唇，卻不想耳邊傳來肯定回應的聲音。

只是為了要繼承飯店，達成老爺的要求，隨便地娶一個女人也可以嗎？就為了這些理由，所以少爺才會開始對戀愛有興趣，才讓她教他如何求婚接吻。是這樣嗎？

一路無言地回到家，少爺早早地把自己關進房裡，不下樓也沒吃晚飯。

奶媽總管在樓下急得團團轉，眼見著時鐘指向十二點，少爺還沒吃東西，只好吩咐姚錢樹端著吃的上樓去。

輕叩了三次門，沒人應她。奶媽總管交代了，破門而入也好，用筷子撬開少爺的嘴巴也好，只要讓少爺吃東西，一切不予追究責任。

有了免死金牌，姚錢樹推門而入。

只見趴在電腦前的少爺正枕著手臂淺眠著。

她走到他身邊，只見電腦螢幕上顯示著她看不懂的飯店策劃書，而下方最小化的視窗裡竟有一個相親網站。

她扯了扯嘴角，桌上少爺的手機突然震動起來。

她拿起一看，只見螢幕上赫然出現「郭若若」的名字。

「手機給我。」

少爺不知何時睜開了眼，伸手問她索要手機。

若若小姐的名字在閃動，她捏緊了手機。如果把手機還給少爺，他會馬上求婚吧。現成方便的人選出現，著急如他一定會開口求婚的。

「給我。」

她咬緊了唇，腦中不知搭錯了哪根神經，「少爺，若若小姐不行，她不能和您結婚的！」

「為什麼不行？」

為什麼不行？是啊，為什麼不行？她怎麼敢多嘴管少爺的事。若若小姐是少爺的老同學，是飯店的員工，是可以跟少爺相親並且唯一和少爺換過電話號碼的女人，是唯一和少爺進展到約會可以開口求婚的女人，是少爺迫在眉睫問唯一覺得方便有用的女人。

少爺伸手就要拿過她手裡的手機，她卻死摳住，不肯放開手。

「少爺！她是舒先生的前女友！少爺，我有證據！」幾乎有點卑鄙的話失控地溜出她的嘴巴。

「鬆手。」

少爺冰冷的命令讓她不得鬆開手，她一臉如喪考妣地僵站著，看著少爺從容地接起電話，就好像少爺冷漠的背影越走越遠，快要不見了一般。

「我要結婚了。不要再打來。」

啪！

電話被掛斷，少爺偉岸的背影好像突然大倒帶一樣地又杵到她眼前，她張大嘴巴瞪大眼看住少爺，不能確定少爺剛才說了什麼話。可少爺接下來的一句話更讓她徹底傻呆了。

「就妳吧，和我結婚。」

「……哈啊？少……少爺您說什麼？」那種上菜市場買豬肉的口氣是什麼意思啊？

「結婚。妳和我。」

「啪嗒」一聲，姚錢樹腳軟地坐在地上，雙眼無限放空地抬頭看向面前的人。

少爺急瘋了嗎？忘記她是誰了嗎？她耶！從小到大到老她都得是少爺的包衣小奴才，小跟班，他的貼身小女僕。她整個人甚至未來要嫁的男人都得屬於少爺，怎麼能跟少爺結婚？

她可以吃他剩下的東西，可以負責教教沒經驗的少爺戀愛接吻，可結婚……這玩得也太大了吧？

「少……少爺。您不帶這麼玩弄奴婢我的，您好好用餐，奴婢我先退下了。拜拜再見晚安。」

她翻身就要狗爬逃跑，女僕裝背後的大蝴蝶結卻被少爺輕易地拽住往回拖。

「誰在跟妳開玩笑？」

「少爺！您放過奴婢呀，奴婢可以吃您的口水，可以罰念十個晚上的十萬個為什麼，可以去擦您的畫像一百遍，可以和黑手黨少爺接吻，但不可以和您玩結婚啦……」

小女僕使勁往前爬，少爺紋絲不動往後拽，「和我結婚很可怕嗎？」有比和黑手黨接吻更可怕？

「……可以說實話嗎？」

「不准說！」

「……那您要我回答什麼？」小女僕無奈地翻白眼。

「好，結婚。」多一句廢話都不行。

「不行啦！」

「妳敢對我說不字？」

姚錢樹著急地撓了撓腦袋，「我也知道少爺您這次情況危急，迫不得已。可奴婢真的不行啦，少爺！我嫁的男人由您選沒問題，但就不能是您啊。」

「為什麼不能是我？」他眼瞳一眯，顯然對這項有深遠歧視性的特指很是不爽。

她顧不了太多，只好大吼出聲：「因為女僕守則第三條，我是絕絕對對不能愛上少爺您的呀！」

少爺眉頭一揚，幽瞳一眨，面色如常，薄脣輕開，「和我結婚跟愛上我有什麼關係？」

「欸？」

「我只要妳跟我結婚。沒要妳愛上我。」

「欸欸欸？」您這是哪門子的歪理邪說啊？

「還是妳心虛？因為破壞了第三條規矩，偷偷愛上我了，所以不敢跟我結婚？」

「……」冷汗涔涔。這讓她上哪說理去？

少爺冷冷地一哼，「聽奶媽總管說，妳把我的畫像弄得像個靈堂，還每天圍著它流口水，妳是不是有什麼不該有的非分之想？」

「亂……亂講！那個是奶媽總管自己弄的，他每天給少爺送花上香還端供品還流口水，害我以為少爺您在國外有什麼不測了呢。」

「不要轉移話題。結婚。」他拎起她，抖了抖她衣服背上的蝴蝶結，她全身都跟著晃動起來，「不跟我結婚，就把妳這個不聽話的奴才賣掉或者趕出家門，自己選。」

「不結婚，您就不要我了嗎？」

「嗯。」

「……」竟然「嗯」得那麼果斷乾脆又狠決，還用這麼卑鄙的招術來威脅手無寸鐵的小奴婢，瀑布淚，「那……要結多久呢？」

少爺挑眉，不解她的提問。

「就是這假結婚要結多久啊？」結婚又不准愛上，那不就是玩假的嗎？不過，就算是判刑也該有期限，不能一杆子打成個無期徒刑吧？

「……假結婚？」少爺瞇眼，這個字眼顯然令他不快。

「少爺不就是為了要完成老爺的要求，才不得已想假結婚的嗎？」

「……」少爺陰沉地瞪眸，卻找不出話來反駁，悶悶哼聲。

「一個月？」

「……」惱怒的眼神。

「半年？」

「……」盛怒地抽息。

「一年？」

「滾出去！」

「遵命！少爺您晚安，您放心吧。奴婢我絕不會對您有非分之想的！」

逮著喘息的機會，小女僕急忙一溜煙逃出了少爺的房門。

砰！

少爺手裡的滑鼠被狠狠地砸在桌上，碎了。

15 少爺，我們結婚吧！

門外的姚錢樹聽到滑鼠粉身碎骨，縮了縮脖子，一夜無眠地在床上輾轉反側。

她不停地警告自己不要想太多，少爺命令自己跟他結婚，只是為了飯店，為了經營權，時間緊迫，他找不到別人可以幫他，所以才出了這個下策。

從回國到現在，少爺沒有對一個人提過他的處境和難處，她一點也不知道少爺要什麼，更別提有什麼地方能幫到他。

難得她有用處了，理所當然，她該為少爺赴湯蹈火，而不是扭扭捏捏像個嬌羞的女人，難怪舒先生說她伺候起人來是個外行。

少爺都說了，結婚和愛上他是兩碼事。不違反她的女僕守則。

她不是立志，要讓少爺覺得她也是個用起來方便的優秀女僕嗎？

那她還在遲疑什麼？

只要不喜歡上少爺，和他結婚又有什麼關係？她會控制住自己的小情緒的！

少爺只是需要一個女人的名字出現在配偶欄，而她可以幫到少爺！

事情就這麼簡單呀！

主意打定，結婚就結婚吧！只要少爺事後發一張優秀女僕的獎狀給她，她就好滿足了！

勇氣被莫名地充飽壯大，第二日，姚錢樹握緊了拳頭，正要以獎狀為勒索條件答應少爺的結婚要求。

可接近中午，少爺也沒走出房門下過樓，眼見夕陽斜下，她鼓足的衝動勇氣也慢慢憋了下去。

就在她的小勇氣已經化整為零的時候，少爺的房門終於打開了。

她站在樓梯的下方仰頭望去，只見少爺正低眸俯視她，那黑眸裡帶著幾分若有若無的責問。

他身著番紅立領襯衫配上霜白的馬甲，筆挺的白褲，一身有型有款有講究的穿著行頭，盡顯他卓然的氣質，一看就是要出去見什麼重要的人，談什麼重要的事。

他是找到別人能解決他的問題了嗎？那個人一點也不扭捏推脫，乾脆地答應和少爺結婚了嗎？不……不再需要她幫忙了嗎？

她默默地低下頭去，到嘴邊的話也全嚥回了喉嚨，只見少爺從樓上一階一階地走下，擦過她的身邊，沒有一句交代，甚至沒有理睬她。

她歎了一口氣，不知道是輕鬆更多，還是失望更多。

癟了癟脣，她正要走開繼續幹活去。突然手肘被人從背後牢牢地扣住，用力地一帶，她整個人撞上了少爺挺直的背脊。

「少……少爺？」不是不理她，要走人出門了嗎？怎麼突然又……

他沒回頭望她，拽住她的手肘逕自把她往門外拖。

「少爺？您要帶我去哪？」

他依舊沉默無語，背對著她，一路將她拖進自己的車裡，塞進去，幫她綁上安全帶，轉身自己坐上駕駛座，一踩油門，車子駛出大門。

車子速度極快地飆向偏遠的郊區。姚錢樹看著倒退的風景，不安地嚥了嚥口水，轉頭看向一臉嚴肅認真開著車的少爺，哭喪著臉哀求。

「少爺少爺，奴婢我知道我惹您生氣了，您不要把我拖到荒山裡去毀屍滅跡呀！」

「……」

「少爺您風華正茂，前途大好，千萬不要為了懲罰奴婢就在犯罪的道路上越走越遠呀！」

「……」

「少爺少爺，奴婢我知道錯了！我不是故意違抗少爺的命令的，您就算不要我，要賣掉我，也找個近點的人家賣吧？唔……還是說您是打算把我賣到鄉下給人家當童養媳？」

「……」

他捏緊了方向盤，微微側目瞥向她，緊抿的脣突然張開：「我答應妳，就一年。」

「欸？」

「假結婚。期限一年，一年後我們離婚。這樣可以了嗎？」

「……」

「妳還有什麼不滿的？」

「……不……沒有。」

她急忙轉過頭去看向窗外，狹小空間的氣氛突然變得有些尷尬。她想要說些什麼來轉換這刻的凝重，可嘴巴開開合合就是沒辦法像剛才一樣唧唧喳喳。

「妳還有什麼要求就說。我討厭妳吞吞吐吐。」

「……那萬一有了喜歡的人了要怎麼辦啊？少爺？」萬一中途少爺有了喜歡的女人，她要怎麼辦呢？

「吱——」刺耳的剎車聲刺進姚錢樹的耳朵，她的身體隨之一擺，差點飛了出去。

少爺盯著方向盤，冷冷地開口：「妳現在是在跟我討價還價嗎？」

「不是的，少爺我……」

不待她說完，他涼涼地插話：「哼，那就提前離婚好了。」

「……」

「不過，」他陰惻惻地把頭轉向窗外不看她，悶悶地哼道：「妳不准比我先有！要外遇也是我先！要離婚也得我先提！妳聽到沒？」

「……」喜歡這種事誰能控制得住啊，不過，「哦，您說什麼就是什麼唄。」反正她看上了，也不代表少爺看上了，少爺看不上，她還不是沒辦法嫁。就算少爺看上了，也不代表那個男人能容忍她有這麼個陰晴不定的少爺，並同她一起伺候他。

「下車。」

「咦？在這裡？少爺，這是郊區遊樂園的大門口，天黑後就沒人煙了。還是說，您依舊決定要做掉奴婢我嗎？」

他白了她一眼，打開車門率先下車，拿起手機打了一個電話。隨即繞過車身，打開她的車門，硬將她拖下車子。

「少爺，這裡很可怕耶，您沒聽過人家說什麼遊樂園怪談嗎？半夜會自己開動的小火車，還有放在倉庫裡自己跳舞的布偶，我們快走吧，這裡太恐怖了呀。」

伴隨著她顫巍巍的聲音，一輛園內遊覽的小型火車向他們緩緩地向他們駛來，那上面竟是一車的鮮花……玫瑰、百合、馬蹄蓮、康乃馨、滿天星、喇叭花……雜七雜八，與花語無關，只是單純想要湊得越多越好。

砰砰砰！

幾聲震天的巨響直衝上雲霄，絢爛的煙火在空中炸開了花，五彩繽紛得讓她合不上嘴。

啪！

禮盒輕開的聲音讓姚錢樹轉頭看向少爺，只見一枚閃到刺痛她眼的鑽戒坐在少爺的手裡，照亮了少爺不自在的側臉。

這些東西，她好熟悉……是她告訴少爺的求婚道具——

「向女人求婚，首先得有鑽石戒指。」

「幾克拉？」

「越大越好吧？越大求婚成功率越高呀。」

「……」

「然後是鮮花！」

「幾朵？」

「只要不是插在牛糞上的鮮花越多越好啦！越多被打槍的機率越小呀！」

「……」

「再來是煙火！」

「……幾車？」

「一車，一車就夠了！一車就能讓所有女人心甘情願在少爺您懷裡蹭來蹭去！」

少爺拿出戒指，把精緻卻沒用的盒子向後一拋，「妳要的都有了。嫁我。」

她要的都有了，她幻想中最完滿的求婚，鮮花、煙火、鑽戒，原來，少爺前幾天頻頻電話聯絡的求婚道具，不是為了若若小姐，而是打算給她的。可是沉浸在這樣完滿的求婚裡，該有多危險？結婚和愛上是兩碼事！她得牢牢記住，少爺這麼做，只是想結婚，想要接管飯店，無關其他。

她懂，她清楚，她清白，但是——

「還不夠。」她控制得住腦子，卻控制不住嘴巴。

她的得寸進尺讓少爺黑眸微瞇。

「還有最後一條……少爺還沒做到的。」

他輕皺的眉忽地舒展開，眼光也滲出溫柔。

他向她走近兩步，二話不說地捧住她的腦袋，傾下身子靠近她的脣，卻在距離還有零點幾公釐的位置頓住，不貼上去。

「還差什麼？我不知道。」

「……」她仰著腦袋，臉孔漲得通紅。

「妳不說，我不知道妳要什麼。」

「……就……普羅密素K死。」當煙火放到最高處時的普羅密素，她不是告訴過他，這是最關鍵的東西嗎？

得到想要的答案，少爺的嘴角隱隱一動，緊接著，她腰上一緊，眼前一黑，脣上一熱，鼻間遊蕩的全是少爺男人的氣息。

還好，少爺沒有不要她。還好，她對少爺還有用處。還好還好還好，對少爺來說，她是比若若小姐更方便的人。她可以陪他接吻，和他結婚，幫他繼承家業。

少爺這挑逗糯軟不肯稍稍間斷的深吻，其實是在獎勵她是個很合格很優秀很……方便的女僕吧？

就這樣，少爺和小女僕決定正式結婚了。

可是這段地下婚姻要怎麼瞞天過海，也著實讓人費了一番腦筋。

撇開緊迫盯人的奶媽總管，兩人偷溜去公證處做了登記，領回證來，未婚的備註上發生了根本性的轉變。

她看著自己的結婚證書，可一點也沒有變成已婚婦女的感覺。原來結婚，不過就是拿回一張薄薄的紙而已，沒什麼大不了的嘛。

倒是填表格時，要從選了二十年的未婚換成已婚選項，有點不習慣。還有，配偶欄裡填上愛新覺羅．錦玉的名字，感覺——好奇怪哦。

噗……哈哈哈哈，少爺的名字在她的配偶欄裡，哈哈哈！

「結婚證書有這麼可笑嗎？」少爺一邊開車，一邊斜眼瞪她。

「就真的還滿好笑的呀。您看您看，這裡還寫著自願結婚，特發此證，那是不是說，不自願來結婚的要發另外一種證呀？還有人被綁架來結婚的嗎？」

她繼續擺弄著新奇的玩意，少爺卻在這時突然開口：

「要去照相嗎？」

「欸？照什麼相？」一吋大頭照嗎？辦結婚證時已經照了呀！

「……婚紗照。」

「婚紗？」女人最嚮往的東西？少爺已經開始懂女人了！還知道女人的小弱點！為什麼根根都刺中她的要害呀。

婚紗攝影棚內，攝影師正專業地調整鏡頭，他抬頭看著面前的新人。

男人一身華麗的燕尾服裹著修長的身材，抬手扯著繁複的蕾絲邊領口，盡顯雍容華貴，他五官俊挺，眼神淡寒，表情冰霜，昂著尖潤的下巴，顯然一副厭惡鏡頭討厭照相的模樣，攝影師滿肚子無奈，不喜歡拋頭露面您跑這來撒炒票消費幹麼？

本來還想拿他的照片當廣告放在店外吸引顧客的呢！喜氣洋洋的婚紗照，又不是將軍上陣殺敵前的戎裝照，誰要看傲慢美男這張冷若冰山的臭臉啊，稍微配合他一點露個笑臉嘛。

說到笑臉，攝影師更鬱悶了，斜眼看向坐在美男身邊的女人。

她的婚紗裙被大大地鋪開，坐在自己老公旁邊像在偷人一樣，賊眉鼠眼，哆哆嗦嗦。

冰山男看來不好惹，就先說說這軟綿綿的女人，「我說小姐，您能不能笑得再開懷點？」

「我這不是一直笑著嗎？」

「我的意思是，您太僵硬了，您想想最近讓您由衷開心的事好嗎？」

「最近讓我由衷開心的事？沒……沒有啊。」

「新婚啊！您看，您和這麼漂亮的先生結婚了？不開心嗎？」

「……」

「您看看您先生如此英俊耀眼，英姿勃發，您長成這樣竟然能擁有他，真不知道是積了什麼福氣，您不開心嗎？」

「……」

「您再想想，您先生將來會怎樣愛您怎樣疼您……喂喂喂……您的臉怎麼快哭了？好吧，我求您了，您到底要怎樣才肯笑的開心自然點。」

「怎樣都可以嗎？」

「只要我能做到，我一定幫忙！」

「好的。能麻煩你叫我家少爺走開兩分鐘好嗎？」

「……」

「他一直在我後頭放冷空氣，我真的很難在零下十幾度的溫度下露出春暖花開，熱情洋溢的笑容的說。」

「先生，要不先給您拍，再給您太太拍，再用後製弄在一起如何？」

「……」冷眸一掃，這是他大少爺這輩子聽到最爛的建議。

最後照出來的照片慘不忍睹，和攝影師美好的構想天差地遠——

第一張——妻子本該坐在椅子上，優雅地抬起右手，先生低身親吻其手背；

可照片上——少爺身一低，射出視線足以殺人，小女僕嚇得直接從椅子上摔到他腳邊，抱他大腿；

第二張——先生交疊雙腿坐在椅子上，妻子趴在其腿上看著鏡頭幸福笑；

可照片上——小女僕不顧婚紗的神聖優雅，像條忠犬一樣蹲坐在少爺椅子邊，少爺還頗為欣慰地拍著她的腦袋；

第三張，狗兒項圈出現了；
第四張，少爺牽著自家小女僕在溜人；
第五張，少爺不自在地低身要將脣貼上小女僕的側臉；
第六張，小女僕噴口水笑場了；
第七張，少爺憤怒地捏起小女僕的臉頰勁搖晃中；
第八張，小女僕兩行寬淚求饒中；
第九張，少爺翻臉不照了；
第十張，少爺拎起小女僕的後領拖她出鏡頭……

很好……一氣呵成。完全沒有喜慶感覺的婚紗照被密封包裝起來送到新人手裡，攝影師只希望他們趕快把它帶走！這玩意沒有任何廣告效應，他們甚至怕這玩意流傳出去會讓相館被抹黑。

不過……領照片當天，少爺被攝影師神祕兮兮地叫到了一邊。

姚錢樹豎高了耳朵，只聽那攝影師對少爺獻媚嘿嘿道：「先生，別的您都可以帶走，這張留給我們當範本照片可以嗎？」

「……」少爺接過照片，定睛一看，半晌，他暴吼：「不准！」

「欸，先生。有什麼關係嘛！您不要不好意思啊。這張留給我，那些照片就當我免費給您照的，您看怎樣？」

「不怎樣！」

「先生，您看這張真的照得太有feel了，您務必要留給我們……」

「滾開！」

將照片往口袋裡塞，他脅迫工作人員刪除照片的原始檔案，一臉惱怒地上車。

小女僕納悶了，「少爺，您沒事吧？」

「閉嘴。」

「您臉很紅耶。」

「……叫妳閉嘴！」

「莫非……您被他們拍到裸照了嗎？」

「……」

婚紗相館內，某攝影師陰笑陣陣，「還好我留了一手，喂喂喂，把這張照片放大做成海報，能放多大就放多大，這簡直就是我畢生的得意之作！」

沖洗照片的人員接過照片，「老大，那先生發什麼火啊？這沒露點啊？」

「哈，你懂什麼。這比裸照更刺激，他大概這輩子也沒見過自己露出這種表情吧。所以惱羞成怒，不可理喻，欸！男人啊，總是不能忍受自己露出這種幸福又寵溺的娘們表情。」

「是嗎？我也是男人，我怎麼沒覺得我們男人有這麼神祕啊？」

沖洗人員不解地看著自己手裡的照片——女人身著中式傳統的喜服，紅喜蓋頭把她的臉和視線完全包住，男人修長的手指停在她臉頰邊，似要掀起蓋頭，那狹長深幽的柔眸裡蕩漾著……呃……幸福寵溺又娘們的神祕！

第二春　隱婚症候群

少爺目光深邃地看著她，深吸一口氣，薄唇輕啟：「她是我……」

「我是少爺家的奴才，是他的貼身女僕吶。你們好。」

少爺的臉色好可怕，青紅慘白全部翻了一遍，然後……

嗚，在瞪她，在惡狠狠地白眼她，在憤怒無比火光十足地噴射她……

16 少爺，這是新婚禮物嗎？

「少爺，您真的沒有那裡不舒服嗎？好像在發燒欸。」

坐在少爺的車上，姚錢樹的眼光怎麼也離不開少爺蘊紅的臉。

他被盯得胸悶無比，伸手將空調扭到最大。

見她還在探究地打量自己，他皺眉將她靠上來的大腦袋推離，「別靠過來。」

「可是，奴婢我擔心您的龍體欸，您要是身體有恙，奶媽總管會扣光我的小薪水的。奴婢陪您上醫院好嗎？」

密閉的空間，無法逃開眨動不停的煩人雙眸，簡直夠了！

吱——

急促的剎車聲後，少爺別開眼冷淡地命令道：「下車。」

「欸？這……這裡哦。」她看向窗外公車站牌。

「我現在要去飯店。」

「哦哦哦！我知道了。」

少爺和她結婚的真正目的不就是這個嗎？他急著要去飯店顯示自己的已婚身分了，她不能跟過去，如果讓舒先生知道他娶的人是她這個小女僕，他一定會懷疑少爺。

她急忙推門下車。

「妳……」

「少爺，您還有吩咐嗎？」

「……不准比我遲到家。」

「是！」姚錢樹笑著應聲。

引擎發動，後照鏡裡倒影出她踮起腳查公車站牌的模樣。

他抿脣，一踩油門直奔向他的戰場——皇爵飯店。

執行總監辦公室的門被祕書急喘喘地推開，喀噠喀噠的高跟鞋讓正專心看文件的舒城岳皺起眉。

看著還做不到一個月就很吃力的新祕書，他擱筆輕笑，「秦祕書，妳最好有天大的事報告我，否則我打算留下妳性感的高跟鞋做紀念，順便請妳回家吃自己。」工作時，女人露出的第二性特徵的確讓人苦不堪言。

「抱……抱歉！總監大人。可是……總裁公子他……」

話未說完，一道西裝筆挺的人影已旁若無人地擦過她身邊，傲然向前朝舒城岳的辦公桌走去。

啪！一本紅彤彤的結婚證砸在舒城岳的面前。

舒城岳沒起身，抬手揮退了祕書，扶了扶眼鏡，才仰頭笑迎來人，「大少爺的動作真快。敢問總裁大人知道您在玩閃婚嗎？」

「只要結婚就好，其餘廢話少說。」

「我看到了。」他懶懶地拿起那本結婚證，「新婚的滋味如何？少奶奶是什麼人？」

「不關你事。」

「的確不關我事。」舒城岳將結婚證推到他面前，「這東西我不用看了，像錦玉大少爺如此好的條件，要隨便找個女人根本難不倒您，是吧？」

「……」

「不用防備地瞪我，就算您找個女人陪您假結婚我也無技可施，總裁大人只交代我讓您結婚，至於您和那女人是情比金堅，還是金比情厚，我都管不了也不想管。」

他打開抽屜拿出厚厚一本名片本，快速地翻閱抽出一張，遞向面前的大少爺。

「什麼東西？」

「我朋友。做媒體的。」見他不接，舒城岳去身將名片塞進他西裝的口袋裡，「不用對我翻白眼。這也是總裁交代的。結婚後少爺和少奶奶必須接受採訪，告知天下。」

「……」

「希望您和您太太不要在採訪時互相認不得對方，露餡讓人笑話。你們被笑話沒關係，飯店的形象可是會被損害的。」舒城岳語調輕慢，略略一頓，「大少爺，閃婚不好玩，現在反悔還來得及。」

砰！

回應舒城岳的，是一聲硬氣十足的甩門聲。

舒城岳挑高眉頭，輕蔑一笑，「想要我和她一起效忠這位少爺，還要為他赴湯蹈火？哼，免談。」

時鐘已過八點半。

收回冷瞥的視線，錦玉少爺一臉惱怒地端坐在沙發上，撥弄著電視遙控器。

喀啦！

開門聲讓他將眸內的冷光全數射向門口。

姚錢樹剛進門就愣在門邊，少爺身著一件深V領的灰線衫，露出美好的鎖骨，雙手環胸慵懶翩翩，這麼一個性感的姿勢配上毫不慵懶性感的眼神，讓她渾身一寒。

「少……少爺，我回來了。」

「……」不回話，瞪她。

「我……稍微晚了點，因為路上塞……車。」

「妳就這樣當人老婆的嗎？」晚回家還找藉口。

「咳咳咳咳！」她一聽到敏感字眼，立刻大聲咳嗽。

他不解，只覺得她跟自己作對，甩開遙控器站起身哼道：「妳咳什麼！我在問妳，妳是怎麼當人老婆的！」

「咳咳咳！」

「少爺！你和小錢在說什麼啊？她是不是又不聽話惹您生氣了？等我修完後院的花花草草就來收拾她啊！」

奶媽總管的聲音從有些遠的後院傳進來。少爺抿了抿唇，這才知道她又勒脖子又吐舌頭的鬼臉是什麼意思。

眉頭一橫，他拽住她直接溜上樓，打開房門將自己老婆丟進房間，反腳踹上門。

「我不喜歡我老婆比我晚回家！」他不滿地命令。

「……我還不喜歡我老公半路叫我下車自己回家哩。」她小聲地嘟囔。

「妳說什麼？」

「沒有，我說奴婢我以後都不敢晚回家了。」

「……哼。知道就好。」

「那奴婢我出去了。」

「等等。這給妳。」

一支通體純白銀亮的翻蓋手機丟進她手裡。

「少……少爺，這是……」這是新婚的禮物嗎？

「方便隨傳隨到。」免得大晚上到處都找不到人，也沒個電話聯繫！

「……哦。」只是為了方便使喚她，才送她手機的呀。

「我警告妳，不准再把號碼告訴別人。這裡面只准有我一個人的號碼。」

她翻開手機，號碼簿裡已經有了他設定好的號碼，只有他一個人，連奶媽總管的位置都沒有，「……嗯嗯，我知道了。」從今以後，她會努力用腦子記住別人的號碼，絕不把人名存在手機裡。

太好了！她終於又有手機了，不用和社會脫節了！哇哩，這支手機功能好健全的樣子。她迫不及待想回自己房間好好研究，可少爺還在頻頻訓話。

「過幾天，陪我去參加一個採訪。」

「哦哦，好呀。」哇塞，這支手機螢幕還能自由旋轉，好方便自拍啊！

「到時候不免要說些場面話。」

「是嗎？我知道了。」哦哦哦，畫素好高好清晰喲！可以清晰地拍到少爺線條深邃的鎖骨欸！

「場面話，妳會說的吧？」

「會呀會呀！」

「說兩句。」

「場面話場面話！說完了呀！」

「……」

啪！

「少爺，您現在拍我頭，可以算作家庭暴力的。」

啪啪啪！

「……嗚。」

「我給妳的戒指呢？」他瞇眼撇過她光禿禿的手指。

她聞言立刻動手解開衣裳。

「妳幹什麼？」他被她忽而奔放的動作怔了怔。

「少爺，您不是要看戒指嗎？」她解開領口，那枚大鑽戒指被一條項鏈串起，掛在她頸間閃出耀眼的光芒，「我怕被人發現，就串成項鏈藏在衣服裡。很冰雪聰明吧？」

「……呼。」他還以為她要……履行什麼義務，做些結婚後該做的事呢。

「少爺，您鬆了口氣嗎？我不會笨到戴出來招搖，讓人發現的！您放心呀。」

他斜了斜眼眸，把微熱的視線從她的頸間挪開。

她經他一提，突然想起什麼，一拍腦袋，轉身去掏自己的哆啦A夢包，「差點忘了。少爺，這個給你。」

他懶懶地回頭，只見一枚銀亮的男戒在她手掌裡閃著淡光。視線突然被深深吸住，釘在當下，完全無法移開，胸口也跟著浮起陌生的躁動。她鬧騰的聲音在耳邊不斷響起。

「我想就算是假結婚，少爺都送了戒指給奴婢我，我好歹也該跟少爺交換下戒指。所以，我就順路溜去商場買了戒指。不過我卡裡的錢不多了，所以只買得起純銀的，不是什麼貴玩意，少爺您收著就好了，不用戴……」

「替我戴上。」

「……」

他低啞的嗓音讓她心口一顫，她怔怔地抬頭看他。

指節修長的手伸到她面前，無名指微微彎曲的弧度好像在提醒她別戴錯了地方。

抖了抖手，她拿著戒指卻不敢湊上去。

「套上來。」他催促她。

銀亮男戒穿過少爺左手無名指，從指甲，指節，一路套向指根，緊緊地纏繞住。

「好像小了點，我拿去換好了。」

她作勢要抽掉戒指，卻被他攬住不准。

「不小。」

「可是……箍得太緊了，會拿不下來。」

「那就不拿下來。」

「不會……難受嗎？」套得這麼牢固，會不舒服吧？

「不會。」他垂眸輕轉戒圍，「剛好。」

眼眸微抬，他的眼光正撞上她仰面閃爍的黑瞳。氣氛瞬間變得黏稠，溫度轉瞬迅速升高，她頸間的鑽石閃閃生輝，像磁石般引著他貼身上前，輕壓她在門邊，撩開她及肩的軟髮，按壓摩挲她因為承受他重量向後微彎的背脊，嘴脣一低就要碰上她的脖頸。

熱氣流轉間的曖昧讓人難受，她連顫抖都小心翼翼。灼熱的氣息近在咫尺，飄遊在她的肩窩，零點幾公釐的尷尬距離讓人不知該推開還是欣然接受。

她僵在原地，靜待少爺那兩片輕啟的瑰色菱脣發落自己。

快貼上來，再靠近一點點，少爺嘴脣的滋味她嘗過好多次了，軟軟熱熱潤潤綿綿的……

叩叩叩！

門外突來的敲門聲瞬間嚇掉了姚錢樹的魂。

「少爺！你在嗎？小錢那丫頭在你房間裡嗎？我到處都找不到她啊！躲到那裡去了？」

奶媽總管？

她的魄也要跟著散了？

少爺少爺，救她，快救救她呀！要是被奶媽總管看見他們倆扭成麻花舔來咬去，她會被抽飛到天花板，掛在水晶燈上的！

他挑眉，似在權衡救她有沒有好處，手指若有似無地在頰邊輕點。

認定這是個充滿暗示性的小動作，小女僕不純潔的發散思維無人可擋，立刻蹦高了腳，嘟高了唇在少爺的臉邊猛啃了一口，還發出「吧噗」一聲。

「親過了，今日練習完畢，少爺快救我吧！」

「……」

「少爺，您不要呆呀。摸臉嬌羞臉紅回味嘖吧嘴什麼的都等會再說啦！」

「……」

貼在門板上的奶媽總管緊皺雙眉，他異常痛恨這隔音效果極好的爛門，不能讓他清晰地聽到少爺的一舉一動。

門內絕對有什麼詭異的動靜！

是少爺有什麼不測嗎？莫非有什麼採花大盜躲過高級保全系統溜進了少爺的閨房，把少爺壓在床塌上，企圖對少爺不軌？

「少爺！我來救你了！什麼人敢染指你清純的身體，我就把他打成黑手黨的狗糧！啊啊啊啊！」

高舉掃帚，奶媽總管企圖以身撞門。

喀啦！

門開了。

少爺淡定地探出頭來，默默地看著高舉掃帚掉了一身灰的奶媽總管。

「少爺！你沒事吧？你純潔的肉體沒事吧？」

他皺眉，「你該去洗澡了。」他純潔的肉體沒事，可奶媽總管的肉體很有事。

「哎喲，我洗澡是小事啦，少爺你房裡是不是有什麼東西？」

「有什麼？」

「就是對你有幻想，覬覦你美色，企圖染指你的可怕無恥卑鄙的小賊啊！」

「哦。那倒是有。」他冷冷一哼，退身拉開門，示意奶媽總管可以進來清理門戶。

一聽少爺說有小賊，奶媽總管亢奮了，「在那裡！少爺，他在那裡，看我一掃帚把他抽上天花板！」

少爺穿著拖鞋懶懶地坐回自己的電腦桌前，手向後一指，方向是他房間裡的衛浴間。

奶媽總管一腳踹開衛浴間的大門，只見一個哆哆嗦嗦的背影蜷縮在浴缸邊，「哪來的大膽刁民，儘管覬覦我家美若天仙的少爺的美色！」

他豎起掃帚杆子，像擺弄蟑螂小強一般，往前戳了戳那人。

她一轉身，掉下幾件小衣物。

他撿起，大吼出聲：「無恥之徒！我家少爺珍貴的內褲是你能隨便偷的嗎！看我今日便將你抽打成渣呀！」

「欸？奶媽總管你要不要這麼狠絕啊？把奴婢我打成渣？」姚錢樹悲憤地轉過頭來，露出一張忠心耿耿的臉。

掃帚險些就要掃上小賊的臉，奶媽總管急忙收回自己的兵器正色道：「姚佳氏錢樹！妳在少爺房間裡幹麼？」

「我……我……」她詞窮。

「妳企圖偷少爺的內褲未遂是不是？被少爺當場擊斃關在廁所是不是？」

「才不是！」

「那妳在少爺的房間裡幹什麼?」

「我在幫少爺洗內褲!」相當理直氣壯的理由吧!

「……妳,在幫少爺洗內褲?」

「對……對呀!」她說罷,撿起掉在地上的內褲,剛才在浴室裡走投無路到處找武器,沒想到隨手抓來少爺洗澡要換的內褲剛好替她解圍了,哈哈哈哈!她真是太聰明了,只要說在幫少爺洗內褲,奶媽總管就不會懷疑了!

「哦……洗內褲啊,那妳好好幹啊。」

「沒問題!」

看吧!只要說在幫少爺服務,奶媽總管就不會說什麼了。

「裡裡外外要搓乾淨哦。妳知道的嘛,少爺他現在……呃……是成熟的男人了!」奶媽總管一邊說著一邊放下手裡的掃帚,不時地踮踮腳瞄向姚錢樹裡的小棉物。

「小錢啊,少爺比較喜歡什麼顏色的。」

「純白純黑色都有哦。」其實斑馬條紋也很可愛,不知道少爺會不會喜歡。下次和奶媽總管逛超市的時候,順便幫少爺買條回來試試吧!

「小錢,妳把少爺的內褲拉開點,展開給我看看……」

「唔?你要看什麼?」

「看看少爺的尺寸有多大?」

「……」她無言地舉起手裡的東西。

奶媽總管鼻冒粗氣,「少爺啊,你果然變成成熟威猛的男人了!」

「……你們倆通通滾出去！」無法忍耐的少爺爆怒出聲，緊接著——

砰！

甩門聲後，少爺的房門外坐著一老一少面面相覷。

喀啦！

門突然再次打開，露出少爺盛怒的俊顏，門外趴地的一老一少突然閃動希望的星星眼，少爺寬宏大量，不生他們的氣嗎？

少爺大手一揮，奪過還握在小女僕手裡貼身內褲。

砰！

房門再次甩上。

「小錢吶，少爺在鬧什麼脾氣？」

「……誰讓你偷看少爺的尺碼。」男人的尊嚴和驕傲都表現在神祕內褲的尺碼上，豈容他人隨意覬覦窺視！

「我只是要證明少爺已經被我養成了一個健康勇猛品種優良的優質男人！」

「怪不得少爺好久都不讓我們幫他買內褲了，都是奶媽總管你的錯啦！」害她的小興趣小愛好被少爺強行剝奪了！

她斜眼看向奶媽總管，還健康勇猛呢！大概從少爺青春期開始，就肆無忌憚地背地偷偷丈量少爺的內褲尺碼，難怪少爺要逃命似的奔到英國去避難，「你這樣天天監察，少爺成長發育起來會很有壓力的！」

「怎麼會有壓力！少爺的身體分明已經茁壯成長，很傲人了啊！這都是我每日監察的成果！」

「……」好吧，她無法掩蓋少爺茁壯成長的事實。

奶媽總管盯內褲，誰也擋不住。

悲涼的少爺，您自求多福吧，奴婢也幫不了您了。

17 少爺，奴婢我就這麼見不得人嗎？

皇爵飯店集團的總裁公子攜犬人受邀採訪的當日。

清晨，少爺在軟床上賴了會兒床，直到小女僕拉開他房間厚重的深色窗簾，他才神色矇矓地從床塌上坐起來。

黑手黨一見美男就搖尾巴，趁少爺意識不清急忙撲上床。

少爺瞇眼打著哈欠，眼見愛寵奮力地拱著屁股爬上床，眼神一柔，伸手將牠撈上床，順著愛寵的鬃毛，揉了揉牠的腦袋。

瞥眼間，小女僕正拉開他的衣櫃，替他挑選今日要穿的行頭。

「喂！」

「是，少爺？」她聽到少爺的呼喚急忙回頭。

他朝她勾了勾手。

「過來嗎？」

他點頭。

她狐疑地靠近少爺的床邊，他指了指床塌，示意她爬上來。

她只好學著黑手黨的模樣撅起屁股跪爬上床，「少爺，是要奴婢我伺候您換衣嗎？」

他不說話，把左手擱上她的腦袋，一頓放肆搓揉，像方才痛惜愛寵般公平地對待她，絕不顧此失彼。最後甩甩手下結論——

「還是黑手黨好摸些。」

「……少爺，您……」您又何必挑撥員工間的和諧關係呢？這樣會害她非常嫉妒痛恨黑手黨，想燉上一鍋狗肉來洩憤！

她憤然眼紅地瞪向旁邊與她爭寵的臭狗，牠竟然露出一臉不屑的表情，搖著脖子甩個屁股，顛顛兒跟著起身下床的少爺一同溜下床去，像個獻媚的跟屁蟲緊蹭在少爺身邊。

就你會拍馬屁是吧？你說你一條狗怎麼這麼會拍馬屁呀！哎呀，我忘記了，你是祖傳的狗腿！毛多好摸了不起嗎？哼哼哼！

「今天穿什麼？」少爺回頭，打斷她橫眉毛豎眼睛的嘴臉。

她立刻跳下床來，將選好的衣裳呈到少爺面前。

白了一眼她打理的行頭，少爺皺眉，「妳喜歡？」

「欸？」

「問妳喜不喜歡。」

「還……還不錯，滿拉風的啊！」她挑的她當然喜歡啦。

他拿起衣服一臉不屑，「總是喜歡些莫名其妙的東西。」

「唔……」她又那裡莫名其妙了？少爺不喜歡嗎？

「愣著幹麼，出去。」解開睡衣扣，少爺開始清場。

「那……那黑手黨呢？」

「牠留下。」

「哼！」

「妳哼什麼？」

「……」憑什麼只有黑手黨可以欣賞到您的胴體呀！這種話在腦子裡想想可以，現實情況是：「少爺，您慢慢換，奴婢我先出去了。」臭狗爛狗大笨狗！把你煮成狗腿濃湯！

墨黑的襯衫配上純白色領帶，再套上雪白的西裝馬甲，黑白色強烈打眼的對比既顯跳脫又不失莊重，再襯上少爺一頭碎亂黑髮，簡直就——

「哦哦哦哦！簡直妙不可言！小錢，少爺好有型，好英俊！他又成長了，徹底變成既健康勇猛又有時尚品味的優質男人啦！」奶媽總管一邊激動地打量喝咖啡看報紙的少爺，一邊使勁拉了拉姚錢樹的衣袖。

小女僕傻愣地盯著少爺一身的造型，內心凌亂了。他不是嫌棄她挑的衣服嗎？為什麼沒換，為什麼還是穿上了？

少爺心，海底針。它像霧像雨不像話，那是身為奴婢的小跟班們難以揣摩的小禁區。

「喂！走了。」喝完咖啡，少爺命令道。

「是！奴婢來了。」她立刻背上哆啦A夢包，坐上少爺的車子，差點忘了少爺的吩咐，他們今天要說很多場面話！

溫馨蕩漾的談話節目，姚錢樹看過。

就是大家坐下來喝茶純聊天，談談往日悲慘遭遇可憐身世，最後一定要哭到眼淚鼻涕掉一把，然後大家鼓掌，完滿結束。

可少爺還沒有跟她套好招，他們倆到底誰負責哭啊？

攝影機架起來，布景搭設好，可少爺坐在她身邊旁若無人地專心看報紙，姿態高貴悠開，看得幾名記者心花怒放，拿起照相機對準型男一陣猛拍，還大特寫他左手無名指上的婚戒，完全沒人顧及她已火燒眉毛，心急如焚。再不套好招，她現在就想哭了。

「太太，妳不用緊張，待會我們主持人問妳什麼妳就回答什麼就好了。」見她揪住衣角，眼眶溼潤，工作人員低聲安慰她。

「坦白從寬是嗎？」包括她小時候背著少爺偷偷暗戀過小學班長的事嗎？

「呵呵，這又不是審訊。如果妳有什麼節目效果，說假話也沒關係，或者妳不用說話也OK的。」

「不說話也可以嗎？」這麼好蒙混過關？

「對啊，反正收視率都由妳先生扛了。大家都是為了看他，才順便瞧瞧妳的。所以，不會有人特別注意妳，不用緊張了。」從來冷漠面對媒體的豪門型男第一次破冰受訪，還自爆感情婚姻生活，不看他看誰？就算他身邊拖了個小拖油瓶，也改變不了他有多受到矚目！

「……你們電視臺的人都是這樣安慰人的嗎？」

「領帶鬆了。」少爺涼涼的聲音突然從她身邊響起，打斷她與路人甲的侃侃相談，「幫我繫。」

說罷，他甩開報紙，一副大爺樣地靠在沙發上，等待小女僕過來伺候。

小女僕只得放棄被工作人員繼續安慰，轉身替少爺調整領帶，賢慧柔順的模樣讓周遭匪夷所思的工作人員終於找到了豪門少爺看上這小女娃的唯一理由——好糊弄！

導播一聲令下，所有攝影機開始運作，姚錢樹腦袋一轟，就聽見嬌媚的主持人開口道：「歡迎大家收看今日節目，我們今天請到的是業內著名飯店集團——皇爵飯店的繼承人與他的新婚妻子，來為我們揭祕豪門婚姻的夫妻相處之道。讓我們歡迎今天的嘉賓，請來賓自報一下姓名好嗎？」

「愛新覺羅．錦玉。」

「錦玉先生的名字很有書卷氣質，那尊夫人的名字是……」

「我叫姚……」正要開口回答的小女僕被少爺冷漠打斷——

「她的名字不重要。」

「不……不重要嗎？」主持人傻怔，當場語窒。

「我媳婦不需要拋頭露面。」

「……」冷場第一波。

主持人重新撿起話頭，「那請問兩位在家裡如何稱呼對方呢？」

「少爺！少爺少爺！少爺少爺少爺！」

「閉嘴！」

「對，他在家就是這麼稱呼我的。」

「……」閉嘴也可以當稱呼用嗎？長見識了。

「請問錦玉先生初次邂逅太太是在那裡呢？初次見面對對方印象如何呢？」

「搖籃裡。」說到對她的印象嘛，他皺眉，「一團皺皮肉。醜！」

「……那太太呢？」

「我？呃……少爺，我可以說嗎？」她向上請示自己主子，得到主子頷首，才奮然開口：

「當我無知地睜眼看世界的第一刻，印入眼簾的就是他偉大的陰影。他不准我哭，嫌我吵，不准我流口水，嫌我髒，還不准我尿褲子，嫌我丟臉，總之，作為一個學齡前未滿一周歲的兒童而言，少爺給的要求太苛刻了，我的童年過得很辛苦。」看來上電視說悲慘人生，並不是件難事嘛！她還有很多很多可以說，完全可以給她開專訪呀！

主持人乾笑，「原來兩位是青梅竹馬啊。」

「您見過這樣的青梅，這樣的竹馬嗎？」她一指旁邊耀武揚威的大爺，再一指一臉童媳婦樣的自己。如果還有人的人生像她一樣悲劇，那一定要認識一下！

「沒見過……」也不想見到！

又一陣冷場過去，主持人被導播舉起的大字報提醒，機械地進入下一問題。

「雙方是先誰告白的呢？」

「告白？」少爺斜視小女僕。半晌，他泰然自若地啟脣：「我們之間不需要那種東西。」

小女僕頻頻點頭，她和少爺之間只有抱大腿遞報告的工作關係，絕不存在告白這種私人關係！

主持人乾笑連連，「呵呵……兩位還真是心靈相通，心有靈犀，已經昇華到不需要告白的境界了。」

姚錢樹嘴角抽搐。連假話也能說得充滿藝術氣息，這就是傳說中主持人嗎？

經過冷場三回合的較量，主持人已然摸清了今日來賓的路數，不再顧及他們和觀眾的感受頻頻發問。

主持人：「接下來，我們要看看今日的來賓互相瞭解的程度。請問兩位有吵架過嗎？」

姚錢樹噓聲揮手：「吵架？那怎麼可能！」

主持人：「兩位感情真是如膠似漆，相敬……」

姚錢樹：「都是他在罵我，我只有求饒的份呀。」

主持人：「……那先生平日裡最大的喜好是？」

姚錢樹鎮定堅定地回道：「折磨我。」

主持人：「……那太太的喜好是？」

少爺冷哼，「被折磨。」

主持人冷汗涔涔轉移話題，「先生不喜歡吃的東西是？」

「他不愛吃蔥。」

總算有個正常答案，主持人鬆了一口氣，轉頭看向少爺，「請問您知道您太太平日最喜歡吃什麼嗎？」

少爺：「蔥。」

「……」

「我不愛吃的，她都愛。」

「……」淚流滿面啊！一碗麵，您吃麵，我吃蔥……但是，少爺，那不是我愛的……是您每次非逼我吃下去的……

一場驚心動魄的採訪，結果少爺在沒有事先和她套好招的情況下，還是讓她順利地痛哭失聲，達到了真情節目來賓必哭的效果，少爺真不愧為少爺啊！

節目錄完，少爺起身，拒絕所有媒體的邀訪，抬腳移駕後期製作人員身邊，配合著陰冷的威脅眼神，他在工作人員耳邊輕聲交代了幾句，轉身拉住她就走。

「少爺少爺，您跟他說什麼吶？」

「……」

「少爺少爺，這個節目什麼時候播出？您說我上鏡頭會好看嗎？他們給我化的妝看起來會不會有點漂亮？」

「……閉嘴！」

「……哦。」

幾天後，少爺順理成章去飯店接管事務，吩咐她在他下班前必須到飯店附近的咖啡廳報到。姚錢樹百無聊賴地等在飯店邊的咖啡廳裡，牆壁上的電視大螢幕，讓她終於知道了少爺的用心險惡。

英俊美妙的男人舉首投足間滿是慵懶的貴氣，手裡的婚戒若隱若現，而坐在他身邊的配偶是一個渾身打馬賽克的女人！

聲音經過處理，完全辨認不出這是人還是妖。

不僅世人無法理解，就連身為馬賽克的姚錢樹也匪夷所思。

……少爺……我長得就這麼違禁這麼見不得人嗎？您有必要給人家全身打上馬賽克咩？嗚嗚嗚！

討厭！電視上的少爺帥翻了。她把他打扮得美美的，他卻這樣處理她。這算不算恩將仇報？她就這樣不得他的喜歡嗎？

她一邊飆淚，一邊盯著播出的電視節目。

「對對方喜歡到什麼程度呢？」主持人尷尬地採訪著。

馬賽克沸騰了，不假思索地吼道：「為少爺赴湯蹈火，肝腦塗地，我是在所不辭的呀！」

「……太太，不需要把畫面搞得如此血腥，我們這個是溫馨的感情談話節目……那先生呢？」

「……」

馬賽克咕噥插嘴：「少爺，這個問題很難啟齒嗎？您回答比喜歡黑手黨差很多不就完了？」

「……」男人對準不上道的馬賽克射出冷光，思量片刻才開口：「她找來的衣服，我穿。」

馬賽克傻眼了，「欸？少爺，您這算什麼喜歡的程度啊？如果不找衣服給您，您就裸著跑出來嗎？」

「……」

劈里啪啦。

接下來連型男的鏡頭也被全部馬賽克了。一行小字滾動在螢幕下方——本頻道雖不支持家庭暴力，但這位太太真的很欠抽。

咖啡廳裡轟笑一片，姚錢樹臊紅了臉，聽到隔壁桌的幾名女生專注地盯著電視不停討論。

「皇爵飯店的公子哥？是我們剛面試的那家飯店啊？」

「呀！那不就是說只要我們面試通過，就能看到他，跟他說上話，說不定還有機會曖昧一下？」

「妳瞎啊！五百人面試選十個，題目還刁鑽得要死，什麼英文口語，西式餐桌禮儀，餐桌設計，選得上才有鬼啦！」

「是哦，也不知是哪個渾蛋出的考題，一桌大大小小的刀叉杯盤在十分鐘內擺好，我就不信有人能考得上哩！」

「誰讓人家是國際大飯店，貴族公子家的規矩自然多嘛。不過他看起來真的好有型哦，是我愛的冷漠悶騷型！」

「麻煩妳看一下人家左手無名指上的戒指好嘛？人家結婚了。」

「有什麼關係！那女人肯定醜到不能見人了。我覺得我們公子哥百分百不喜歡他老婆！」

「豪門婚姻都是這樣的啦，哪有什麼真愛可言。說不定這馬賽克是什麼財閥的女兒，為了利益交換才將就結婚的吧。」

「好可惜哦，再也見不到他了……」

叮鈴噹啷！門外風鈴搖動。

咖啡廳的門被人從外推開。

一道人影走過電視機前，繞過幾個唧唧喳喳的女人，朝窗邊位置的女人命令道：「下班了，回家吃飯。」

幾聲倒抽息聲此起彼伏地飄出來。

電視裡公子哥彷彿突然從電視裡跳身出來，黑色緞面襯衫敞開領扣，純白色西裝馬甲，氣場十足的茶色墨鏡，以及左手無名指上閃亮耀眼婚戒，正向世人昭示他已婚死會的身分。

他抬手摘下墨鏡，黑軟的細髮半遮眼簾，沉墨的眼瞳微慍地掃過頻頻發出吵人抽氣聲的女人們，轉瞬移開，看向他要找的女人。

「還不走？」

「是！少爺等我一下，奴婢我還沒買單……」她點的抹茶蛋糕加柚子汁，一共是多少錢來著？

受不了她慢吞吞，他轉身走到吧檯前，拿出錢包替她買單。

她顛顛兒走到吧檯前，少爺正接過收銀員找來的錢。

「少爺，等會我把錢還給您。」

他低眸看她，用的是看神經病的眼神，「妳還來試試看。」

妳還來試試看，看我會怎麼收拾妳。

她接收到隱在話語裡赤裸裸的威脅，被堵得一窒，抿脣不敢再多話。

低眸間，他忽而發覺有點不對勁，凝眸古怪地看著身邊的小女僕，一向只夠得到他胸口的女人，突然竄到了他的肩膀邊。

「妳穿高跟鞋？」

「咦？少爺，您看出來了哦？上次電視臺的工作人員建議的，他說女人穿高跟鞋氣質會比較好一點呀。是真的欸，我穿了以後胸挺高好多，您看您看。」她穿著細高跟艱難地轉了幾個圈子。

「脫掉。」

小女僕人雙手抱胸驚恐狀，「少爺，大庭廣眾之下，這樣不好的。」

少爺皺眉厭惡，「那到車上脫掉。」

「唔……衣服嗎？」

少爺忍不住翻白眼，伸腳頂了頂她的細高跟，她踉蹌搖擺，根本沒辦法站穩，只得伸手掛在他手臂上，朝少爺乾笑嘿嘿。

他無視她討好的呆笑，「沒我的允許，以後不准穿。」

「……為什麼？」她嘟嘴，她雖然是女僕，可也是女人啊，就不能允許她在工作之餘露出一點女性第二特徵咩？

少爺的手指抵上她的額頭，「妳……只准到我的胸口。」

「……」是怕她發育太好他猛超過他嗎？可她再怎麼穿高跟鞋也不會高過少爺的個頭呀。

男人戴上墨鏡，蠻不講理地帶著女人走出咖啡廳，桌邊那幾隻本來討論得歡樂的女人互使了眼色。

「那個……是公子哥的小三嗎？」

「不是老婆嗎？」

「應該不是那個馬賽克吧？看起來不像啊？還有還有……他是那個意思嗎？」

「什麼意思？」

「高跟鞋太高了，抱起來不方便，妳只需要有到我胸口的高度，讓我能隨時摟妳入懷，好好抱妳？呀！好萌好有氣場哦！」

「……妳怎麼不說他給自己老婆打馬賽克是為了怕有人覬覦她的美色？『我不能讓妳拋頭露面，不能別的男人看到妳，妳是我一個人的！』」

「呀！原來這才是世人所不知的真相嗎？簡直萌翻了呀！」

「……」

18　少爺，奴婢我碰上舒總監了！

沒嫁入豪門之前，姚錢樹是個小女僕。

嫁入豪門之後，她依舊還是個小女僕，還是個打了馬賽克的女僕。

命運蹉跎，讓人不得不深歎一口氣。

早晨，伺候少爺起床上班，挑選衣裳，繫領帶，擦皮鞋都是她的工作範圍。

午餐，給不喜歡吃外食的少爺準備便當，拎起保溫飯盒快速趕到飯店旁的咖啡廳，等少爺過來用餐。

下午，坐在咖啡廳打發時間，直到少爺下班。

透過咖啡廳的玻璃，可以看見街對面高聳的皇爵飯店。

接連數日，姚錢樹都不敢靠近那裡。因為少爺只讓她在飯店外頭候著，大概是怕他們倆假結婚的關係曝光吧。

少爺回來已有一些時日了，可是自從少爺開始上班後，一天的時間悄悄地變長，尤其難挨的是午飯後到少爺下班的時間。

今天更加奇怪，接近八點，天色已全暗下來，少爺的身影卻還沒出現。

她打開只有他一個人電話號碼的手機，想要撥給他，又想起奶媽總管交代她不准打擾少爺工作，只得蓋上了手機。

又過去了一小時，街燈璨亮，她的肚子卻很不藝術地餓了，揮手叫來一份蛋糕，她意興闌珊地吃了兩口，眼睛始終巴巴地望向窗外。

少爺是不是忘記她等在這裡了？要去飯店找他嗎？不行，她不能給少爺製造麻煩，她是敬業的女僕，還是等在這裡好了。

牆上的時鐘慢慢搖擺，晃得姚錢樹的眼皮漸漸沉重，緩緩地合上眼簾靠睡在沙發邊。

不知過了多久，有人挪動了她面前的蛋糕盤，她從迷糊的夢中一驚，下意識舉起手錶看了看。快十一點半了。她以為是服務生來收盤子準備打烊，抓起包就要起身走人。

「抱歉抱歉，我馬上走。你們要關門了吧？我結完帳在門口多等一下下，沒關係吧？」

「等我吃完再走。」

少爺平靜的聲音從面前傳來。

她一怔，抬起頭來。少爺不知何時已坐在她對面的沙發座，自然地拿起銀勺默默地吃著她吃剩一半的蛋糕。

他眼眉稍斂，髮絲略有凌亂，領帶不修邊幅地扯開，一臉疲憊的倦容，透著幾分說不出的性感。

「少爺！」

「嗯？」

「那是……奴婢我吃剩下的，您怎麼能……」

「加班，餓了。」

簡單的四個字讓她心頭一暖，他彷彿累得一句話也不想說，卻還是勉強提出點力氣對她說話，這是少爺對讓她等太久的解釋嗎？

「可您不是不喜歡吃甜食嗎？」

「的確難吃。」

雖是餓了，可這玩意實在太甜了。他皺眉抿唇，像在吃藥一般，抬眸發現她正盯著自己。那種受寵若驚，雙眸動容的表情讓他狐疑。

舀起一勺蛋糕送到她唇邊，「要吃？」

「……」她嘴唇向後微微一退，她只吃過少爺吃剩的東西。可是，她吃剩，再被少爺吃過，又送她唇邊的東西，她可以吃的嗎？

她的拒絕讓他瞇眼，「吃！」

見不得她有一點小反抗，蛋糕被硬塞進姚錢樹的嘴巴。

甜膩的味道在舌尖化開，她的肚子真的餓了，怎麼會覺得這個放了很久，又被他們倆吃來吃去的蛋糕分外美味。

她正嘖著唇，少爺的手突然伸到她唇邊，手指輕刷過她的唇角，挑走了她嘴角邊的蛋糕屑。他看了一眼自己手指背上的蛋糕屑，瞇眼伸舌舔去，皺眉暗咒好甜。

曖昧的動作讓她臉色突然爆紅，心臟收縮，低下頭去。

「明天還要加班。」少爺開口。

「欸？」少爺在對她報備行蹤嗎？感覺有點奇怪，「沒關係啦。如果門關了，奴婢我就在門口等您。」

「……」

「如果店家不讓在門口待著，往西邊走有個公園，那有長椅，我就在那邊等您下班。」

「……」

「要不要不，奴婢我回家去幫您帶晚飯呀，奶媽總管燉的湯好不好？」

「……」他默然，黑眸深黯，伸手大力地揉亂她的頭髮。

「明天跟我去飯店。」他邊說邊起身，自然地抽出皮夾買單。

「我？奴婢我嗎？」不是怕關係曝光嗎？怎麼突然又要讓她進飯店了呢？是因為馬賽克打得足夠厚，厚到他信心滿滿讓她進飯店的嗎？

「去飯店做什麼呀？少爺？」她拿著哆啦A夢包，顛顛兒跟在後頭。

他回眸，「待在我身邊……上班。」

「少爺，您的意思是，想要奴婢我到飯店去上班給您賺錢嗎？」唔？家裡的經費又開始緊張了嗎？就因為她申請了一套新的女僕裝咩？

「……」

啪！

「嗚，少爺，奴婢我說錯什麼了，又拍人家的頭。」

於是，姚錢樹搖身變成鐵杆關係戶，略過皇爵飯店嚴格的考核制度，直接空降了。

她狐假虎威地跟在嬌傲的總裁公子身後，跨進了飯店大門。

超大扇的旋轉門後，十幾名工作人員排成兩列同時朝少爺鞠躬，大堂上方是高吊在四五層樓處的復古水晶燈，裡面還有一座造型大氣水聲清脆的室內噴泉，中央空調吹出的清涼空氣中，蔓延著香水百合芳雅的氣息。

少爺真打算讓她在這種高級的地方上班嗎？上次假裝應聘時，舒先生才把她批得一文不值，少爺大剌剌地開後門讓她鑽，這樣好嗎？

她瞄了一眼走前頭的少爺，他單手插進褲袋目不斜視地大步朝電梯走去，手機貼在耳邊講電話。少爺叫她來飯店上班，卻從頭到尾也沒說要怎麼安頓她。

修長的手指按上商務專用電梯按扭，他抬手看了一眼手錶。

叮！電梯門打開，他邁步走進電梯，身一轉才意識到今日與往日不同，他背後還跟著好大一個拖油瓶，她正扭捏不安，十指揪住哆啦A夢包不停糾結，不知該跟上他，還是轉身回家繼續窩著。

快闔上的電梯門被他伸手攔住，他抬腳頂住電梯門，皺眉看了躊躇的她一眼，稍稍移開了手裡的電話，朝她招了招手。

以為是少爺在呼喚自己，姚錢樹欣喜地迎步上前，哪知一名身著制服的大堂經理比她早一步站到少爺身邊，畢恭畢敬地對他彎了彎腰。

少爺指了指她，朝大堂經理簡單交代了幾句，一轉身，沒有給她一句話就重新接起電話，按下電梯關門鈕。

叮！電梯門關閉直升頂樓。

姚錢樹傻眼了。

「姚小姐是嗎？」大堂經理笑容可鞠地走到她跟前，確認她的身分。

她點了點僵直的腦袋。

「社長讓我隨便找些事情給您做。請問您是社長的……」

「我是他的貼身女僕呀！」

「只是女僕而已嗎？那好辦了。餐飲方面的工作應該難不倒妳吧？請跟我來。」

那個「而已」聽起來怪怪的呀，「耶？我去餐廳？那少爺……我不是該伺候他的嗎？」

「社長在公司有他的特別助理，不用姚小姐費心。」

「……」

特別助理？少爺在公司上班時，用來代替她的東西？那會比包衣女僕貼心好用咩？

就這樣，後門雖然朝姚錢樹大開了，但冷漠的少爺顯然不打算給她打開VIP通道，她被大堂經理領到餐飲部，轉手交給餐飲部經理，再幾經轉手，從上至下，層層下放，最終她這顆皮球從被踢到了西餐廳領班的腳邊。

西餐廳領班看著她一身讓人頭痛的打扮，皺眉開口：「新人是吧？換好制服到餐廳集合。」說罷，一套制服丟向她，她抱起衣服在偌大的飯店地下樓層，像無頭蒼蠅一樣到處奔走找更衣室。

星級飯店的地下樓層像個神祕的迷宮，條條小徑像蜘蛛網一樣伸向不同的地方，這個房間打開是一屋子的白桌布，下一個房間塞滿了各式各樣的浪漫蠟燭，接下來是椅子房、刀叉房、盤子房、杯子房，可是更衣房怎麼就是找不到呢？

她拿著衣服挫敗地靠在牆壁上，抬頭看著明亮的日光燈，上午十點，地下樓層卻一片悶塞暗沉，無燈不行。

她和少爺的距離怎麼又變得這麼遙遠了呢？他高高在上地在飯店頂層上班，她卻被發配到地下樓層。

「喂！今天新來的，是妳吧？」

身邊突然響起聲音，她收起鬱悶轉頭看去，只見兩個身著白領窄裙制服，腳踩黑色高跟鞋的女生正著急地看著自己，她呆呼呼地點了點頭，腦海裡搜尋著她們是誰。

「更衣室在右手邊拐角處。我們等妳，快一點。」

欸？她不認識她們呀？為什麼要等她？

見她還沒動靜，兩個女生急了，架起她大步就往更衣室走去，「妳還愣著幹麼？快點去換衣服，快去快去，要不待會會被惡魔總監罵慘的！」

「對啊！昨天值班的同事說他好挑剔好龜毛！有沒搞錯，這種時候塞個新人給我們帶！」

「等，等一下。妳們是……」

姚錢樹的問話還沒完，捲髮女生已經將她押到了更衣室門口，按下密碼鎖，將她推了進去，「換好制服，自己到一樓西餐廳，要是妳遲到了自己跟舒總監解釋，別拖我們下水！」

砰！

更衣室的大門被甩上，喀噠的高跟鞋聲漸行漸遠。

姚錢樹一頭霧水，卻被她們的恐嚇怔住，快速換好衣裳，踩上尖細的黑色高跟鞋，搖晃不穩地往西餐廳跑去。

電梯「叮」的一聲響，一身黑西裝的舒城岳大步從電梯走出，手裡拿著一疊文件邊走邊看，身後的祕書小跑跟在後頭，不停地接過他手裡遞來的文件，聽著他一句句地吩咐，不時地點頭。

「就這麼處理。不用過問那位大少爺的意思，如果有人問起，就說是我的意思。」

「是，總監。」

「跟餐廳經理聯繫過了？」

「是，新招收的人員已經全部訓練完畢，請您過去檢閱。」

他點頭，拉整西裝，繫緊領帶，跨步走到西餐廳門前，一拉把手正要開門，突然一件暗器從他鼻前飛過，他倒抽氣猛然退後一步，轉頭低眸看去，一隻充滿女人味的黑色高跟鞋「啪」地摔在他眼前。

「等等等等我一下！我不想第一天就遲到啊！」

某個一瘸一拐的身影朝他凶猛撲來，「砰」地拜倒在舒城岳的西裝褲邊。

舒城岳扶了扶微滑下鼻梁的眼鏡，硬擠出一絲笑意，單膝彎曲蹲下身，對那匍匐爬動身影低聲問道：「小姐，用高跟鞋向男人打招呼的壞習慣，麻煩妳改改，否則我很難說服自己每月支付薪水給妳。」

她不應話，伸手抓過他腳邊的高跟鞋，扶著門緩緩站起來。

見她一副摔到肉痛的可憐模樣，他挑了挑眉，剛才那跤可是摔得不輕，真是個意志力頑強如蟑螂般的女人。

可是，他討厭遲到的女人。

他沒有伸手扶她，推門走進西餐廳，那女人低垂著頭跟在他身後，竟趁他手一抬從他臂下鑽了過去，企圖溜進服務生人群中。

他不禁皺眉。

好沒規矩的女服務生，儀表差勁，動作鬼祟，慌慌張張，冒冒失失，連高跟鞋都穿不好，從頭到尾沒有一點優點，是哪個腦袋進水的傢伙同意讓她進飯店上班的？

「那邊的，站住！」

她像聽不到他的命令，不停地挪動雙腳。

好大的膽子，背後有人替她撐腰是嗎？竟把他的話當耳邊風？女人的傲慢程度和她背後男人的地位成正比。在別人面前也就算了，可在這個飯店，又在他舒城岳面前，她的架子擺得似乎過大了。

舒城岳挑起眉頭，伸手揪住了某人後領，往自己身邊一扯。

「小姐。若是後臺夠大，不如回家給他養如何？」又何必出來害人害己呢？

某位小姐身子一顫，緩緩地回頭來，露出一張誠懇並可憐巴巴的臉，「唔，舒先生。我的後臺不打算養我，他還在等著我賺錢回去給他哩。我上有老，下有小，求你放條生路給我，不要再一直找我碴了好咩？」

「……妳！」

「舒先生？」那種糾結痛恨又極力想保持風度，要怒不怒，似笑非笑的表情是什麼意思啊？

「妳……」妳這個主動塞給我電話號碼，又立刻換號碼的渾蛋女人！

妳這個讓我聽了無數次「您撥打的號碼是空號」的渾蛋女人！

19 少爺，舒總監來追債了！

新招收的十五名女侍者站成五組，三人一組。

統一的V領白襯衫配束腰窄黑的一步裙，黑色高跟鞋顯得人高挑精神，只除了某個走總裁公子後門的女人，她搖搖晃晃站在最後排，因為不敢對上他的視線始終沒精打采地低垂著腦袋。

舒城岳輕靠在吧檯邊，雙手環胸，狹長的眼眸隱在鏡片後，不露情緒地開始檢查面前女侍們的狀況。

「歡迎加入皇爵飯店的服務團隊。從今天開始，不論大家基於何種理由站在這裡，希望大家團結合作，目標一致，為飯店創造優厚的利益和樹立良好的品牌形象。」

一陣中規中矩的掌聲落下，他接著開口：

「我是本飯店的執行總監，敝姓舒。工作時間，大家一致稱呼我的職稱——舒總監。」

「舒總監，你的名字還要神祕不告訴我們嗎？」隊伍中，有大膽的女生開口。

他輕笑，淡然地應付，「私人時間，歡迎大家盡情地叫我名字。對我名字有興趣的，可以自己去翻員工聯絡簿，那上面連我們財團少掌門玉樹臨風的名字都有。」

「錦玉公子的左手無名指都套上戒指了。舒總監的左手還是空的，假日可以約你出去玩嗎？」

隊伍裡的女生一陣轟笑，起哄不停。

「如果一個月內，不被我抓到一次違規操作的話，有興趣的可以約我試試看。」

他從吧檯邊走到佇列前，「進入工作崗位之前，我來看看大家的準備是否合格。」

他眼色一凜，逐一地走到每個女生面前。

「妳，頭髮不合格，到肩膀必須紮起來。別來跟我撒嬌說妳剛拉直的髮絲會留印子，紮起來。」

「妳，指甲亮片摘掉，我不想客人的盤子裡出現妳的指甲。」

「妳，衣領皺巴巴的怎麼回事？沒熨過？」

「妳，高跟鞋上那朵蝴蝶結是什麼？我不需要任何標新立異，跳脫出眾的打扮，摘掉。」

一番苛刻又精準的挑剌過後，舒城岳站到了姚錢樹面前。

面前的女人縮了縮腿，把頭低得更深。

「駝背，勾腰，賊眉鼠眼，姚小姐。妳是特別不願意看到我，才故意露出這種讓人難以容忍的儀表嗎？」

「欸？舒先生……不，總監！我還不習慣……」

不待她說完，舒城岳直接打斷她的藉口，「姚小姐，一個人腦袋空空並不可怕。可怕的是什麼，妳知道嗎？」

「是……是什麼呀？」

「是她覺得自己腦袋太空，所以，故意放水進去。」

「……唔……你是在說我腦袋進水了嗎？」

他挑眉，不置可否。報復式的輕笑掛在脣邊。

周遭的同事心照不宣地互遞眼色，突然間集體譁然哄笑開來。

至此，姚錢樹上班的第一天，從財團公子的關係戶變成執行總監的眼中釘，肉中刺。

儘管清風拂面的笑容一直掛在他唇邊，可一對上她，那份笑就夾雜了黑色的暗影。

她百思不解，她這個倒楣蛋到底那裡惹到總監大人了？或者說……他在跟她生什麼氣啊？好歹也算是相親對象，雖然沒有成功也不至於這麼討厭她吧？幹麼每字每句都在找她碴挑她錯，還讓所有同事嘲笑她。

「餐巾是這麼疊的嗎？連最起碼的冠式餐巾都不會疊。妳在家也是這麼伺候那位少爺的嗎？嗯？」

低沉的「嗯」聲，嗓音渾厚性感，上揚的唇角弧度溫敦儒雅，可是……姚錢樹還是感覺從舒城岳背後吹來的陰涼風。

「妳連刀叉勺的基本位置也不懂？姚小姐，妳確定招妳進飯店的那位仁兄，腦袋沒被門夾過？嗯？」

她暗自翻白眼。

「白酒杯靠上，紅酒杯在下，香檳杯在右側，這些基本常識妳通通不懂。妳家少爺在家品酒都是對瓶吹的嗎？嗯？」

她握拳撇嘴，怨氣凝聚。

「甜品叉勺和正餐餐具分開放，妳家少爺吃西餐時是用筷子的嗎？嗯？」

怨氣滿格，她爆發了，「他在家才不會吃這麼麻煩的東西哩！舒總監，餐廳裡有一百張桌子，你幹麼只跟在我身後盯呀！」

他氣定神閒地白她一眼，理直氣壯地回頂她：「因為妳有一頭的小辮子，讓人想不抓都很困難。」

「……」就算故意要抓她的小辮子也不需要這樣光明正大地說出來吧？

她是有多讓人看不順眼啊！

旁邊的同事互相調笑，竊竊私語，等著看她的笑話，面前的西餐桌被自己擺得亂七八糟，她窘迫難耐，第一次發現還有比伺候少爺更難的事。

就算是少爺，也沒有這樣折騰過她。什麼西餐標準，什麼刀叉擺放。她亂插蠟燭，抱黑手黨上餐桌，搞非浪漫燭光晚餐，少爺也沒有找過她的碴。她煮什麼，他吃什麼，頂多實在太難吃，他直接掀桌丟進垃圾筒。

只不過是相親沒成功，有必要這樣小雞肚腸地報復她咩？

啐，還好沒有嫁給這種男人！少爺替她選男人的眼光果然是正確的。

被有權勢的舒總監挑剔擺弄，任誰也知道姚錢樹是個不受歡迎的新員工。於是，午餐時間的員工餐廳內壁壘分明。姚錢樹的周圍空無一人，沒人肯靠近。

她獨霸一桌，有一口沒一口地吃著員工餐。

和她同組的兩個女生本就與她不熟，兀自離得遠遠地喝咖啡。

她拿叉子戳著義大利麵，無奈地抬頭看著牆壁上走得很慢的時鐘。少爺，您現在在幹什麼呢？奴婢我要上班賺錢給您，沒時間給您帶便當了。

一個速食拖盤突然擱在她對面的桌上。

「這裡沒人？」

她懶懶地抬起頭，定睛一看，竟是害她被同事排擠瞧不起的罪魁禍首——舒總監。

「哼！」她鼻間發出輕哼，賭氣皺眉低下臉去專心吃麵，當做沒有看到他脫去正式西裝，單穿著白襯衫繫著寶藍色領帶的帥樣。

「可以坐妳對面嗎？」

「不可以。」她頭也不抬地回道。

「為什麼？」

「旁邊那麼多位置，幹麼非要坐我旁邊？想追我啊？走開走開。」呼啦啦地吃著麵條。

「的確是想追妳。」

「噗！」她被嗆到了，噴麵而出，條狀物掛上了鼻梁。

「你……你……舒總監你……」

一張面紙遞到她鼻前，她遲疑，不敢抬手去接。

「莫非妳還想我幫妳擦？ＯＫ。」他狀似抬手就要捏上她的鼻梁。

「不不不要，我自己可以擦！」

她急忙抓過紙巾，擤著自己的鼻涕，把嗆進氣管的殘留物噴出來。

難聽的擤鼻聲讓舒城岳嫌棄地縐眉，邊拉開椅子坐下邊哼道：「妳跟相親那天差別還真大。裝淑女，逢場作戲功力真不錯啊。」

他嘲諷的語調讓她停下抽動鼻子，扁唇反譏，「舒先生也不差啊。裝紳士，假風度翩翩的功力也不是蓋的啊！」啐！是誰對黑手黨關愛有嘉，還說對她的要求不高，只要她做個形象就好。

她的反脣相譏惹來他聳肩一哼，他拿起銀叉撥弄著盤裡的料理，閒聊似的看向她，「既然大家都是水貨，那不如來談談追妳這件事吧？」

她臉色一紅，想起自己今時不同往日，已經是個已婚小婦女，「什什什……什麼啊？我這個人是很正經，不會亂來，而且公私分明的，我堅決反對什麼辦公室戀愛，潛規則之類的。舒總監，你找錯人了，哼！」

「……」還哼他？他薄脣一彎，「我是說，『追妳』還錢這件事。妳該不是忘記了，妳還欠我一筆追尾修車費吧？」

！

她強行親吻舒總監車屁股的事情……她還真的就忘得一乾二淨了說！

「嘴巴張成那樣幹麼？說！什麼時候還錢？」

「……呃……這個，那個……舒總監，我今天才第一天上班呢……」難怪他如此刁難她，原來是為了俗氣的人民幣！

「手頭很緊是吧？」

「對……對啊。」看準他還有未泯滅的一點點人性，她急忙點頭再點頭。

「想分期付款？」

「可以嗎？」

他挑眉考慮，一手撐著下巴，一手捲著義大利麵，一副為難思索的模樣。

「舒總監，你相信我，我的誠信度很高的。」

「……」誠信度很高？換號碼甩人的速度倒是不低。

「我從不欠別人錢的，我欠別人一分錢都會睡不著覺的！」

「那妳欠我近萬塊的維修費，不就睏死？」

「呃……你看你看我的黑眼圈，不是還滿重的嗎？」

「啐。向我炫耀夜生活很豐富嗎？」

「……」這個人好難溝通哦，為什麼她每說一句真誠的話都被曲解成邪惡的意思呀！

思量再三，他放下手裡的銀叉，勉為其難地撇嘴，「好吧。看在妳低收入的分上。分期付款。」

她的眼睛冒出星星，正要欣喜若狂，卻聽他立刻補充道：「發薪水的時候，百分之五十交到我這來。」

「一半哦？太多了啦！少點好不好？讓我稍微延長一點點還款期嘛。」

「那百分之六十。」

「……一半就一半咩。」她沮喪地低下頭去，才上班第一天，薪水就縮水一半，她好悲劇哦。

看著她受氣包的臉，舒城岳莫名的心情大好，輕咳了一聲，他理所當然地朝她伸出手來。

「舒總監，哪有這麼快的。」她還沒發薪水啊。

他白了她一眼，低聲說道：「新電話號碼。」那個讓他耿耿於懷的東西，她是不打算主動給他嗎？

她呆呆地眨眼。

「誰知道妳是不是能通過試用期，萬一妳走人了，我要去那裡找妳還錢。」

「……哦哦！」是為了方便追債哦，她還以為他對她有意思，在找她搭訕要聯絡方式哩。

她開口想要報出自己的號碼，可是少爺的命令突然跳進腦海——

我警告妳，不准再把號碼告訴別人。妳手機裡只准有我一個人的號碼。

她不能報號碼，不能違反少爺天大的命令，可是不報號碼的話，舒總監會逼她立刻還錢的，唔……好難抉擇哦！

「我……我……」

「這麼不想告訴我電話號碼嗎？也對，沒人想被債主催債嘛。不說就算了。」他冷冷一哼，動手扯了扯領帶，趕走悶熱，有一口沒一口地吃起午餐。

「我的手機壞掉了。所以……」

他不可置信地瞪她，她是去那裡找來這麼瞎這麼沒說服力的理由的？如此拙劣又官方的拒絕方法，他還是第一次碰到。

士可殺，不可辱！

他端起拖盤，作勢就要走人，腦子裡盤算著下午用什麼法子更加殘忍地虐待她。

「可是，為了讓舒總監相信我的誠信，我可以把家裡的電話號碼告訴你呀！」

他腳步頓住，隨即回頭看向她，「……妳要把家裡的電話告訴……我？」

比起個人手機更加私密的電話號碼……幹麼告訴他？他又沒有想要知道她家裡的號碼，啐……

「咦！你坐回來了？不走了喲？」

「……嗯。少廢話。號碼呢？」

他抽出口袋裡的記事本丟給她，「好好寫上。包括住址什麼的，別讓我找不到人要帳，聽到沒？」

「哦哦，我知道啦！都跟你說我不會賴帳嘛！」

她低首刷刷地寫著，絲毫沒注意對面的男人正單手撐下巴滿含笑意地凝視著自己。

姚錢樹低頭沒看見，可不代表員工餐廳裡的人都是瞎子。

舒總監的眼神裡有曖昧，這是職場潛規則的信號，儘管他的眼光和鎖定的目標實在太不怎樣了。

下午上工時，大家對她的態度忽然間都變樣了。

刀叉盤杯有人幫她擺好，她負責的幾張桌子上，鮮奶和果汁也有人幫她張羅好，有客人進來，也有老同事替她照顧，她只需要站在一旁微笑即可。

休息時間，八卦高發地的女洗手間化妝鏡前，一場八卦正如火如荼地進行著。

「小姚，原來妳進飯店前就跟舒總監認識哦？」

「你們什麼時候認識的啊？妳基本功那麼差，該不是舒總監他面試時給妳放水的吧？」

「我聽說舒總監不是有女朋友的嗎？應該不是妳吧？」

謠言止於智者，姚錢樹急忙擺手否認，「不是啦，我和舒總監是有點點小意外啦。」

「你們已經有意外了？」某女補妝到一半，突然停下來盯向她的小肚子。

姚錢樹一捂肚皮，「不是這個意外啦！是我和他有點經濟上的小糾紛而已。」

「經濟糾紛？開玩笑吧，舒總監年薪超高的，怎麼會和妳有什麼小錢上的糾紛啊？」

「哎喲！這個難說的，越有錢的人越摳門！今天我走過少掌門公子身邊，妳猜他左手上的婚戒是什麼品質的？」

「白金鑽石嗎？」

「才不是呢！這我一眼就能看出來，白銀！連鍍金都不是，就是最普通的銀戒指而已啦。」

「媽啊，不是豪門婚姻嗎？連一顆鑽石都捨不得買？哈，他該不會送他老婆也是白銀戒指吧？果然是無愛的將就婚姻。好可悲哦！妳說是吧，小姚？」

「呃……」她摸了摸吊在頸間的戒指，心裡一虛，只乾笑不回話。她不能再和她們八卦下去，一不小心爆出什麼大料來，少爺肯定會直接把她燉了。

「時間差不多了，得回餐廳了，走吧。」其中一個女生發現休息時間結束，眾女生嘰哩呱啦地走進電梯。

女侍者被規定在進入工作場合後必須儀態端莊，眾女生列出一字隊，整齊有序地朝餐廳走去。姚錢樹最後一個走出電梯，跟在一堆女人後頭，穿著高跟鞋經過飯店進門處的大廳。

商務專用的電梯門「叮」的一聲打開，少爺熟悉英挺的身影率先從電梯裡踱步走出，他單手插褲袋，低眸思量著事情，薄唇緊抿，眉頭深皺，威嚴得讓人不敢靠近，幾名部長頭目與他保持一定的距離，亦步亦趨整齊有序地跟在他身後。

皮鞋落地的厚實聲讓姚錢樹心口顫顫，她有一天沒有看到少爺了。沒想到在這裡碰到他，好想上去叫他，好想上去向他打聲招呼，好想讓他看一下自己穿女侍制服的成熟樣子。

唔，可是她穿了高跟鞋，會被他罵嗎？

想到此處，她腳下一縮，發現前面的隊伍驟然停下，為少爺帶領的高級主管們讓路。

女侍們集體鞠躬彎腰，「社長，下午好。」

她急忙跟著把身低下，生怕自己有那裡做得不對，和別人不一樣。

少爺急促的腳步突地頓住，停在女侍隊伍前，默默地站了好一陣，列隊的高級主管們紛紛狐疑地互遞眼色，卻無人敢引火焚身，出聲提醒氣場強大卻陰晴不定的太子爺。

兩隊不搭邊，沒交集的人馬不知為何就這樣相對無言地杵立了好一陣，直到身後的特助輕聲開口：「社長，有什麼不對嗎？」

「……」他立在原地，眉頭越皺越深，薄唇始終緊抿不語，黑眸出神似的直盯著一處。

「社長？是不是有人的舉止不合規矩？」

她心頭一緊，是自己又有什麼地方不得體不合飯店規章了嗎？她又在少爺面前丟臉了嗎？少爺又要教訓拍打她了嗎？卻不想等來的是——

「沒有。走吧。」

少爺冰涼漠然的聲音傳進她的耳朵，她今晨親手挑選的墨色西裝從她身邊輕擦走過，像不曾在她手心裡逗留過。

少爺與她擦肩而過，沒打招呼，沒做停留，就彷彿從來不認識她一樣。

……是了。

她怎麼這麼笨蛋呢？以為少爺會開口叫她？會拍她的腦袋？還是會命令她脫掉高跟鞋？她在期待些什麼？她的期待和妄想只會讓少爺為難。

和以前不同。他們結婚了。

他們欺上瞞下地隱婚了。不為別的，無關感情，只是為了少爺能順利繼承飯店。

這隱婚的關係……不能在人前隨便打招呼，不能見光。

他們的關係不能被別人發現的，他們的關係越少人知道越好。他們的關係必須隱藏。
所以，他要儘量裝作不認識她。
而她……絕不能給少爺添麻煩。

20 少爺，您不跟奴婢一起回家嗎？

下班後的換衣間，從喧嚷恢復平靜。只剩下姚錢樹一個人。

她坐在長椅上，脫下高跟鞋，看著腳底板磨出的紅紅的水泡。

原來沒有少爺的車子可以坐，女人穿起高跟鞋工作來會如此痛苦如此可憐。

這麼看來，還是少爺隆重頒發給她的女僕平底大頭皮鞋比較可愛。對少爺來說，她有沒有女人味又有什麼關係嘛。

她穿上大頭鞋，正要開門走出更衣室，手機突然傳來「嗶」的一聲。

是少爺給她發簡訊了。一定是叫她趕緊滾到他身邊，一起回家吃飯。她的號碼只有少爺一個人知道，除了他，不會有人給她發消息的。

她掏出手機，打開收件箱。

忙。晚點回家，妳先回去。from 少爺。

她拿著手機呆望著螢幕，好半晌才喃喃啟脣。

「……這麼忙嗎？」

不是來上班就能見到少爺，待在少爺身邊了嗎？為什麼感覺反而比在家裡更加遙遠了呢？

她頹喪地換衣走出飯店，外面已是繁星點點，抬頭看向頂端的辦公室，高高在上的光點微微閃耀。

少爺都還沒有回家，還在辦公室辛苦地工作操勞。她身為稱職的小女僕怎麼可以先走？萬一少爺有什麼需要，找不到人幫他怎麼辦？對！在少爺最有需要的時候，她一定要第一時間趕到，所以她不能走！

轉身奔回更衣室，她重新套上幹練的制服，溜進一間空蕩蕩的餐廳包廂，打算練習一下所謂的西餐餐桌擺法。

至少……不能讓少爺一直被舒總監挑刺，說他任人唯親，安插個什麼都不懂的人進飯店丟臉吧？

「餐盤間距必須一樣。

「左叉右刀，頭盤餐具在最外，然後是正餐，甜品用具擺在最上面。

「湯勺是圓頭的，甜品叉是瓜子狀。

「白酒杯，紅酒杯，水杯，香檳杯……」

「誰在裡頭？」

開門聲響起，她回頭看向門邊，只見舒城岳站在門邊，用探問的眼神盯著她。

「不是下班了嗎？不回家待在這幹麼？」

「我……」

「想偷飯店的餐具去賣，用來還債嗎？」

「我才沒有！我只是想熟悉一下怎麼擺這些東西，免得又挨罵又扣錢的……」

「嗤。」唯少爺命是從的狗腿軟弱小女僕，竟會撥出空閒時間，躲起來偷偷努力學習。沒想到她還殘留一絲自己欣賞的不服輸的性子，他輕笑走進屋內，低眸看向她擺到一半的桌子，再轉眼瞅著她窘迫地站在一邊揪裙角。

「不許揪衣角。」

「欸？」

「沒儀表儀容的壞習慣，改了。」

她急忙撒開手，規矩地把手放在身側。

見她還算乖巧，舒城岳滿意地點頭，卻還不忘教訓道：「以後妳得記著，妳現在穿的是女侍服，不是女僕裝，這些充滿情趣的小動作，是對男人做的，不是對客人。」

「……那客人也有男人啊。」

他眸一斂，「我警告妳，妳那套客官再來的把戲，不准在這裡用出來，聽到沒？」

「……哦，不用就不用唄。」

她嘟唇，抬眸間卻發現舒總監正在奔放地脫西裝外套，緊接著摘下手錶，解開了袖扣，連袖子都捋高了。

「舒……舒總監，你這是要幹什麼呀！我中午就跟你說過了，我不是那麼隨便的女人，我從小眼裡就只有少爺一個人，只聽他的話。你又不跟我一起效忠少爺，少爺也不同意你跟我好的事，那我們倆就是不行了沒戲了，你……你不能硬來的呀！」

他深歎一口氣，將要逃離自己身邊的女人拽回桌邊，按住，「誰要跟妳硬來。我才不管妳家少爺怎麼想。我只是不想我的餐廳裡出現門外漢，丟我的臉。過來補課！」

「……欸？」不是要對她怎麼樣，不是要刁難她？而是要幫她上課嗎？

「還愣著幹麼？」他拿起她桌上擺的漏洞百出的餐具，重新調整了位置。

「是！」

其實，舒總監也沒有她想像中那麼壞那麼缺德嘛！

他手把手地教她怎麼兩手端起四份餐點，簡單的摺餐巾方法，基本的餐具擺放順序。

「只要記住客人的用餐順序，東西就會很好擺了。由外往裡。最先吃頭盤，所以頭盤的刀叉在最外側，然後是正餐。甜品用具擺在上方。當撤掉正餐的盤子時，妳要幫客人把甜品叉和勺由上方拉到兩側。明白了嗎？」

「那這個像葉片一樣的刀是幹麼用的？」

「這是專用的魚刀，一般是吃魚類沙拉時用到的。如果我們要用到這種刀時，就說明今天的頭盤有魚。妳要事先問客人有沒有忌口。」

「哦……那這個叉是什麼？這兩個都是正餐用的刀，有差別咩？」姚錢樹指著兩把刀問。

舒城岳拿起其中一把有鋸齒的刀，「這是吃排類正餐用的，比較方便切割。但是，這種餐具很鋒利，為了防止客人被不小心割傷，我們不會在上頭盤時就擺上這種餐具。如果用到這種餐具，務必在客人吃完頭盤後，才能放上。」

他頭頭是道地介紹，讓她不能抑制崇拜的眼神，定定地看著他。

「幹什麼？」

「沒啊。就覺得總監你懂好多哦……」

他轉眸輕笑看向她，她注意到他的眼鏡從高挺的鼻梁微微滑下，可他兩手正拿著餐具為她做示範。

下意識地，她腳一踮，抬手撫上他的眼簾，推了推他快要滑落的眼鏡，一屢細碎的軟髮經她輕撩，從他額前滑落眼睫。

他被她突如其來的動作弄得一怔，眼神一凝，深深地盯住她。

「挑逗我？」

「欸？」

「要不，妳這算什麼？」上次幫他呼呼，這次幫他扶眼鏡，下次呢？是不是打算舔舔他嘗嘗他的味道？

發現自己的動作不合時宜，姚錢樹猛地從舒城岳身邊彈開，忘記了舒總監剛才的提醒，尷尬的氣氛讓她兩手又不自覺地去揪衣角。

這一次，舒城岳卻沒出聲叫她放開手，反而脣角輕彎，連眸子也攀上笑意，任由她緊張地跟自己的衣角過不去。

「好了。今天差不多了。回家吧。」

「欸？回……回家？」可是，少爺應該還在忙的說。她還不想回去，「那舒總監你慢走。」

他怪異地看她，「什麼慢走？妳也一起。」

「可我還想繼續……」

「過分在上司面前顯示努力，就太假了。」誰讓她第一天就玩命拼的。

「……唔……」他怎麼知道她想在少爺面前顯示自己的實力。不愧是總監大人。

「再說，我不教妳，妳賴在這一晚上也只是搞亂會場而已。我今天沒有要加班的意思，累了，回家。明白？」

「……」竟然說她只會搞破壞，啐。大概少爺也是這麼想的吧，如果留她在身邊，她一定會唧唧喳喳地打擾他安靜工作，「哦……回家就回家唄。」

「十分鐘。停車場。」他撂話，拿起西裝外套就要開門出去。

她完全不在狀況內，「舒總監，什麼十分鐘啊？」

「……」他回身白她一眼，怎麼會有這麼遲鈍的女人，非要他把話講明白她才能聽懂嗎？「十分鐘後，停車場見！」

「欸？不是回家嗎？」去停車場幹麼？

「……」他深呼吸，「我很閒，想送妳回家，可、以、嗎！」最後三個字，一字一頓地從牙縫裡跳出去。

「呃……好、好吧。」因為如果說不好，好像會被按在地上抽打一頓的說。舒總監的眼神好可怕。

真是夠了。他難得好心情多事送女人回家，她竟然還一副勉為其難的模樣！

地下停車場內，舒城岳靠在車門邊，叼著菸，瞇起眼眸，第五次抬袖看錶。

二十分鐘過去了，那個拿喬的小女僕姍姍來遲，真把他那句很閒的反話聽在耳裡。

好不容易，一陣「嗒嗒」的大頭皮鞋落地聲，由遠及近響徹在地下停車間。

他把煙扔在地上，抬腳踩熄，想擺出一副不耐煩的模樣。一抬眼，視線卻對上一隻女僕裝娃娃，忽然間，沒了脾氣。

黑亮亮的大頭平地皮鞋，雪白色的蕾絲荷葉邊長筒襪，大蓬蓬的長裙沒過膝蓋，束腰處誇張大的蝴蝶結，就連頭上都綁著黑白相間的緞帶。

如果他現在跟她發火生氣，就好像大人在欺負小孩，怪叔叔在蹂躪小蘿莉……

「不好意思呀，舒總監，我原本的衣服比制服穿起來困難的說，所以……所以……」

「……妳家少爺簡直是……」太渾蛋，太會享受男人感官了！在家裡擺上一堆穿成這樣的小姑娘，那就堪比酒池肉林了。

「上車，回家。」他沒好氣地打開車門，將一身娃娃裝的小女僕塞進去。

他坐上駕駛座，正要扣上安全帶，卻發現她一副小學生春遊的呆樣雀躍地摸著他的車子，「妳興奮個什麼勁？」

「我是看到你的車子沒什麼大礙感到心花怒放嘛！」這樣看來，過不了多久她就能還請債務了。

「繫上安全帶。」

「沒關係沒關係的，員警不會發現我的，我有帶這個。」她一拍自己的哆啦A夢包，斜挎的帶子就像一條安全帶橫過胸口，上面鑲著的水鑽大字相當刺眼——為少爺服務，光榮而神聖的使命。

「怎麼樣呀！很聰明吧！反正等下要塞車不停，那種烏龜爬的爛速度，還綁什麼安全帶啦！」

不怎樣！舒城岳皺眉認定。

她坐在他的車上，卻還想著為那專橫跋扈的少爺服務？還光榮而神聖的使命？啐！

「我不想員警以為我選安全帶的品味很低！」他翻白眼，抬手摘下她俗氣到家的包，隨手往後座一丟，拉下安全帶為她繫好，「我不喜歡凡事都偷懶的女人。明白？」

「哦……哦。」他喜歡不喜歡關她什麼事？她狐疑地眨眼。

車子啟動上路，一時間，車內安靜成一片。

姚錢樹局促地偷瞥開車的舒城岳，他的鏡片倒影出如流螢般的街燈。

發覺她一副戒備地看自己，舒城岳輕笑開口，「妳很怕坐男人的車嗎？」

「不、不會啊。少爺的車，我經常坐呀。」

「除了妳家那個大少爺呢？」

「呃……」好像每次相親，坐那些男人的車子，她都還滿……怕的。

「妳壓根沒把妳家少爺當男人吧？」

「才不是！我家少爺他很 man 的！」性感到讓人窒息欸！怎麼會不男人嘛！每次貼近少爺，她就和每個哈少爺的所有懷春女人一樣呼吸困難，心跳加速，被少爺的男性荷爾蒙深深吸引，從這一點看來，她這個沉浸在少爺釋放出的男性氣息裡的女僕，的確是很不稱職。

「那妳家很 man 的少爺娶回來的太太是什麼樣的？」

「噗！呃……這……這個……」

見她眼珠游移，含糊不清，舒城岳斜睨刺探道：「不要告訴我，妳根本沒見過自己的少奶奶……或者說，那個女人根本不存在？」

這是陷阱，大陷阱呀！

怪不得舒總監突然心情大好要送她回家，原來是要套她的話呀。

「我家少奶奶她……我當然見過啊！她跟少爺結婚了，理所應當住在一起啊。我回家還要伺候她的說。」

「哦？是嗎？」他懷疑地拖長音調，「那妳倒說來聽聽看，她是怎樣一個人？」

「她……她……她……」

「說不出來嗎？」上次電視臺的採訪看來就怪怪的，而且竟然被打了馬賽克，他就覺得有蹊蹺，那大少爺說什麼不想讓自己的女人拋頭露面，這背後一定隱藏了什麼。

「怎麼會說不出來！」被舒城岳層層逼近，姚錢樹一急，口沫橫飛地吼道，「我家少奶奶她是個大美人呀！她跟少爺在英國就認識了，在國外就已經談了很久戀愛，這次就是跟少爺一起回國的！她端莊大方，氣質出眾，嫻靜動人，對我們奴婢又好又親切，平時都待在家裡不愛出門見人的，簡直就是賢內助的最高標準呀！我家少爺喜歡死她了呀！」

老天爺，你在忙啥呢？也不睜眼看看她多可憐多悲哀，自己把自己誇成個四不像，自己都嫌自己上不了臺面……

可是如果讓舒總監知道少爺娶了一個軟趴趴、狗腿、連盤子都擺得亂七八糟的女人的話，少爺的威嚴形象會被毀於一旦的。

姚錢樹費勁心力地把少奶奶假想成一個近乎完美的女人，可舒總監壓根不買她的帳，「哼，我還真看不出那個冰疙瘩會喜歡什麼女人。」

「那是因為我家少爺專一又痴情，眼裡只有我家少奶奶一個，你都不知道他看少奶奶的眼神有多深邃痴迷，她對我家少爺來說是最特別的存在呀！」

「最方便的利用對象吧。」他嗤之以鼻，直接戳穿她美妙的幻想。

「……」

「為了得到總裁的認可，為了盡快繼承家產，隨便娶回來糊弄所有人的女人。」舒城岳篤定地下結論。

「……少爺他才不是……」

她張唇反駁，想幫少爺說話，可是有點力不從心。

車子停了下來，她這才發現已經到了家門口，她急忙想擺脫困境逃跑下車，卻被舒城岳一把揪了回來。

「妳在心虛？想逃跑？」

一聽這話，她又坐回原位，裝作沒事一樣地抬頭望天，「我才沒有。我哪有心虛？」

他輕笑，也不揭穿她，從口袋裡掏出一樣東西丟到她手裡。

「這什麼啊？」她定睛一看，竟是一支手機。全鍵盤的機身有些寬大，她不解地看向舒總監。

他揚了揚下巴，「妳手機不是壞了嗎？」

「是……是壞了。」

「先用這個吧。」

「欸？」

「欸什麼？我是怕找不到妳人，妳欠錢跑路了。」

「可……可是，你的手機送給我了，你怎麼辦？」這樣好嗎？

他煩悶地哼聲，反正他有商務用和私人用的兩支手機，丟給她私人用的那支，不痛不癢，「不是送。這手機顏色我不喜歡，不想要了。」

她輾轉過機身，白色的機身漂亮又時尚，為什麼不想要呢？大概是舒總監不喜歡白色吧。

「妳給我每天保持開機，別讓我找不到妳人，聽見沒？」

「……哦，我發薪水的時候，一定會通知你的，你不用擔心啦！」

他悶悶地應聲。

「那我回家了。舒總監，拜拜。」

她走下車，看著舒總監的車子掉頭，消失在夜幕裡。

姚錢樹拿出少爺送的手機，再看看舒總監送的手機，滿頭問號。

這就是所謂的「千金散盡還復來」嗎？

還是說，最近很流行送手機？

不過，舒總監沒說不能記別人的號碼，她可以用這支手機記別人的號碼，不用再浪費腦子記數字了。舒總監真是好人來的。

轉身進屋，少爺不在家，她便早早地洗洗上床睡覺了，準備明天早起上班。

迷糊間，她聽到自己房門輕響，有束光從門外射進來。有什麼人走進她的房間，走近她的床邊。

一陣刺鼻的香水味竄進她的鼻子，她皺起鼻子翻身，拿起被角遮上鼻梁。

可那人不依她任性地背對著自己，伸手騷擾她。

有薄繭的指腹在她臉上游移，撩開她的額髮，劃過鼻間，最後親昵地摩刷她的嘴脣，她的舌尖嘗到一絲銀質金屬的澀味，沁涼掠過心頭。

「唔，黑手黨，你別鬧。」

「……」

「再碰我嘴巴，我咬你哦。」

「……」

「你身上的女人香水味臭死人啦。」

「……」

再睜眼，已是天亮，她一切準備就緒，敲響了少爺的房門，卻發現少爺早就不在房間裡。她急忙奔向樓向奶媽總管報告少爺的失蹤，奶媽總管卻這樣告訴她——

「少爺？他一大早就出門了啊。」

「少爺他……已經走了？」

「對啊！少爺剛接管飯店，百廢待興，又要讓那些不聽話的主管服氣他，很忙碌的！小錢啊，不是我說妳呀。我發現妳最近越來越不像話了。哪有奴才比少爺睡得早起得晚的。少爺這麼辛苦，早出晚歸，忙起來就會忘記顧及自己身體了，妳在飯店上班要好好照顧少爺，聽到沒有？」

「……我連面都碰不上，照顧什麼鬼啊。」

「妳嘀咕什麼？」

「沒啦，奶媽總管，我去上班了。」

她沒好氣地跳過被奶媽總管的叨嘮，拿起包去擠地鐵了。

擁擠嘈雜的地鐵，搖搖晃晃，惹得她本就不安的心思晃動得更加厲害。

為什麼少爺不肯跟她一起上班嗎？為什麼要一個人先走？她就這麼見不了人嗎？他就這麼害怕別人發現他們之間的關係嗎？他昨晚去了那裡？為什麼會沾回一身女人的香水味？她

真的算是他的老婆嗎？她可以開口問嗎？她有資格嗎？
該死的隱婚，一點也不好玩！

21 社長，您請慢走。哼！

隱婚——是指已經辦好結婚的法定手續，但在公共場合卻隱瞞自己的配偶和已婚的事實，也就是所謂合法的地下情。

和少爺隱婚後的一個禮拜，她已經習慣了少爺的早出晚歸和若有似無地回避，也就是在這個星期裡，不用被少爺吊在褲腰帶邊的姚錢樹終於和同事混得夾生熟。

所謂夾生熟就是，事不關己的八卦可以隨便聊，但出去吃飯必須ＡＡ制。

就比如此刻，吃完午餐，一群女人嘻嘻哈哈地往餐廳走，因為還沒到大廳，徹底放鬆的狀態讓人肆無忌憚，口無遮攔。

「我跟你們說，昨天碰到少掌門公子了，他好帥哦！讓人窒息的孤傲感是最致命的武器，好想衝上去把他手上的破戒指摘下來，丟進下水道哦。他花花公子的美好時光就這麼早早葬送了！」

「對啊，真不知道是什麼女人讓他那麼早早收心，甘願踏進愛情的墳墓，好想知道那個馬賽克女人長什麼樣哦！」

與之前不同，姚錢樹已經習慣了這些朋友的嘰嘰喳喳，偶爾還敢插插嘴，「說不定就是個沒出息的女人，什麼都不知道就被娶回家裡，放在家裡當擺設了吧。」

「是吧是吧！小樹，妳也這麼想的！我也這麼覺得，不瞞妳說，我今天還看見祕書室的郭若若上了總裁公子的專車呢。」

「他們倆有姦情哦？那個祕書室的郭若若不是舒總監的女朋友嘛？」

「聽說早就分手了哦，會不會是那個郭若若看到新來的社長身價不凡，姿色出眾就把舒總監甩了啊？」

「搞笑吧！那個女人算什麼啊！要我說，比起那個銜金湯匙出生的嬌貴傲慢大少爺，我還是覺得舒總監比較 man 比較像可以託付終生的男人。小樹，妳說是唄？他們倆妳比較喜歡誰？」

「呃……」這個問題對她是個巔峰的挑戰。照理說她應該堅定不移地站在少爺這邊，可是女僕守則使然，她又不能像她們一樣毫無顧及地喜歡少爺，可要說她喜歡舒總監，少爺一定會給她臉色看。

見她左右為難，同事用手肘戳她，開玩笑揶揄道：「喂！妳不會跟那個噁心的郭若若一樣，兩個都想要，兩個都想扯上一腿吧？」

「我哪敢啊！」她睜大眼睛，像見鬼一樣。

她正灰暗地想像著被少爺和舒總監左右拉扯的可怕場面，口袋裡的手機突然震起來。是舒總監送她的那支。

她立刻接起來，電話那頭傳來舒總監低沉的命令：「妳們八卦得還開心嗎？五分鐘到位。」

「呀！」她忘記舒總監剛剛交代，今天要提早五分鐘到餐廳報到，不能再蘑菇了，「是！奴婢……不，是我馬上就到！」

掛下電話，周遭的同事一陣亂笑。

「小樹，妳就老實說吧！妳喜歡人家舒總監是不是？」

「咦？我沒有呀！」這是從那裡得出來的結論，謠可不能亂造，要是被少爺知道，她會被削成馬鈴薯泥的。

「還說沒有。舒總監怎麼會有妳的號碼？」

「……呃……這個是因為……」

「妳還跟舒總監用情侶款的手機，他用黑色，妳用白色。照著人家用的那款買的吧？上班第一天，我可沒看到妳用哦。」

「……」真是有理說不清了，可現在不是證明清白的時候，「好啦好啦，我花痴舒總監，暗戀他已久，快點快點，他在電話裡罵我催我了！我們今天要提前五分鐘回餐廳呀！」

「哦耶！小樹承認是我們總監派的了，妳們少爺公子派的離我們遠點喲！」

結束了女同事瓜分美男的八卦，專業的女侍踏著整齊有儀表的步子走回餐廳。

舒城岳白了一眼朝他微微吐舌表示無辜的姚錢樹，輕聲低笑，叫住她和其中一個女侍，「妳們倆等一下。其餘人回崗位工作。」

「要給我穿小鞋嗎？」她眼神射出疑問看向舒總監。

「是有好差事給妳。」他朝她眨眼，清咳一聲吩咐道。

「待會如果有客人從社長的專用電梯出來，妳們倆拿出專業女侍的儀態來好好服務。」

他交代完，把她們倆像門神一樣安頓在大門邊，左手一個，右手一個，然後兀自轉身回餐廳。

不出兩分鐘，商務專用電梯「叮」的一聲響起。

少爺果然帶著幾名客人從電梯出來，走向大門。

她心虛尷尬急忙低下頭去，不知道該怎麼裝作不認識昨夜還在她睡夢間鬧騰她的人。

少爺朝她越走越近，她的心越揪越緊，瞥眼間，她發現舒總監正斜倚在餐廳門邊，似在等著看她上演丟臉的好戲。

舒總監是故意的嗎？故意安排她和少爺在飯店硬碰面，想讓她繼續像上次那樣在眾人面前，給少爺丟臉嗎？

她才不要又讓少爺難堪，被人笑話！她這個貼身女僕不是白吃飯的！

高跟鞋踩在大理石發出清冷的「喀喀」聲，她主動大方地打開玻璃門，彬彬有禮地朝客人欠身。

「謝謝您的光臨，請您路上小心，慢走。」

再抬頭，她盈滿了拿捏分寸的微笑，卻迎上少爺怔在當下的臉。

他彷彿看到什麼外星古怪物體似的攏起眉。

「社長？有什麼吩咐嗎？」

她專業的問話引來他繃緊唇線的冷漠回應。

默默無言地對視了片刻，她正要回避開少爺直刺而來的不滿視線，少爺身後的重要客人之一忽然開了口。

「這就是皇爵飯店的女侍服？嗯，看起來比照片上好看，廣告上加上點流行元素，穿在我家藝人身上，我敢跟社長保證會有很好的效果。」

「這種衣服，我不喜歡。」一個尖細的女聲從背後響起。

姚錢樹轉頭望去，只見一個穿著時尚風衣、戴著誇張大墨鏡、嚼著口香糖的女人。

她聳聳肩開口道：「中規中矩有什麼好看的，看起來扁平又沒料。比起這套制服，我更喜歡那套婚紗短裙的款式。我的身材好，就是該拿出來露。錦玉，幫我換。」

「……換什麼？」少爺沒移開眼，直盯著小女僕，啟唇敷衍應道。

「當然是換廣告創意啊。我是主秀，我不喜歡這套制服的設計。」

「合約怎麼定的？」少爺開口問身後的特助。

特助急忙回道：「合約上規定，這次的廣告創意和藝人身上穿的衣服，一律由飯店提供決定。」

少爺這才輕移開了眼眸，看向那位意見頗多的藝人小姐，「明白了嗎？」

她撇了撇脣，踩著高跟鞋就往門外走，在門口處突地一頓，摘下墨鏡露出戴著深灰色隱形眼鏡的眼睛，抬手扯了扯姚錢樹的衣領子，打量著這件衣裳的材質，半晌，不屑地輕哼一聲，她揮手一推。

這力道不小的一推，讓本就不習慣高跟鞋的姚錢樹腳底一滑，踉蹌著向後倒去。

少爺猛然回神，左手的銀戒指滑出一道光亮，他正想要伸手去拉她一把，卻發現有人已然扶上了她的背脊。

舒城岳？

「這位小姐，妳對我下屬出手也太重了點吧？妳這麼沒親和力，怎麼幫我們飯店做代言？該不是有人幫妳開後門吧？」舒城岳略有所指地瞥了一眼僵立在一邊的少爺。

「你……」那女藝人正要開口，卻被自己經紀人噓聲禁止，拖著她直接上了等在外面的轎車。

「妳沒事吧？」舒城岳低頭看向還靠在自己懷裡的姚錢樹。

她慌亂地搖了搖，感到頭頂有一道滿含冰霜寒意的目光，是少爺在瞪她，她不敢抬頭看他了。

無懼少爺寒凍的黑眸，舒城岳淺笑開口：「社長，做廣告宣傳是好事，可選代言和招聘一樣，還是別太任人唯親。免得您的後宮打起架來扯您的後腿。」

少爺捏了捏拳，轉眸看向始終不肯抬頭與他對視的小女僕，想要移步靠近她，卻又驟然停下，轉身跟著那女藝人一同邁上轎車揚長而去。

姚錢樹緩緩抬起頭來，默默地看著少爺坐上了那輛香味蔓延的車子。她不能追上去，她不能像阻撓少爺相親一般肆無忌憚，少爺在做正經事。

可是，她聞到了——那沾染在少爺身上的香水味，和那個女人身上飄出來的一模一樣。她討厭那個味道。濃烈得讓人無法忽視，不容拒絕得非要鑽進她的鼻子，快要讓她泛出嘔意。

整個下午，姚錢樹都很恍惚。

直到下班換好衣服準備回家，她還沒有回過神來。

同事摸了摸她的額頭，以為她有哪邊不舒服，「白天還好好的，怎麼突然就痴呆了？」

「是不是因為我們中午逼她承認自己暗戀舒總監，她終於認識到自己的感情，有多不現實多不可能多高不可攀，然後就抑鬱了？」

「呀！的確是一張失戀的蠢臉。」

「我真的沒有失戀啦！」姚錢樹反駁，隨之又深歎了一口氣。

「還說沒失戀呢，妳看妳都憋成什麼樣了。走了走了，回什麼家，去酒吧玩吧。」

「去酒吧玩？」姚錢樹咕噥，「不行啦，我得回家呢……」萬一少爺比她早到家，她沒在跟前伺候，奶媽總管和少爺都不會放過她的。

「哎喲，妳怎麼弄得像個有家累的已婚小婦女似的，約妳好幾次，妳都說要回家！」

「欸！妳怎麼知道我已……」她思緒混亂，一張口險些暴露了已婚的事實。

「已什麼？」幾名女同事同時睜大眼睛，似乎捕捉到了八卦的誘人芬芳。

「已……」她眼珠子骨碌一轉，話峰一轉，「妳怎麼知道我已經煩透早早回家了！不就是去酒吧玩玩嗎！去呀去呀！哈哈哈哈，我怎麼可能已經結婚了嘛！我是單身呀！」

「單身就單身，笑那麼囂張幹麼？」幾名女同事聳肩。

伴隨單身宣言，姚錢樹和同事們一起混向了酒吧。

點上一杯顏色嬌豔的雞尾酒，長腿交疊款款落坐高腳椅，下巴收攏抬高，視線往高處凝，只要樣子不是吃得太飽，總會有人過來搭訕。

她努力想學著她們也擺出性感撩人的姿勢，可是……慘不忍睹。只好作罷，安分地坐在一邊喝飲料，聽八卦。

有個女同事神祕地拿出一本八卦週刊，先做了一禁聲手勢，猛地翻到八卦勁爆的頁面。

留學歸國豪門少爺深夜祕會當紅偶像，被男人票選為最想與之約會的女星——王瑩被爆搭上星級奢華飯店集團少公子。

「哇！這就是今天下午在我們飯店參觀的女星，好像聽說社長想找她來做代言。」

「給我們飯店做代言?障眼法吧?肯定是有一腿呀有一腿!」

「我也覺得。就算再把自己老婆當傻瓜,背著自己老婆在外頭亂搞,肯定總要顧及一下曝光嘛,所以就拿公事合作當屏障哦。」

「真沒想到,社長公子是這樣的男人。他不是該走孤傲高貴路線的嗎?怎麼會把老婆丟家裡,深夜祕會明星啊?太沒品了!不要萌他了。是吧,小樹!」

「……」

「妳在發什麼呆啊?」

「唔?啊?沒、沒有啊!」她沒有發呆,她們的每一句話,她都有聽清楚,就是因為太清楚,所以胸口有點悶痛。想要轉開視線排解一下。

少爺每天早出晚歸的理由,少爺每天忙碌的藉口,少爺每天和她分開上下班的原因,她知道了。

這一刻,才算真的明白。

怎麼會有點難受。

這有什麼好難受的。她們說的不全對。

少爺沒有把她這個老婆當傻瓜。他只是把她當很好用的貼身女僕。

她得記住,在坐上少爺老婆這個位置之前,她優先是他的小奴才,小跟班。

主子是主子,主子的行蹤沒必要報告給女僕知道。

就算他深夜密會什麼人,身上帶回來很濃重的香水味,甚至跟別人練習親吻擁抱,她都沒有資格過問。

「小樹！回魂啦！」

朋友的呼聲把她拉回現實。「欸？什麼事？」

「就算妳喜歡總監，也別對社長公子的事這樣興趣缺缺嘛，不聊舒總監妳就發呆哦？」

對少爺的事，她本該興趣濃厚，可是，她現在真的提不起勁來去關注。

包裡的手機在震動，也沒讓她精神起來，她拿出手機接起電話，木訥地回道：「您好，您播打的電話正在發呆鬱悶生氣，請稍後再撥。」

啪！果斷地掛斷，讓姐妹們刮目相看地瞪著她。

「小樹！妳好富裕哦！兩支手機耶！」

「兩支還都是剛上市的最新最炫的貨色。」

「我看我看，這是日本原裝的內外雙屏翻蓋貨啊！我很哈的牌子呢！」

翻蓋？內外雙屏，日本原裝的？媽呀！那不是舒總監給她的那支，是少爺頒發的那支電話啦！

她對少爺說了什麼？她在發呆鬱悶生氣，還叫少爺稍後再撥！她死定了，竟然在少爺面前擺架子，還膽敢掛斷少爺的電話！

「噌」地從座位上站起來，姚錢樹奪回手機，按下回撥鍵，激動地蹦來跳去。

姐妹們完全不解，面面相覷，看著她拿起電話就往門外跑。

「少……少爺！我剛剛不是故意掛您電話的。

「欸？我在哪？我和朋友……

「什麼朋友，就普通朋友啊。

「沒有沒有沒有男人，都是女生來的。

「現在？可……可是我和朋友……

「什麼綠帽子，真的沒有男人啦！您相信我呀！

「好……好嘛！奴婢我過去找您。」

掛了電話，姚錢樹深歎了一口氣，轉頭看向各個目光炯炯的姐妹。

「欸？妳們幹麼這樣看著我？」

「小樹！原來妳有男朋友哦！」

「男……男朋友？不是啦，他不是我男朋友啦！」

「妳不要狡辯啦，我們都聽到了。他問妳跟誰在一起，是男人還是女人，這還不是男朋友嗎？」

「這就是男朋友嗎？」她不解。

少爺每次來電話只有四句——在哪？和誰在一起？男人女人？過來我這邊。

男朋友……是喜歡用這種命令式口吻講話的動物嗎？

啐！當她是沒看過愛情小說偶像劇的傻子咩？少爺一定又是有什麼差事要差遣她了！

22 社長，您好man！

橫在路口的囂張銀亮跑車，讓路人無不為之側目。

姚錢樹認命地草草結束女人聚會，包袱款款地跑出酒吧，第一眼就瞥見少爺不容忽視的騷包跑車正停在馬路對面。

車窗玻璃搖下，少爺一派庸懶，單手擱在窗沿，黑沉的眼眸稍斂，流露一絲疲倦，晚風輕吹，撥亂了他碎軟的黑髮。

察覺到她站在馬路對面，他轉眸睨向她，露出不滿加催促的凝視眼光，似在指責她這個小女僕對他大少爺近日來的怠慢。

她猶豫躊躇，剛要迎上去，卻發現腳上還穿著少爺不喜歡的高跟鞋。

二話不說，她急忙脫下鞋子，提溜著鞋子迎上前去。

「少爺，您下班了？今天好早哦。」她的話很不可愛，很不貼心，很若有所指。

「……」少爺越過車窗，抬眼望向她一身筆挺的套裝和手裡的高跟鞋，探究的黑眸一凜。

她儘量笑得再平常不過，普通得好像什麼事情都發生過。好像這不是他們結婚以來上班以後，第一次下班見面。好像那陣香水味只是她的鼻子太敏感。

「上車。」看了一眼她光著的腳丫，少爺低聲命令。

她打開車門，坐上車子。

一陣熟悉的刺鼻香水味鋪天蓋地迎面而來。

她胸口一悶，揪緊了手裡的哆啦A夢包。

「誰准妳去酒吧玩的？」

「奴婢我一個人很無聊嘛，同事人很好，就叫我出來玩呀。」

「結婚了就少往這種地方跑。妳別忘了妳現在是別人的老婆。」

「……還打了馬賽克呢。」她輕聲嘀咕，惹來少爺若有所思的斜視。

「誰准妳去當女侍的？」

香味使然，少爺的詢問在她聽來刺耳。

她開口：「不是少爺您嗎？」

「……」他不解地瞥她一眼，也不多加爭辯，「不准再去了。」

「為什麼？」

「沒有為什麼。我不喜歡，所以妳不准再去。」

「就算少爺不喜歡，也該有個理由吧，您這樣什麼都不說，奴婢我會為難的！」

「我有什麼好讓妳為難的？」他皺眉，他只是一時沒看住她，她竟然搖身一變，又和那個姓舒的糾纏不清，還開口生分地叫他社長。到底是誰在讓誰為難。

「那少爺就告訴奴婢，不讓奴婢我去上班的理由啊！」是怕她知道什麼嗎？是想把她藏在家裡徹頭徹尾當傻瓜嗎？是免得揭穿了他們倆見不得光的關係嗎？

「我討厭妳穿這身衣服！」沒經過他的允許，擅自脫掉女僕裝，還到處拋頭露面。她膽子變大了！

「和那個王小姐一樣討厭嗎？」她被香水味衝昏了頭，開口就頂了回去。

「……」

「那要怎樣少爺才會喜歡呢？不穿高跟鞋嗎？待在家裡當傻瓜嗎？還是也要噴這種刺鼻的香水？」

手機裡叫她先回家的簡訊越來越多，見到少爺的次數越來越少，他身上的香水味越來越重。她甚至覺得少爺越來越過分，為什麼每天晚上回家都要跑進她的房間逼她聞那種臭味！

當做不認識她沒關係，見不得光沒關係，隱婚沒關係，可是……

「我不可以有自己的生活圈子嗎？我知道少爺很忙，奴婢我沒有辦法陪著您，那和朋友出去玩玩有什麼錯？明明是少爺先不要和我一起回家的！」

「妳現在是要跟我吵架嗎？」

吵架？

「……奴婢不敢。」

她不敢，她那裡敢。她根本沒有立場和資格和少爺吵架。

一次不合規矩地衝動頂嘴，姚錢樹不識相地挑戰了少爺的權威，被少爺一言不發地送進了冷宮。

他徹底不要理睬她了，繼續早出晚歸，消失忙碌，不一樣的是，他不再每天夜裡回來後溜進她房間，逼她聞那刺鼻的香水味，也不管她是當女侍，還是和朋友出去玩鬧。

他徹底地放縱她去享受她的生活圈，可是她已經習慣圍著少爺轉的小心思卻不聽她的指揮。

少爺沒有向奶媽總管告狀，他只是默然地回家進房間，當她不存在。可越是這樣，她越是難受。

她是個不稱職又愛鬧脾氣的渾蛋女僕，在少爺忙碌的時候，不但幫不上忙，還給他添亂。什麼下班一起回家，什麼車子裡有女人的濃香水味，都是那張莫名其妙的結婚證書，才讓她神經兮兮地開始計較這些有的沒的。

反省過後，豁然開朗。

她煮好了大滷麵，挑掉蔥花，從晚飯時間一直等到凌晨。

麵糊了，湯沒了，可少爺還是沒有回來。

她睏極了，摟著黑手黨，窩在沙發上迷睡了一會，哪知這一睡便睡熟過去。

凌晨三點半，門外輕響，男人拿著鑰匙走進屋裡，在昏暗的壁燈燈火下，一眼便看到窩在沙發上的一人一狗。

他僵在門口好一陣，聚集所有冷傲的目光射向沙發上的小女僕，最後都化作一聲沒轍的歎息，抬腿走近沙發上的人。正要彎腰抱起她的手，忽然又頓住了。他收回手，嗅了嗅自己身上的味道，皺起眉頭。

他伸腳踢了踢愛犬。愛犬從女人的胳肢窩下鑽出來，顛顛兒蹭到主人的腳邊。

他二話不說，抬袖擱到愛犬的鼻子面前，愛犬一陣抽搐哼唧，表示他身上的味道真的不怎麼樣。

他鬱結不已，丟下手裡的鑰匙，急忙上樓沐浴更衣，再把手伸到愛犬的鼻子前。

愛犬點頭表示通過。

他鬆了一口氣，轉頭看向已經睡到四仰八叉的小女僕，伏身低腰將她抱在懷裡。

她暖暖的面頰貼上他溼潤的脖頸，呼吸開始變得貪婪。

「少爺……你好好聞。」

「……」她從超市買回來的沐浴乳會有多好聞？

「好香，好喜歡……」

「……」就這麼喜歡爛牌子沐浴乳的味道嗎？

喜歡的字眼像魔咒，就算只是稱讚沐浴乳，這呢喃般的夢囈也足夠讓男人心神蕩漾。腳步一轉，下意識地就想抱起懷中物體回自己房間打馬賽克。

愛犬嗚嗚低呼，拽住主人的褲腳和最後理智，示意主人不要走錯了地方。小女僕的房間在樓下，沒資格睡在主人的大床上玩馬賽克的。

他低頭瞇眼，看向自己親手養出來的禍害，竟然在最關鍵的時刻不站在他這邊。

「她是我老婆。」睡她有什麼不對？

「嗷嗷嗷嗷……」可她還是你的包衣小奴才啊。身分不同，地位有差啊！

「她整個人都是我的！」給他一個不能睡的理由啊！

「……嗷嗚……嗷嗚嗚……」趁人家睡覺的時候把人家睡掉，不太道德吧？大丈夫趁睡行凶，沒品的說。

「……」這個理由……他稍垂眼簾，看向懷裡的女人，她表情饜足，睡得香甜無比，還無意識地在他頸間蠕動，想要汲取更多男人的清爽氣息。這赤裸裸的引誘讓他眉宇糾結掙扎許久……最後，女人臉上的淡淡倦容讓他做出了抉擇。

好吧！

勉強接受最後一個理由，暫時放過她！

被清爽的男人味包圍，姚錢樹一夜好眠，起床走進廚房，路過飯廳發現那碗糊掉的大滷麵不見蹤影，只留一個空碗在桌上。

有人把她的麵倒掉了嗎？

她失望地歎氣，公事化地去敲少爺的房門。

無人應她。

少爺還是提前走了。

她開始擔心，少爺會不會就這樣不要她了？

是因為她大逆不道地同少爺爭辯嗎？連討好和認錯也沒有用了嗎？看來，她的沒大沒小徹底惹惱了少爺，因為他從沒如此長時間地漠視她。

背起包，她頹喪地去上班。

剛靠近皇爵飯店的大門口，她正要轉身走向工作人員的側門，卻被團簇在飯店正門口的人群吸去了注意力。

鎂光燈，照相機，麥克風，攝影機……

是媒體？

飯店發生什麼大事了嗎？

她心上一急，腳步往人群裡擠。

飯店階梯至高處，少爺一身正統修身的黑西裝，被簇擁在人群裡，無數的麥克風伸到他跟前。他黑眸低垂，一派悠閒淡然地看著自己手裡的資料。

「愛新覺羅先生，請你說明一下，聽說皇爵飯店和王瑩的代言合約有變化？是什麼原因呢？」

「對啊，愛新覺羅先生，是不是因為你們倆的緋聞被爆，你已婚的身分會影響飯店整體的優質形象，所以故意撇清關係呢？」

「還有人爆料說，愛新覺羅先生對繼續合作提出了新的要求？讓王瑩很惱火。」

「到底是怎樣呢？請您幫我們解答一下吧？」

被追問的男人面色平常，單手一貫地插進褲袋裡，冷調的眸子好不容易從資料上抽離，微抬掃視不斷發問的媒體眾人，好半晌，他啟脣：「什麼？」

「……」周遭一陣冷凍的沉默，幾名記者脣角抽搐。好大牌的貴家公子，這麼嘈雜的環境，他還能沉浸在資料裡，完全沒有聽他們說話嗎？

「沒事就讓開。煩。」

他說罷，將手裡的資料簡單勾畫，轉手交給特助，扭頭就要走。

記者們恍然回神，認定這是他假裝聽不到，故意拖延的迂回戰術，有人大著膽子揪上他的衣袖，「愛新覺羅先生，到底為什麼擱淺與王瑩的合作？是經濟方面沒談攏，還是被你們兩人的感情影響？請告知我們一下？」

冷傲的眸子斜睨自己被拽的手臂，他總算意興闌珊，稀鬆平常地開口：

「……因為她身上的香水味太臭了。」

「……欸？」眾人傻眼，這算什麼莫名其妙的理由，「那……和貴飯店的合作……」

「要合約，不准擦香水。我的要求。」

「……」

「完了沒？」他低眼看著被硬拽住的衣袖，硬邦邦地問，「完了鬆手。」

「……」

傻眼，鬆手，眾記者眼睜睜地看著要求怪異的首席飯店集團貴公子慢慢淡出視線。

回身，低頭，發現臺階下站著個穿著皇爵飯店女侍制服的傻姑娘，也不知她是撿了錢，還是桃花開了，緊摟著哆啦A夢的土包，堆起滿臉的傻笑，原地打轉開心地冒泡。

23　社長？總監？要怎麼選呢？

心情大好，姚錢樹的服務品質也隨之提高。

她終於獨立地擺好了一桌標準的餐具，正在志得意滿，餐廳經理領了兩個男人落座到她負責的桌子，朝她招手，示意她過來點餐。

她急忙接收任務，微笑服務兩位商務男士。

「兩份XO醬汁牛排。」

「好的。」她拿筆在功能表上寫寫畫畫，「還有別的需要嗎？」

正在談合約的男人抬眼看她，「那……再來兩杯紅酒好了。」

「好的，還有別的需要嗎？」

「不需要了。」

「欸？就不需要了嗎？」

「是的。」

「可是，還沒有點前菜啊？」她奇怪地發問。

「……我們不要前菜。」

「可是……也沒有點甜品啊？」

「……也不需要甜品，小姐妳走開好嗎？我們要談事情。」

「可是……我已經幫你們擺好前菜和甜品的刀叉了呀。」她十分委屈。

「……我、們、不、需、要！」

「可是……我都已經幫你們擺好餐具了。你們不可以不要的。」

「妳這是什麼意思？我們不想要前菜和甜品還不行了嗎？」

「可是……我覺得您這樣不對，談合約的時候要大方，不能在乎錢的說，您這樣摳門多不好？人這一輩子多短暫，短短也就兩萬來天，眼一睜一閉就過去了。」

「妳！」

「我家少爺談合約的時候就相當海派，什麼都肯豁出去，連色相都肯犧牲……你知道的嘛，像清白啊，色相啊，鈔票啊，這些東西保存期限也只有兩萬多天，留著幹麼哩？還不如提早消費，我們一起來幫你花……唔唔唔！」

一隻大手猛然捂住她的嘴巴，緊接著，舒總監咬牙切齒的聲音砸下來。

「不好意思，兩位。我換一位女侍幫你們點單。」

「你們搞什麼鬼啊？這不是國際大飯店嗎？怎麼會有這樣素質的服務員？」

「抱歉，請原諒。這是我們飯店馬上要炒掉的工作人員，今天是她最後一天，請兩位見諒。」

咦？怎麼突然就變成她的末日了？她疑問的目光射向舒總監，身子被他架進了廚房準備間。

門一關，她挨訓了。

「妳搞什麼鬼？腦袋又進水了？」

「欸？我那裡做錯了？」

竟然還露出一臉無辜的表情，舒城岳翻白眼，「誰准妳強迫客人點單？還敢質疑客人的經濟能力？」

「他本來就摳門嘛！哪有人不吃前菜和甜品的！人家我餐具都擺好了，他不吃很過分欸！那我擺得這麼辛苦！」

廚房準備間裡來來往往的工作人員，無不側目偷笑。

舒城岳頭痛地扶額。

現在是怎樣，當著大家的面對他撒嬌嗎？這種腦殘的低級錯誤，叫他怎麼容忍？

「你真的要開除我哦？不要啦，舒總監，你開除我，我就沒有錢還給你了，我還不了債，對你也沒有好處吧？」

她低首咕噥，他雙手環胸。這感覺像極了……小學老師教訓考試差勁的學生。

跟小學生計較？他也太沒有度量了，但是，必要的懲罰還是要有的，畢竟多少雙眼睛正盯著他。

「試用期延長半個月。」

「欸？」不開除她了嗎？果然，不是她的錯嗎？嗯嗯，都是那個客人不對，她擺得多辛苦，他應該配合得點一些吃吃看啊，摳門哩！

「面壁默念『都是我的錯』一百遍！」

「咦？」怎麼還是她的錯？

「咦什麼咦！聽到沒？」

「哦……」

她不甘地轉身背對牆壁，正要開始碎碎念。身後總監大人卻叫住了她。

「默念前，我問妳。」

「什麼吶？」

「妳今天在高興什麼？」一整天都在傻笑，莫非又是因為她家的破少爺？

「欸？我有在高興嗎？」說著說著，她不自覺地咧開了脣角，「舒總監，你看錯了啦，人家我哪有高興啦，我才沒有高興呢！哈哈哈哈！我可難受了，被客人欺負還被你罰站，哈哈哈哈！還被延長了試用期，你看我都難受成這模樣了……哈哈哈哈哈！」

「……妳可以不要露出這樣妖女的表情嗎？」

「呀？你在說我很嫵媚嗎？」妖女不就是嫵媚的代名詞嘛？她興奮地眨眼。

「不，是真的很嚇人。」

「……」

妖女下班了，換好衣裳，準備乖乖回家當溫柔賢良的已婚家庭婦女。

就算今天少爺回來得再晚，她也要耐心等待，然後傾注全部熱情來伺候他！洗手手，洗臉臉，洗腳腳，洗背背，通通都交給她吧！

嗶嗶嗶！

少爺送的手機這時忽然響起來。

姚錢樹心裡一甜，急忙接起電話，「少爺少爺少爺！」

似乎不能適應女人態度一百八十度大轉彎，少爺沉默了半晌，再幽幽問道：「下班了？」

「嗯嗯嗯！奴婢這就回家等您回來呀，奴婢會和黑手黨少爺一起在家乖乖等您的，絕不亂跑。」

「不用等我。」

「……您又要忙到很晚嗎？」她笑容略有僵化，但還是振奮精神，賢慧地說道：「沒關係的，奴婢我可以自己先回家給您準備宵夜，幫您等門，幫您洗……」

「一起回家。」

「……欸？」超大的質疑聲跳出口，「少……少爺？真……真的真的真的真的嗎？」

一起回個家需要興奮成這樣嗎？又不是小學生。「……十五分鐘後，停車場。」

「真的可以嗎？少爺，跟奴婢我一起回家沒有關係嗎？這樣不好吧？萬一我們倆被人發現了，那不就糟糕了。哎呀，少爺，奴婢我沒有關係的呀，您不用特意跟奴婢我一起回家，奴婢我一點都沒有在意您有沒有跟人家一起回家啦……」

「閉嘴，十三分鐘！」

嘟——

專制的命令配上酷酷的掛斷聲，直接打斷了她多餘的矯情和做作。

姚錢樹放好電話，忍不住嘴上的笑意，開門就要奔向停車場。

忽然手機再次響起。

「唔？少爺怎麼了？不是剛剛才說好咩？這麼快又有新的命令給我喲？」她抓起電話掀蓋，卻發現響起的是另一支手機。

舒總監？

這個時候找她有什麼事？她要急著跟少爺一起回家啦！

不情願地接起電話，「喂……」

「妳現在立刻回餐廳。」

「咦？可……可是……」她的排班時間表上顯示時間已經到了，她已經下班了，是自由之身了呀！

「有人臨時不舒服請假了，人手不夠。上來替補。」

「唔！那我也可以……」她也可以請假可以不舒服呀！哎喲喲，不能在規定時間內蹦到少爺面前，她肯定會被少爺削的！她現在已經感覺到頭痛心痛肚子痛了。

「廢話少說，馬上回來，就這樣。」

嘟——

「幹麼一個兩個都掛我的電話啦！」

一個頭兩個大。

她要怎麼辦哩？

少爺？總監？

總監？少爺？

這下慘了！她不知道要去哪邊啦！

24 少爺，舒總監他講您的壞話！

掙扎，糾結，扭動。

姚錢樹最終撥通了少爺的電話號碼。

「嗯？」

聽筒裡傳來少爺不耐煩的哼聲，似在不滿她為何還不立刻出現。

「少……少爺。」她怯怯地喚道。

「幹麼？」他冷硬地應道。

「那個……我……奴婢我，不能跟您一起回家了。」

不可置信的倒抽涼氣聲從聽筒裡飛出來。

唔……少爺大喘氣的好厲害，肺葉都該抽痛了吧？

「妳又要跟妳的生活圈子出去玩嗎？」威脅的語調帶著刺從聽筒跳出來。

「不不不不是啦……奴婢我不是要去玩啦，我是真的有正經事要做啦！」

「正經事？」

呃……對吼。跟少爺的商務大事比起來，她的事還真就不算什麼正經事，他都空出時間來找她一起回家了，她不應該拿喬，應該乖乖聽少爺的吩咐，可是……

「舒總監說，有個同事臨時生病不舒服得回家休息，會場人手不夠……所以，我得去幫幫人家，頂替一下什麼的……」

「舒城岳？」

「欸？」少爺為什麼要故意重點重複舒總監的名字喲？

「哼！」

「少爺……您聽我跟您解釋呀，奴婢我是因為舒總監他……

啪——嘟——

「少爺！少爺少爺少爺！少爺！」

唔，掛斷了。

她完蛋了，她強烈地感覺到少爺怒了！

她是仰仗少爺鼻息的姚錢樹，她是看少爺臉色過日子的小女僕，她還是不敢拋下少爺，違抗少爺。

就算被舒總監扣薪水，她也要冒死請個假。

換上制服，她推開厚重的包廂玻璃門，溜進偌大的會場內。

飯店內最大的Oxford廳今夜被某財團整間包下開慶功晚宴，和以往的安排一樣，當有一間包廂被訂購，隔壁間作為臨時小廚房，會騰出空間，方便工作人員做準備工作。

餐點全部放進一人多高的可移動式大保溫箱內，停在裡面。放眼望去，臨時小廚房內，儘是堆得高高的餐巾、餐具、蠟燭。五十多名侍者，男女都有，正穿梭於會場和臨時廚房間收拾著餐具。

舒總監正皺眉拿筆勾畫著手裡的宴會安排表，手一拍，他集合所有侍者，抬手看錶。

「五分鐘後，大家進會場把正餐的盤碟撤下來，然後把鮮奶和糖送上桌，胡椒和鹽撤下桌。」

他低眉一看安排表，該上甜品了，「十分鐘後，熱咖啡和熱水就位，然後，我們開始向客人提供咖啡和熱茶。有特殊要求的客人過來向我詢問。明白了嗎？開始。」

一聲令下，眾侍者紛紛走入會場，開始忙碌。

如臨戰場的場面讓姚錢樹心虛不已，大家都在辛苦工作的時候，她要怎麼開口說她要請個假回去伺候少爺呢？

舒城岳緊張地控制著全場的節奏，拿著手機不停 call 著總廚房。

「麻煩開一下門！」

姚錢樹身後傳來催促聲，讓她回過頭，只見兩個男侍者分別推著兩個一人多高的不鏽鋼保溫桶。

飯店的咖啡都是現磨現煮，再裝進不鏽鋼保溫桶內，從地下總廚房運過來。

她急忙推開門，讓推車滑入廳內。

一見咖啡和熱水到位，舒城岳鬆了口氣，立刻吩咐所有人開始行動。

姚錢樹扭扭捏捏地靠近他身邊，還沒開口說話，手裡就被塞進了一個咖啡壺，他手拿單據眼眉也沒抬，「四十五、四十六兩桌，妳去。」

「舒總監，我……」

「快去！」

「……」

她這輩子什麼都不缺，就是缺少反抗精神。

顛顛兒地拿起咖啡壺衝進會場，姚錢樹就再沒閒下來過。

上完咖啡，收餐具，收完餐具，撤咖啡杯，絲毫沒察覺時間正在飛快跑過。已經記不起自己收了多少套餐具，客人已經陸續離席了。姚錢樹揮了一把額頭的汗，忽然包裡的手機震動起來，她知道在會場接聽手機不合規矩，可又擔心是少爺的電話，急忙退到角落邊，拿出震動的手機。

唔！是舒總監給的那支，可是她已經在加班了，還有誰會在這時候打電話來呀？

「郭若若」三個字跳上螢幕。

姚錢樹倒抽一口涼氣，舒總監的前……女友！

這個電話她可不敢接。

慌張地將手機塞回包裡，她端著拖盤四下找著舒總監。

舒城岳正笑咪咪地和一個西裝老頭在講話。

鎖定了目標，她走上前去，可又不敢主動打斷他們聊天，只好站在一邊任由他們聊天的片段溜進她的耳朵。

「今天真是多虧你親自出馬幫我張羅，辦得挺成功的。」西裝老頭拍了拍舒總監的肩膀。

舒總監扶著眼睛，謙虛地一笑，「是，您滿意就好，您是總裁的老朋友。他昨天親自打電話來叮囑我，務必要幫您把宴會辦得萬無一失。」

「我這事來得突然，肯定讓你手忙腳亂了吧？」

「還好。您不會是和總裁聯手，故意出難題考驗我吧？」

「哈哈哈，這也不是沒可能。」西裝老頭呵呵低笑，轉念又問道：「你家總裁公子來上班了吧？幹得怎麼樣？」

「哼。」舒城岳不置可否得一哼。

「年輕人合不到一起去嗎？」

「您多慮了。我和錦玉少爺相處得很好。他待人……哼，挺和氣的。」

「和氣？你真當我是不追媒體八卦的老頭了？電視上看起來還真不是那麼回事。」

舒城岳不再多話，淡笑不語。

見他不露心思，那西裝老頭也不再多言，接過侍者遞來的大衣，「那今天先這樣了，有空我再找你談談。」

「是。您慢走。」舒城岳恭敬地一低身，垂眸間才發現身後跟了隻小尾巴。

他回身看向忙出一身薄汗的姚錢樹，她撇著嘴，皺著眉，一臉不爽地看向自己，「你幹麼對別人說我家少爺的壞話啦！」虧她還因為看他忙碌得太可憐，特地留下來幫忙。

「妳耳朵長那裡了？我哪句話說了那位大少爺不好？」

「你那個表情就是在說他啊！說他難相處，難搞定，脾氣壞，不圓滑，不世故，不會講話！」

「……喂喂喂，這些大逆不道的話可都是妳說的。」栽贓嫁禍也不該這麼沒技術含量。

「耶？」怎麼一轉眼罵少爺的話全從她嘴巴溜出來了？唔，舒總監果然好可怕，跟他講話會被他不自覺帶著跑，壞人由她做，他還一直笑笑笑。她要少跟他對話為妙。

可是……包裡的手機又震動起來了，若若小姐的電話，她該怎麼辦？放著不管好嗎？

她為難地看了一眼舒總監，只見他晃了晃酸痛的手臂，扯鬆了領帶，隨性地拉過一張椅子，幫幾名下班的侍者簽著工作時間單。

每簽一張單子都不厭其煩地抬頭微笑，輕聲說上一句「謝謝」，毫不吝嗇稱讚對方的工作表現。

那是和氣勢逼人的少爺截然不同的領導派頭。舒總監很會用微笑和氣度鼓勵別人替他努力工作。像她伺候了少爺這麼多年，功勞苦勞一堆堆，卻從沒被少爺誇獎過一句。

搖頭搖頭！她怎麼可以在心裡偷偷比較舒總監和少爺的親和力，還覺得舒總監對待員工比少爺對她這個小奴才好。質疑少爺的領導方式，她太不應該了！

速戰速決，她走上前去，將震動的手機遞到舒總監手裡。

舒城岳一邊簽字，一邊瞥眼看向她遞來的手機螢幕，郭若若三個字讓他特意抬眼看向身邊的小女僕。

「幹麼？」他問得事不關己，何其無辜。

「什麼幹麼？舒總監你的電話呀。」

「是嗎？」他不以為然地挑眉，手還在不停工作簽單。

見他無動於衷，她狐疑，「你不接哦？」

「為什麼要接？這電話現在是妳的，又不是我的。」

「欸？可……可是若若小姐她不知道啊……」

見她拿著手機一副手足無措的樣子，他抽過電話，按下切斷鍵。「那這樣不就好了。」

掛……掛斷了呀！隨意掛斷別人的電話，這樣好嗎？

「那如果她再打來……」

「告訴她，她打錯電話了。」

「就這樣？」

「要不然呢？」他微笑簽下最後一張單子，送走最後一名侍者。這才發現偌大的會場只剩下他們倆和一堆明天才要收拾的杯盤。

靜謐的四周讓她忽然意識到人都走光了，她拿回手機，尷尬了片刻，也想下班走人。

「等等。」他開口叫住她。

「唔，舒總監，我真的不能再加班了，我一定一定要回家啦！」

她的擔憂讓他輕笑出聲，很顯然，他們倆的想法不在一條路上，「妳的單子呢？」

「單子？」

「不讓我幫妳簽字，妳是想今天晚上白做工嗎？」

「耶！」那怎麼可以！她的薪水說不定得全數上繳少爺，萬一少爺要檢查她的經濟情況，沒有今晚的加班費，他一定又以為她跑出去野了，不行不行！她急忙抽出包裡的單子展開擺在舒總監面前。

舒城岳抬筆簽下自己的名字，幽雅大方的落款躍然在她的工作單上。

「謝謝。」忽然間，他開口出聲。

她被渾厚的低音怔住，不解地看他。

「謝謝妳今天幫我加班，表現很出色。」

簡短的兩句稱讚，被人肯定的愉悅，將讓她心頭的不快一掃而空。她忘記了，自己剛開始有多不願意加班，忘記了，剛剛還在抱怨甜品盤好重，忘記了……待會回家肯定會被少爺罵到臭頭。

原來只消舒總監幾個字的表揚，就會讓人今天晚上的忙碌是值得的。

「這樣傻看著我幹什麼？好像從來沒被人表揚過一樣。」她的表情讓他笑意蔓延。

「……我是從來沒有啊。」她做事糟糕冒失，少爺從來沒有表揚過她，她都不知道被人表揚會這麼爽快這麼開心。

她喜形於色的表情讓他眸色黯沉。

「以後加班，也會被人表揚嗎？」

「這麼想被人表揚嗎？」

「那是當然的吧？」她已經嘗到甜頭了，當然會想要更多。

「好。我表揚妳。前提是……」

他忽地伸手拉過她，將她按坐在身邊的椅子上，二話不說將頭輕枕上她的肩膀，黑軟的髮絲掠過她的鼻頭，帶著一絲紅酒的淡香。

「舒……總監，你這是……」

「多加二十分鐘班。讓我小睡一下。醒了，我會好好表揚妳。」他黑眸瞇瞇地輕合上，含糊的話從脣角流出。

「……」

空曠的宴會場內，淡紫柔和的光下，她的肩頭上枕著一個疲乏的男人，不是她的少爺，而是舒總監……

這感覺好奇怪……

他雙手環胸，放心地把重量靠在她肩頭，合眼小寐。彷彿把緊繃了一晚的弦在她面前全然鬆開。

他說醒來後會表揚她？可是不是有那裡不對勁了？她要的不是這樣的表揚呀……她希望被表揚的是她出色的工作表現，而不是陪睡的表現呀！

姚錢樹糾結地呆坐在原地，時間分秒過去，轉眼已快十二點，少爺不會喜歡她太晚回家的，尤其她還爽了少爺的約，她不能繼續幫舒總監加班下去。

她正要張口推拒，肩頭忽爾傳來舒總監幽幽的質問聲。

「妳頸間的戒指哪來的？」

姚錢樹倒抽涼氣，急忙捂著頸間的鑽戒，騰地站起身，拉開了與舒城岳的距離，戒備地看著他。

蹊蹺的反應讓舒城岳眉梢微動，他壓下疑慮，轉而笑道：「好大顆的鑽石。看來我們大少爺付給妳這小奴才的工錢應該不低吧？」

「……呼。」還好沒被發現什麼端倪，她鬆了一口氣，轉身就想落跑，「舒總監，今天應該沒什麼事了吧，我可以回家了嗎？」

他也不拆穿她的心虛，兀自點了點頭。

她一見他首肯，立刻逃得不見人影。

他在背後偷笑，伸了個懶腰慢悠悠地往停車場走。現在都十二點了，大眾運輸關門計程車難找，他料想只要他的車一出門口就能看到一個站在馬路邊吹冷風的無助小可憐。

嗯。就讓她好好等在門口叫天不應叫地不靈吧。然後，只要他勾勾手指說上一句——我送妳回家。她就會毫無招架之力地撲進他身邊。

瞧瞧。比起她家那作威作福的大少爺，他對她有多慈悲，多恩惠。

受到舒總監的詛咒，姚錢樹慘透了。

末班車從她身邊擦肩而過，計程車車全部滿座，她背著哆啦A夢包沿路邊走邊回頭，只希望有輛空車可以經過她身旁。

可惜天不從人願。

車子一輛輛從她身邊呼嘯而過，卻沒有一輛肯為她稍作停留的。

叭叭！

突兀的喇叭聲從她身後響起。

她轉身，只見兩道刺眼的強光打在自己身上，她抬手遮眼，視線從指縫溜去，卻怎麼也看不清車上的人。

「誰……誰啊？」

她見那人不下車，以為只是路過，轉過頭她又繼續朝前走去。

那車也不離去，逕自跟在她身後，不停地按著喇叭。

她又沒有占行車道，他可以開走啊，幹麼不停在她身後按喇叭。

該不會她這麼倒楣，在夜深人靜的時候碰上什麼路霸了吧？

想到此，她拔腿就往前奔，那車見她加快速度，馬力一提，緊跟其後追趕上來。

「媽呀！我身上沒有帶錢，不要追我啦！」

回應她的是轟隆隆的引擎加速聲。

她沒命地往前瘋跑，瞥見有條車子開不進去的胡同，靈機一動，拐彎奔進那胡同裡。

正要誇獎自己的聰明才智，她愕然發現……她跑進了死胡同。

……這是不是就是傳說中的笨耗子鑽老鼠夾——自尋死路。

昏暗的路燈下，男人皮鞋的嗒嗒落地聲，哆嗦在牆角邊的可憐蟲，這一切都符合凶殺現場。

她抱頭蹲在牆角，餘光一掃，發現男人的黑亮皮鞋已踩在她身邊，昏暗中像白刀子一般嶄亮發光，蕩漾著冷面殺手的憂鬱氣質。她嚥下一抹口水，嘴唇也跟著打顫。

他彎腰低身貼近她，她急忙抬手推他。

「你不要不要過來呀！我都說我身上沒有錢了。」

兩隻手被輕易地抓住往牆上一按，男人的身體輕壓上來，抬手玩弄著她頸間的鑽石戒指。似在嘲弄她說自己沒錢的言論。

「那不是我的，那是少爺給我的，我們是假結婚的，玩玩而已，不是真的，所以戒指要還的，所以你不可以拿走……唔！」

嘴唇被男人的軟唇硬堵上了，就著她來不及閉上唇，他長驅直入，糾纏住她的軟舌，在她嘴裡翻騰，那氣焰像是在懲罰她的口無遮攔。

被男人按在牆邊的交纏熱吻讓姚錢樹舌尖酥麻，頭暈腦漲，直到男人的唇舌稍有離開，她才找回一絲神志。

「你……你凌辱我？你剛剛這樣對我，是凌辱是凌辱呀！」

「……」

「你搶東西就搶嘛，不要凌辱我呀！救命哇，少爺！」

「……閉嘴。」

「是，少爺……耶？」她條件反射地應道，話一說完才發現不對，緊閉的眼拉開條縫隙，

「少……少爺？」

身體曖昧地貼近，嘴脣微微地泛燥。她的雙手高舉過頭，被少爺強勢壓在牆邊。少爺的電力滿格的黑眸近在眼前，幽幽地眨動，燈光下熠熠而輝。

少爺怎麼會在這裡？他不是早就下班回家了嗎？他不是應該在家裡等著她回去，然後責罰她嗎？他怎麼會……等在這裡？

「妳的正經事做完了嗎？蠢木頭！」

「少……少爺……您不是早就下班了嗎？」

「我們有多久沒練習了？」

「呃？」好像自從少爺身上沾到香水味後，他們就……還滿清白的說，可這不是重點，重點是，「少爺少爺，您不是早該回家了嗎？」

「我要練習。」

少爺為什麼一直轉移話題，她抿脣，「少爺……您莫非一直在等著奴婢我嗎？」

「……」他默然不語，不自在地移開了眸光，好半晌才悻悻地開口：「等妳？等妳告訴別人我們是假結婚嗎？」

「呃……剛剛我那是情急之下咩……還好來的是是少爺，要不然差點就被人發現了呀！少爺，奴婢我不是故意晚回家要您等的，對不起咩。我們現在可以一起回家了，您還要責罰奴

婢我嗎？」

「要。」

「欸？」雖然遲到了四五個小時，可是她誠心的道歉，嘴巴抹上蜜都沒用嗎？好冷酷寡情的少爺哦，「那少爺要怎麼責罰奴婢？」罰她擦畫像一百遍？幫黑手黨清理狗便便？還是繼續罰她聞別的女人的香水味？

「嘴巴張開，我要凌辱妳！」

捏住她的下巴，他自然地迎脣而上，對她凌辱加懲罰！

少爺……凌辱不是什麼好字眼，不要亂學啦！奶媽總管會罵我教壞您的！

25 少爺，為何要給奴婢零花錢？

學會了凌辱人的少爺心情並未好轉。

他一手握著方向盤，一手擱在抿緊的紅脣邊，拉長著臉，冷然不語地開著車。坐在一邊的小女僕委屈地玩弄手裡的哆啦A夢包。她想要開口講話，可一碰上少爺的冷臉頓時又沒了勇氣。

她竟然害少爺在外頭吹冷風等到十二點多，她這個女僕當得越來越失敗了。

抿住脣，她深吸一口氣，腦中霍然一頓，是她的錯覺嗎？少爺的車子少了份刺鼻的香水味，乾淨清爽得讓她愣然。

被一雙閃動著期許光彩的眼睛凝視著，少爺狐疑地轉眸看向她，偷著樂什麼？為了等她一起回家，讓他吹了幾個小時冷風，很自大很滿足嗎？

「少爺，您的車子是不是剛剛送洗過？」

「……怎樣？」

「噗！哎呀！沒怎樣啦！」她揮揮手，卻壓不住笑意，靠在車窗邊顫著肩。

無緣無故被小奴才嘲笑，少爺很是不爽，趁著前面的紅燈踩下剎車，一把揪過小女僕的腦袋，「妳還想被凌辱是嗎？」

回應他的是小女僕少根筋的話語，「少爺。回家奴婢幫您放洗澡水，給您煮宵夜，幫您按摩，好不好？」

「……」她幹麼突然心情大好地要伺候他？尤其是在他放話說要凌辱她的時候？他的凌辱就這麼讓人無所畏懼嗎？他這個主子似乎越來越沒有威懾力了。

見他眉頭糾結，她以為他餘怒未消，急忙表現忠心和狗腿，「少爺，您以後不用再等奴婢我一起回家了，奴婢可以自己回家去的……」

「看來妳的確還想被凌辱。」

「欸？」沒有香水味和壞女人，她就沒有辜負奶媽總管的交託，就可以很放心少爺的安全和貞操，就可以不用二十四小時貼身跟監了呀。為什麼還要凌辱她？

叭叭！

背後的汽車喇叭很不解風情地響起，提醒大少爺凌辱人也要看場合。

看著紅燈消失變綠燈，少爺悶哼不爽地調整不穩的氣息，重新開車上路。

跑車駛進豪門大院，姚錢樹率先歡樂地奔進家門，身後的少爺默默地關上大門。燈還沒開，黑暗的背後傳來少爺幽幽的命令。

「喂，不是要伺候我嗎？」

「是！少爺！奴婢這就去幫您放洗澡水。」

「先過來幫我解領帶。」

「……唔。」不能怪她小小的抱怨，少爺有的時候真的太嬌生慣養了，解領帶這種舉手之勞的小事就不能自己做一下咩？

抱怨歸抱怨，她還是乖乖地摸索到少爺身邊踮腳幫他解開領帶的束縛。

「外套。」他接著命令。

好啦好啦，領帶都解了，外套也順便脫一脫。

黑漆漆的房間裡，她還是在伺候少爺的途中挪去開了燈，卻不知為何惹來少爺的一個冷眼。

「襯衫。」

好咩好咩。襯衫也脫一脫……

小女僕毫無邪念的伺候，瞬間把少爺伺候成上半身赤裸的狀態。她根本沒注意，一隻大手不知什麼時候已爬上她的身後，把她整個人往手的主人身上壓去。

「少爺。」

「嗯？」他半是投入半是庸懶地哼唧。

「褲子就不要在客廳脫了吧？」影響不好的說……雖然她一個沒控制住，已經動手把他的皮帶解開了。

「隨便。」另一隻手也加入調戲的行列。

「那脫得差不多了，奴婢去幫您放熱水喲。」唔，怎麼突然覺得有點躁熱。

「那可以緩。」不介意自己光裸的胸膛暴露在外，他低眸垂首說得含糊不清，雙手環住小女僕的後腰，不肯輕易放她走。

「少爺，您不要再推我了。」

「為什麼？」

「那個……您再這樣推下去，奴婢我的臉要蹭……蹭蹭蹭到您的胸口了。」少爺誘惑性感的味道撲鼻而來，她很難招架。

「那就蹭。」

「唔……不太好吧？」

「我恩准妳蹭，有什麼不好！」

「……」幹麼突然發火咩。哪有主人命令小女僕去蹭自己的胸口的。

可是少爺的命令不可違，她看著少爺白嫩光潔的胸膛，不知因何泛起一層魅人的薄汗，抬頭望了一眼少爺，他眸色幽深帶著催促……

真的要蹭嗎？把她的臉貼在少爺一絲不掛的胸口上，光用想得就讓人呼吸不順……踮起腳尖，她側過右臉緩緩貼近少爺的胸口。

忽然，「小錢吶！舒總監打電話找妳，問妳這死孩子到家沒，妳記得給人家回個電話，聽到沒？」一樓側房內傳來奶媽總管的囑咐聲。

「噗！」

少爺猛吸了一口氣，「妳竟敢把家裡的電話告訴他？」

「少……少爺，奴婢我這是有原因的！」您不要這麼迅速地穿上衣服，道貌岸然得好像什麼都沒發生過呀！剛剛不是還大膽地用男色誘惑她咩？

「少爺，您聽我解釋咩！是您說不能把手機號碼告訴別人，所以奴婢我才把家裡的電話報出去的。」

他森冷地瞪她。

「少爺……奴婢覺得自己做得很到位，思考很靈活呀。」她的手機裡至今還是只有少爺一個人呢。

「妳……哼！」搬起石頭砸到腳讓他氣悶不已。他多看她一眼，直接推開她，大步上樓。

「少爺，您的皮帶還在我手裡。」

「……」少爺停步，回身用冷眸瞪她，拽回自己的皮帶。

「少爺……您要用皮帶抽奴婢我嗎？」

「……妳明天不准再去上班了！」

「耶？為……為什麼？」她剛體會到上班的樂趣的說。

「沒有為什麼！我討厭！」討厭她莫名其妙多出來的生活圈子，討厭她做正經事！討厭她加班！討厭她比他還忙！討厭有人半夜打電話找她！

「不行咩！奴婢一定要去上班的說！」還有一筆追尾費沒有還呢！差點連身分證都壓給舒總監了，不還錢肯定會被人肉出來抽打的。

「妳敢反抗我？」

「不……不是呀！少爺，您要理解奴婢我的難處咩！奴婢我現在身不由己，債臺高築，窮得叮噹響，奴婢我是想去賺錢，奴婢我……」

砰！

話沒說完，少爺的房間傳來憤怒的甩門聲，認定小女僕的話全是藉口！

過大的動靜惹來奶媽總管穿上拖鞋從房間裡小跑出來，「小錢？妳又做了什麼事惹少爺發那麼大火？」

「唔……硬要賺錢給他花，算不算？」

「哈？」

「……」難道告訴奶媽總管，她的臉沒有及時蹭到少爺的胸口，少爺在遷怒嗎？

第二天，太子爺臉色陰沉，脾氣甚壞。開會期間，眾主管無人敢側目，皮都繃得緊緊的。

可人總有掉鏈子的時候，房務部主管的電話突然在太子爺的手邊震起來。

「老婆大人」四個字赫然出現太子爺的視線裡。

太子爺陰鬱的眸子冷然掃去，嚇掉了房務主管的魂，拿起手機就要掛斷。

「不准掛。接。」

「啊？接……接？」在這裡接老婆的電話？

「接。在這裡。」少爺點頭命令。

「……」百般無奈，房務主管硬著頭皮接起了電話，「喂……喂喂……什麼事，有話快說，我在開會……」

全場靜默不已，只覺得太子爺懲罰人的方式太過變態了，逼人在大眾面前接老婆的電話……誰都知道房務主管是個妻管嚴，這下還不完蛋了，果不其然——

「我沒有找藉口，我是真的在開會啊！

「什麼？私房錢？我哪來什麼私房錢？我不是昨天才上繳了薪水嗎？哪來的私房錢？

「別……親愛的，妳別哭別鬧別上吊。我真的沒有私藏薪水……那口袋裡的一百塊是……是公款。

「剩下的我回來再跟妳解釋啊，哎呀哎呀，信號不好信號好弱信號沒有了……拜拜！」

喀啦！房務主管掛上電話。

全場憋笑，除了面色凝重的太子爺。

「社長……這個，我老婆她有點小心眼……呵呵，您……您別介意。」

太子爺陰寒地掃了一眼憋笑的眾人，被掃到的人急忙嚥下笑意。太子爺站起身，朝房務部主管勾了勾手。

「到我辦公室。」

說罷，他邁步走出會議室，滿屋的人全用同情的目光看向房務主管。

房務主管頹喪著推開了社長室的玻璃門，還沒站穩腳跟，太子爺就從靠背椅上轉身面對他，嚴肅地拋出第一個問題。

「你的薪水都交給你老婆？」

「欸？」不是要問他那一百塊公款嗎？怎麼關心起他薪水交給誰了？

「問你是不是。」

「是……是的，社長，我每個月的薪水都會如數上繳我老婆。」沒人規定妻管嚴就不能當主管吧。

「那你老婆她做什麼工作？」

「她……她的工作？她……只負責逛街，花錢，折磨我。」簡單來說，就是全職家庭主婦。

「你一個月有多少私房錢？」

「……」有必要這樣親近關心下屬嗎？「社長……我每天只有五十塊零花……其餘全被老婆沒收了……平時要額外買個什麼，還得向老婆打報告，她同意了，我才能拿到鈔票，這哪存得下私房錢……」

「很好。」

「很好？社長……這那裡好？要是您老婆每天只給你五十塊零花，把你薪水全都沒收，您就不會覺得很好了。」同是男人，不要這麼殘忍嘛！

「那試試看吧。」

「欸？」試試看？試什麼東西看？試試看每天只有五十塊零花錢的日子好不好過嗎？

姚錢樹咬著雪糕跑銀行，查看自己的小帳戶還剩多少米糧。

插卡，輸入密碼，忽然間……六位數的超大金額出現在螢幕上，她噴雪糕了。

要命啊！銀行系統黑洞了！

六神無主，她第一個念頭就是向少爺報告，她被銀行系統黑洞成了新鮮小富婆。

「少爺少爺！我的提款卡，我的提款卡它中獎了！」

「欸？您的薪水？您的薪水怎麼會跑到奴婢我的提款卡裡來？」

「……那是我的薪水。」

「……我要給妳，不可以嗎？」

「欸？」莫名其妙給她錢是很好啦，可是，「好多哦……少爺……您把全部的薪水都存在奴婢我的卡裡了咩？」

「嗯。」

「那……您要花錢怎麼辦？」

「問妳要。」

「耶？那不是很麻煩咩？您自己拿回去自己花就好了咩。奴婢我……」

「妳是我老婆！大家都是這樣要來要去的，我不嫌麻煩，妳嫌什麼麻煩？」

「……唔。」大家？誰啊？有哪家少爺也問小女僕要錢花的咩？她怎麼不知道？

「以後妳每天給我點零花錢就可以了。」

「……呃……」

「如果我要額外買什麼，妳要覺得可以買再給我錢。」

「……一、一定要這樣嗎？」這樣真的好嗎？為什麼感覺好奇怪。

「沒錯！」

「……哦……那好唄。那奴婢就先幫少爺您管著薪水，不讓它隨便被亂花掉。」她嘖了嘖脣，「那少爺，奴婢我每天要給您多少零花錢合適呢？」

「每天先給我五十塊人民幣零花吧。」

「……少爺……」您又何必把自己搞得那麼艱苦呢…………

躲過了同事的探聽和盯梢，姚錢樹抱緊了哆啦A夢包鬼鬼祟祟地從皇爵飯店的後門鑽出來，她手捂口鼻，賊眉鼠眼，四下張望，確定四周沒有人，腳下一溜，爬進了停在一邊的囂張跑車內。

「啪」地關上門。

呼氣吐吶間，轉而向皺眉的少爺露出好大的笑臉，「少爺！奴婢很小心的，沒有讓別人發現吶！」

「……」他們倆見面需要偷偷摸摸到如此地步嗎？地下情嗎？還是他見不得人，「妳不是缺錢嗎？錢給妳了，妳還上班幹麼？」

「唔？不上班賺錢？那您要奴婢為您做什麼呢？」

「逛街，購物，花錢，買衣服。隨便妳，妳就不能做些正常老婆該做的事嗎？」

「……」該說少爺嘴裡說的人一點也不像正常老婆呢，還是說，少爺對正常老婆的要求標準太低了呢？到底是誰給少爺灌輸了奇怪的思想啦，偷瞥了一眼嚴肅認真的少爺，「可是少爺，要是奴婢去做那些事，就沒人伺候您了……那是不合規矩的。」

「……我的話就是規矩，妳聽話就好。」

「可是，奴婢我伺候人那麼多年，第一次被人講說不會伺候人，奴婢我很低落呀！」

「……」哪個渾蛋說的，哼，「反正我都習慣了！」

……少爺，不是奴婢鄙夷您，您真的不是安慰人的材料……

「奴婢就知道，您也在嫌棄人家！奴婢就知道，您也覺得我無藥可救，朽木不可雕啊，奴婢就知道……就知道呀！」

「……」喂喂喂，不是不要像正常老婆去逛街花老公錢嗎？這一哭二鬧三上吊是從哪學來的？

沉默了半晌，他忽然開口：「給妳的手機呢？」

「少爺！奴婢真的沒有把號碼告訴別人，這裡面也只有您一個人的號碼，不信您看看！」

她以為他還在生氣前幾天舒總監打電話的事，急忙交出手機給少爺檢查。

少爺果然也不客氣，拽過手機就真的檢查起來，撥弄了好久，似乎發現她所言非虛，沒有她在外頭亂搞的證據，這才將手機丟還給她。

檢查過關了嗎？

她眨眼。

少爺幾時這麼好糊弄了？

第二天，午休的化妝間，姚錢樹的手機陡然響起。

手機螢幕上綻然放出的來電顯示，不是「少爺」，而是——

「老公？這是什麼東西呀！」小女僕傻眼了。

「欸？老公？小樹妳有老公了？妳老公給妳打電話來嗎？」

「是男朋友嗎？呀呀呀，小樹的電話上有老公呀！」

「不是啦！他不是我老公……他是……」

「妳說我是妳的誰？」

少爺？

糟糕！她不小心按到接聽鍵了！

她急忙豎起食指朝一眾女同事表示禁聲，拿著電話縮到牆角朝少爺抱怨道。

「少爺，好奇怪的說，奴婢我的手機是不是壞掉了？它怎麼突然把您的名字變成……

老……老……老……老……」公字始終叫不出來。

「妳打算把我叫老多少歲？」少爺悶哼。

「不是咩……這真的很奇怪啊。少爺怎麼會變成老老老……老老老……」

「……」還沒老夠嗎，「我改的。怎樣！」本來就是她老公！這麼改那裡錯了？哼！

「咦！少爺您，您怎麼可以……」少爺吶，我該拿您怎麼辦呢……

「今天的五十塊，什麼時候給我？」

「……我昨天要多給您一百……您為什麼不肯要……」

「今天是今天的份！」

「……」過日子有需要嚴肅成這樣嗎，「那……您有急用嗎？」

「還好。」

「那下班後給您好嗎？」

「嗯。」

喀啦。嘟——

耶？就這樣乾脆地掛斷了？不是特意打電話來追討零花錢的嗎？唔……少爺還真是飄然出塵，視錢財如糞土的說。

是她想太多了嗎？總覺得少爺舉動奇怪，別有用意。好好的幹麼突然要把錢全放在她這由她保管，然後再每天五十、五十地要回去……他一點也不嫌麻煩嗎？

還是說……他單純只是想用老老老……什麼的驚悚稱謂來嚇她一下？

難道她被雷擊的表情就這麼有趣嗎？他又看不到的說……

26 少爺，奶媽總管陷害我！

「老公」來電……

下班後，老地方。from 老公

姚錢樹越來越不習慣自己的手機，尤其在接到少爺的電話和簡訊時。

「老公」這個詞在她腦袋裡轉來轉去，晃得她頭都暈乎乎的。

為了向「老公」表明她可以家庭工作兩不誤，在當好人家小女僕兼老婆的情況下，她也能做好女侍工作，她每天上班準時，下班更準時，絕不拖拉，換好衣服就往路口狂奔。

為了怕少爺起疑心，她只在那次加班後，偷偷給舒總監發過一次簡訊，內容如下——

星光閃耀，夏風送爽，本人已安全到家，無須牽掛。P.S. 奶媽總管要我代他向你問安！

雖然遲到了一天才發給舒總監，但是他應該不會介意吧！反正奶媽總管是不會介意的說。

貓起腰，踮起腳，姚錢樹溜上少爺停在路口邊的車，揮去額頭驚嚇的虛汗，習慣性地伸腳脫掉高跟鞋，換上從幾天前就放在座位下的大頭圓皮鞋，晃著兩隻腳哼哼道：「少爺，您的跑車太扎眼了，奴婢我好怕被同事發現喲！」

「……」他瞥她一眼，對她貓腰小賊的舉動不置可否，自然而然地伸出手。

不需要問話，姚錢樹立刻心領神會，翻出哆啦A夢包裡的錢包，抽出一張人民幣恭敬地遞到少爺手裡，業務相當熟練，「少爺，這是您今天的零花錢。」

少爺接過錢，皺眉，「不是五十嗎？幹麼給我一百？」

「耶？少爺，奴婢我今天剛去交過電話費，零錢用掉了的說，沒有零的了。」

「……」

「沒關係嘛。就當奴婢我先預付您明天的咩！」

「……」他默然不語，側身從車窗邊的小格抽出一張紙幣塞給她。

「少……少爺？」

「找妳五十。昨天的沒花。」

「……」怎麼有種給乞丐鈔票後，被反找錢的詭異感覺……

唔！大逆不道，抱歉抱歉，她怎麼可以把少爺比喻成丐幫幫主……不能這麼想，她應該為她有一個艱苦樸素、光芒閃耀的少爺而自豪……但是……容她轉折一下……少爺，某些沒用的原則能不必這麼堅持嗎？

「少爺少爺，回家前，您送奴婢去趟花店吧？」

「花店？幹麼？」少爺收好一百塊，開車上路。

「唔。您忘記了，明天是什麼日子咩？」

「結婚紀念日還沒到。」

假結婚有什麼紀念日好過的？少爺又在講冷笑話咩？姚錢樹不以為意地拿出記事本翻翻翻，「是奶媽總管的五十歲生日啦！」

「……」少爺無奈地翻翻白眼，「所以呢？」

「奴婢我要去給奶媽總管買禮物呀！奴婢跟少爺不一樣，像我們這樣仰人鼻息的可憐小女僕一定自己機靈點，會做人。懂得在關鍵日子好好拍拍奶媽總管的馬屁。否則會被穿小鞋的！」

「……」她現在是在向他爆料，自家華麗豪門背後隱藏了很多他這位大少爺不知道的黑暗人際關係和貪汙腐敗情況嗎？可他完全沒興趣反腐倡廉，油門一踩直接載她來到花店。

「老闆！幫我包五十朵玫瑰！」小女僕一進花店便豪氣地大嚷，身後的少爺不爽了。

「……妳給他送玫瑰？」還敢當著他的面？當他不知道玫瑰是什麼意思嗎？

「唔？對呀！送人禮物當然是要送他喜歡的東西啦，要不馬屁不是拍到馬蹄子上了咩？奶媽總管他喜歡玫瑰花呀！他每次都把少爺您的畫像用玫瑰包圍起來，您的衣服也全部被他用玫瑰香精熏過哦！唔……您怎麼一副胸悶的表情？」

不知為何，少爺似乎異常厭惡玫瑰，隨手扯過一朵花，塞給她，「送他這個。」

「少爺……那是菊花。」

「就送這個！」

「……可是……」

「我說了算！」

「……」可是被抽打被怨恨被穿小鞋的人會是她耶……

少爺之意不可違。不過如果告訴奶媽總管這是少爺親手為他挑選的話，他會激動得老淚縱橫吧？這麼想來……也不錯吶。

「老闆，幫我包五十朵菊花，要送人做生日禮物的哦，包漂亮點咩！」

「……」老闆似乎也被少爺獨到的品味驚悚到了，一臉無奈地看著她，「五塊一朵，總共二百五。」

「耶？菊花也要五塊一朵？真當我是二百五嗎？你黑店呀！」這個二百五絕對不能當！太過分了！

「本店的規矩，生日花朵統一都是五塊一朵……」

「可我們買的是菊花呀！」最便宜不值錢又不吉利的花呀！

「……是啊。我也沒想到會有人把菊花當生日花送啊……」

「……」好吧……她也沒有想到少爺的心思會如此難以琢磨。這個二百五她當的好冤枉的說。

撥弄著手中嬌豔俏麗的小菊花，姚錢樹帶著滿腹殷勤滿身菊香回到家，準備給奶媽總管一個大驚喜。

可沒料到，奶媽總管轉身丟給她一個更大的驚嚇！

「小錢吶！感謝我吧！我剛打電話幫妳叫了舒總監一起來給我過生日喲！這是我給妳創造的好機會！別再錯過了，把握住！」

……奶……奶媽總管你……

「上次相親沒成功，你們倆之間肯定是有誤會！以我多年的看人經驗，舒總監絕對是個不容錯過，值得託付終生的好男人！最重要的是，他對少爺的事業有幫助哦！所以，為了少爺，妳一定要再加油一次！」

你怎麼可以對奴婢我恩將仇報……

「小錢吶？有感動到想哭嗎？」

你都給我穿小鞋了，我能不哭嗎？

「少爺呢?在車庫停車嗎?哎呀,少爺回來了!少爺少爺,我跟你說啊,我給小錢找了個好人家,趁我過生日帶上門來給你過目啊。上次你沒看過人家就把人家封殺了,這樣很不厚道吶,我們總要給年輕人多點機會嘛!」

「……」

少爺……不要瞪奴婢呀。奴婢是無辜的……沒有亂跑出去找男人。一切都是奶媽總管他自己要雞婆的說……

「……」我命令妳拒絕他!現在!馬上!立刻!

好啦好啦……她試著拒絕看看嘛……

「呃……奶媽總管,奴婢我現在不太方便和舒總監他……」

「不方便?有什麼不方便的!」

「……」我已經結婚了。從法律角度和道德層面來看,都不能再跟別的男人相親了。這種話能說嗎?「奴婢我呃……比較想專心上班,專心伺候少爺咩!沒……沒有空閒去想別的男人啦!」

「這不衝突啊!只要妳把舒總監帶回來,你們倆人一起伺候少爺效忠少爺,多完美啊!」

……那裡完美了?你是沒看見少爺那張臘月飛霜的冷臉嗎?

「總……總之,奴婢我和舒總監是上下屬的正常純潔關係……搞來搞去公私不分影響不太好的說。」

「小錢吶……妳這樣推託……該不會是妳已經有喜歡的男人了吧?」

「噗!奶……奶媽總管你你你……」少爺在瞪她,在懷疑她,在……咦……幹麼突然轉成一臉期待地凝視著她呀！那眼神分外妖嬈妖媚妖豔，好可怕呀！

那廂少爺正凝起黑眸細細地打量她，這廂奶媽總管不依不饒地湊近她，「說！妳是不是背著少爺和我，偷偷在外面喜歡了什麼野男人！」

「對，說。」少爺眉頭一挑，幫腔道。

「少爺……怎麼連您也……」

「連少爺都讓妳說了，還不老實交代！妳的男人可由不得妳喜歡不喜歡，那可得經過少爺首肯才能進我們家門的，要是個讓少爺不爽的不入流貨色，我就先把他收拾一頓！」

少爺點頭，表示完全贊同，絲毫沒有意識到自己變成不入流貨色的小細節。他事不關己地晾站在一邊，冷眼看她怎麼接話。

沒有了少爺的援助，她無人依靠，揪著衣角，大聲否定道：「我才沒有喜歡什麼男人！」

「……」少爺瞇眸。

她以為她的誠意和真實度不夠，急忙豎起三根指頭，「奴婢對燈發誓，奴婢現在心裡什麼人都沒有，也絕對沒有偷偷喜歡任何一個男人！」

「少爺，小錢都對燈發誓了，我看這孩子是真的沒有背著你偷偷在外頭亂來……」奶媽總管情真意摯地轉頭看向少爺，卻突然發現早已旁邊空無一人。

他狐疑，問向還在發誓狀態的姚錢樹，「小錢。少爺呢？」

小女僕呆呆地指了指樓上。

砰！

超大聲的洩憤甩門聲從天花板砸下來。

被小女僕拿來發誓的水晶吊燈搖搖欲墜。

「小錢吶……妳是發誓說妳沒喜歡的男人吧？」

「對……對啊……」眨眼。

「那……妳沒違反女僕守則啊！少爺在生什麼氣？」

「……你問我，我問誰呀！」斜眼。

於是，奶媽總管的生日 party 變成了姚錢樹的相親大會。

大餐在廚房做著，奶媽總管在門口站著，黑手黨在客廳趴著，少爺在沙發坐著，小女僕在沙發上跪著。

這就是受邀前來的舒城岳，剛進門見到的酒池肉林景象。

黑手黨頗有亞洲第一時尚潮犬氣息，掛著綠領帶配上大墨鏡，乖順地趴在氣質冰冷的貴公子身邊打哈欠。貴公子很是欣賞自家愛犬的獨到打扮，一邊順著愛犬的鬃毛，一邊懶懶地翻閱報紙，不時地伸出手去接過小女僕手裡端的茶水，眼見有客前來，也不起身，只是抬眸愛理不理地瞟了舒城岳一眼，隨即視線又回到報紙上，交疊的雙腿互相一換，改變了姿勢，偎近了幾分身旁跪坐的小女僕。

向他挑釁是嗎？舒城岳淡笑不語地挑眉，朝一身女僕裝伺候得很是辛苦的小女僕招招手打招呼。

小女僕雙手端茶，無瑕顧及，只好擠眸朝自己上司尷尬一笑，卻立即被少爺打斷。

「這是什麼字？」他指著報紙，冷聲問她。

「欸？少爺，這是……『我』字啊。」少爺被黑手黨附身了咩？連我字都不認識了？

「這個呢？」

「喜迎節日的到……」

「讓妳念前面那個字，誰要妳全部都念了。」

「哦……喜咩……」她嘟脣。

「這個！」他再指。

「歡騰……」

他斜眼，多餘的字不准她念出來。

「歡。少爺。」她委屈應道。

「最後這個。」

「你！」

「很好！」

少爺白了一眼舒總監，抬袖用摸黑手黨的手揉了揉她的腦袋，似在獎勵她聽話順從。

幹麼要誇她？那幾個字……連黑手黨也認識吧？少爺怎麼突然變弱智了？看到舒總監就這麼興奮嗎？

舒城岳冷冷一哼，無視大少爺若有似無的敵意，將手裡的禮品袋有禮地遞到奶媽總管手裡，溫文開口：「前幾天晚上打擾了。我讓她加班，本來想送她回家的。結果沒找到她人，有點擔心，所以那麼晚打電話來。」

紳士的態度讓奶媽總管滿意異常，「哎喲！有什麼關係！像舒先生這麼細心體貼又有風度的男人現在是不多了，我們家小錢啊，還真是好運氣才碰到這麼好的上司啦，是吧？少爺？」

少爺不應話，朝小女僕揮了揮手，繼續指報紙讓她念。

小女僕這次回學乖了，少爺指哪她念哪，於是，她開口——

「是——個——屁……耶？」

少爺……您又害我，我的小鞋……我的小辮子還不夠多嗎？嗚……

奶媽總管招呼著舒總監落座在客廳的沙發上，緊靠著小女僕跪坐的位置。

舒城岳第一句話就揶揄她，「妳在家裡就這麼伺候人的？」

「唔？」

「不錯嘛，很專業。比在飯店工作時專業多了。哼！」最後的哼聲，分明就是嘲諷。

「哼！」她皺起鼻子偷偷回哼他，俏皮的小動作被少爺瞥見。

冷眸閃過一道寒光。少爺揮手摘下掛在黑手黨的大墨鏡，一轉手掛上小女僕的鼻梁，二話不說，繼續低首看報紙。

「少……少爺！為什麼要給奴婢戴墨鏡？」掛上大墨鏡，世界突然變得伸手不見五指，小女僕很是鬱悶。

「大概是防止妳向我擠眉弄眼吧。」舒城岳無所謂聳聳肩，「是嗎？大少爺？」

一擊即中的話語惹來少爺豎眉瞪視，舒城岳不懼霜凍的視線扶了扶眼鏡，迎眸而上。兩道冰火兩重天的視線在空中碰撞，可憐小女僕被鼻梁上墨鏡隔絕了世界的色彩，完全不知兩個男人已碰出了璀璨的火花。

當然，白目的不只小女僕，還有不放棄向舒總監殷勤推銷女人的奶媽總管。

「小舒啊，你有女朋友嗎？」

小舒？好奇怪的稱謂。堂堂舒總監被奶媽總管叫成小舒？他是在飯店呼風喚雨的執行總監耶！

姚錢樹扶了扶少爺恩賜的黑色墨鏡，偷偷看向舒總監，等待舒總監挑眉冷笑掀桌，卻不想他只是收回同大少爺硬碰硬的視線，凝起笑眸有禮地轉向長輩，莞爾道：「目前沒有。」

「以前很多？」少爺冷冷地插話。

「是不少。怎樣？」面對大少爺，舒總監毫不客氣。

「不怎樣。我不同意。」少爺斜眼奶媽總管冷硬地撂話，表示他對這門親事厭惡到了極點。

奶媽總管為難地癟了癟唇，討好地圓場，「少……少爺，這有什麼關係嘛！像小舒這麼好的男人，必然會有些故事的嘛！男人結婚前有些感情經歷，顯得多有魅力多滄桑，還知道疼人，這是多好的事啊！而且……呃……小錢的接受尺度很大的，小錢，妳說妳說，妳介意舒總監他的過去嗎？」

話題突然燒到自己身上，小女僕愣了愣，果斷地搖了搖頭。

「少爺少爺，你看小錢她都不介意舒總監的過去了！」

嘩啦！一甩報紙，少爺皺眉瞪向呆女僕，「妳不介意？」

「……不……不太介意啊。」少爺在生什麼氣？舒總監的故事？她管得著嗎？這有什麼好介意的咩？

「妳敢不介意？」

「奴婢我該介意嗎？」她如坐針氈地挪了挪屁股，還是覺得不能違背自己的身心，「可是，奴婢我真就不介意舒總監有過去嘛！」

「是啊，她就是不介意我有過去。大少爺還有什麼不滿不放心的呢？」舒城岳趁勢開口，再填一把辛辣的柴火。

少爺瞇眸正欲掀桌發作。眼眸一黯，他忽然憶起什麼，唇角驟然冷冷輕勾，對一頭霧水的小女僕下命令，「帶黑手黨去廚房吃東西。」

「少爺，您做什麼要故意支開我？您不是要借機賣掉奴婢我吧？」

少爺那陰險兮兮的表情讓她背後涼颼颼的，只是不介意舒總監的情史，還沒有大逆不道到要被賣掉的地步唄？

「哼！接受尺度這麼大的奴才，我哪捨得賣掉？」

「唔……」接受尺度大也有錯了咩？這不是說明她耐磨耐用，抗壓性好還任勞任怨嘛？可是少爺好像不是在誇獎她的說。

不情願地牽起黑手黨，姚錢樹正欲走向廚房，卻偷瞥見舒總監朝她眨眼挑眉的笑臉，擺明在嘲笑她是沒地位的小可憐。

她本想還以顏色，可少爺陰惻惻的眸催促瞪來，直接打斷她無聊的擠眉弄眼。

她頓時沒了脾氣，縮起脖子就想做烏龜狀爬走，少爺忽然當著奶媽總管和舒總監的面大喇喇地拽住她，低首在她耳邊親暱低語：「想讓我賣掉妳？休想。妳這輩子都只能待我身邊！」

她頭皮一陣顫慄，抬頭不解地看向少爺。

「還不走？想讓人多看兩眼是嗎？」很想犯重婚罪蹲大牢是嗎？

「哦哦……奴婢告退……」她生怕被奶媽總管看出蹊蹺，急忙走開。

不過，少爺的意思，她明白了！一定是──「想讓我賣掉妳？休想！我還要留妳這奴才在身邊好好使喚好好虐待！除非我不要妳，否則，妳這輩子都只能待我身邊！」

一定是這樣的！

27 少爺，您要賣掉奴婢我？

一僕一狗告退，少爺把人藏嚴實了，心滿意足地擺起貴公子派頭，雙腿交疊，斜眼看向不動聲色的舒城岳，明知故問道：「和我奴才相過親？」

「還被大少爺攪了局。」舒城岳不示弱地嗆聲回去。

「感覺怎樣？」

「很有興趣。」

少爺瞇眼，「你對她有興趣？」

「不行嗎？聽話又好糊弄的女人，我自然有興趣。要不是大少爺您搗亂，這一刻，我大概在請蜜月假期。」

「這個假期，我不會批！」他還真是越想越美了！現在比較有資格放蜜月假期的是他這個當老闆和主子的！

「蜜月假不批？那產假呢？」

「如果是你休產假，我考慮。不過，想要產假也得先弄清楚我家的規矩！」少爺雙手環胸，昂起下巴吩咐奶媽總管，「告訴他。」

奶媽總管一聽八字有了一撇，興奮異常，「少爺？你也覺得這事有眉目，你要點頭首肯，我就跟小舒好好合計合計他跟小錢的好事啊。」

事有蹊蹺，舒城岳眉頭一挑，「什麼條件？」

「哎喲，只是一些小條件而已，只要小舒你對我家小錢有興趣，什麼條件你都會答應的，對不對？」奶媽總管不停眨眼。

但是，舒城岳的警戒心未曾降低，「您說笑了，凡事還得視情況而定。」

「我們家的規矩也不多的，真的！也就是你跟小錢結婚後，要一起效忠少爺，聽少爺的吩咐，少爺隨傳你們隨到，所以，不用你有房，反正結婚後也是跟少爺一起住，還有還有，生的孩子也不用你費心養，跟小錢姓，反正也是屬於少爺的嘛……」

「那要不要乾脆叫他爸爸，叫我叔叔就好？」舒城岳儘量努力維持快要僵化的笑臉。

「呃……這個倒不用，爸爸還是可以勉強給你當當的……」

「……」他花精力體力生的小孩，勉強給他當當爸爸？這就是他大少爺打的如意算盤嗎？

「小舒啊，你看這個……怎樣？」

怎樣？相當不怎樣，「作為一個正常男人，如果我答應……會被立刻送去精神病院吧？」

「做不到是嗎？」少爺涼聲發問。

「的確做不到。」舒城岳直言不諱。這已經不是綠帽子的問題了，而是彩虹帽，紅橙黃綠藍靛紫！

「關門，送客！」

似乎早在等待這句話，少爺立刻下逐客令。

「做不到，並不代表就無話可談了吧？大少爺，我話還沒說完呢。」

「你還有什麼話要說？」

「我幫她贖身。」

似乎醞釀已久，舒城岳立刻搭話，惹來少爺危險的瞇眼與深深的抽息。

「你再說一遍。」有膽的話！

「我幫她贖身，條件你開。」只要那棵小樹苗恢復自由身，那些破爛奴才規矩她就不用遵守了，到時候，他想怎麼對她有興趣，就怎麼對她興趣！

「……奶媽總管！關門放狗！」

當他這裡是什麼！勾欄院子嗎？

贖身？贖什麼鬼！贖他老婆？

亞洲第一潮犬正在埋頭吃狗糧，老土痴呆的女僕蹲在旁邊，撐著腦袋看著禽獸進食，心卻早已飄到客廳裡。

無奈毫宅的隔音效果太強大，她完全無從得知前廳情況如何，少爺要把她怎麼處置。

少爺的性子根本不懂拐彎抹角，她很擔心他嘴巴一動，把他們倆的關係在奶媽總管面前曝光出來吶。

「黑手黨少爺，你吃快點吶！」吃完了好馬上回客廳報到，順便偷聽點什麼啊！

潮犬無視小女僕的催促，繼續很優雅地細細品嘗狗糧。

「吃快點啦你！每次都吃同一個牌子的狗糧，你有必要品嘗那麼久咩？」

「吭哧吭哧！」

竟然不甩她？運氣丹田，她不爽地拍了拍狗腦袋，「喂喂喂，老黑，我忍你很久了哦！平時你吃狗糧都不會這麼做作的，你今天是怎樣？跟少爺串通好的咩？裝什麼淑犬啦！把你的獸性和豪邁拿出來啊，大口大口啦！」

傲犬被主人以外的貨色碰頭，立刻不爽地抬起犀利的狗眼瞪她。

她就是欺負牠開不了口向少爺告狀。

自從少爺回來後，她就越來越不把牠當回事，也越來越不把牠看成少爺了。哼。不耐性伺候牠用餐，還敢拍牠血統高貴的腦袋，喲呵喲呵！還在伺候牠吃飯的時候接電話？

接的還是……唔？不是牠家尊貴俊帥的主人頒發給小女僕的那支？

「喂？舒總監？咦？你走了？你怎麼走了呢？

「不不不，我不是捨不得你，可是……你不是還沒吃晚飯咩？

「呀？被少爺趕出去了呀……哎呀……我家少爺其實人很好的，就是脾氣有時候急躁了點，你不要往心裡去呀。

「呼……你不怪他就好。什麼？你討厭我幫他說好話？唔……他是我少爺吶，我不幫他說好話，難道和你一起偷說他壞話咩？

「什麼什麼？罵他一句，少還一百塊？」舒總監好邪惡呀！竟然用這種缺德的辦法勾引她，賊溜溜的眼珠子骨碌一轉，她急忙縮到廚房角落裡。

「真的可以少嗎？不帶玩弄少女芳心的喲！」

電話那頭的答覆似乎令她頗為滿意，她開口附和道：「少爺這個人吧，又暴躁又霸道，莫名其妙，喜怒無常，難伺候，愛挑剔，挑食，愛折騰人……多少錢了？」

「哎喲！快一千了吶！舒總監，你說什麼？」最後一句話她沒聽清楚，舒總監剛剛說什麼東西「熟」了？

舒城岳稍加重音量的聲音從聽筒飄出來，「我說……既然他這麼不好，別跟他混了，我幫妳贖身！」

啪嗒！

手機從姚錢樹手裡摔下去，自動切斷了。她被嚇得魂魄升天，六神無主，七竅錯位，舒總監說什麼？幫她贖……贖贖贖贖身？

意思是從少爺手裡買斷她，然後牽回家，給舒總監當奴才嗎？

少爺果然想賣掉她……還打算把她這個包袱丟給舒總監！

是舒總監對少爺告狀了嗎？讓少爺知道她欠了舒總監好大一筆錢，對她失望透頂，覺得她這個毛躁鬼賺不到錢還是個小賠錢貨，所以要拿她去抵債嗎？

少爺不會這樣對她的吧？她都嫁給他當老婆了，雖然他們只是沒有肉欲關係和感情基礎的假結婚，雖然只有一年的時間是少爺的老婆，但是也沒聽說過老公把老婆賣給別人當奴才的呀！

低眸，姚錢樹陷入了沉思。

她對少爺來說是有用的嗎？是被需要的嗎？還是可以隨便替代的呢？

想問少爺，可是她不敢開口，又沒有質問少爺的權利。

對！她還可以去問舒總監！問他和少爺都說了什麼！是不是真的要賣掉她去抵債，如果是修繕費的話，她會勒緊褲腰帶還上的！

第二天，姚錢樹剛換上工作制服站進餐廳，就和所有同事一起被餐廳領班拍手聚集到了一起。

「各位各位，臨時通知，為了提高大家的身體素質和團結合作精神，社長打算這個週末舉辦員工運動大會，請大家各自準備，有興趣的可以報名參加！」

「員工運動大會？領班，不是強制性參加的吧？」

「不是，可以自由選擇參加與否。」領班說罷，拿出報名表格派發。

站在人群裡的姚錢樹很丈二和尚摸不著頭腦，這件事來得太奇怪了。少爺從沒提過有運動會這檔事，就連今天出門前也只是神色詭異地瞪了她兩眼，從沒說過他想辦什麼運動會呀？

拿到報名表格，她敷衍地展開，表格格式讓她頓感憂愁——

「總監隊ＶＳ社長隊」

……這……這是什麼吶？運動會報名表？呸哩！這根本競選美男投票表吧！

少爺和舒總監他們倆在玩什麼吶？用男色ＰＫ飯店人氣嗎？

領班發完表格耐心解釋，「有兩個隊伍可以供大家選擇，呃……社長的意思是，大家可以挑自己喜歡的隊伍支持。不用拘禮，不用拍馬屁，也不用擔心他身為總裁公子會給別隊穿小鞋。」

這是謊話，假話，粉飾太平欺騙少女的瞎話！以她對少爺小心眼的瞭解程度，他這根本就是赤裸裸的威脅吶！

他一定會偷偷計算有誰不支持自己，然後借刀殺人，做好一雙雙小鞋，頒發到每個支持舒總監的小同事手裡的！

「表格已經發到大家手裡了，為了激發大家的鬥志，社長還決定，優勝隊伍獎勵一個月的獎金，但是輸掉的隊伍會倒扣一個月的獎金！大家現在可以填寫報名表，明天統一上繳，解散。」

媽哩！還有財政風險！這個男色選擇題，不是她這個有外債的人可以隨便玩的！

姚錢樹的小心思沒辦法傳染給周遭的粉絲同事，她們似乎都對這場滿是男色的饕餮盛宴很有興趣。

「這個好玩！我要參加！」

「我也要去要去，週末不去逛街了！」

「小樹小樹，這個太萌了，捨命也要看呀！冰山社長ＶＳ優雅總監，妳說他們倆ＰＫ誰會贏，誰會贏啊？」

「呃……這個……」這龍虎鬥的遊戲危險係數太大了，聰明人絕不該去淌渾水！

「是吶是吶，說不定還能碰出別樣的火花！呼！突然發現要是社長不是有婦之夫，總監沒有做作前女友，他們倆亂配的呀！是吧，小樹？」

「呃……那個……」喂喂喂，八卦這東西，聽別人的很美妙，扯到自己老公就不好玩了！尤其是牽涉到自己的老公和前相親對象的清白關係……

她正糾結著，忽然某同事舉手提問。

「領班！這次大會是社長主動下挑戰書，還是總監挑戰社長權威呀？」

「是哇是哇！社長和總監是不是有什麼私人恩怨要解決吶？別把我們這些無辜的員工全裝進去當炮灰了！」上司派系大內鬥，最可憐的就是下層老百姓，萬一他們倆拿員工大會當幌子，實際以權謀私，為爭奪飯店管理權上演生死ＰＫ，她們這些為男色趨之若鶩的小粉絲就死得冤枉了！

「領班吶，你就說實話吧？總監和社長他們倆到底在搶什麼吶？」非要搞到如此兵戎相見，你生我死的局面？

「嗯……這個問題……這個問題很玄妙很玄妙……」上頭之意不可揣測，小老百姓還是聽天由命安分守己的好！

玄妙的問題讓姚錢樹陷入了沉思，身旁的同事卻不停慫恿她。

「小樹，妳不要一直呆呀！妳要站哪隊？我們一起啊！」

「哎喲，我們又直屬總監門下，小樹上次都承認暗戀總監了，當然要給舒總監支持囉！對吧？」

這破錢財，帶圈套，有陰謀，很玄妙的遊戲，一點都不好玩，她絕對不能玩，打死都不能！

下定決心，她決然開口——

「呃……我……我週末有約了……不能參加。真是不湊巧吶。」

「小樹！妳太不上道了，什麼約會比社長總監打架好看嘛！」

……當他們倆是打架鬥毆的混混小流氓嗎？這只是有點不正常的運動切磋而已……

全身而退，姚錢樹來不及得意就到處找舒總監。

剛要張口詢問他關於少爺販賣人口的事，就被舒總監招牌親和的微笑給擋了回來。

「這次妳要站哪隊？妳家少爺，還是……我這邊？」

「唔!舒總監,身為有責任心的女僕,我週末是很忙的,所以,我不打算參加吶!」

「很忙,是嗎?」他不動聲色,挑挑眉,忽爾跳轉話題,「妳家少奶奶愛逛街嗎?」

「欸?」舒總監的思維模式也太難琢磨了吧?現在不是討論她愛不愛逛街的時候啦。

「妳不是說少奶奶她不愛出門嗎?」

她愛不愛出門有什麼關係啦!

「該不會昨天我上門拜訪時,她剛好就去做她不喜歡做的事了吧?出門逛街?」

「……」到……到底什……什麼意思吶?

見她還在狀況外,他好心地點破話中玄妙,「妳家少爺是假結婚的,對吧?」

「噗咳咳咳!咳咳!咳咳咳!」舒總監你好陰險!竟然趁機偷瞄少爺的私生活?

「看來,我猜對了。」不待她張嘴辯解,舒城岳已拋出結論,「妳把妳家少奶奶誇得天花亂墜,他們夫妻恩愛非常,可是……人呢?」

「呃……呃……」

「根本就不存在對不對?」

「誰誰誰說的啊!存……還是勉強存在的!」不要擅自扼殺掉她的存在呀!

「那我給妳家總管打個電話查證一下那位少奶奶到底何許人也。」舒城岳說罷,就拿起電話要撥通號碼。

「不,不要打給奶媽總管!」她心急地撲上前去,按住舒總監手裡的電話。他抬起眼眉,透明的鏡片閃過一道精光,不懷好意地睨住小女僕。

「不想我給總管打電話?」

搖頭搖頭，奮力搖頭。

「那要不要乖乖聽我的話？」

點頭點頭，拚命點頭。

「參加週末的人會……」

呼……還以為是什麼大不了的交換條件呢，這有什麼問題咩！放棄一個禮拜天，不痛不癢。

「並且，妳得站在我這邊！」

「……」這……這個？

從來沒聽過這麼欠抽無恥的條件吶！

自家奴才站到對手隊伍裡搖旗吶喊？舒總監，你當我家少爺是隱形人嗎？這太胡來了！

你有考慮過他脆弱暴躁的小心情嗎？

她石化的表情讓舒總監甚為滿意，他似乎嫌自己還不夠欠抽又無恥，輕扶眼鏡續道：「我就是要胡來，想看看妳家大少爺脆弱又暴躁的樣子，不可以嗎？」

……那你順便還會看到某個女僕被脆弱暴躁的少爺吊起來抽打的樣子……

太悲劇了！

28 少爺，奴婢要站在舒總監那邊！

下班回家。

姚錢樹內心激盪，她有很多很重要很大逆不道的話要對少爺說。

為此，她決定今天多給少爺一個星期的零花錢，總共三百五十塊！錢嘛，誰不愛？尤其是好久沒見過這麼多現金的少爺。說不定他會忽然心情大好心花怒放，這樣她不就可以順利完成舒總監交代的條件並且避免被抽的命運了嗎？

劇本安排好，可少爺不配合。他打開後車箱。

一雙平底大頭鞋和一套女僕服被塞進了姚錢樹的手裡。

「少……少爺？這是做什麼？」

少爺傲慢地揚了揚下巴，下命令，「去換。」

……不是到家才要換女僕套裝的嗎？少爺今天猴急什麼？還特意把衣服藏在後車箱裡？就這麼想看奴婢穿上女僕裝嗎？不是每天在家都看得到咩？

「愣著幹麼？還不去換？」

換上這身女僕裝，這就是這傢伙屬於自己的權威標誌！

誰還敢再打她的主意？

「是，少爺。」小女僕領命，顛顛兒跑去換衣服。

少爺玉樹臨風，等在車邊。直到看見她穿著大頭皮鞋，捆上蕾絲花邊，背起哆啦A夢包，渾身掛滿屬於他的證據，他這才滿意地一哼。

這下看著順眼多了。不穿上這身衣服，她一點也沒有身為他女人的自覺。痴呆得露出一大堆破綻，惹來他人覬覦！

他必須隨時提醒她，她整個人是歸誰所有的。

「少爺，您看這樣行了嗎？」

「嗯。上車。」

「少爺我們要去哪？」

她趴上玻璃擔心地觀察窗外的景色，像隻被囚禁的小動物，眨巴著可憐巴巴的眼睛。不是要回家嗎？可倒退的風景有些陌生。莫非少爺……打算先下手為強，已經談妥價錢，直接把她帶到交易地點販賣嘛？

腦袋被少爺從玻璃上硬扳下來湊近他胸口，少爺一邊開車一邊抽空低眸瞥她一眼，「籃球場。」

「籃球場？少爺，我們去籃球場做什麼呀？」

害怕被拋棄的忠犬的眼神讓少爺喉頭一動，「練習。」

練習？籃球？少爺是嫌自己的寬肩窄腰的極品身材還不夠曼妙嗎？

黃昏前的露天籃球場人不算多，但氣氛絕對夠熱。

姚錢樹跟在少爺身後，從看臺上望下去，球場被幾個穿運動裝的男生占據，傳球，投球，活動筋骨來熱身。

其中一個抬頭瞄了一眼看臺，「喂！錦玉那傢伙來了！」說罷，他朝少爺揮了揮手，大聲吼道：「小子！快下來！讓我看看出國幾年腿軟了沒！」

少爺聞聲，二話不說，輕鬆跳下看臺，走入其中。

瞬間，男人間的友情招呼方式通通朝少爺呼嘯而去。

拍肩膀，頂胸口，揉腦袋。

看臺上的小女僕看得目瞪口呆，她家尊貴傲慢的少爺竟然可以忍受別人這樣對他？她家嚴肅不苟言笑的少爺正被別人揉亂頭髮，大揉胸口，狂拍肩膀？

這太嚇人了呀！

這就是傳說中的兄弟義氣嗎？在奶媽總管高壓管束下的少爺竟然有兄弟？要是讓奶媽總管知道少爺被一群男人圍在中間蹂躪染指，他會崩潰吧？

她正忙著感歎憂鬱，卻發現那些兄弟正朝她盯過來，就連少爺都朝她招手，示意她立刻滾到主子身邊。

小女僕接受命令，笨拙地爬下看臺，即刻滾到少爺身邊。

「少爺，您有什麼吩咐吶？」她鞠躬欠身，等待少爺下命令。

少爺不自在地拉過她，放到自己身邊，皺眉撇嘴。

「錦玉，這誰啊？」

「是啊，介紹啊。」

「快介紹給兄弟們認識啊！」

兄弟們起哄地推擠著少爺。

少爺目光深邃地看著她，深吸一口氣，薄唇輕啟：「她是我……」

「我是少爺家的奴才，是他的貼身女僕吶。你們好。」

「……」

「……」

「……」

一片冷場的沉默讓男人們面色緊繃，男人們統一移眸看向少爺左手無名指，緊接著，噴笑出聲。

「哈哈哈哈哈啊！」

「笑死我了，錦玉，你貴公子的臉這回丟大了！」

「嘖嘖嘖，我們那位只需一眼就征服女人的錦玉公子啊！踢到鐵板了？」

「哎呀，我的媽，她說什麼，她是你貼、身、女、僕，錦玉你……太沒出息了。」

「欸？少……少爺？怎麼了咩？奴婢我說錯什麼了咩？」兄弟們為什麼要嘲笑少爺吶？

轉眸，她不解地看向少爺，卻發現……

少爺的臉色好可怕，青紅白紫全部翻了一遍，然後……嗚，在瞪她，在惡狠狠地白眼她，在憤怒無比火光十足地噴射她……

「噗哧……小女僕，妳家少爺這張死魚臉我們從高中一直忍受到現在，出國幾年也沒變，妳不給他煮點什麼補補嗎？」

「神經大條沒得補的，況且還有一個比他更蠢的女僕……哈哈哈啊！女僕呀！」

唔！女僕有什麼好笑的咩？少爺的兄弟是在侮辱她傲人的職業嗎？

「小女僕，妳知道我們是他的誰嗎？」

「不知道。」誰管啊！就算你們了不起到可以大揉少爺的胸部，可是也不能亂侮辱別人的職業啊！她是有強壯自尊心的！

「我們是他的高中同學。」

她抬眼。高中同學？有啥了不起，她也有啊！

「妳家貴公子少爺特意帶妳來見他高中同學，還介紹我們認識哦！」

意味深長的尾音讓姚錢樹更加困惑了，少爺介紹她認識他的高中同學？有什麼特別的意義嗎？她迷茫地看向少爺。

只見一位兄弟一把攬過少爺的肩頭，瞅著她壞笑陣陣，在少爺的耳邊輕問：「錦玉，是她吧？」

少爺不置可否，含糊應聲。

「遙想當年口氣多大，把話說得多死啊。她只是我的奴才而已，還而已！哈！現在遭報應了吧？人家說她只是你的女僕而已，而已哦！」說罷，還撚起少爺帶著婚戒的左手使勁晃晃。

「……」少爺斜眼。

「比起小時候的照片，現在發育得不錯了哦。」從凹罩杯變成凸罩杯了。

少爺翻了個白眼，「你在看那裡？」

哄笑一片讓少爺面色透出瑰色，面子上再也掛不住，他嫌棄地拎起她丟到場外一邊，脫下西裝外套，塞進她手裡。

「穿上。」

「欸？」女僕套裝配少爺的西裝外套？這是什麼要命的品味？

疑惑歸疑惑，她還是順從地把少爺的外套穿起來。屬於少爺的味道撲面而來，毫無別的女人的雜質香氣，純淨自然得讓她心曠神怡，可寬大的西裝外套重重地壓在身上，肩寬袖長，把她襯成了三級殘廢小矮人。

可少爺還不滿足，「扣好。」

「少……少爺，還要扣哦？天氣很熱吶……」

「叫妳扣好！胸口！」

乖乖扣好。

看她遮得嚴實了，少爺滿意輕哼：「站這裡等我。」說完，他解開襯衫袖扣，捋起袖子，準備進場打球。

「可是，少爺……他們，您高中同學……他們到底是什麼意思吶？」奇奇怪怪的問題一堆，還有，他們怎麼會看過她的照片？還是沒發育前的？

「不准問！」他回眸，寒光四射。

「……哦……」不准問？那幹麼帶她來見他們咩！奇怪的少爺……

少爺打球，小女僕搖旗吶喊，這本是很和諧應景的一對配對。

可從來沒有看過少爺打籃球英姿的小女僕蕩漾了，嘴巴忘記闔，更談不上加油，完全是用褻瀆的眼神在注視著少爺。

華麗地轉身，果斷地切球，冷靜地投射，最最重要的是——

少爺出賣色相脫衣服了呀！

礙手礙腳，毫無彈性的絲質襯衫被少爺一解到底，汗珠沾染地溼潤髮絲微微一動，他隨手把襯衫扔在場外。

光裸的上身讓男人性感萌值瞬間飆升，激情噴血大放送！

豪邁灑脫的甩衣，孩子氣似的搖頭甩汗，汗溼精壯的胸口，結實曼妙的窄腰……

捂眼掩面，收回色欲熏心的視線，她不能再放任自己繼續猥褻少爺的裸體了。

「喂。」

帶著微微細喘的少爺呼喚聲，萌得她心肝顫顫，是她在不要臉的幻聽嗎？少爺H起來會不會也發出這種萌翻天的聲音吶？

「叫妳呢！扭什麼？」

「欸……欸？」頭一抬，她正面對上少爺溼潤起伏的胸口，一道汗流蜿蜒滑下少爺的胸膛，險些滴上她的鼻尖，她腦部瞬間充起一股鮮血，濃度堪比二鍋頭。

「少……少爺，您兄弟呢？他們要走了嗎？」她急忙轉移話題看向那些準備走人高中同學。

「喂！小女僕，妳家少爺要是對妳做什麼不軌的事，記得打電話找我求救啊！」

「錦玉，有種下次就爭取把介紹做完，看好你哦！走了啊！」

起哄的高中同學走人，少爺繃緊了不自在的臉望向還是摸不著頭腦的小女僕，歎氣。

「水給我。」

少爺手一伸，指向她身邊的礦泉水。

「哦哦！」她急忙將水遞上去。

少爺擰開瓶，直接當頭澆淋下來。

「少爺！您這樣會感冒的！」她很雞婆地叫出聲。

少爺不以為意地甩甩頭，瞥眼睨她，「剛剛我打球怎樣？帥嗎？」

「唔……」

「問妳話呢！」

雖然姿勢很 man 很誘人沒錯，可是，「少爺，這不合規矩吶，女僕守則規定奴婢我不能覺得少爺帥……」

啪！

一腳踩扁空瓶，少爺瞇眼威脅，「我命令妳說帥！」

……這個也可以被命令的咩？

「……少，少爺很帥。」斜視四十五度看著地面。

「妳在看那裡？看著我的眼睛說。」

這難度也太高了吧？不要強人所難呀。

不情願地抬眼，一對上少爺黑沉沉的眸子，她的臉刷地燒起來。

「少……少爺……很……很很……很帥。」

朦朧的眸，潮紅的臉，吵人的心跳聲，萌系的女僕裝，夕陽下的剪影。這些都是足以讓男人眉頭糾結的元素。

「少爺？您怎麼了？」怎麼突然出神發呆吶？

伸手到少爺眸前晃晃，卻被他忽然拽住壓下。

他湊近幾分，聲音暗啞，「難聞嗎？」

「欸？什麼東西？」

「……汗味。」

少爺……他在介意自己身上的……汗味？

他在擔心她會嫌他的汗味難聞？因為之前她投訴過他身上的香水味嗎？

她使勁地搖了搖頭。怎麼會討厭呢？她甚至覺得眼前汗津津的少爺好香好萌好可愛，好想伸手摟過來使勁蹭蹭他的胸口。

糟糕！她怎麼會有這種要不得的想法！她只是少爺的小女僕，她根本沒資格挑剔少爺，少爺也根本不需要在意她的感受呀！女僕守則有規定，她不能有非分之想，她要淡定！

「不難聞？」可少爺的聲音一起，她又癱軟了下來。

搖頭搖頭，屬於少爺的氣息怎麼會難聞呢？

「不討厭？」

甩頭甩頭。她喜歡得要死呀！

「那好。」

「欸？」

她還未反應過來，沁入心肺的男人汗味籠罩而下，兩片溼漉的唇貼上她漲紅的臉，密密地啃咬她的面頰。頑皮的舌尖從少爺的唇縫探出來，使壞地頂了頂她的腮幫，比唇齒相依更煽情的吻法讓她覺得渾身的汗毛孔都酥麻了起來，嘴巴裡空虛的舌頭險些失去理智地回應腮幫邊的挑逗。

「少……少爺……奴婢有問題想問您。」

「噓，不要說話。投入。」

嘴唇在她臉上開合，摸索，眼看快要移到唇邊，不能投入吶！她快要被少爺魔魅的眸子給吸進去了，她要抽離，抽離再抽離！

「少爺，奴婢和黑手黨比起來，誰對您比較重要？」煞風景的問題飛出口。

「……」這是什麼鬼問題？

「比不過黑手黨，奴婢我認了，那那那奶媽總管呢？要是我和奶媽總管同時掉進河裡，少爺要先救誰，先救誰吶？」

「……」比之前那個更弱智！

「不過，少爺大概誰也不會救吧？唔……說不定您還會脫了鞋子在河邊洗個腳，然後揚長而去。」

「……妳想喝我的洗腳水嗎？」

他張口用力咬她頰邊的嫩肉，越來越費解她腦子裡裝的都是什麼廢料，可沒想更勁爆的還在後頭。

「少爺，那您會把奴婢我賣掉嗎？」因為她是個連黑手黨都PK不過的低級貨色，隨時可以被替代掉！

「……」他側頭用看外星人的眼神看向穿著他外套、被圈在自己懷裡的女人，半晌，啟唇，「我賣自己老婆幹麼？」

「真、真的嗎？少爺不會賣掉我？」肯定又是舒總監在故意使詐使壞，離間她和少爺純潔的主僕關係！還好她和少爺有堅固的假結婚關係在，這可是對少爺的用處最大，最最不可替代掉的角色呢！她還是相當有利用價值的，不用再擔心會被賣掉了！呼！

「不想被我賣掉？」摸了摸她臉上被他啃出的微微紅齒印，少爺幽幽地開口。

「當然呀！」

「這麼想待在我身邊？」

「嗯嗯，為少爺服務是奴婢我最大的光榮呀！」

「那週末大會的報名表，妳填了誰的名字？」

「舒總監……噗！」

「……」

少爺那犀利的眼神，好像……在罵她是渾蛋，叫她自插雙目，以死謝罪。

「少……少爺！您聽我解釋，奴婢我這是有原因的！

「少……少爺，您的表情好危險好可怕，奴婢可以把臉稍微靠後離您遠點嗎？

「少……少爺！好痛好痛！剛剛不是用摸的咩？幹麼突然揪奴婢的臉呀！」掙扎扭動。

「說！妳要選我！」少爺怒了。

「唔……不行咩！」

「妳敢拒絕我？」

「不是啦！舒總監他是奴婢我的上司……」

「上司算什麼東西！我現在是妳老公！」哪有女人會為了上司跟老公反目成仇的？

「是啊！您還是我最最敬愛最最偉大最最有風度的少爺吶！」淚光盈盈，博取同情。

「哼！」

揪臉的力道略有鬆動，原來灌迷魂湯是效果的吶？連少爺都招架不住這神奇的效果？

姚錢樹心領神會，承勝追擊，「可是，工作場合嘛。難免有點身不由己咩！少爺也不想看到奴婢我被舒總監欺負吧？」對手指對手指，努力賣萌中。

「他敢！」有他這個少爺在，欺負她還輪不著舒城岳！自家的小奴才他會親自欺負！

「可是，我們那群同事姐妹都選的都是舒總監，要是奴婢我不配合，將來上班肯定會被穿小鞋的……」

「全部選他？」少爺瞇眸。

「呃……少爺，您可別徇私報復她們哦……我們這是單純的工作需要，絕對沒有摻雜私人情緒的。」

沒有參雜私人情緒？他瞥眼看她，似在測量她的忠貞程度。

「而且，我跟少爺是自己人嘛！奴婢我雖然身在曹營，可奴婢我的心還是在少爺這的說！所以……這次就讓奴婢我隨大流咩，好嘛？」

「……」少爺側目，不爽，考慮，最後低身，指指自己的面頰。

「欸？」女僕痴呆歪頭。

少爺瞪她，「少裝傻。」

「哦……」她看懂了，只是不敢確定嘛。

抿抿脣，嘟嘟脣，她鼓足勇氣貼進少爺的腮邊，啵上一口，急速撤退，穩住自己擂鼓般的心臟。

「少爺……您，這算同意了嗎？」親都親過了，少爺不該再刁難她了吧？

「哼！」

「那奴婢就當您同意了喲！」

「輸了薪水照樣扣！」

「欸？」還以為自己夠聰明，靈肉分離可以逃脫扣薪水的命運吶！

「連帶女僕的薪水一併扣了！」

少爺，奴婢親完了，您才趁火打劫，會不會太不厚道了？

少爺，雖然這樣很大逆不道……但是這一刻奴婢還是希望舒總監把您幹掉，為了她的小薪水……

29 運動會什麼的，最討厭了！

萬里無雲，夏風送爽！

皇爵飯店員工友好互動運動會正式開始。

領導致詞被社長扔開麥克風 pass 掉，麥克風丟到舒總監手裡，舒總監倒是沒拒絕，眼鏡一扶，清清嗓子，謙遜開口。

「各位，在這裡我首先向女同事們澄清一個事實。那就是——」

他轉頭看了一眼默然不語，冷然處之的太子爺，繼續道：「我和社長公子之間不存在任何妳們想要的姦情。」

譁然大笑陡然響起。

「對我們倆的配對有興趣有幻想的女同事，很抱歉讓妳們失望了。我倆這次PK不是各位猜想的惺惺相惜，更不是主管們以為的水火不容，只是……」

「處理家務事。」太子爺眼神凌厲冷冷開口了，直接結束掉舒總監的廢話，防止他暴露更多資訊。

舒城岳也無所謂，聳肩接話道：「對，處理家務事，大家不要介意我們倆，玩得開心點。完畢。」

社長隊VS總監隊前哨戰打響。

總監隊隊員頭綁「總監命」的白頭帶英姿勃發。

社長隊隊員身穿「社長威武」的白T恤氣勢洶洶。

餐飲部主管升任裁判，宣布比賽規則。

「咳，第一輪比賽，由我們餐飲部提供全部比賽材料。因此，規定如下。」

「嘩啦」一張大宣紙展開。

兩隊隊員急忙湧上前。

「比賽規則如下：由總監和社長各抽一籤，籤內各有一組美妙的菜單，在最短時間內吃完，並跑到終點的組為勝。此為接力賽，人數限制四人。」

規則上並沒有什麼困難和不對嘛！只是吃飽跑個步，應該不難吧？這個沒難度的她要參加！

舉手！頭戴「總監命」的姚錢樹主動請纓。

「妳要參加？」舒城岳不太信任地上下打量她，「妳不會故意對妳家少爺放水吧？間諜！」

「舒總監，我這個人很有職業操守的，你也太不信任我的人格了！」

「我更不相信妳的實力。跑步，妳行嗎？」

「不就是跑腿嗎？這可是女僕的必修課！我從小就幫少爺跑腿的說！」

舒城岳撇了撇唇，勉強同意，「好吧。贏了的話，讓妳少還一千，但是輸的話……多欠我五千塊！」

「欸？」世界上怎會有如此不厚道的不平等條約。

站在起跑線邊，姚錢樹擔任第四棒任務。

少爺和總監同時走向抽籤箱，各自抽了一枝籤交給餐飲部主管。

她正幻想著今天可以吃到幾星級的大餐，可怕的事情卻突然發生了。

「社長組抽到的菜單是：花開富貴吉祥紅。」

喲，聽名字就是個很美味的菜單的說！少爺的運氣真不錯呢！

「這道花開富貴吉祥紅的配料有：花椰菜、開心果、腐竹條、龜苓糕、雞肉、香蕉、紅酒。」

……是她的錯覺嗎？這菜單怎麼聽起來有點怪怪的……

姚錢樹舔舔唇，卻見一臺蔬果鮮榨機被推了上來，餐飲部主管隨即激昂地命令：「將配料通通倒進去攪動！」

鮮榨機嗡嗡作響，伴隨著四周「咕咚咕咚」吞嚥口水的不快聲。

鮮榨的濃濁的半紅不黃的可怕液體出現了！

……這就是少爺組要喝下去再跑步的飲料嗎？少爺已經眉頭抽動，喉頭抽動了！餐飲部主管是不想混下去了咩？嘔……

可餐飲部主管毫不在乎自己的處境，抽出另一枝籤得意地嚷嚷：「總監組的菜單是……霜葉紅於二月花！」

完蛋了！聽這個名字……她有不好的預感呀！莫非……難道……竟然……

「這道菜的配料是：霜糖糕、青菜葉、紅蘿蔔、鮮魚湯、二鍋頭、月餅、花生醬！來人，放進去攪拌！」

「嘔嘔嘔！」

不絕於耳的欲嘔聲此起彼伏，姚錢樹搖搖欲墜地軟倒了。

這是什麼鬼品味的餐飲部主管吶！他到底有沒有味覺啊！少爺，您為什麼沒有早認清他……還讓他在這裡坑害大眾，趕快讓他回家吃自己啦！

眼見傳達接力棒的同胞忍痛飲下「霜月紅於二月花」，頓時風中凌亂滿場亂奔，站在跑道上的姚錢樹萌發了逃兵企圖，「舒總監……我……肚子突然有點不舒服，可以去上廁所嗎？」

眼鏡一推，舒總監嚴肅道：「不可以。」

「可是我很急的說……」夾腿扭來扭去。

「麻煩妳憋到比賽結束好嗎？」

舒總監，這會憋出人命的！

「妳是在害怕嗎？」舒城岳眉頭一挑。

「我是我是我是呀！你看我腿軟的……」

「沒關係，把這個帶上就沒事了。」舒總監慷慨地遞上一個超容量的——塑膠袋，輕輕一笑，「加油哦。我在終點等著妳朝我奔來。」

這不是變相告訴她，就算噴吐也要跑完全程嗎？嗚……少爺，奴婢錯了，奴婢不該拋棄您的！奴婢此刻多想和您站在一起的說！

「社長有命，社長隊跑不完全程的隊員，這個月的員工午餐全數換成花開富貴吉祥紅！」

她還是決定爬回來和舒總監待在一起……少爺更危險更強大！

一杯味道肆意婉約蕩漾的餿水送到姚錢樹的嘴邊。她快要接棒了。

她捏緊了手中的塑膠袋，捏緊鼻子一飲而下，纏綿黏糊的口感讓她昏昏欲嘔，頓時撒開兩腿淚奔上路，速度竟出乎意料地快。

四周的加油聲不絕於耳，她嘴裡翻騰著「霜月紅於二月花」，腳卻已經進入快完蛋的狀態……拿著舒總監提供的塑膠袋邊跑邊噴，憋足了一口氣，她已看到了終點的曙光。

就在這時，拒絕參加此等不優雅比賽的少爺忽然走向終點線，側眸轉頭朝她邪魅狂狷地勾了勾唇。

十多年的主僕不是白當的，她當下明白了少爺的暗示——

「妳敢贏試試看。」

少爺吶，大庭廣眾之下，您叫奴婢我放水咩？奴婢一路吐過來，也很辛苦的說！

「妳不是說妳的心在我這裡嗎？證明給我看。現在，立刻，馬上！」

現在不是談真心求真感情的時候吶！少爺，您要奴婢怎麼向您證明我的一片赤子之心吶？

「裝死。」

「……」

忽然間，情勢大逆轉，總監隊第四棒選手姚錢樹手握嘔吐袋，直挺挺地倒地不起。社長以淫威取得壓倒性的勝利。

一輪比賽下來，群眾隊員非掛即吐，傷亡慘重。對接下來的比賽士氣大有影響。

第二輪比賽項目是——伏地挺身？

伏地挺身？比賽誰做得多嘛？有了前車之鑒，事情當然不會這麼簡單！

身為裁判的餐飲部主管哼哼一笑，「把剛才比賽吐掛的人抬上來。」

姚錢樹被同事挪到了一張軟墊上，她緊閉雙眼，等待著原地滿血復活的時機，耳邊卻傳來餐飲部主管殺千刀的聲音。

「接下來，請參賽選手開始做伏地挺身，條件是在吐掛的人身上做。誰先做滿一百個，為勝！」

……豎中指已無法表達她此刻澎湃的心潮了！餐飲部主管，你的腦袋裡到底都是些什麼整人的黃色廢料啊！

伏地挺身這種猥褻的運動是可以在女生身上做的嗎？有考慮過她嬌羞的小情緒嗎？有考慮過她那顆炙熱的黃花閨女心嗎？有考慮過她已婚小婦女的身分嗎？

男人沉沉地步子正朝她逼近，姚錢樹渾身緊張抽搐了，這個死還要繼續裝下去嗎？被男人在身上做一百個伏地挺身，和貞操被奪走有什麼差別？

還沒等她做完思想糾結，一道黑影便壓了過來，霸道地壓住了她整個人，耳邊的頭髮被人用手輕輕撥開，有兩隻胳膊落在她耳側，面頰吹來一陣曖昧的燙風，她渾身跟著燃起潮熱，也不知是因為剛劇烈運動過，還是因為餿水裡二鍋頭的關係。

男人微微低頭湊近，那距離親昵得可以看清她每個的毛孔和鼻上的小黑頭，她不自在地別過頭拒絕男人放肆地動作，咕噥道：「你……你不要再靠過來了……要做就快點做完啦！」

唔，她怎麼會說出口味這麼重的話？有男人要在她身上起起伏伏一百下，她竟然叫人家別磨蹭，快點做完……

「唔……我後悔了……還是不要做。你……你不要壓著我，讓我出來，我不要被你做……」少爺說過，他不喜歡綠色，她不能給少爺戴他不喜歡的顏色的帽子！

說罷，她扭著身子想從男人的身下鑽出來。

「……誰准妳扭來扭去的！不准扭！」

咦？這個聲音……姚錢樹眼一睜——「少……少爺？怎麼是您？」

「不然妳想是誰？」少爺冷眼，她家隊長嗎？哼！不好意思，做伏地挺身的對象得兩隊交換！

一見是自家少爺，小女僕頓時如釋重負，沒差咩！被自家少爺壓有什麼好丟臉的，反正她都被壓了十多年了，也不差這一下啦，不過，「少……少爺……您的聲音為什麼聽起來怪怪的？」

「……」瞪瞪瞪。

「好粗好啞好難受的樣子哦。你感冒了咩？」連額頭也在冒汗珠了，好可憐哦。

「……」怒怒怒。

「我摸摸看。」她抬手作勢要摸上他薄汗微布的額頭。

「不准碰。」

少爺沙啞泛酥的聲音傳來，是她從來沒聽過的曖昧音調，莫非……這就是傳說中男人成熟後的欲求不滿？

是因為他們倆此刻的身子處於容易擦槍走火的姿勢嗎？唔……少爺，您這樣嬌羞，害奴婢也羞澀了……

「大家不要忙著臉紅，注意了！精神集中，抱著純潔的心態，各就各位……開始做！」

裁判情緒很正派很高漲，超越了兩性得到了無限昇華，可姚錢樹卻實在不能忽視自家少爺已是發育完畢的健康男兒這個事實。

他真的可以心無旁騖地在她身上做完伏地挺身嗎？這樣對身體很不好吧？

「少爺，要不我們……」

棄權兩字還沒說完，一滴汗珠滾落，沾上她的眼睫，少爺俯身緊貼在她耳邊說了一句她只有在高H文裡才看過的臺詞——

「妳準備好了嗎？」

「啊？」

「我要動了。」

少爺……您輕點！奴婢人家我是第一次！

少爺艱難地在小女僕的身上起伏不停，伏地挺身姿勢依舊標準瀟灑，無可挑剔，至少旁人看起來是這樣的，身旁的社長粉絲尖叫不已，對這位意志力剛強，坐懷不亂，不為下半身牽動的男人表示敬佩，順便對那根有幸被壓在社長身下的死魚木頭羨慕嫉妒恨。

小女僕完全不懂享受「做並快樂著」的銷魂過程，她只會從生理和健康來分析事物，於是，她糾結了。是少爺的身體出問題了嗎？他對和女人做伏地挺身沒有愛沒有興趣嗎？呀！這對少爺的健康是大害呀！身為稱職的女僕，她有必要貼心地關懷少爺！

「少爺，您抬頭看看我呀，您不要一直埋頭做呀……」六十八，六十九……

「……」

「少爺，少爺，是奴婢我太沒女人味，完全不像女人嗎？」七十九，八十……

「……」

「少爺，您身體是不是有那裡不舒服？不適應？」八十六，八十七……

「……」

「少爺……您是不是也該有點男人該有的反應了？」九十二……九十三少爺的身體難道真的有那裡出問題了咩？

「……」

「欸？少爺，您怎麼突然起身不做了，還有七個就ＯＫ了呀？」

做不下去了！轉身，少爺嚴肅地繃面就走。

「少爺，少爺！您這樣會輸掉比賽的吶！」她心頭一急，拽住了少爺的手。

「放手。」

「少爺，您要去那裡嘛？」少爺幹麼故意別開頭不看她，唔，耳根子還掛著奇怪的紅暈。

「……洗手間。」

「欸？」

男人的忍耐是有限制的，好的黃花閨女不該一次又一次的挑逗撩撥！

男人的反應有很多，這個東西黃花閨女不需要參透！

由於，社長在伏地挺身比賽中棄權奔向洗手間，戰局變成1：1。

雙方各回營地吃午餐，在第一場比賽中明顯放水的姚錢樹，在同隊友同情的目光下，被舒總監勾勾手指叫到一邊訓話。

「舒總監，午餐時間不談工作吶！」小女僕抱著便當邊走邊啃，第二場比賽消耗她太多體力，第二場比賽又透支了她的心力，她要努力補回來。

舒城岳白了她一眼，這傢伙在他這倒是懂得爭取員工福利，那怎麼一對上那個壓榨霸占掉她每一分精力的大少爺就像條軟趴趴的毛毛蟲？

「妳是喜歡他嗎？」

「哈？」蹲在地上扒便當的姚錢樹呆住了，幾粒米飯掉下嘴巴，她嘖嘖脣，「我喜歡誰？」

「妳家少爺。妳是不是喜歡他？」要不然他實在找不到一個理由來解釋為什麼一個有腦袋有脾氣的人肯被人這樣使喚。

「你你你……你不要亂說呀！舒總監！我身為職業女僕，怎麼可能會做出喜歡上主人這種外行的事咩！你不能懷疑我身為女僕的職業操守，我是絕不會喜歡上自家主人的！絕絕對對不會！」

「真的？」他懷疑。男人壓女人在身下可能會有生理反應，但是女人肯被男人壓在身下，就不是單純的生理反應了。

「那是當然呀！我和少爺是很單純的主僕關係，沒有任何業餘關係的說。」為證明自己的職業道德，她甩開便當拍胸脯，「就算少爺脫光了站在我面前，我也不會有半點反應！」就像少爺在她身上做伏地挺身一樣泰然自若！

這個保證讓舒城岳會心一笑，趁機追問：「簡而言之，妳不把他當男人，對吧？只是把他當成伺候的對象？」

「……唔……你非要這麼說，也可以啦……」

「那我呢？」

「唔？」

「妳有把我當男人嗎？」好歹也是談過婚論過嫁的對象，總要有些特別優待吧？

舒總監的問題好奇怪，她當不當他是男人有什麼關係？能左右他上洗手間向左或向右走嗎？

「妳在猶豫嗎？是不是我也要脫下衣服，讓妳看看會不會有反應？」

不要不要不要！把她叫到角落裡，還脫衣服給她看，只為了證明他是不是男人？這好像她小時候碰到的怪叔叔哦。

怪叔叔什麼的，最討厭了！

「讓開！」

少爺冰冷的聲音打斷了兩個在試男女生理反應的叛徒——他的員工和他的老婆。

姚錢樹回頭望去，只見少爺那雙沾著水滴的媚長眼睫好像被人惡狠狠地虐過，正朝她瞪來嚇人的目光，連頭髮也溼漉漉地掛著水滴，整個人好像剛沖過冷水澡一般。

糟糕？她說的話都被少爺聽到了嗎？包括那句……她不把他當男人？

我的少爺啊，奴婢我不是故意要虐您，更不是懷疑您的生理結構和男性尊嚴呀！奴婢我只是……

她丟開飯盒正欲解釋，少爺卻從她面前冷漠地走過，頭也不回。

作孽啊……少爺您不要生氣啊，不要不跟奴婢我過日子呀！

30 少爺，您有反應了？

刺眼的太陽光下，兩輛光鮮的車子橫擺在路中央。

前頭的餘興節目宣告結束，這才是社長ＰＫ總監的重頭戲！

雖然說是員工運動大會，可是事態怎麼會發展成社長和總監玩飆車這種江湖氣很重的運動項目，員工們自己也很困惑。

只見兩個褪下西裝外套的男人各自走上自己的愛車。

舒總監的黑色轎車成穩大方，社長的銀色跑車囂張傲慢，敞篷一開，更是氣勢逼人。

「喂，大少爺，剛才她的話你有聽到嗎？」起跑線上，舒城岳側頭向敞篷跑車上的男人開口詢問，語氣裡滿是挑釁。

少爺斜視了舒城岳一眼，默然不語。

「瞧你一副被虐得不輕的表情，看樣子是聽到了。你說她現在是比較期待我們倆誰贏呢？」

「……她的事，我說了算。」她的期待不算數！

「不見得吧。如果是我贏了，她就不再是你的小奴才，她的婚事你就不能做主了，我要怎麼逗要怎麼追，大少爺你都不能再插手了。」

「你別忘了你自己姓什麼。」姓「輸」的也想贏他？休想，「更別忘了，你輸了就不准打她的注意，不准對她有興趣，不准再跟她說話！」

「欸？大少爺，當初我們只定了不准有興趣這條吧？」舒城岳故作吃驚地挑挑眉，「不准說話是怎麼回事？」訛詐嗎？這條附加條款，他可不承認。

「少廢話。」手握住排擋桿，前方的紅燈開始忽閃忽閃快要變綠。

綠燈彈起的一瞬間，兩隻踩上剎車的腳幾乎同時一鬆，兩輛車殺出了起跑線開始較勁。

「小樹小樹，妳押了沒有？我押了兩百塊賭總監贏呀！」

「什麼！明明是社長的車子比較炫！」

「喂！現在是在飆車，又不是在追女人！炫有什麼用！繡花枕頭一包草！」

「小樹，妳還沒押啊？呿！社長剛才那個漂移好跩！超過去了！」

站在一堆不明真相的圍觀群眾中間，姚錢樹很是糾結，他們在拿自己上司賭博，而這倆上司卻拿她在豪賭。

一個笑嘻嘻地說要替她贖身，結果卻推她去喝餿水。

另一個說什麼不會賣掉自己老婆，背後卻答應和別人拿她當賭注！

她到底該期待誰贏呢？如果少爺贏了，她會是繼續被壓榨的小女僕，可能還會因為得罪了少爺會被欺負得更慘。

可如果舒總監贏了，那麼，她真的要放棄女僕這個從事十餘年的職業嗎？雖然這個職業真的不太有前途，最好也就混到奶媽總管的級別，可是習慣成自然，她還真的沒有想過要從少爺身邊退休的說。

車輪急剎轉彎的刺耳聲讓她心臟高負荷運作，黑銀兩輛車子互相緊咬較勁，擦出電光火石。黑車沉穩速進，銀車刁鑽側馳，還不顧交通安全地將黑車逼入右側的人行道。

姚錢樹看得目瞪口呆，她竟不知道少爺的車技已經玩得這麼跩了，猶記得剛出國前，他還是個坐著私家車上下學的貴公子。如此嫻熟的操作技術和比賽技巧，莫非少爺在國外也拿車子賭過別的女人嗎？

兩輛轎車並駕齊驅，不分軒輊，又是一個轉彎側超，終點近在眼前，到底是哪輛車子會率先衝破終點線，摘下桂冠，獲得榮譽和掌聲，為這場比賽畫上圓滿的句點呢？

啊啊啊！都什麼時候了，她還有心情 cos 體育節目主持人！

忽然之間，銀色敞篷跑車內飛出一個不明物體，在空中轉體N圈半，以難度係數三點六的優美弧度直拍上黑車的擋風玻璃，黑車一個激靈，打左盤閃避，銀車抓住空隙，就是現在就是現在！銀車衝過了終點線！

不明真相的圍觀群眾迷惘了——

「剛剛……那個是什麼？是我眼花嗎？社長是不是朝總監扔了什麼……東西？」

「我也看到了……這算不算是犯規啊？」

「社長犯規能與庶民同罪嗎？」

黑車靠邊停住，舒城岳從車上跨步下來，一腳踩在剛剛那個不明物體——礦泉水瓶上，陰鬱地一笑，挑眉看向走下跑車的大少爺。

「大少爺，您這規犯得真想讓人罵髒話。」

「犯規？」少爺手插褲袋，一副不解狀，「口渴，喝水，扔瓶子，那裡犯規了？」

「……」

回頭，少爺白眼裁判，「有規定不能扔礦泉水瓶子嗎？」

……您怎麼能問出這麼卑鄙的問題啊……這不是規定的問題，而是良心的問題吧……不過，他一家老小的生活來源還捏在卑鄙的社長手上，他只好昧著良心搖頭搖頭再搖頭。

「很好。我贏了。你最好記住你說過的話。」

舒城岳揚眉，淺笑，「答應？我答應過大少爺什麼？我怎麼不記得了？」呵，耍賴皮又不是只有他一個人會。

少爺瞇眼。

舒城岳笑意擴大，「哦，我好像隱隱想起來了，我答應過大少爺你，輸了就不再打她的注意，不對她有興趣，好啊。我答應你，我現在對她沒興趣，也不打她主意，我只追她。可以嗎？」

「……」

「正大光明，坦坦蕩蕩，君子好逑地追。」

「你敢！」

「我為什麼不敢？雇主沒權利插手員工的感情生活，就算你是她少爺也一樣！」

雇他個渾蛋！一腳踢飛礦泉水瓶，少爺怒了，「誰說我沒權利插手管她，她是我的……」

「社長！麻煩您過來一下，有些公事需要您確認！」一道多餘的身影衝進兩個站在一起很萌很有愛的男人中間，扯住冷俊的男人就溜。

姚錢樹顧不上眾人還在圍觀，將自家少爺請到角落邊。她扠著腰猛喘氣，卻見少爺意興闌珊地環臂胸前，靠在牆邊不說話，只斜眼瞪她。好似不滿她在關鍵時刻打斷他亮出自己了不起的大身分一樣。

她老公？假結婚的對象？這有什麼好了不起的咩？那裡能給人隨便知道呀！差點就露餡了！

「少爺！您剛剛要說什麼吶！」注意這是反問句，可少爺卻擅自把它聽成疑問句。

「她是我的賤內。」

「欸？誰？」

「妳！」

她到底是有多賤啊？少爺幹麼刻意加重那個賤字咩。

「剛剛，我和舒總監講的話……少爺您都聽……聽聽……聽到了嗎？」

「不把我當男人的那段？」

……看來是聽到了，還一清二楚。

不過這也不能怪她咩，誰要少爺先不把她當女人的，還淡定地在她身上伏地挺身，所以她才以牙還牙，扳回女人尊嚴呀。

「妳過來。」少爺朝她招手。

「少爺？」有什麼吩咐嗎？她不疑有他地靠近。

一隻手圈上她的腰際，收緊，將她整個人拉近，緊密地貼向少爺。少爺的唇突然近在咫尺，幾乎快要貼上她的額頭。她心頭麻癢難耐，耳根子也燒了起來，正要抬手推拒這不合規矩的靠近，少爺卻忽然俯低身子，開開合合的嘴唇發出濁濁的啞音，輕碰上她漲紅的耳朵。

「有感覺嗎？」

「沒有沒有沒有！奴婢我沒有任何感覺！」她漲紅的臉，快要洩露出衝動的心跳。

「沒感覺？」他簇眉，調整站姿，稍稍挺了挺身，身軀更加曖昧地擠貼她，「這樣呢？感覺到了嗎？」

「沒有沒有，奴婢我沒有……欸……少爺，那個那個……」

她僵住，完全不敢有多餘的動作，她感覺到少爺的聲音變得粗啞，無法忽視的熱氣一直在她耳邊吐納，熱流循環在她和少爺貼合的肌膚間，這……這……

她渾身發熱，呆呆地抬頭糾眉咬脣，迎上少爺墨潭般深幽的眸子。

少爺對她有反應？少爺怎麼會對她有男人的反應？

不對不對！那只是純男性的生理反應，那只是少爺身為男人有需求的反應，那只是單純的情欲肉欲獸欲……

她呆愣、意亂、不敢說話，任由少爺恣意地撩撥她，不斷提醒她他是男人的事實。雖然口號上吼，少爺有需求，奴婢就要儘量滿足！只是也有某些方面……奴婢是無能為力的。

怎麼辦，就算少爺奔放的行為已構成嚴重的職場性騷擾，但她還是有點小開心，至少少爺不是不把她當女人呢。

不對不對，什麼當不當女人的，她幹麼要在意自己在少爺眼裡有沒有女人味？她是有專業素養的女僕，不該計較這些有的沒的，她要拿出專業的精神來！

「少爺，您的身體沒有問題，很正常，很男人，這太好了，奴婢我檢查過了，放心了，所以……能稍微退開點點咩？」

不解風情的話讓少爺簇緊了眉頭，他忽然低聲問她：「我是妳的誰？」

「……您是我……少、少爺。」

「是男人！」

少爺，奴婢知道您是男人了，而且很man很強大。可是您的男人味可以不要這麼奔放嗎？您這樣，奴婢我很難招架……

31 少爺，SM不好玩的說！

因一個礦泉水瓶定的勝負沒讓大家有太多異議，實在是因為社長太會拉攏人心，安撫員工了。社長特別承諾過些時候，會在飯店豪華的露天游泳池舉辦晚宴來犒賞參加這場無恥齷齪運動會的大家。

平日裡「別人坐著，我站著；別人吃著，我看著」的員工們終於能嘗到國際一流大廚烹飪出的美味，誰還會計較社長的第一來得公不公正？

舒總監淡笑不語，默認大少爺結束掉贏得名不正、言不順的運動會，招手將自己下屬姚錢樹叫到跟前，拍給這叛徒一張欠條。

姚錢樹一看價錢，頓時飆下兩行瀑布淚。撞車費用加輸掉比賽的罰金，她欠舒總監的越來越多，快要還不完了。

捧著欠條，她正要淚奔，舒總監卻叫住她。

「喂！」

「嗯？」她回頭。

「妳和他是不是……」

「唔？」

「算了。我自己查。」

「哈？」

「走開，滾回妳的少爺身邊去伺候去狗腿去獻媚去親熱吧。」說罷，他忽地收起了淡定自若的輕笑，厭惡似的將她一推，拂袖離去。

咦？舒總監什麼時候看到她在少爺跟前狗腿獻媚還還還還……親熱了啊？

舒總監留下的問號她還來不及悟透，少爺又不甘示弱地丟出另一籮筐問號要她解答。

比舒總監更加難以應付！

比如——

「少爺，您回來了。」

啪！一把漂亮的玫瑰像一把論斤稱回來的青菜一樣，被隨意地丟在門口的矮櫃上，也不知是送誰的。

她看了一眼少爺，再看了一眼玫瑰，少爺買花像買菜，她決定無視。

「少爺，奴婢幫您脫鞋吧。」

少爺皺眉，動了動櫃子上的花，彷彿試圖引起小女僕的注意。

唔？少爺在暗示她？是想讓她說些什麼嗎？可是她要說些什麼呢？

「少爺，您買了什麼呀？」

「不會自己看嗎？」

「啊！好漂亮的花！奶媽總管肯定會愛不釋手的呀！不過您一天只有五十塊，不要全都買花了，要省著花喲。」

啪！

下一瞬間，玫瑰飛進了垃圾筒，少爺低聲咒罵走進客廳。

姚錢樹盯著飛進垃圾筒的玫瑰，內心激盪。看少爺扔得毫不心疼，這果然是青菜偽裝的玫瑰嗎？

再比如——

「少爺，奴婢求您，您把衣服穿上咩……您又光著身子在家裡走來走去呀！」就算天氣很熱，可家裡開了空調，少爺會感冒的。

「不穿。」堅定的否決。

「不要這樣啦！您繼續這樣，奴婢我……我……」

嬌好精緻的窄腰線條，若隱若現的勾人腹溝，唔……紅潤粉嘟的……呀！少爺的裸體又讓她魔障了，拜託拜託，只要穿上襯衫也好啊……

她已經親身檢測過少爺是發育成熟的合格男人了，不需要這樣隨時提醒她咩！

少爺側目，「妳不是說，我就算脫光衣服站在妳面前，妳也不會有半點感覺嗎？」

少爺！您好小心眼呀！您有必要這樣赤裸裸地報復奴婢咩？奴婢只是為了證明你我清白的主僕關係呀！

「還是……妳看著我不穿衣服，有什麼不該有的感覺了？」少爺眸色一濁，哼聲道。

「不是不是不是！奴婢我只是怕少爺感冒受涼，奴婢我對少爺的玉體是半分非分之想也不敢有的呀！」她慌忙搖手否認，「奴婢對少爺，就像少爺對奴婢一樣，是單純無瑕的主僕關係，就像我脫光光，少爺也不會對奴婢我有任何感覺一樣的呀！」

「那妳脫脫看。」

「……」

「看看我會不會對妳有不純潔不無瑕的感覺。」

「……」

「脫啊。」

「少……少爺……這種檢測太邪門太危險了，我們能不能不要玩？」

「不行。」

「……」

「我要看妳醜陋的東西。脫下來給我看。」

咬緊了嘴唇，小女僕的手機械地伸向脖子後的拉鏈。她不知道自己是不是真的想證明少爺對她的身體沒有感覺，她只是沒辦法對少爺的命令說個不字。

少爺灼灼的視線落在她身上，她的手碰上拉鏈扣，哆嗦不停，想往下扯，卻怎麼也使不上力。

少爺忽地跨進一大步，攬過她的肩頭，修長的指尖掃過她的脖頸，扣住了她的鏈扣。

「刷啦」一聲，女僕裝被褪到胸口。她的心也跟著砰砰直敲。

熱燙的風順著少爺的呼吸，從她暴露在外的背脊上直襲進她的身體，電流般自上而下地傾洩。感到整個背部暴露在少爺的滾燙的視線裡，她緊拽住女僕套裝按在胸口，不讓它滑下去徹底暴露出自己。

她沒想過要風情萬種，更不是要騷首弄姿，可這動作看在男人的眼裡卻完全變成了誘惑。

裸露的肩頭忽然泛起一陣燒熱，溼潤的觸感極慢地沿著肩線蜿蜒向上……占領吮咬住了她的脖頸……那是少爺的舌頭？

緩緩地舔吻，大力地吮咬，彷彿吸血一般地抽乾她全身的力氣。

他身軀向前抵住她快要站不穩的身體，讓她整個人倚靠住自己。他胸口的肌膚碰觸上她光裸的背脊，惹來他重重的一哼。撩開她頸間的軟髮，他的雙手從後環繞到她胸前，誘哄似的握住她扯住衣裳的雙手，逗弄她鬆開。

她側眸看他，順勢被少爺叼住了嘴唇。

只是淺淺的貼吻，不深入不溼漉卻更加羞人。他甚至不閉眼，瞇著一雙墨眸只想看清她每一寸反應。

「少……少爺……」她嘴唇一動，他故意伸出舌尖輕挑她的唇縫。

「您……檢測完了嗎？」

「嗯？」他顯然忘記了自己的初衷，只想勾出她的反應。

「您……您對我沒有感覺的……對……對吧？」

他盯著她力不從心、自欺欺人卻該死的夠味夠猛夠對他胃口的樣子，手從她背後敞開衣口溜進去，撫上她的胸口，「……不對，我對妳有感覺，想……」

胸口一緊，她倒抽一口涼氣，像根木樁子似的杵在原地，卡在喉頭的呼吸不敢往下吞嚥，生怕只因一個細小的動作，她的胸部就會帶起抽搐起伏的反應，而少爺的手，他的手，正按壓在她胸口上的手，會隨著她不安分的動作在她的視線裡煽情地高低游移。

還沒從植物人的狀態還原，激烈的深吻便鋪天蓋地地襲來，她的腦子裡只剩下兩條小蛇互相扭打在一起，忽上忽下，難捨難分，翻江倒海。

但是誰強誰弱，誰勝誰負顯而易見，動作緩慢遲鈍的那條小蛇處於客場的劣勢，總是沒種地想要逃跑，卻無奈屢戰屢敗，被強勢霸道的那條捲回來繼續打壓，被欺負蹂躪得無處可逃，被逼到角落裡瑟瑟發抖，隱隱啜泣。

這樣溺人的吻法，沁入她的身體。就好像在告訴她，管她是不是女僕，他就是對她有反應！

小蛇的戰鬥猛烈、強勁，再睜眼，少爺正跨壓在她身上，她的眼前是天花板上的水晶燈，而她的身下是——少爺 king size 的大大大床呀！

少爺什麼時候把她壓到他的龍床上來的？動作好迅速，技巧好熟練好可怕，讓她一點防備都沒有！

這不是重點，重點是——根據女僕守則，她怎麼可以睡在少爺的龍床上？

「少……少爺！不合規矩了！不可以再親了。」推開少爺的手，不可避免地碰上少爺光潤的胸膛。

不介意小女僕吃豆腐的爪兒，少爺趁勢抓住她的手揉上自己的胸口，自動地送上門，只希望她可以吃得更多更飽，最好滿足到朝他舔嘴巴伸舌頭。管他什麼規矩不規矩的，他傾身就要剝下她勉強掛在身上遮羞的女僕裝。

少爺竟然恩准她大揉他的胸口！她是很開心啦，可是，可是……

「少爺，不行啦！」

她拽住搖搖欲墜的小衣服，扭身就要跳下床，卻被少爺大手一撈，抱回床上壓在身下。

「妳敢說我不行？」黑眸迸出火焰，分不清是怒是欲。

奴婢冤枉呀，奴婢不是這個意思呀！

「行不行試試看就知道了！」這下看清了，是欲火比較多一點！

可是，這個真的不能試呀！少爺！

「為什麼不能？我們結婚了！」是合法的！誰也不能阻止他享受老公的待遇！

可是，假結婚裡沒有包括房事這項啦！

「奴婢不能對少爺您有非分之想的！」

「那就不要有！」他也不期待她有了，他有就好！

什麼叫不要有？小女僕愣了愣神。

當初求婚時，少爺也這樣說過，跟他結婚不代表要愛上他，陪他結婚但不准愛上他。所以，現在也一樣——

陪少爺上床但不准有別的想法嗎？

少爺是為了繼承飯店才跟她結婚的，她怎麼可以昏頭忘記了自己的身分！

「少爺，奴婢知道男人有時候是很沒理智很有需要很衝動發情的，可是奴婢實在是沒資格陪您睡覺……要不，您找別人試試看您是不是很行？」

話一出口，漩旎的氣氛一掃而空，她感到少爺的身體突地一僵，深深抽息，寒了的眸光直射進她眼裡。比每每聽到她煞風景地說「我們是假結婚」時更加冰冷。

「妳竟敢要我找別的女人？」這是一個做老婆的人該講的話嗎？她一點自覺也沒有嗎？當奴才當到腦袋壞掉了嗎？

「少爺……您在四下張望找什麼東西吶？」

「繩子。」

她背脊發涼，有不好的預感……

「少爺，您找繩子做什麼吶？」

「把妳吊起來。」

「……吊……吊起來做什麼吶？」少爺口味好重，要玩ＳＭ嗎？

「抽。」

……好純潔的刑法哦！

第三春　離婚後遺症

他以為找個人像她一樣唧唧喳喳就好，可是不是她，他會覺得吵；

他以為找個人像她一樣撒嬌黏人就好，可是不是她，他會覺得煩。

原來，寂寞不是沒有人陪，而是陪你的那個人不是你心裡想要的那個。

32 少爺，您和她有什麼以前？

大落地鏡裡，姚錢樹看著自己背部的紅痕抽搐不已。

回想少爺當時的表情，她還心有餘悸。

她第一次看到清冷漠然的少爺怒成那樣，俏臉漲得粉粉，嘴唇緊抿深咬，抽息不停。他走下床鋪，在房間踱來踱去，企圖把怒氣淡定地壓下去，恢復清冷貴公子的標準模樣。可一瞄到若無其事正要溜下床的她，無名火就不打一處來，抽出自己腰間的軟皮帶，毫不留情地把她綁在床頭，不顧她嗚嗚嗯嗯地叫個不停，硬是又啃又咬在她背上折騰出一堆紅紅紫紫的草莓印記。

那個畫面……把她身為職業女僕的臉都丟光了！

她怎麼會在少爺的唇舌下發出那種嗯嗯啊啊欲求不滿的聲音，還為少爺在關鍵時刻退去失望發熱渾身難受呢？

少爺那是故意在懲罰她，家庭暴力她，她怎麼還一副承受了莫大歡娛，很爽的樣子！她是不是M體質的被虐狂啊？

不過……少爺那些熟稔的推倒技巧是那裡學來的？他不是應該很禁欲很冷清嗎？要不然怎麼對得起他錦玉這美妙的名字啊？

奶媽總管不是說他沒有戀愛經驗，清純得就像一張白紙嗎？

少爺的確純潔無垢得像張純美的白紙，這個認知在幾天之後少爺承諾的員工晚宴上得到了充分的體現。

波光閃閃的豪華游泳池邊，她家天仙般的少爺身著一襲雪白的西裝禮服飄然出現，那勢不可擋的高傲貴族氣息撲面而來，讓女人徹底暈頭轉向。他髮絲亂中有序，黑眸神韻淡然，瑰唇緊抿，掛在左胸口的銀墜鏈在燈光下熠熠發光，與左手上的婚戒相得益彰，襯得整個人光閃耀人，高貴得讓人無法靠近。

那身雪脂一般淨白的西裝……不是她在好久以前自作主張非要為替少爺添置的嗎？

她在夢裡已經不知道多少次偷偷幻想少爺穿上它後貴氣英挺的美妙模樣，可偏偏少爺他不合作，把它壓在衣櫃子的最深處從來不肯穿，還說她品味惡劣低俗，娘娘腔，如今，為……為什麼突然改變審美觀，穿起這套白馬王子標準裝備來勾挑無知少女啊！

拍拍麥克風試音，少爺站在游泳池邊的高臺上清了清嗓子，開始講場面話。

「歡迎大家參加此次宴會，雖然我根本不想花這個冤枉錢，但是既然承諾了，你們就儘量玩得開心吧。」

噗！這算什麼身為老闆的開場白啊！

「在這段上任日子裡，謝謝大家的支持，雖然我知道你們在背後叫我什麼冷血鬼、死面癱，但是我今天不打算計較了。」

……少爺，您當真是打算犒賞員工，而不是趁機開批鬥報復大會嗎？

「今天站在這裡，是想介紹個人給大家認識。雖然……我現在很煩看到她，但是……那個縮腦袋要溜的傢伙，妳給我上來。」

……少爺！您真的是在叫我嗎？當著這麼多人的面，您要介紹我給大家認識什麼啊？我們的關係不是機密嗎？絕不能給別人知道啊！

眾目睽睽之下，姚錢樹這個畏首畏腦的傢伙爬上講臺，在這炎熱的夏夜裡，她竟然穿著勒高領的襯衫。只是為了遮掩被少爺SM過後種下的小草莓。

白衣貴公子的身邊配上一隻耷拉著腦袋的小白，畫面看起來差距很大。可是社長公子毫不介意，拿著麥克風深深地凝視著她，看得她羞澀得把頭越低越下，恨不得抱腿在角落裡種蘑菇。

「大家一直不知道，其實，她是我的……」

糾結躊躇鬱悶到甚至帶了一點小期待的情緒在姚錢樹的腦海裡盤旋不去。她揪緊了衣角，咬緊了嘴巴。

少爺！不要說！不能說啊！就算您換了一身美到極點的衣服，俊美到奴婢我心曠神怡陶醉融化，特別想拜倒在您西裝褲邊，當眾撲倒您，可是奴婢我上面有想法，下面沒辦法。門當戶對、主僕有別她還是懂的！

奴婢還沒有做好準備就被您介紹給大家，這要怎麼辦呀？我們的假結婚的關係萬一被別人拆穿，您要怎麼繼承飯店？奴婢要怎麼面對奶媽總管？您不要一失足成千古恨啊！

她正投入半糾結半期待中，忽聞少爺清咳一聲，哼聲開口介紹道：

「姚佳氏錢樹，我的貼身女僕。」

呀！好害羞吶！少爺，您不能……耶？您……您剛剛說什麼？女僕？不是……老婆咩？

「她只是我的貼身女僕兼包衣奴才，如此而已。而已！」

幹麼「而已」兩個字要特意對著她耳朵吼咩！

怎麼和她想像中的差那麼多？少爺這麼放肆有型的打扮，慎重嚴肅的介紹……不是要承認她尷尬身分，介紹她是他的老婆哦？

少爺符合門當戶對、主僕有別的標準介紹讓她心口泛出一陣酸……

丟臉死了啦！她在期待投入些什麼呀！少爺他太邪惡了，害她完全想歪了。

「介紹完畢，大家自由起舞。」

少爺說罷伸出手來，她心頭又情不自禁地泛起一陣漣漪，激盪片刻，一咬唇，正要伸出手去搭上少爺邀舞的手，卻見一身白衣的少爺從她身邊擦過，隨手拉過別的女人，滑進了舞池裡。

正如她所言，少爺去找別的女人試驗了……

而身為女僕兼老婆的她被晾在了一邊。

她的身邊沒有冷清太久，迅速就被女同事圍了個水泄不通，好像看珍惜動物似的打量她。

「小樹！原來妳是社長家的傭人哦！」傭人……比女僕更加低下的稱呼。

「看不出來欸！妳餐桌基本功那麼差，平時是怎麼伺候社長的啊？」她就是這麼差勁，從來沒有把少爺伺候滿意過。

「這麼差還能進來皇爵做事，社長給妳開後門了吧？」不是開後門，而是方便她能隨叫隨到！

「妳怎麼都不跟我們說呀？之前還裝出一副和社長不熟的樣子！什麼嘛！」少爺和女僕本來就沒有多熟！工作關係而已！

「小樹，妳一定知道他喜歡什麼類型的女人吧？說來聽聽呀！他喜不喜歡像我這種火辣型的？」妳們的問題會不會越來越出格了！

自己老公在跟別的女人翩翩起舞，自己還要被女同事逼問他的八卦！

無名火衝頂，她沒好氣地哼，「他已經結婚了啦！」大聲宣告少爺的歸屬權。從法律的角度來說，少爺現在是她一個人，她們沒有資格過問啦！

「結婚？哈！小樹，現在是什麼年代了？結婚算什麼啊？結了婚還可以離嘛。再說，妳家少奶奶根本就不得妳家少爺的喜歡嘛！妳看他寧可扯著別的女人跳舞，也不帶他老婆出來見人，豪門悲劇哦！」

「喂！他是不是真的跟報導上說的一樣很花很浪啊？每天晚上都帶不同的女人回家？他老婆從來管不住他？是不是？」

她找不到詞語來辯解。她這個少奶奶真的如她們所言，是不得少爺喜歡的嗎？

「才……才不會！少爺他對少奶奶很好的！少爺他每月都會給我家少奶奶好大一筆錢！」

「他每月都給他老婆錢？」

「對……對啊！」

「哇塞，好敷衍的夫妻關係哦！用錢買來的啊？」

「妳……妳什麼意思？」為什麼這話聽起來讓人很不舒服？

「什麼意思？妳呆瓜啊，小樹！這哪是結婚，根本是被包養吧？」

「包……包養？」這種字眼不是跟情婦聯繫在一起的嗎？她不是情婦呀，她是大太太，大正房呀！

「妳還不明白嗎？包養！不帶出來見人，藏在屋子裡，然後每個月付錢過夜，養著那個女人！社長大概是為了繼承家業，圖個方便才隨便娶的老婆吧？所以，那種錢根本只是敷衍的遮羞費罷了。」

少爺每個月給她錢，買她來假扮自己老婆，是為了敷衍遮羞圖方便……

她們說，這叫作包養——

當一個男人不愛這個女人，但又希望以獸為名地占有時，才會使用的卑鄙手段。

她和少爺之間……不是單純的主僕關係嗎？她整個人都是少爺的，他又何必跟她談錢這種傷感情的東西呢？

女人很容易被錢打動軟化，可更多時候又被這傷感情的銅臭玩意傷得體無完膚。誰都希望當個值得男人花錢的女人，而不是當個被男人用錢擺平的女人。

她被少爺傷到了。

胸口揪緊，她還沒緩過神來，卻聽身旁女同事的注意力被全部吸走了。

很痛。

「快看快看，幫我們飯店代言的那個王瑩！」

「欸？她上次被社長羞辱了一次，不是鬧脾氣不爽，放話說不要合作了嗎？怎麼又來了？走在她旁邊的那個老頭是誰啊？」

「傻瓜，妳以為社長幹麼還她這個小藝人來代言，那是因為走在她旁邊的那個王老頭就是和我們飯店有經濟來往的財團執行董事，是人家的叔叔啦！人家是可是千金小姐！」

姚錢樹聞言抬起頭來，只見那個香水女正站在少爺的身邊，她叔叔用手點了點她的額頭，似在斥責她不懂事，她像個做錯事的孩子一樣低著頭，那老頭交代了幾句便獨自走開，跟別人打招呼去了。

撮合的痕跡明顯到讓姚錢樹緊皺雙眉。

她明知道那是少爺的私事，身為下人的她沒資格過問，可是腳步還是稍移輕挪靠近了幾分。

「叔叔叫我向你道歉，說我不該朝你亂發脾氣，還拖延代言的合約，可是……也不全是我的錯吧，誰讓你當著媒體那樣說我的。」

少爺默不做聲，似乎對她說的話並不感興趣，抬腿就要走開。

見他一刻都不肯停留，王瑩心頭一急，拽住他的白袖，張口問：「我的香水味就真的那麼惹人討厭嗎？」

「……」

「你是討厭我的香水味，還是故意躲開我？上流社會的女人有哪個不擦香水的？你以前從沒說過討厭啊。」

以前？什麼以前？她跟少爺哪來的以前？

她這個女僕究竟有多不稱職，為什麼少爺的以前她通通不知道？

少爺和香水女有以前，是什麼時候的事？他不是應該沒有任何跟女人相處的經驗嗎？

小學時不可能，那時她二十四小時跟監，就連少爺洗澡，都是她蹲在旁邊遞毛巾。

雖然，不知什麼時候她開始被少爺嫌棄，踢出門外守侯。

中學時更不可能，少爺念的是貴族男校，再加上奶媽總管的高壓監管，她的跟屁蟲超黏伺候法，冰清玉潔的少爺不可能被雌性動物染指的。

唯一的可能性就是奶媽總管和她都無法插足的英國留學期間。

少爺去英國留學前就有點奇奇怪怪，不時用奇怪的眼神打量她，那墨瞳裡滿是看《十萬個為什麼》時才會有的迷茫和懷疑。

他看不到她就會用變聲的嗓音大吼大叫，看見她卻又煩躁她為什麼要出現在他的視線裡。

她還清楚地記得，少爺上飛機前的情景。

奶媽總管哭得一把鼻涕一把眼淚，說什麼也不能忍受和少爺分別，鄭重吩咐她送少爺上飛機。

他坐在侯機VIP廳的椅子上，展開報紙擋住視線。

她蹲在地上，最後確認少爺的行李箱。

「綠油精那邊沒有賣，花露水那邊沒有賣，辣椒醬那邊沒有賣，鹹菜那邊沒有賣。少爺，菜刀要帶一把嗎？」

頭一抬，她發現少爺不知什麼時候移開了報紙，黑眸正直勾勾地凝視著她，見她忽然抬頭，他急忙重新立起報紙擋住自己的臉。

少爺的耳根子……紅了？

她沒多在意，接著自己剛才的話題。

「奴婢打聽過了，聽說那邊的菜刀不好用哦，還是帶把國產的菜刀比較好剁肉剁排骨的說。我去買看看。」

「妳怎麼不把妳自己裝進去？」

「少爺，您又在開奴婢的玩笑了，您捨不得奴婢喲？」

一句沒放在心上的玩笑話卻惹得少爺勃然大怒，「誰會捨不得妳！妳以為妳對我來說很重要，我沒妳就不行嗎？莫名其妙！哼！」

莫名其妙的明明是少爺，幹麼突然爆怒吼她呀。

確認好所有行李，她把少爺送到登機口，他從她手裡接過大行李箱，深深地看了她一眼，她迎上少爺的黑眸，扯出很有專業素養的女僕式陽光微笑。

少爺皺眉，別開眼看向別處，狀似無心地開口。

「妳……就沒有什麼話要跟我說嗎？」

「是！少爺您在飛機上有不舒服的話，我有幫您帶一些暈機的小藥品，放在您隨身包的最外面那個口袋裡，很好找的。」

「……」冷眼瞪過去，「還有呢？」

還有？

「啊，對了，奶媽總管說，到了那邊不管多晚都要打電話回來，我們在家裡等著少爺您的電話！」

「……還、有、沒、有！」

還有什麼呀？沒有了呀！她搖搖頭。

「沒有了？」

她點點頭。

他深抽一口氣，打算好脾氣地誘導她，「我要去那裡？」

「英國呀……」

「遠不遠？」

「超遠的說。」她用手指在地圖上比畫過，好幾個手掌的距離。

「那妳不會開口對我說……」別去嗎？

「哦哦哦！我知道了，少爺您慢走，一路平安，奴婢在家給您禱告。」原來等著她開口來個最後告別式喲，少爺還真是形式化的主子吶！

「……」

「少爺？您怎麼了？」怎麼脖子都爆青筋了喲……

「妳就這麼期待我早點滾蛋嗎？」

「咦？」她哪有這麼說？

「不需要伺候我這個難搞的大少爺了，妳自由了，很開心嗎？」

「欸？」為何要這樣窺視她的小心思？她是偷偷有這麼想過吶，可是少爺要去的地方太遠，她也惆悵過不能陪著他啊……

「我告訴你，絕絕對對不會是妳！我不會眼光這麼差！」

什麼東西絕對不會是她？少爺的眼光跟她有什麼關係咩？

還沒等她反應過來，少爺已經拽過行李箱消失在登機口，那背影好像她在趕他走一樣。

那一年，少爺十九歲，她十六歲。

情豆還沒萌芽就被劈嚓掉，錯過了成長期。

一過就是五年。

她的五年過得簡單乏味又無聊，沒有了少爺的雞蛋挑骨頭，她偶爾也會犯賤地想念少爺冷漠的臉，緊抿的唇，還有他命令式的口氣。她是不是奴才當太久了，奴性堅強到沒有少爺使喚她，她就全身犯賤全身不舒服？有時候，她會雞婆地想，少爺在英國是不是也過著這樣的生活。沒有她在，他一切還方便嗎？她對少爺來說，真的有那麼不重要嗎？

可現在看來，少了她，對少爺來說根本不算什麼。沒有她在，少爺在英國的生活依舊很方便很精彩。

他是不是和香水女在英國有過什麼？

她想開口問，卻又怕自己沒資格過問。

第二天照常上班，姚錢樹正在整理餐具，卻被經理叫住，帶進某個包廂。剛進門就看到香水女正架著腿坐在靠窗的位置上，居高臨下地看著昨天和少爺共舞了一曲的女同事，轉頭對經理說：「我不喜歡她，辭了。」

經理面有難色，王瑩哼笑一聲，「我叔叔可是有飯店的股份，不會我說一句這麼小的話都不好使吧？要不，讓我叔叔來跟您說？」

嘲諷的「您」字出口，讓經理只能點頭應著，一邊帶著那名被辭退的女同事退出了包廂，一邊朝姚錢樹使了個眼色，示意她趕快識相地上前接受王千金的訓話。

姚錢樹一進來就被放了個下馬威，咬著唇挪到了王瑩的跟前，鼻子一吸，意外地發現她一向濃烈的香水味不見了。

「妳就是錦玉的女傭？」王瑩雙手環胸，上下打量她。還不等她開口便擅自接道：「的確像個下等人。喂！過來替我沏茶。」

姚錢樹心頭一縮，可還是舉起茶壺替她倒滿了茶。

「誰准妳倒那麼滿的！我喝茶要加牛奶和糖，妳倒這麼滿，我還怎麼加奶？妳到底懂不懂英式紅茶啊？妳怎麼伺候錦玉的？像個土包子！」

祖母的！她怎麼伺候少爺需要她來多什麼嘴？是想看她怎麼伺候少爺是嗎？

她舉起杯子，一口吞下大半杯的紅茶，隨後把杯子往桌上一砸。

「現在可以加奶了，加吧！」

「妳！妳喝過了我還怎麼喝！」

哼！那她就是這麼伺候少爺的！她每次倒多了，少爺就會命令她自己把多餘的部分喝掉，反正她喝過的，少爺也照樣喝！她不爽就不要喝啊！

「算了，懶得跟妳這下人計較，興致都敗了！」王瑩甩開被她碰過的紅茶杯，一抿紅唇，進入正題。

「我叫妳來，是要妳幫我帶句話給妳家什麼少奶奶。雖然我不知道她是什麼樣的女人，但是她肯定上不了臺面，所以才被錦玉晾在家裡。錦玉之所以會跟她結婚，不過是因為我還沒從英國回來，他急著繼承飯店所以才選了個沒背景沒後臺的女人，錦玉說過，他的女人必須出自上流豪門。我身為王氏集團的千金，跟錦玉在英國留學時就在一起了。她不過是個應急的備胎，現在我回來了，她就應該自覺點讓位。」

「……王小姐，您能不能重新說一遍，讓我拿個紙筆寫一下？您話太多了，我怕轉達不過來。」

「妳！」王瑩紅脣一撇，穿著高跟鞋從位置上站起來，「不過是個奴才，跟我橫什麼？別以為有錦玉罩著妳，妳就無法無天了！」

「我沒有橫，我是個奴才，我能橫什麼？您的意思我明白了，帶話給我少奶奶，說您回來了，要她跟少爺離婚，是嗎？

「您的話我一定帶到，我還有事情要做，先走了。」

她不等王瑩發作，便率先關上了包廂的門走人了。

為什麼沒聞到熏人的香水味，她依舊感覺到頭疼？她實在不想跟這個女人待在一個屋子裡，可如果她真的和少爺在一起，她是不是還得像伺候少爺一樣伺候她？

33 少爺，您幹麼偷放奴婢的照片？

坐在少爺的車上，沒有香水味，可是她依舊感覺很窒息。

她假裝拿出本小說放在膝上看，可一個字也進不了腦袋。

少爺會主動跟她離婚嗎？

還是她該乖巧地揣摩主人的心意，自己大方地先開口？

第一句開場白她要用怎樣的語調？

雀躍的，期待的，祝福的，還是……老實地散發出怨氣和酸味。

如果她說不出恭喜的話，是不是不夠專業，如果她表現出有那麼一點難過，少爺會不會不高興？

「少爺……」

「嗯？」

我們是不是該離婚了？

您和王小姐是什麼關係？

你們在英國的時候在一起嗎？

她才是您要交往的上流社會的女生嗎？

是不是因為她沒回國，所以才找我這個下人先替補的？

現在她回來了，我們的假結婚是不是該完蛋了？

「啪啪」兩聲水滴打在紙面上的聲音讓她回過神來。膝蓋上的書本被幾顆水珠浸溼起皺，墨色也微微地暈開。

「吱啦」一聲急剎車，車子被少爺一記猛拐，擺靠到路邊。

他顯然沒料到她會來上這麼一齣，手忙腳亂地在車格間翻找紙巾。

她也沒想到自己會這麼沒用丟臉，竟然在少爺的面前噴出兩條眼淚來。慌忙之下她正要用袖子胡亂擦弄，脖子被少爺摟住，將她往他懷裡一帶，整潔的西裝袖口毫不嫌棄地擦上她的鼻梁臉頰，口鼻間忽然盈滿少爺的味道。

「奴婢我沒流鼻涕……」

少爺的動作不溫柔不專業，甚至讓她有點生生的撕痛感，卻精準地點到她的哭穴，讓她酸澀得更厲害。

她一邊被搓揉著，一邊抬頭看向少爺憤憤的眼眸，他好像在咒罵她故意出這種他不擅長應付的狀況。

他反覆地擦，大力地擦，彷彿想把她剛才掉下來的份也一併塞回眼睛裡去。

「那裡不舒服？說話！」他命令她交代哭鼻子的理由。

她趴在少爺的胸口，頓時語塞住，眼珠左右飄蕩，最後舉起膝蓋上的小說，「少爺，這本小說好好看，感動得奴婢我眼淚流不止……」

「……就因為這個？」

「唔……男女主角好感人的呀……奴婢我一時情難自禁就……」

話未說完，手裡的書本被少爺抽走，他打開車窗將那本該死的書使勁一甩，扔得老遠。

「妳下次再敢看這種莫名其妙的書試試看！」再敢害他突然連驚帶嚇地踩急剎車試試看。

……少爺，您好歹考慮下租書店老闆的感受和奴婢錢包的感受吧，那是正版的說。

「少爺，奴婢好了，可以起來了。」還窩在少爺懷裡，好像在撒嬌一樣，不合規矩呢。

她推了推少爺的胸口作勢要起身，卻被少爺重新按回懷裡，舉起她手裡的手機，盯著她掛在手機上的吊飾。

「這什麼？」

她被迫重新貼回少爺的胸膛，「那是大頭貼的吊飾呀。」用幾張大頭照做成一串小卡片掛在手機上，現在很流行很普通呀，怎麼了嗎？

「我是問妳掛的是誰？」

「奴婢我和黑手黨少爺呀……」

他一手摟著她，騰出一手舉起這些小照片皺著秀眉仔細打量。

有黑手黨被她抱的，被她摟的，被她蹭的，被她親的，被她撓癢癢的。

親昵到讓人扎眼，好像他們倆中間插不進去別人一樣。

「哼！難看。」

「欸？難看？」黑手黨少爺不是他最最寶貝的愛寵嗎？怎麼會難看嘛！

「幼稚。」

「那裡幼稚了咩，少爺……」女孩子都很愛玩這個嘛。

手機被不屑地丟回她手裡，她從少爺懷裡爬起來，少爺扭動車鑰匙準備重新上路。

她打開手機翻了翻日曆，突然發現，「少爺，您的生日快要到了耶！」

「……」少爺斜眼看她。

「您有什麼想要的生日禮物嗎？奴婢我……」

「我要這個。」

「欸？」少爺突然舉起她的手機搖晃，他想要什麼？

「看不懂嗎？我要這個！」

「……」他想要的該不會是大頭貼吊飾吧，「可是您剛剛不是還說……難看……幼稚嗎？」

少爺不爽地瞥了她一眼，「我現在想要了，不可以嗎？」

「好啦好啦，那我們回家載黑手黨少爺來？」

「載牠幹麼？」

「陪您拍大頭貼呀，少爺，您不是想和奴婢一樣跟黑手黨少爺拍大頭貼嗎？」

「……」

「唔……幹麼又瞪奴婢我……」

一根手指指向她的鼻梁，「妳！」

「欸？奴婢……我？」

「就妳，跟我拍，現在，馬上！」

……少爺，您要把奴婢我當狗狗使喚嗎？您現在越來越讓奴婢覺得匪夷所思，難以理解了呀！

大頭貼機器前，男人推了推女人，「要怎麼照？」

女人抓了抓腦袋，「少爺，您要先挑背景，確認後才能照啦。奴婢不知道您喜歡怎樣的背景。」

「隨便。」

「哦……那奴婢我選了喲。」

「嗯。」

選好了背景，女人站在男人身邊，兩個僵立的身影像在照一吋證件照一樣拘謹尷尬放不開。

「妳動啊。」男人不耐煩地催促。

「欸？要怎麼動？」

「妳怎麼跟黑手黨照的，就怎麼跟我照。」

……少爺，您怎麼能要求奴婢把您看成狗狗呢！

真的要對少爺做那些大不敬的動作嗎？

「快點。」

「是，少爺。」

小女僕踮腳尖，欲摟還羞地把手伸到少爺的耳邊，少爺個頭太高了，她根本搆不到，只能丟臉得像個要抱抱的弱智小女娃一樣向少爺伸開雙手不停撲騰。

她幾乎看見少爺眸裡浮上暗暗的笑意，他悶聲不吭突地低下身來湊到她的手邊，送上門來被她摟住。四目相接，她的額髮觸到少爺的長睫，他酸酸地眨了眨眼，抬手撥開她額前凝事的劉海，沒了遮掩，四目相觸變得更加清晰。

「妳不是這樣抱黑手黨的。」

「那我是怎樣抱牠的？」

「妳蹭了牠的鼻子。」

少爺，您不會是要奴婢我也……

「少爺少爺，您蹭得太大力了，鼻子鼻子要壓扁了！奴婢的臉變形了呀，好醜，少爺，這張不能照呀！

「少爺少爺少爺，奴婢和黑手黨沒有接吻，我們不可以唔唔唔……

「少爺少爺！您的手在摸奴婢那裡呀！這種照片怎麼能掛在手機上哇！

「少爺！您稍微考慮下路人的感受吧？」

片刻後，裡間嗯嗯啊啊的聲音大到老闆聽不下去，要去拉簾阻止大庭廣眾下的姦情，卻見男人神清氣爽地拉好西裝外套從大頭貼機器裡抽身出來，身後跟著邊看照片邊齜牙咧嘴的小女僕。

這張不能用，好醜哦，兩個大鼻孔對著鏡頭，都怪少爺把她的鼻子頂成了豬鼻子。

這張也好醜，兩片香腸嘴嘟在鏡頭前，都怪少爺捏她的下巴啦，弄得她好像個外星三八。

這張更不能用，她都說了她跟黑手黨少爺根本沒有接吻，少爺還……這有什麼好比的嘛，少爺才是真的幼稚哩！

這張……噗……少爺他伸伸伸伸……伸舌頭進來了，照得好清楚好肉欲，少爺的舌頭紅潤潤的……她在想什麼鬼啊！從側面看自己的接吻照好奇怪吶……她怎麼會露出一臉很享受很迷醉的表情呢？

「照片給我。」少爺回頭對她說。

她將照片藏在身後，不是醜死人就是羞死人，沒有一張能用的……

「拿來。」

「少爺，不要貼啦，很醜耶……」

誰管她醜不醜，少爺一把拽過大頭貼，拿出黑皮夾就往裡頭插，一張舊照從縫隙裡被帶出來飄落到地上。

她蹲身幫少爺撿起來，只見微微有些泛黃的舊照片上，一個矮小的女僕穿著很矬的女僕裝，行著很彆扭地禮，欠身朝鏡頭一臉自豪得擠眉弄眼，那是她小時候剛領到女僕裝正式上崗就職的照片吶……

「少爺……這是……」這難道就是少爺的兄弟們上次說的照片嗎？少爺拿她這麼醜的樣子給好多人看過咩？然後和兄弟們一起嘲笑她很醜很好笑咩？少爺好過分耶！

她舉著照片正要發問，手裡的照片「咻」地被少爺抽走，使勁地塞插回錢包的最深處。

「少爺……那是奴婢我的照片，為什麼……」會在少爺的錢包裡？那麼久遠的舊照為什麼少爺還保留著？為什麼少爺不自在地別開眼不看她，一臉好像被踩到尾巴的遮掩模樣？

「什麼為什麼？我用來辟邪不可以嗎？」

辟……辟邪……少爺，奴婢有醜到可以用來辟邪防身嗎？嗚……怪不得您剛才非要把奴婢擺弄成醜醜的姿勢來照大頭貼，是打算除舊換新嗎？

「那個吊飾呢？」大頭貼只是額外福利，自己真正的生日禮物還沒到手，大少爺不滿地開口。

「少爺，這個吊飾要用訂作的，過幾天才能拿的說。」她掏出錢包付掉錢，轉身想起今天還沒有付給少爺五十塊。

抽出一張票子遞到少爺手裡。

他習慣性地接過去，塞進那個有她好多丟臉照的錢包裡。

一瞬間，她的心情變得有些奇怪，有些期待，嘴一張，她壓在心裡的疑問溜出嘴巴。

「少爺，您為什麼每個月要給我錢？」

是像她們說的那樣嗎？少爺只是買她回來當老婆嗎？

「妳跟我結婚，我給妳錢，有什麼不對的？」

「……」所以，這就是包養嗎？那些錢是遮羞費嗎？是給我跟你結婚不能愛上您的酬勞嗎？

「怎麼了？嫌少嗎？」

「……不，怎麼會……已經多到奴婢我不知該怎麼花了。」

少爺又何必對她那麼見外呢？她整個人都得聽少爺使喚，假結婚這種舉手之勞的小忙，幹麼額外付給她工錢。幹麼要騙她沒有經驗所以找不著人結婚，少爺只是不想隨便找人結婚，他需要的是一個隨時都能讓出位置的方便替補，等王小姐回來，她的任務就完成了，是這樣嗎？

一年之約才過一半，她以為還有半年，她以為還有很久才會面對離婚這兩個字。

為什麼明明知道是假結婚，可提到離婚，胸口還是如此憋悶？

如果她也是上流人家的姑娘，如果她也能跟著少爺去英國，如果沒有什麼女僕守則，如果她不是少爺的奴才，是不是就可以不用跟少爺離婚了？

她是誰都沒有用，只要她不是少爺喜歡的那一個。

恍惚走神，送菜出錯，茶水亂倒，姚錢樹榮登被客人投訴最多的女侍。

耷拉著腦袋，她被請到舒總監的辦公室反省錯誤。

面壁站在角落，她好像受了莫大的委屈在牆角邊隱隱啜泣種種蘑菇畫畫圈圈。

站在一邊翻閱資料的舒城岳挑了挑眉，他本想遵守約定不招惹她，可這個滿頭小辮子的傢伙送上門來，非要在他眼前晃來晃去，「我有沒有跟妳說過，我最討厭把個人情緒帶到工作裡來的人。」

「有……您現在說了。」她抬袖蹭了蹭鼻子。

「誰准妳用袖子擦眼淚鼻涕的？」沒有辦法，她就是有本事讓他忍無可忍，無法視而不見！這種外行人的白痴舉動她是怎麼做到的！

某個呆木頭立正站好，不敢再多動彈。

「妳到底有沒有一點點專業素養？身為女侍，妳怎麼能用擦眼淚鼻涕的袖子去伺候客人？」

呆木頭看了一眼自己髒兮兮的袖口，閉緊了嘴巴。

「工作的時候神遊太虛，一臉可憐委屈樣給客人看到像什麼樣子？妳的微笑那裡去了？」

「舒總監，我……」

「有委屈不會去找妳家少爺嗎？他不是萬能無敵金剛，要賴使詐樣樣精通的不壞之身嗎？」

「舒總監，你罵我家少爺前，能不能先讓我擦擦鼻子吶，我要掛著鼻涕去伺候客人，他們也不會開心吧？」

舒城岳翻了個大白眼，嘴邊一邊碎碎念，一邊不甘願地伸手。

一隻整潔到毫無褶皺的襯衫袖口伸到她面前，她不解地抬眉看了一眼舒總監。

「看什麼！用啊！」

她愣了愣，低下頭用舒總監的袖子蹭著鼻子，相同的親暱動作又招惹她想起少爺，就好像她伺候客人時，只要他們一個簡單的動作都很容易勾起她的記憶一樣──

有人像少爺一樣，點菜不愛看菜單，喜歡聽她開口念；

有人像少爺一樣，咖啡不加奶糖，還討厭沙拉加甜醬；

有人像少爺一樣，喜歡用袖子替女生擦鼻涕。

她和少爺已經快要離婚了。

她收集這麼多讓她胸口悶慌發堵的記憶來做什麼？

低垂攢動的腦袋倒影在舒城岳鏡片上，她鑽石戒指調皮地從領口躍出來，手背上溫溫的觸感讓他指節微動，不經意地碰上那顆刺眼的鑽石，他不動聲色地細細打量起她來。

「妳……」他想開口問，卻又吞下了後半截話，「妳下星期二有空嗎？」

「舒總監，星期二不是要上班嗎？」她吸了吸鼻子。

「陪我去出差。」

「出差？」

「是，出差。」他點頭，「我助理星期二有事，妳來代班。」

「為……為什麼是我？」

「妳以為我袖子是借妳擦鼻涕的嗎？」舒城岳白了她一眼，「星期二我開車去接妳，妳準備好隨身東西跟我走，明白？」

「可是，舒總監，我得先問過少爺才……」

星期一是少爺的生日呢。

要聽少爺的話是吧？那好，「現在馬上還錢。」

加上送洗襯衫的錢一起。

「呃……少爺不重要，星期二我跟您走！」一聽到要還錢，姚錢樹立刻投降倒戈了。

她可不想最後落魄到用少爺包養她的錢還給舒總監，她還是不要得罪舒總監慢慢還的好。

星期一過完生日，星期二去出差，應該沒關係吧？

而且……

只要她不要出現在少爺面前，只要躲著少爺，他就沒有機會開口對她說要離婚了吧？

就算是耍賴，只要能讓她再偷當幾天已婚小婦女就好了。

34 少爺，奴婢跟舒總監去開房了！

頂級廚師現烤的黑森林蛋糕糖分很少，為了迎合少爺不愛甜的口味。

院子裡的玫瑰只剩下杆子，如同蝗蟲過境一般，奶媽總管將嬌豔欲滴的玫瑰全數移進屋子布置少爺的生日宴會。

外頭高飄如雲的彩球在天上招搖，裡屋彩綢橫幅橫跨過大堂的水晶燈亂飄。

就連黑手黨也為少爺二十五歲的生日換了一身新造型，一條黑白色斜條紋外加一副鑲滿水鑽的大框墨鏡。

一屋子的僕人都在忙忙碌碌，黑手黨跟在姚錢樹身後搖尾巴，調皮地在她腳邊穿梭。

「少爺回來肯定會好好疼愛你，對你愛不釋手的，你最帥了，一邊待著去好不好？我還忙著呢。」

前菜、濃湯、正餐、甜品、刀叉勺、杯碗碟這些再也難不著她了，她全部都包攬下來。

燭臺下放上一面鏡子可以聚攏反射燭光，讓大堂變得更加閃耀浪漫，這些小技巧她也全部從飯店學了回來。

一切準備就緒，只待少爺回家給他一個surprise。

七點過後是八點，八點過後九點跟著來到，蠟燭臺上的蠟燭被換下了幾根，燭油浸染了她擦得光潔透亮的燭臺。

可少爺還沒回來。

「少爺今天是不是不回來了？」

「哎喲，怎麼生日還讓少爺加班呢？」

「奶媽總管，給少爺打個電話問一下吧，我們這麼乾等也不是辦法啊。」

她安靜地站在旁邊，聽著幾個小侍的提議惹得奶媽總管豎起眉頭。

「吵什麼吵什麼，少爺有正經事要做，作為專業有水準的僕從就是要在主人忙碌的時候安靜地等待，在主人身後默默地支援，在主人有需要的時候衝鋒陷陣！不能抱怨、不能失望、不能有負面情緒，聽到沒有？」

聽不到，不想聽到，奶媽總管的話她想裝作沒聽到！

她不是專業的僕從，她不要當有水準的傭人，她想抱怨，她很失望，還有很多負面情緒。她做不到只是安靜的等待，默默的支持，事不關己地當做什麼都沒發生。

布置了很久的屋子她想讓少爺看到，從飯店學來技巧她想讓少爺看到，她給黑手黨新換的造型她想讓少爺看到，他們所有僕從的心意她想讓少爺看到，而她躲藏在所有僕從裡的那一丁點細微到不足道的心意，她也希望少爺能稍微注意到。

她最最想看到的不過是少爺進門瞬間愕然又故作冷靜的彆扭模樣。

少爺不會不成全她吧？

鈴——鈴——

她口袋裡的手機在震動，是只有少爺號碼的那一支。是因為她散發出的黑色負面情緒有作用了嗎？她欣喜地接起電話。

「喂！少爺，您什麼時候回家？」

「……」回應她雀躍聲音的是少爺的沉默和奶媽總管的插話聲。

「欸？少爺的電話？小錢，快問少爺什麼時候回家，不對呀！少爺為什麼只打電話給妳，小錢，問問少爺是不是有什麼需要？」

來不及去管奶媽總管察覺到了什麼，她捧住電話迫不及待地說：「少爺，您快點回來吧，我們在等……」

「我不回來吃晚飯了。」

「……」

失望，好濃烈地撲面而來。

少爺直白的話讓她找不到耍賴的藉口，連握住電話的手也瞬間冰涼下來。她下意識地想開口質問「你在哪？跟什麼人在一起？在做什麼」，卻找不到問這些話的立場。

作為女僕，主人一通電話報備，她只需要也只能回答一個「好」字。

「錦玉，你站在角落跟誰講電話？快過來切蛋糕啊，叔叔伯伯們都在等著你呢！」

王小姐的聲音如針紮般刺進耳朵裡，直戳上胸口最薄弱的部分，絞出一陣酸痛。

她害怕聽到更多知道更多，多到不小心會從少爺口裡聽到她不願聽到的話，不待少爺張口就掛斷了電話。

「小錢吶，妳怎麼掛少爺的電話！少爺有交代什麼嗎？」

「他在外面忙，不會回來。」

他在外面忙著和別人一起過生日，不會回來了……見過叔叔伯伯家長岳父後，就連她的身邊也不會回來了吧？

上流世家的聚會慶生比他們這些小僕從布置不知豪華多少倍吧？
她怎麼會以為忙碌的少爺會有時間同他們這些下人瞎鬧？
她怎麼會以為淡漠高傲的少爺會為他們下人的心意動容？
她怎麼會以為身為主子的少爺會願意和她這個下人在一起？
那不是違反女僕守則，而是她的奢望和幻想。
她不是早該停止這種不切實際的幻想了嗎？不是一再告戒和少爺是假結婚，絕不能愛上少爺的嗎？
那為什麼還是對少爺有非分之想？為什麼被嫉妒戳得渾身刺痛？為什麼離婚她辦不到？
默默地跟著大家一起把布置好的房間收拾掉，蛋糕塞進冰箱裡，彩球、彩帶捲好放平，就連黑手黨的領帶和墨鏡也被一併摘下。什麼東西都可以完美地處理收拾好，可期待和心意這種東西要怎麼才能不落痕跡地收拾掉？
似乎聞到她的沮喪，黑手黨安慰似的蹭了蹭她的鼻子，那熟悉的動作勾挑她想起少爺在大頭貼機器前非要學著黑手黨蹭她的幼稚模樣。
「那時候，我還以為少爺在吃你的醋呢。」她順了順黑手黨的鬃毛，「黑手黨，我有點難過。」
大狗兒乖巧地蹲坐，不吵也不鬧任由她摟著。
「怎麼辦？我好像……討厭我們未來的少奶奶，我好像……討厭少爺和別的女人在一起，我好像……喜歡上少爺了……」
清晨的鳥啾聲催促著姚錢樹從床上趴起來，她今天還得跟舒總監去出差呢。

收拾好行李，留了一張便條給奶媽總管，她關上門走出去。

院子裡光禿禿的玫瑰杆子還在提醒她記起昨夜的酸澀，她加快了步子跑向和舒總監約定的地方。

一輛銀色跑車在她離開後駛進院子，男人帶著一臉應酬後的倦容走下車，領帶鬆散地掛在胸口，他抬手嗅了嗅袖上的酒味，又嫌棄地甩開。

打開門他打算直奔浴室，卻發現愛犬正耷拉著長臉不爽地蹲在門口瞪著自己，他象徵性地拍拍牠，卻發現牠很不好打發地咬住他的褲腳使勁扯，將他扯到一個翻倒的廢紙簍邊。

一個被主人丟棄的小禮盒從廢紙簍裡滾到他腳邊。

他彎腰撿起——一串眼熟的手機吊飾從小禮盒裡掉出來……

忽然間，他的眼前多出好多個她，被他蹭扁鼻頭的樣子，臉頰被他捏成很醜的樣子，眨眼皺眉扁唇咬牙的樣子，一個個一張張被做成小卡片串在一起垂落在他眼前。他脣角微微上揚，幾乎又聽到她那日拍大頭照的抗議聲。

「少爺，您生日想要什麼禮物嗎？」

「少爺，這樣照很醜啦……」

「少爺，奴婢和黑手黨沒有照過這樣的……」

「少爺，不可以親吶！」

她把這些當做生日禮物準備送給他？那幹麼又要丟掉？

他有學著昨夜在場的所有男人一樣，打電話親自向老婆請假。她沒道理還生他的氣吧？

皺眉思量，他急忙轉身直衝浴室，可愛犬依舊不合作地截住他的去路。

「你夠了。我洗完澡還要哄女人，讓開。」他的女人，鼻子和牠一樣，很靈很挑剔，只喜歡在他身上聞到她買的沐浴乳的味道。

「嗷嗷嗷嗷！」

「你跟她照大頭貼的事我還沒找你算帳，走開，現在不想看到你。」

「嗷嗷嗷嗷！」

「你叼著頂綠帽子亂轉什麼？」

見自己的主子還不開竅，黑手黨怒了，索性跳下樓去趴上大廳的茶几上奮力哈氣吐舌頭。

自己的主子帶著狐疑挪了步子，走到茶几邊。

一張便條被壓在桌上。

不是寫給他的。

應該說沒有一句話是留給他的。

對他隻字未提。

甚至刻意忽略掉他的存在。

奶媽總管：

我今天要和舒總監去出差@_@。

晚上可能不回家了>"<。

給黑手黨拌飯的事就麻煩你了^_^。

牠今天想吃石鍋拌飯，多放生肉片的那種。>3<

小錢留

見鬼的！誰准她跟姓輸的出差的？她那個>"<算什麼鬼意思？難怪黑手黨要扯著頂綠帽子在他眼前亂轉，渾蛋！

「嗷嗷嗷嗷！」活該呀，誰讓你昨天在外頭風流，那根呆木頭平時看起來愣愣的，關鍵時刻一點也不笨嘛！一人一夜風流，這些樣才互不相欠，多好！哈哈哈哈！

你老婆和我很親密哦，連我吃什麼都知道，比起你挖心掏肺明示暗示勾引誘惑怎樣也沒用，我們這就叫心有靈犀一點通，她可一句也沒提到你呢，你看你在她心裡的地位還不及我呢！嫉妒嗎？鬱悶嗎？糾結嗎？

瞇眼，少爺怒視自己幸災樂禍的愛犬，舉筆將小女僕的便條劃去兩行，另添幾字，「咻」地扔下筆頭，來不及洗澡，更來不及換皺掉的西裝，打開門就往車庫奔去。

小女僕的便條紙從桌上幽幽地飄下來，只見「石鍋拌飯」和「生肉片」被少爺大筆一揮通通畫去，他只在後面草草地填了一字，卻讓黑手黨險些滑出兩行清淚……

素。

牠今天想吃……素。

少爺，您這也算是虐待寵物外加恩將仇報吧？

35　少爺，您不要再打電話來了

舒城岳擺弄了一下雨刷，趕走擋風玻璃上飄下的幾顆小雨點。車子駛下高速公路，副駕駛座的女人還在靠窗沉睡。

昨夜去做賊了嗎？都告訴她今天要出差了還不好好休息，頂著一雙紅腫的醜眼睛來見他，讓他總監變車夫替她開車，她還趁機在車上大睡特睡，到底誰是誰的臨時助理？

他無奈地輕笑搖頭，車子駛向皇爵飯店的連鎖分店。

停下車子，他抬手推了推睡迷糊的女人，「喂！睡夠了沒？到了。」

「唔……就到了哦……」揉揉眼睛，她動了動腦袋。

「什麼就到了，妳睡了兩個多小時了。下車了。」

「哦哦。」她抓著哆啦A夢包，扶著脖子下車，走進飯店大廳。

舒城岳把車子停好也跟著走進來，兩邊的招待一見是總監駕到視察，急忙將他迎到前臺辦理入住手續。

「您好，舒總監。」前臺小姐笑容可鞠地服務道，「經理已經交代過了事先為您事先預留了房間。是最高層的一間景觀夜景房，您看可以嗎？」

「一間？」

「是的。之前都是一個人來視察的，逗留一天一夜，我們這次也是按照之前的安排走的……有什麼不妥嗎？」

「……還有別的房間嗎?」

「呃……舒總監,您知道的,現在是旺季,要不是提早知道您的時間安排,給您留的房間也早就預定出去了。」

「好的,我知道了。」早知道這個問題是白問,現在這個時候正是飯店入住率最高的時段。他回頭看了一眼扶著脖子站在身後打瞌睡的姚錢樹,他是哪根筋不對,帶個毫無作用的拖油瓶來搗亂。

「妳一直扶著脖子幹麼?」

「我……我的脖子……脖子在車上睡著時歪太久扭不回來了,舒總監……」搖搖手中的鑰匙,他皺眉,「一個房間,有問題嗎?」

「欸?什麼?一個房間?」

他點頭。

「我們倆?」

他再點頭。

「我們倆住一個房間?」那怎麼可以!她目前還是已婚小婦女,怎麼可以和別的男人隨便開房呀!

「有問題妳可以搖頭。」他雙手環胸等待著她發表意見。

「可是……舒總監……」這不符合婚姻法呀!

「搖不了頭是吧?好,那我就當妳同意了。一間房,沒問題,check-in 吧。」

……舒總監,你明知道我脖子扭到了的說!

電梯在頂樓叮的一聲打開了，舒城岳長腿一邁走出電梯，身後跟著聒噪的臨時小助理。

「舒總監，我們真的要住一起嗎？」

「利用工作時間開房，這太不厚道了吧？」

「要不我可以去住旁邊的酒店呀！」

「妳要把錢給別人賺？讓公司為妳額外報銷嗎？妳家少爺會開心嗎？」舒城岳一句話堵死她一堆廢話，可她不甘心，扶著扭到的脖子，還企圖繼續抗議。

不打算聽她繼續囉唆下去，舒城岳扶了扶眼鏡率先攔截道：「除非妳有特別的理由不能和我同房，比如：有男人了，或者妳已經結婚了。」

……舒總監，你也太神準了吧！不過她是不會承認的！

「這……這怎麼可能！我怎麼可能會是沒有行情的已婚婦女嘛！我才沒有什麼男人哩！」

「呵，那很好。歡迎和我同房，進去吧。」

房門一開，死鴨子嘴硬的傢伙被推進了豪華夜景大房。

房門一關，死鴨子開始出現迴光返照，故作鎮靜輕鬆地雙手環胸站在客廳裡吹口哨看天花板，只是視線怎麼也管不住地斜向隔壁間 king size 的豪華大床。

真的只有一張床吶，那她要怎麼辦咩？這個充滿意外的世界，為什麼總是發生些孤男寡女開房卻只有一間，故意把人推向犯罪深淵的卑鄙事情哇？難道她真的要頂著已婚的身分和舒總監睡在一張床上嗎？雖然那張床是夠大，她縮床尾的話根本不會碰觸到舒總監，可是……可是……

還是很奇怪啦！

「妳一直偷瞄那張床，看起來很想睡的樣子，要試試看嗎？」舒城岳一邊說著，一邊脫下西裝隨手丟在沙發上，抬手解下領帶。

「舒總監！我一點也不想試！真的！你相信我！」他為什麼要脫衣服！他為什麼要在提到床的時候脫衣服？他果然是要「潛規則」自己嗎？她是該慶倖自己的女性魅力，還是該為自己的已婚身分感到懊惱？

看著她一邊擺手，一邊拚命往後退，緊張抽搐卻又想粉飾太平故作輕鬆的呆樣，他忽然玩性大起，步步緊逼，直接將她逼進洗手間的洗手臺前。他兩手撐在大理石臺上，傾身微笑，「有什麼關係？反正妳不是說妳沒有結婚，又沒有男人嗎？那和我男歡女愛一下，有什麼不可以？不會有人告妳紅杏出牆找外遇的。」

就是會有人告她呀！

「舒……舒總監，我家少爺不會同意的，他不同意我不能擅自和男人那個什麼……」

「我們可以偷偷來，不要告訴他。」低聲的誘哄配上淺淺的呼吸。

「我……」她的耳根子也燒了起來。

「我不說，妳也不說，他怎麼會知道呢？」

「……」

「沒人呆得像妳一樣木頭，為了主子，連找男人的權利都奉獻出去了？」

「……」她真的很木頭嗎？可她就是會在意少爺的看法咩！

「還是說，妳想讓他知道，讓他在意讓他吃醋？」

「……咻！」不可置信地倒抽氣聲，她像被人踩了尾巴似的大肆否認，「我才沒有！我才沒有這麼想過呀！我只是覺得這不符合我的職業道德呀！我是個很有專業素養的女僕，男色什麼的，我從來沒放在眼裡！就算你半露鎖骨勾引我，也是沒有用的呀！」

「我的男色沒有用是吧？真可惜。」他聳了聳肩，斜了一眼旁邊寬大的浴缸，「那麻煩妳今天晚上睡在那裡。」

「……咦？」

「咦什麼？還是說，妳還是想跟我這個男色同床？」

「我……」

「現在，不是妳，而是我沒有胃口了。」誰要跟一個滿腦子少爺的小女僕睡一張床，啐！

「今晚妳睡浴缸，我睡床。明白？」

……潛規則什麼的，跟她想像中差好多喲。竟然把她發配到浴缸裡睡覺，唔……這回倒是真正的徹底地「潛」了，潛進水裡了，可是她的女性魅力也被徹底打擊到，碎成一片片了……

女人就是這麼矛盾的動物，別人對她有想法，她感覺懊惱閃來躲去，別人對她沒興趣了，她又開始渾身上下都不舒服起來。

她坐在她今晚的床邊，看著舒總監簡單整理了一下行頭就準備離開房間去開會。見他完全對自己沒交代，她狐疑地舉手提問：「舒總監，那我要幹麼呢？」身為臨時助理，她完全不知道要幹些什麼。不是應該跟在總監身邊端茶倒水伺候著嘛？

「妳？睡妳的覺去。」

「欸？」他特意帶她出差就是來睡覺的嘛？

「不然呢?紅著眼睛跟我從一個房間出去見主管?妳不如直接上法庭告我職場性騷擾來得直接點。」

「欸?」她的眼睛很紅很醜很嚇人嗎?

「睡妳的覺去,吃飯時再 call 妳。」

交代完畢,舒總監整理好資料,房門一關,走去會議室,豪華夜景房裡只剩下一根眼睛布滿血絲的呆木頭。

好吧。她昨晚上真的睡不著,現在也的確睏了,那就……領了舒總監的體貼和好意,先小睡一下吧。

唔……浴缸好像還滿乾淨的……而且很大很高級。

從沙發上拿來幾個抱枕,她跳進浴缸裡,半瞇著眼睛摸出少爺送的手機。

三十二個未接來電。震得她手機電池都快壽終正寢了。

她不敢掛斷少爺的電話,可是,她總有權利不接吧?

而且她現在真的不想聽到少爺的聲音……她很怕電話裡又傳來別的女人的聲音,更怕再次接起少爺的電話,他的第一句話就是——

我們離婚吧。

拇指正摸在關機鍵上,第三十三通電話又震了起來。

「老公來電」的字眼此刻分外刺眼。

她不知道少爺當時是抱著什麼心思,故意改了她的電話簿,她只知道,她現在討厭看到這幾個字,討厭這種被它們揪住心口的窒息感。

她知道自己是在沒種地逃避，也知道該來的總是避不了，可是能躲過一天是一天的僥倖心態始終糾纏著她。

心一橫，手指重重地按下關機鍵，關機畫面躍上眼睛，手機被她塞回包裡。躺下，她要補眠睡覺，什麼都不要想了。

「您撥打的電話暫時無法接通，請稍後再撥……」

手機被摔在副駕駛座上，男人洩憤似的狠拍了一記方向盤。手指擱在牙間狠咬，手機忽然響了起來，他欣喜地一把抓過來，興奮地看向來電顯示，卻只見一串陌生的手機號碼，不是他要等的人……這讓他眉頭皺得更深。

本想直接切斷電話，可轉念又擔心她是手機沒電，借別人的打來。

於是他翻蓋接起手機。

「錦玉，你在那裡？」

「……」王瑩的聲音讓他更加不耐地扯鬆了領帶。

「昨晚飯店董事會的叔叔們一直在誇讚你俊秀、內斂、有氣度，還問什麼時候有空再一起吃個飯。你看我們……」

「我沒空。」拒絕的冷音飄出嘴唇。

「你現在在忙嗎？那我們以後再約沒關係，可是我叔叔他昨天一直問我關於我們倆的事，雖然我們在一起的時間也才短短一個月，可是，他一直問我，我們倆為什麼會分手……」

「我、沒、空！」沒聽懂嗎？他的沒空不單單是指出去吃飯，還包括任何約，任何應酬，任何閒聊！

「錦玉……你到底在不滿我什麼？當初在英國，是你說你討厭不懂事的下人，只想和上流社會的女人交往的，沒有別的要求，只要我是上流社會的女人就可以試試看。我們不是很適合嗎？可是……你老是對我心不在焉的。和你結婚的女人，到底是什麼上流貴族啊？我不信我家世會不如她……錦玉……你怎麼不說話？你到底在忙什麼？」

「找老婆。」

「啊？什麼？」

「我在忙著找老婆。我、沒、空！」他第三次地重重重複。現在，只要跟他老婆蹤跡沒關係的事情，他一律通通沒興趣，通通沒空，通通不想知道！

交代完畢，他逕自掛上電話。

心神不寧，他又翻開電話再次撥打「老婆」的號碼……

「對不起，您撥打的電話已關機，請稍後再撥。」

她的電話不是二十四小時都為他開著的嗎？她不是每分每秒都在等他呼叫，隨傳隨到嗎？她不是從不鬧脾氣彆扭，只要他一聲令下，她就會像隻蜜蜂一樣不知疲倦地圍著他嗡嗡亂轉嗎？

可現在她人呢？

從未有過的焦躁侵襲胸口，他拿起手機翻找自己特助的號碼，「喂，現在馬上給我查到舒城岳的所有行程！快！」

「舒總監的行程表都在他助理手裡，可是他的助理這幾天在休帶薪假。可能人在外地旅遊……」

「不管她在地球哪個角落，不管你用什麼手段方法，我只要你現在立刻把她找出來，問出姓『輸』的行蹤！快去！」

「呃……是是！是！」社長還真是一分一秒也離不開舒總監，這麼迫切飢渴地想要見到他嗎？之前運動會時還欲蓋彌彰地澄清他們倆之間沒有姦情……

誰要相信啊？

36 少爺，我會學會怎麼跟您離婚的

開完會議，舒城岳揉了揉酸痛的脖頸，打開房門，走到冰箱前取出礦泉水灌了幾口，走進大床房，卻發現床上空無一人。

他擰眉。

不是讓她睡覺的嗎？眼睛紅成那樣，還有精力到處亂跑？

他走出房間，拿出手機正準備給她打電話，眼角一瞥，只見一個抱枕落在洗手間門外。

他微挑了眉，心頭一動。

那傢伙……該不會把他的玩笑話當真，真跑去睡浴缸了吧？

他邁步走進洗手間，只見一個可憐巴巴的身影蜷縮在冰冷又硬邦邦的浴缸裡，只用幾個抱枕隨意地墊了墊。

他站在浴缸邊，看著她熟睡的側影哭笑不得。

他人都不在房間，她睡床又有什麼關係？這傢伙真的完全不懂什麼是玩笑，什麼是幽默，總是把人家一句隨意的話當真，然後就跟被下了指令一樣毫無反抗精神，順從又沒頭腦地照做，還做得那麼認真，那麼理所當然。

她到底懂不懂什麼叫吃虧？什麼叫偷偷占便宜啊？

「呆木頭。」

這麼愛聽命令，難怪她家少爺吃定了她，把她吃得死死的。說不準她找男人，她就真的不找，說不准他們相親，她就真的離他遠遠的。

彎腰傾身，他將她從浴缸裡撈起來，摟進懷裡。

一觸到溫熱軟乎的懷抱，她本能地靠近了熱源。

「喂，中午了哦，要吃午飯嗎？」他橫抱起她，將她貼在胸口，一邊走出浴室，一邊輕聲問。

她睡得迷迷糊糊，只覺得還沒睡夠，咕噥著在他懷裡搖頭搖頭。

「那妳再睡會。嗯？」

「嗯……睡……」

「到床上睡，好嗎？」他的聲音不自覺地輕柔起來，問得小心翼翼。

「嗯……好……」浴缸好硬，她的脖子好痛好酸的說。

「乖，抱妳過去。」

他將她輕輕地放在軟床上，一碰到軟塌，她蜷縮在一起的身體徹底鬆放開來，睡得更沉更熟了。

頭重腳輕地從夢裡醒來時，天已漸漸昏暗了下來，姚錢樹從床上爬起來，她不知道自己怎麼跑到床上來的，是睡到一半覺得不舒服自己摸著床爬過來的嗎？

揉揉眼，她轉眼一瞥，打了一半的哈欠愣在了當下。

大大的落地窗透出由車燈、街燈排列組合成的美麗夜景，朦朧的夜景光撒在舒城岳的側顏邊，他坐在床和窗之間的沙發上，雙手環胸，雙腿交疊，正淺淺地寐著，脣上還叼著一根抽到一半的菸，隱隱的火星讓她覺得有些危險。

她輕輕地靠上去，伸手摘下他脣間的菸。

他被擾醒，眼眸在夜景裡撐開，盈盈的黑瞳帶著幾分誘人的味道。

四目相對，氣氛使然，他的黑眸不自覺地微微瞥向她的臉，只要稍微傾身，他就能吻上她的脣。

可是，他頓住了，沒有向前。

「妳睡醒了？」他問她。

她尷尬地點了點頭，「我不知道怎麼跑去床上的……我不是故意占掉總監的床的……我……」

「我抱妳上去的。」她不用在意，是他心甘情願讓床給她睡的。

「……」他抱她上床去睡的嗎？為什麼突然對她好起來了，「那你……坐在這裡等了很久咩？」

「也還好。差不多……五六七八個小時吧。」

……五六七八是個好大的跨度耶，到底是多久啊？

「妳餓不餓？」

「唔……」說到餓……她的肚子已經咕咕直叫了。

他站起身，打開了燈，一瞬間趕走了剛才突然降臨的曖昧氣氛。

在他睜眼的瞬間，他幾乎快要放任自己咬上她的嘴脣，可他還不想，在他沒有弄清楚他想知道的事情——她和她家少爺的關係前，他不想太過放任自己的感覺走得太快，太失控。

「想吃什麼？我打電話叫客房服務。」他拿起電話準備點餐。

「義大利麵、牛排、焗飯、烤麵包……」

「妳有餓成這樣嗎？」

「我從昨天晚上就沒有吃過東西了呀，多點一些，拜託拜託，舒總監！」

他輕笑搖頭，撥通了廚房的號碼開始點餐。

誘人的食物送進房間，姚錢樹迫不及待地撲上餐桌，被舒城岳嚴重質疑用餐禮儀。

「我給妳補的課都被妳丟進垃圾筒了？刀叉勺不要亂用。」

看著她吃麵用勺，把義大利麵切成一段段的，還用叉子塗麵包醬，身為對西式用餐禮儀頗有講究的執行總監，他不得不出聲阻止。

狼吞虎嚥中噎到了，她趕緊灌紅酒來吞下食物才能繼續出聲，「有什麼關係咩！那些規矩是給客人訂的，我又不是客人！」

「妳還真不把自己當外人。」

她咕嘟嘟地喝著紅酒，「對啊，吃得開心就好了，吃東西幹麼還訂那麼多規矩？」

「是啊，過得開心就好了，交男朋友幹麼還訂那麼多規矩？」同樣的話，要是她能像質問他一樣質問她家少爺，他會很欣慰。

一提到少爺，姚錢樹頓時胃口大減，連吃東西的動作都變得秀氣起來，由大口吞嚥變成細細地嚼著。

「怎麼？一提妳家少爺，妳就沒膽了？」他諷諷地哼聲，鄙夷她是個孬種。

她沒在意，放下叉勺，忽然抬頭問他：「舒總監，我記得你以前對我說過，你討厭女人問你在那裡，在做什麼，和什麼人在一起這樣煩人的問題，是嗎？」

「怎麼？妳想問我？」他高挑起眉，顯得興趣濃厚。

「……我只是想知道，是不是所有男人都會討厭被這麼問？」感覺好像被監視沒有自由，像有甩也甩不掉的包袱和麻煩。

他擱下刀叉，拿過餐巾壓了壓唇邊，「別的男人我不知道，我是很討厭沒錯。」

「……」被一般女人問都讓人討厭了，更何況她還只是個小女僕而已……還好她沒問出惹少爺討厭的話。

「不過，妳可以問問看，我現在好奇，妳問出來會不會有不一樣的感覺。」

「欸？你又在開什麼玩笑了，乾杯乾杯哦。」舒總監的話聽起來有些奇怪，她痕跡很重地轉移掉話題，舉起杯子非要跟人家碰。

「叮」的碰杯聲，她咕嘟嘟地又灌下一杯。

「妳別再喝了，聽到沒？」

「有什麼關係，還有大半瓶吶，不要浪費嘛！」睡完又灌酒然後又可以繼續睡，什麼都不要想，計畫很完美呢。

「在男人面前狂灌酒是很重的暗示哦。」舒城岳開口提醒。

「什麼暗示啊？」她邊問邊又嚥下一口。

他起身，踱步到她身邊，把話挑明，「暗示他有機可趁。」

她端著酒杯一臉半醉半醒的懵懂表情，不明所以地看向他。

「妳還要繼續喝嗎？」

「唔……」她聽不懂他話裡的意思，可她就是還想喝，杯子一傾，她又抿了一口，以實際行動回答了他。

他瞇眼接受她的挑釁，彎身低脣捏起她的下巴，不給她任何反應的時間，果斷地貼上她的脣。

酒很甜，脣很黏。

「還喝嗎？」

她不敢講話了，木訥地僵在原地，舒總監突然變得好大好近，她的雙眼找不到焦點，連後退的力氣也沒有。

「現在妳說不喝已經沒用了。」舌尖一頂，他輕易地入侵到她防備不足的口中。

她不知道自己在幹什麼，只覺得腦中的暈旋如旋渦一般擴大，這就是傳說中醉酒的感覺嗎？

「什麼感覺？」他問她。

「……」她搖頭。

「會討厭嗎？」

「……」她不知道，繼續搖頭。

「妳和他結婚了嗎？」

「……」她愣了愣，歪著腦袋思量了好久，恍惚又肯定地點下頭去。她有結婚，她和少爺是拿了結婚證書的合法小夫妻！

儘管是早已猜到的答案，可怒氣還是在舒城岳胸口翻騰了起來，「什麼時候的事？」

「……少爺要繼承飯店，所以要我幫忙……」她不知道自己為什麼要這麼老實乖巧，可喝了酒的舌頭真誠得要命，有問必答地無法安靜下來。

「……所以，你們是假結婚的。」這個猜想讓他瞬間釋懷了些。

她木木地點頭，她和少爺是假結婚的，約定一年之後他們就要離婚，約定少爺有了中意的人就要離婚，可現在她在耍賴，她在不守約定，她在和主子鬧脾氣嗆聲。

「要不要和他離婚？」

她失焦的眼神終於找到一丁點焦點，看向舒城岳，背後的夜景耀人奪目，他的提議好像很誘人。

「和少爺……離婚？」

「對。跟他離婚。他現在已經順利繼承飯店了，已經不需要和妳繼續假結婚下去了。所以，跟他離婚。」

酸澀的感覺撲鼻而來，少爺已經不需要她了嗎？可是……

「……我不知道要怎麼離……」她抽不開的不僅僅是那張證書，還有她留在少爺身上的記憶，感覺……

很多很多東西，一句離婚就可以斷掉一切恢復單純的主僕關係嗎？

「妳不知道嗎？沒關係，我教妳。」

教？離婚這種東西，也是可以教的嗎？

房間忽然暗下來，燈怎麼突然熄了，襯得窗外的夜景更加魅惑眩亮。舒總監的手親昵地繞過她的頸後，貼上她冰涼的皮膚。

他的手顯得好熱好燙，手指輕輕一撥，她頸間那枚耀眼的鑽石戒指瞬間滑落在地毯上。

她低眸看了一眼在黑暗裡繼續璀璨發光的鑽石戒指，想起少爺求婚時的場景，她有些難過。

「妳要的都有了，嫁我。」

就是這句臺詞讓她被瞬間煞到，什麼也顧不上地撲進這場註定要以離婚收場的契約裡。

舒總監在教她怎麼離婚，她不可以分心想別的。

他摘下了眼鏡，沒有了鏡片的阻隔，灼灼的視線從黑暗裡直射而來，他引著她的手去解他的襯衫領扣。

濃濃的喘息貼在她的耳邊，她的額頭頂上他的胸口。

她感覺身體變輕變飄被人輕輕地摟抱起來，身子一轉，被放置在軟綿綿的大床上，深陷進被褥間。男人的重量覆壓在身上，呼吸變得急促起來。

夜色被鎖在窗外進不來，她被囚在角落裡出不去。

她真的想學，學會怎樣沉澱掉對少爺那份不該有的感覺，然後當少爺開口對她說離婚時，她也能欣然地點頭，用最專業的女僕式的微笑對少爺說：

「好！沒問題。奴婢馬上跟少爺離婚，順便祝您幸福。」

她想學……

她要學……

37 少爺，我們離婚吧！

天剛濛濛亮，皇爵飯店連鎖分店前無端橫出一輛拉風的銀色跑車，車輪戛然停住，車門打開，黑亮的皮鞋沉沉地踩上厚重的地毯，震起幾縷灰塵。

「砰」的一聲，車門被風塵僕僕的男人大力地甩上。

接待侍者被男人的氣勢震得面面相覷，好半晌也無人敢上前接待。

不待有人迎他，他逕自推開玻璃落地門就往裡走。

「先生，請問您有預定房間嗎？」接待總算回過神來，急忙迎身靠近。

「讓開。」他不理睬任何人，大步走向前臺，一敲前臺鈴，他不耐煩地開口：「姓『輸的』在幾號房？」

前臺小姐從電腦前抬起頭來，被眼前的男人煞到，倒抽一口氣。

一身皺巴未熨的西裝，領帶鬆散地掛在胸口，領扣大敞，袖口捋起，黑眸森冷，尖潤精緻的下巴冒出些許鬍碴。

男人冷冷地立在臺前，彷彿帶著一夜未眠的焦躁疲憊，整個人頹然不修邊幅，卻平添幾分性感的味道。

「先生……不好意思，如果您和入住的客人是朋友，能不能自行電話聯繫？我們飯店有規定，不能擅自通報客人房間號碼，這是隱私……」前臺小姐抱歉地微笑，眼神還在他裸出的脖頸偷瞄。

男人一瞇眼眸，「飯店的規矩？」

「是……真是不好意思……」

「不用不好意思，從現在起沒這規矩了，告訴我，舒城岳的房間號碼！」

「欸？沒……沒了？」

「我是社長，我說了沒了就是沒了！我現在要知道舒城岳的房間號碼，立刻！」

「社……社長？」

太子爺駕到？

微微的陽光從落地窗透射進房，豪華大床上被單凌亂，女人光裸的腿從被子裡偷溜出來，空調吹得有些陰冷，腿又縮進了被子裡。

姚錢樹覺得有一陣熱暖的風正不停地吹拂騷動她的額髮，讓她痲癢難耐。撐開一隻眼，她的視線裡突然出現舒總監放大的熟睡的側臉。

宿醉的頭疼被頓時嚇沒了，她「噌」地從床上坐起來，低身看向自己被下的身體。

一身寬大的白T恤下，然後呢？

她上摸摸，下扭扭……

沒有……什麼也沒有！

她的衣服呢？她四下尋找，只見她的衣裳全數被丟在沙發上，而放在最上層的就是她的小內衣。

她……她和舒總監……他們倆昨夜難道……做了什麼對不起少爺的事嗎？

天啊！她還沒離婚呢！她怎麼可以昏頭喝醉和舒總監做……做了？

一隻胳膊從後繞過她的脖頸，兩片唇貼上她的後頸，舒總監沙啞的低音從後傳來。

「早。這麼快睡醒了？嗯？」

脊椎被舒總監的貼吻激出一陣麻痛，她不自在地掙出他的懷抱，不想繼續做無謂地猜疑，回過頭去想要個直截了當的答案。

「舒總監，我們昨天晚上是不是……」

「我有做得讓妳舒服嗎？」

「……」他們果然……

喀——啪！

鑰匙墜地的聲音從門口襲來，她聽到房間的門被人打開了……她聽到有什麼人走進房了……她看到舒總監看向走廊的方向，挑眉抿唇的表情變得令人玩味，可她就是不敢回頭……

她的背後是不是有什麼人？是不是有人正瞪住她，用的是不是灼燒又震怒的眼神，那眼光是不是恨不得把她五馬分屍、千刀萬剮，碎屍萬段？

「大少爺。你起得還真早。大清早就闖進別人的房間很容易看見什麼不該看的東西的。」

舒城岳的話讓她瞬間感到血液從身體全數抽離，緩緩地側目，她對上少爺寒透的眸子。緊咬的牙根，泛白的嘴唇，他拚命的抽息，好像這房間浸漫著的都是讓人窒息的空氣。

她從未看過少爺那種表情，那彷彿被傷得很深很重很徹底的痛楚是她的錯覺嗎？

「妳和他做了什麼？」

良久，少爺嘶啞的聲音幽幽地傳來。

她任由那灌了鉛的聲音鞭打在她身上，彷彿這樣就可以讓他受的傷轉移給她一般。

「我問妳這個奴才背著我和他做了什麼！」

他找了她足足一天一夜，也想過她會怎麼同他鬧同他吵同他耍性子，可怎麼也想不到，見到她時，眼前竟會是這種難堪的畫面。

他不過推不開應酬忙晚了些，他以為她會乖乖在家等他彆扭地回來解釋道歉，她卻跑來和別的男人開房間！

他以為，她只是呆笨了點，木頭了點，膽子小了點，女僕的身分讓她不會離開他，更不可能背叛他，只要他耐著性子慢慢來，明示暗示，誘哄拐騙，終有一招會讓她明白的。可他怎麼不知道，她根本不笨不呆也不膽小，她只是不想明白，所以就可以裝作什麼都沒有的樣子。

從頭到尾，只有他在一頭熱，自始至終，這就是場假結婚，她不需要對得起他，感情上也好，肉體上也罷。

那個凡事都聽他話，任他擺布從不敢反抗忤逆，順從他命令的傢伙怎麼可以這樣不收力道、肆無忌憚地傷到他。

她呆坐在床上，和別的男人在一起，不肯解釋也不多爭辯地默認他所看到的一切，她的脖子空空蕩蕩，表示她摘掉了他送她的鑽石戒指。

低垂的劉海遮掉她全部的表情，他看不到也不想看到！

「少爺……我們，離婚吧。」

「……妳跟我說什麼？」

「我想跟少爺離婚。」

「……妳敢跟我提離婚？」在這個姓「輸」的面前，她迫不及待地想跟他撇清關係是嗎？難怪她堅持要假結婚，難怪她要問他，萬一有了喜歡的人要怎麼辦？她那裡呆那裡傻那裡木頭！她根本什麼都算計好了，鋪完後路，只把他當少爺伺候完了就要離開他。

他嗤笑一聲，低眸瞥了一眼掉落在腳邊的哆啦A夢包。

那是他在英國無意中發現的一個包包，就是這個醜醜的哆啦A夢包，讓他在人潮湧動的倫敦攝政街頭駐足停留，杵在櫥窗前出神地傻站了足足一小時，想起她在自己身邊時，總能從包裡為他變出很多莫名其妙的東西的呆樣子，他看到櫥窗玻璃裡的自己勾起了嘴角。那副模樣傻透了，他繃緊了嘴角掙扎著要不要買，買了是不是就意味著他在沒出息地想念她。

他是大少爺，他是養尊處優身分尊貴上流社會的大少爺，幹麼吃飽了沒事去想念一個對他來說什麼也不是的小奴才小跟班小女僕？

她從沒有主動打過一通電話來，他為什麼要這麼一相情願地想念她。

思前想後，掙扎糾結，他最終還是買回來丟到了她的面前，可她不喜歡，她特別不喜歡，是他硬逼她背上的，因為他想看到她從包包裡拿出的每一樣東西都是在為他著想，因為他想證明只要背上它，她的世界就永遠只能圍著他轉。

此刻，它躺在地上，沉沉的諷刺感朝他席捲而來，在嘲笑他幼稚，譏笑他白痴，他抬腳狠力踢開那所謂的狗屁想念。「離就離！妳以為我會稀罕一個不知羞恥背著我隨便和別的男人過夜的女人嗎?少爺我沒興趣戴綠帽!」

砰!

房門被憤然地甩上。

那足夠撼動水晶吊燈的甩門聲盤旋在姚錢樹的腦海裡不斷擴大重播，舒總監教的方法奏效了，她用最短的時間學會了怎麼和少爺離婚，可是卻落下一道比之前更痛、更大的傷口。

少爺一定恨她嫌她討厭透她了。

都是她不好，都怪她貪心地偷偷喜歡上少爺，都怪她想要更多，都怪她不敢承認自己違背了女僕守則，最後還用最拙劣的方法背叛了少爺……他現在一定覺得她是個噁心無恥又沒節操的下作女人，他一定不會再像以前一樣對她了。

她默默地下床，頹喪地拿起衣裳走進洗手間機械地換好，走出來抓起被少爺一腳踢開的包就要走出房間。

「怎麼?妳利用完我了，一句話也沒交代就要走嗎?」舒總監的聲音讓她無力地抬起眼。

舒城岳披上睡袍，下床走到她跟前，她低頭不看他，他也不強求，「妳後悔了?」

是……她後悔了，在看到少爺走進來的那一刻，在聽到少爺質問的那一刻，在他抬腳不屑地踢開她的哆啦A夢包的那一刻，在他答應跟她離婚的那一刻。

少爺身上狼狽的西裝，凌亂的髮絲，疲憊的鬍碴都讓她心頭傷痛難耐。她偷偷地想，他是不是找了她很久，他是不是找了她一夜，他是不是對她徹底失望了。

床腳邊的刺眼亮點讓她蹲下身，閃亮的鑽石戒指在地毯上發出暗光，她將它撿起來卻再也不敢戴上，小心翼翼地放回包裡，她吸了吸鼻子對舒城岳開口。

「舒總監，我沒法對你交代……我現在很難過……我不想要這樣的……萬一少爺不要我這個奴才了，我要怎麼辦？」

「那就不要當他的奴才。到我身邊來，當女人。嗯？」他摟住她的腦袋貼靠近自己。

「……」在少爺面前，她總是先意識到自己是女僕，然後才是女人……如果只當女人，她是不是會很輕鬆許多？

「為什麼一定要當別人的奴才？沒有妳家少爺，妳照樣可以過日子。不會有人對妳下命令，不會有人對妳擺臉色，更不會有人阻止妳和別人在一起，不好嗎？」

「……」

好嗎？這樣的日子她從來沒過過，她不知道……她已經圍著少爺公轉太久了，突然要自轉，她會頭暈，會難過，會不舒服……

她想開口拒絕，卻被舒總監堵住了話頭，「妳不用現在就回答我。如果妳家少爺真的不要妳，我要。妳要是這麼喜歡當女僕，就來我身邊給我做，我要。」

舒總監家這麼缺傭人嗎？她這種不專業的貨，也可以勝任嗎？

舒城岳的車子停在豪宅前，姚錢樹解開安全帶要下車，手腕卻被扣住了。

「需要我陪妳進去嗎？」他很擔心那位大少爺會怎麼對她。

「不……不用了，我自己可以。」他進去，她只會更尷尬。

「……」他點點頭，鬆開了手，卻又想起什麼拽緊她，「妳會和他離婚吧？」

舒總監語氣裡的期待讓她皺緊眉心，點了點頭。她做了那種對不起少爺的事，怎麼還有臉繼續占著少爺太太的頭銜，還好少爺已經順利繼承飯店了，還好少爺不需要這樁婚事了，還好還好，少爺已經不需要她了……

見她點頭承諾，舒城岳微微鬆開了手，「好。我等妳。」

等她？等她做女僕嗎？

可她是少爺的包衣奴才，她跟黑手黨沒有差別，都是屬於少爺的東西，除非少爺親自開口說不要她，否則她那裡也不會去。

38 少爺，您把戒指丟了嗎？

鑰匙剛插進門裡，還沒來得及轉動，門被人從裡屋大力地甩開，奶媽總管焦急的聲音就撲了出來。

「小錢小錢小錢！少爺人呢人呢人呢？」

「少爺？」他還沒有回家嗎？是不想見到她嗎？

「少爺從昨天就一整天都不見人影了！」

她猜對了，那些鬍碴和狼狽的樣子真的因為在找她，少爺找了她一整天，而她卻掛掉了少爺的電話，還關掉了手機。

「小錢，少爺沒有跟妳在一起嗎？你們不是該一起回來嗎？妳快打電話給他。問問他人在那裡。蹲到地上去做什麼？小錢，妳肚子疼嗎？幹麼哭得稀里嘩啦的？」

她不僅肚子疼，她全身都在疼。

她算什麼女僕，她對自己的主子做了什麼？

她不但沒有伺候好他，還讓他不眠不休地到處找自己，再逼他難堪地轉身走開。

掏出手機，她哆哆嗦嗦地撥通少爺的電話，間斷的嘟聲在耳邊響了好久好久，最後變成一聲冰冷的人工應答。

「對不起，您撥打的電話暫時無人接聽，請稍後再撥。」

胸口的悶刺鈍痛在擴張蔓延，她被報應懲罰了。她不肯接少爺電話時，他也是這樣的心情嗎？

她本來就沒有立場發脾氣，當時為什麼要任性，為什麼不聽少爺把話說完。

她不氣餒，抓起電話接著打，從暫時無人接聽到已關機，她不知打了多少個電話，直到少爺的手機耗盡了電池，再也撥不進去。

黑手黨搖著尾巴蹲在她跟前，帶些安慰地蹭蹭她。

她順了順牠的鬃毛，悄悄地問：「要是我跟少爺分開了，你要跟誰？」

「……開玩笑的啦，幹麼這麼嚴肅地瞪我……當然是跟著少爺好。我養不起你的。」

「……不過，我可以偷偷來看你吧。」

既然少爺討厭看到她，她可以申請搬出去住。

手機在副駕駛座上放肆地震動，連帶著她所謂的生日禮物一併在他視線裡跳躍，和她兩人蹭鼻捏臉的親昵讓他更覺礙眼煩躁，他用力扯下自己親手掛上手機的幼稚吊飾，想要一了白了扔出窗外，可小照片上的每一個她不停在他眼前晃，親近得就好像她還在耳邊不停聒噪地求饒抗議。

「少爺，大頭貼不是這樣照的，您要對著那個空，把臉塞過去啦。」

「少爺，您的姿勢好醜哦，表情自然點嘛。」

「少爺，我和黑手黨沒有親嘴的說。」

伸出窗外的手收了回來，捏緊了手心，打開車前抽屜，他像丟垃圾一樣把手裡的吊飾甩了進去。

「少爺，奴婢絕對不會違反女僕守則，不會對您有非分之想的！」

「少爺，我們假結婚要多久呢？喜歡上別人了要怎麼辦？」

「少爺……我們離婚吧。」

搖緊車窗，打入檔位，他看了一眼空蕩蕩的副駕駛座，踩下油門。

他幹麼不敢回家，要漫無目的地開車繞圈？他幹麼躲她避她怕看到她？他幹麼要害怕跟她離婚？

他幹麼要害怕失去她……

凌晨三點半，靜謐的夜裡響起關門聲。

蜷縮在大廳沙發上的一人一狗讓他停下步子，她睡著了，身上穿著他眼熟的女僕裝。在等他，在等他這個夜不歸宿的大少爺。

他的指尖幾乎快要碰上她的嘴唇，可想起那傷人刺眼的一幕，他又撤回手來，轉身上樓。

他討厭她的女僕裝，討厭她的順從，討厭她把自己當成大少爺一般伺候，討厭她口口聲聲的單純主僕關係，他對她來說，不是男人，就只是少爺而已。

那他對她滿腦子大男人般的占有欲要怎麼擺脫？

清晨六點半，早餐準備好。

七點鐘的 morning call，姚錢樹準時敲響了少爺的房門。

半晌，房門打開，奶媽總管從少爺的臥房走出來，手裡抱著一疊少爺換下的衣物。

「小錢哪，妳怎麼還在這，少爺已經去上班了。」

「少爺？已經走了嗎？」就這麼不想見到她，所以特意躲過去了嗎？

她頹喪地轉身要下樓，卻被奶媽總管叫住問話。

「小錢，少爺說，從今天開始不需要妳再當他的貼身女僕伺候他，以後由大家輪班替他收拾房間。妳最近是不是做了什麼不討少爺喜歡的事？讓少爺不開心是違背女僕守則的。妳要乖乖反省，好好跟少爺認錯哦。」

少爺大概不會再給她反省認錯的機會了。因為她做的事大概不只是讓少爺不開心而已，而是讓他徹底厭惡自己了。

他把她從女僕的位置上開除了，把她從這個待了十幾年的位置上丟了出去。

姚錢樹心情低落地去飯店上班，同事們的八卦並沒有因為她死氣沉沉而減少。

「我跟你們說哦，我今天早上看到社長，哇塞，他絕對是跟他老婆吵架了！」

「咦？妳怎麼知道的？」

「看衣服打扮啊！他平時西裝領帶的搭配品味一看就是出自他背後女人的手筆，有型得不行。今天他穿著好隨便哦，襯衫不夠挺，領帶顏色花紋也不對，好像是隨手扯了一條。」

「這個就要問小樹了呀，小樹，妳不要一直發呆了呀！到底社長和他老婆怎樣了？鬧得很厲害嗎？都不幫我們美型的社長打點造型了喲。」

「嗯。很厲害。」她敷衍地應道，眼神繼續失焦。

「是哦！有多厲害，多厲害嘛！」

「噓……社長和高級主管們走過來了。」

唧唧喳喳的女侍們忽然靜下來，站成兩排，只待高層人員趕緊走過去，她們好繼續八卦。

皮鞋敲打瓷磚的單調聲音讓姚錢樹大著膽子微微側目。少爺今天的打扮很糟糕嗎？衣服拿錯了嗎？她對少爺還有那麼點作用，是嗎？黑皮鞋和顏色不搭的西裝……她正要繼續往上看，身邊的同事推了推她，悄悄耳語。

「小樹，快看社長的手！」

少爺的手？

「社長的婚戒不見了！」

「……」

空蕩蕩的無名指上，只留下一圈深深的戒印，那是被過緊的戒指箍出的痕跡，而那枚便宜的戒指不翼而飛，沒了蹤影。

「不是什麼貴玩意，少爺您收著就好了，不用戴……」

「替我戴上。」

「可是，箍太緊了會拿不下來。」

「那就不拿下來。」

不是說少爺不戴也沒有關係嗎？不是早就知道總有一天要拿下來嗎？那為什麼看到少爺真的摘下了戒指會有難過失望的感覺？

為什麼要一直說大話？為什麼要逼自己相信，自己可以一邊和少爺假結婚一邊對少爺沒有別的想法？

她分明就不是滅殺了一切鳳凰念頭的合格女僕，她分明貪婪地想要很多更多，她分明沒辦法把少爺只當成少爺。

「小樹，妳木頭了，走了。」

「唔……嗯。」

她低頭隨著隊伍挪動僵硬的步子，不去看少爺臉上的表情。

背後的高級主管隊伍忽然集體停住，杵在走廊上。社長住步回頭問背後的特助：「律師幫我聯繫好了嗎？」

「是，社長。已經按照你的吩咐交代過了。」

姚錢樹坐在員工餐廳裡有一口沒一口地吃著午餐。

桌子的對面突然坐下一道身影，她懶懶地抬眼，在瞥見舒總監的那一刻，眼簾不自在地垂下去。

「幹麼不敢看我？」

「……舒總監好。」

「妳這算是在跟我說，妳沒把昨天晚上當一回事嗎？」

「……」

「還是你們倆言歸於好了？那位大少爺度量大到可以當昨天什麼都沒發生過？」

她搖搖頭，怎麼可能當做什麼都沒發生過，少爺不肯見她，避她躲她討厭她，把她從身邊調開，連戒指都被他不屑地扔開了。

舒總監的手從對面伸來，握住她冰涼的手。

「雖然有點急，但是我突然很想知道妳對昨天的答覆。」

答覆？是少爺不要她的話，她要不要給舒總監當女僕的事嗎？

「不過，現在我想換一個問題。」

手腕上的力道在收緊。

「如果妳家大少爺不要妳的話，妳要不要跟我在一起？」

「……」不是當女僕，而是在一起？

「我在哪兒，在幹什麼，和什麼人在一起，這些妳想問的問題，妳要不要試著問問看？」

這些她想問，但是從來也沒問出口的問題，不是讓男人最倒胃討厭的問題嗎？第一次相親的時候，讓舒總監忌諱的問題為什麼突然要她開口問？難道是因為……

「舒總監……其實你不用對我負責任的，都是我自己喝醉……」

「負責任？誰要對妳負責任？喝醉的人是妳，又不是我。我知道我自己在幹什麼。」怎麼會呆到把這麼倒胃口的字眼用在他身上。

「可是……」

「抱歉，打擾一下。」一道溫厚的聲音打斷了兩人的對話，是少爺的特別助理。

「社長派我來傳話給兩位。第一……請舒總監先把手從姚小姐的手上拿開好嗎？社長說他不喜歡有人在他眼皮底下公私不分，亂搞男女關係，潛規則下屬什麼的……你們倆這樣實在很礙眼……」

滿是嗆辣味道的話從特助嘴裡為難地飄出，顯然並非出自他的本意。

舒城岳聳肩挑眉，回頭看向掛在高處的攝影鏡頭，再看了一眼自己正在吃豆腐的手。對面的女人慌張地抽回自己的手，他也只得禮貌地鬆手。

「第二，社長請姚小姐到社長辦公室去……談論一下私事。」

……剛剛是哪位大少爺說他討厭別人在辦公環境公私不分的？

電梯走向飯店的頂端，那是姚錢樹從未涉足的地方。

特助帶著她走進社長辦公室的大門，然後悄然轉身退出去。

落地窗前的高背皮椅始終背對著她，她知道少爺坐在那，卻不敢開口對他說話。

靜默了許久，高背皮椅忽地轉過身來，少爺架著腳抬眸盯著她，一張溼巾遞到她手裡，

「擦乾淨。手。」

少爺的眼神很可怕，她不敢忤逆，乖乖地把手擦拭了一遍。

一份文件被丟在桌上滑到她面前——離婚協議書。

「我讓律師起草的離婚檔，妳要提什麼條件？」

「……」

她搖頭表示隨便。那無所謂的態度讓他雙眉皺緊。

「為了擺脫我，怎樣都好是嗎？」他哼笑，抽出筆丟到她面前，「沒意見就簽字。」

她抓起筆就要胡亂地寫上自己的名字，筆卻突然頓住，她瞥向少爺空空的左手，「少爺，

我有一個條件……那個戒指，可以還給我嗎？」

「……我扔了。」

「……」他扔了。他把那枚戒指取下扔掉了……她抿緊了嘴唇，「那算了。」

深吸了一口氣，她在少爺的注視下簽下自己的名字。她有點生氣，不，她好生氣……為什麼要丟掉它，就算它只是便宜貨，就算它根本不值錢，就算少爺覺得它累贅討厭，他可以還給她的，為什麼要把它丟掉。

伸手進口袋，她掏出一直不敢再戴上脖子的鑽石戒指和她的提款卡推送到少爺面前。

「這算什麼？」少爺的眸危險地瞇起。

「少爺之前給我的，我沒扔掉，還給您。」

「……妳見鬼地把這些還我是什麼意思？是迫不及待要跟我撇清一切關係嗎？怕姓『輸』的誤會妳被我包養了？」上繳他薪水的提款卡，每天只給他五十塊的提款卡，他替她戴上的婚戒，她拿項鏈串起掛在心口的項鏈，她把與他有關聯的東西通通退還給他，她把他們是夫妻的證據通通丟回給他。

離婚協議退回到他面前，簽上了她的字，跟他有關聯的東西從她身上褪下，送回他眼前，他知道她同意跟他離婚，可要不要這樣不帶任何眷戀遲疑，著急忙慌地離開他？

「少爺……」

「不要叫我少爺！誰是妳少爺！」那個只看著他，只圍著他的小女僕才不是眼前這個女人，她不會傷他，不會把他送的東西退還給他，更不會為了和別的男人在一起離開他。

「要是看到我您會心煩討厭，奴婢我可以搬出去住……」

「妳還想搬出去？」離婚還不夠，她還想徹底地滾離他的視線？

靜謐的空氣流竄在兩人之間，他突然越過辦公桌伸手扣住她的下巴捏得她生痛，字字緊咬地對她輕聲道：

「妳休想離開那間房子，我不准妳走。就算離婚了，妳還是我的包衣奴才，是我的東西，一輩子都是！」

「奴婢知道，奴婢和黑手黨一樣，都是少爺的東西，奴婢不會走的，少爺。」

「……」他要表達的不是這個意思，他要表達的是……他對她……

……他對她……

「奴婢可以出去了嗎？」

「……妳和他……他剛剛對妳說了什麼？」

「舒總監？」

聽到她叫那個男人的名字，他更加煩悶。

她木著眼睛，機械地回答著主人的問題，「他問我要不要跟他在一起。」

「……」那妳會和他在一起嗎？那妳會看上他嗎？是我那裡不夠好嗎？是我那裡對妳不如他好嗎？哽在喉頭的話懦弱到讓他吐不出來，飄出口的只有冷冰冰的威脅，「我警告妳，在離婚協議沒生效前，妳依舊是我老婆，我不准妳和他在一起！」

「是，少爺。奴婢不會和舒總監在一起。在您簽字以前。」

39 少爺，您是故意的嗎？

都說一個成功男人的背後總會有一個多事的女人。

沒了這個多事的女人，男人的變化顯而易見。

配錯的領帶，忘扣的領結，一半翻出一半褶皺的襯衫領了，小小的細節就能讓所有的人察覺到——

皇爵飯店社長公子的婚姻狀況岌岌可危了。

員工茶餘飯後的八卦傳不到那太高的社長辦公室，只在小姐妹的圈子裡流傳。

有人說，社長夫人受不了寂寞紅杏出牆了，被社長怒而休之。

有人說，本來就是沒感情的豪門聯姻，現在只是利益分贓完畢，結束一些法律手續。

也有人說，社長前女友從國外殺回來橫刀奪愛，社長夫人鬥不過小三，哭著逃回娘家去。

各式樣的版本都在姚錢樹的耳朵裡滾過，聽多了以後，她現在也能瞪大眼睛，拍拍八卦者驚訝地說道：「真的假的？好精彩哦！」

「妳在人家家裡當女僕，妳都不知道嘛？還想從妳這搞小道消息哩！」

「哎呀，妳們不懂的，豪門嘛，規矩很多的，我們和少爺平時根本講不到話，少奶奶也是神龍見首不見尾啦。」

她講得不完全是假話，至少她和少爺已經很久沒有說過話是真的。

他最近比剛結婚那陣子回來得更加晚了，只是她現在連微酸的資格都沒有了。

幾天前接近四點的時候，她早起走出房間竟發現他側躺在沙發上就這麼睡著了。領帶被丟在腳邊，襯衫大開到小腹，眉頭緊皺，薄脣繃緊，頹喪得讓她心口抽痛。菸灰缸裡塞滿了菸蒂。她以前卻從來沒看過少爺抽菸。

隨手抱來一層毛毯，她盡奴才的職責，替他蓋上。

他長睫微動，迷糊的眼眸緩緩睜開，裡面有她的身影。他抬手撫上她的臉，薄脣念念有詞，她卻聽不清他在呢喃些什麼，只覺得他貼近的幾乎快要親到她了，卻又在最後時刻抽身繞開，邁步上樓。

她呆坐在沙發上想起他拿走的那份離婚協議，少爺從沒告訴她那份協議什麼時候生效，也沒知會她，他什麼時候在上面簽字。

大概覺得根本不重要，她不需要知道吧。

反正什麼時候要離，什麼時候生效，少爺說了算就好。

不過，她現在到底是誰呢？是老婆還是前妻？

「小樹，妳去跟妳家少爺反應一下我們民間疾苦啦。不要為了追女人就欺負我們這些可憐的民工嘛。飯店馬上要辦海外食品的展銷會是那個王瑩家的公司弄的吧？逼我們做什麼培訓，那麼多食品要記，腦細胞都死光了。」

「他不是給我們八卦來紓解壓力了嘛？少爺已經很厚道了。」

「哇靠，小樹，妳真不虧是社長家的奴才耶，這麼幫他說話！用八卦來換勞力？哪有這麼好的事啊。」

「哈哈哈哈！」

「啊，電梯終於來了。下班下班，回家回家！」

「週末下班時候的電梯肯定好擠，讓我先上哦，我約了人的！」

一行人正雀躍地等在電梯門外。

叮的一聲，電梯門打開。

和預料的相反，電梯裡空空蕩蕩，只有一個人孤單地站在裡面，他西裝革履，低眉斂眸，見電梯門打開，稍稍抬了一下眼，又瞬間垂下。

「社……社長？」一眾女侍瞪大眼，八卦男主角突然出現在眼前，還是在他們的普通員工電梯裡？

「嗯。」他低聲應道。

社長怎麼會坐普通員工的電梯呢？他的商務專用電梯壞掉了嗎？

怪不得電梯裡空空的，誰敢和社長同坐一班電梯啊？女侍們面面相覷，卻沒人敢走進電梯。

「妳們不走嗎？」社長抬手擋住門。

「呃……怎麼辦啊？」女侍們轉頭嘀咕。

「走啦，有什麼關係，社長也不會吃人，週末電梯難等死了，我才不要在這裡浪費時間呢，小樹妳說呢？」

「嗯……啊。」

「妳笑得那麼淡定幹麼？像個呆子一樣！」

「我沒有啊。我怕妳們趕時間嘛！」

「那……就走吧。社長看起來人滿好的，還在等我們呷。」

一眾女人擁入了電梯內，畢竟人還是太多，有些擁擠。社長紳士地退到角落裡，總算讓所有人都擠進了電梯。

她感到少爺就在她身後，她的背脊貼近他溫熱的胸膛，頭頂傳來少爺平緩沉穩不帶任何情緒波瀾的呼吸聲……

電梯裡的沉默跟女人們的氣場不符，終於有人按耐不住死氣沉沉的氛圍張口講話。

「話說，小樹，今天週末妳去那裡玩啊？」

「我？回家啊。」

「哎呀，在社長面前裝好員工了，不要騙我們哦，舒總監有約妳對不對？」

「那不算約啦。」她只是按照約定，把這個月的薪水還給舒總監而已。

「哎喲，那要怎樣才算約嘛！」

叮鈴鈴……

她的手機不合適宜地響起來，她接起舒總監的那支手機，「喂。嗯，停車場，我在電梯裡，馬上就到了。」

背後的呼吸忽而變得粗重急促起來……

「情侶款的手機，一起過週末，八字有一撇了哦，小樹！大方點承認嘛！社長從國外回來，這麼開通民主，他也不會反對辦公室戀情的啦！」

「……我不喜歡。」一直在角落裡沉默的男人傲慢地啟唇，硬邦邦地插進這場女人唧唧喳喳的八掛裡。

「欸？」馬屁拍到馬蹄上了？

「我不開通民主，我不喜歡辦公室戀情。」他不留情面地重申瞬間讓周圍的溫度降到冰點。叮的一聲，電梯門打開了，一眾女人從電梯裡奔逃而出。

「媽呀，妳看到沒，社長的眼神好可怕。」

「看到了看到了！一直死盯著小樹那支手機，好像想把人家給掰成兩半一樣。」

「是啊！還說什麼不准小樹和舒總監談辦公室戀情，看來他和舒總監不和是真的哦？完全聽不得我們討論舒總監呢！」

「那小樹不是慘了？還在他家當女僕呢……欸……話說……小樹人呢？她沒下電梯嗎？」回頭，身後少了隻小尾巴。

「電梯……已經上去了。社長也沒有下來嗎？」

姚錢樹在隨人流走出電梯的最後一瞬間被人拽住手肘，重新拉進了電梯，跌進了男人的懷裡。

她被他一手摟住，手裡的手機被摔在電梯角落裡。

一隻大手按上關門鍵，直接按到最高層。

她正要從他懷裡鑽出來，卻被翻身壓在電梯壁上，男人的手指撩開她額前的髮，男人的舌尖頂開她的牙齒，強悍地侵入，捲帶著濃郁的菸草味洗刷著她的嘴脣，摩擦著她敏感的舌根。

吮吸，啃噬，舔吻得十分賣力。

黏稠，糾纏，藕斷絲連的親暱。

他近乎野蠻地吃著她的嘴脣，就好像太久沒有進過食的蠻族。

她無法呼吸，被吻得吃痛，而那圈在她的腰側的手也跟著越收越緊，緊到她難受地輕吟出聲，他也不肯放鬆力道，嘴脣沿著脖子下滑，一路留下舔咬的痕跡。她肺葉裡的氧氣被他極用力地吸盡，使她不得不貼俯在他身上喘氣。

沒人開口說話，任由燒熱蔓延淹沒。

明明每天都有見到，為什麼卻像好久沒見過面一樣滿足於此刻的放縱？

明明是在生氣，是在冷戰，為什麼最後卻這樣沒頭沒腦，沒情沒理地摟抱親吻在一起？

明明現在的關係不適合這樣，為什麼卻還想再胡來一次？

她的嘴脣輕輕張開，帶著點邀約的味道。

喉頭微微翻動，男人的黑眸只容得下這兩片脣，閉眸間，他扣住她的後腦，脣舌再次叼住她，毫不客氣地再次霸占她的嘴巴、抽空她的肺葉。

粗啞的喘息聲在她耳邊環繞著，她被擁進他懷裡，臉頰擠進他黑西裝的衣襟間磨蹭，全身依附著緊貼著他，就好像沒有他，她會像散了的骨架般瞬間軟倒。

她踮起腳，伸手溜進他的頸脖間，親密地幫他整理沒有翻整好的襯衫領子，繫好鬆垮的領帶，抹去他領口邊剛蹭上的她脣蜜的淡淡印記。

西裝筆挺，衣著完好，高貴迷人得不容侵犯，絲毫不像曾放縱得在電梯裡和女職員親熱過的社長公子。

頂樓快要到了，她轉過身，不再看他。

她的背後卻傳來少爺沙啞灌鉛般的聲音。

「妳告訴我，妳沒有……」

她不敢回頭。

「妳告訴我，妳還是我一個人的，妳沒有被他碰過。」

「……」

「妳說，我就相信妳。」

電梯叮的一聲響起。

她緊閉著嘴巴不回頭，邁步走出去，聽見背後那扇門關閉的聲音，也聽到自己抽噎得很難聽的聲音。

現在說喜歡少爺已經太晚了。她沒有資格站在少爺身邊了。

她拒絕了少爺最後妥協的問題，然後，她理所當然地會漸漸被少爺從生活裡抹去。

少爺的生活起居交給別人打理，她不在意。她需要打理的是她多餘的感情。

她肯定一次也沒有讓少爺有過「還好能和妳結婚的」的念頭，她不該被打擊到，因為她和少爺本來就不是真正的夫妻。

在飯店碰到，他不再為難她單獨和自己相處。她禮貌地行禮鞠躬，他也有風度地點頭示意，漠然地從她身邊走過。

在家裡廚房碰到，尷尬地對視一眼，她別開眼站到一邊做自己的事。他硬繃住唇不鬆口講一句話。她忙著站在琉璃臺前榨鮮橙汁，他穿著拖鞋在冰箱前不熟練地翻找充饑食物。

他放不下身段主動開口，胡亂地翻找一番，煩悶地甩上冰箱門走人，她一邊疑惑著他為什麼不吩咐僕從做這些小事，一邊當做什麼也沒看到一樣機械地折磨著手裡的柳丁。

員工餐廳裡，她偶爾會碰到他。他總是坐在角落裡，陰著臉喝咖啡、看報表。她怕被他發現，默默地坐在離他最遠的位置。

「幹麼？這麼怕被他發現嗎？約妳吃個午餐妳也能心虛成這樣？好像妳真的在紅杏出牆，我真的是地下姦夫一樣。」舒總監坐在她對面調侃她。

「別忘了，妳離婚協議都簽完了，我們已經合法了，姑娘。」他伸手過來揉弄她的腦袋。她不知該如何閃避，只能僵著脖子任由他。

「喂。妳這樣不自然，好像我和妳已經在一起了一樣。怎樣？要宣布給大家聽聽嗎？」反正最近大家的八卦焦點都在他們倆身上。

「為什麼要宣布？」又沒有真的在一起……

「因為前幾天我們可敬的大少爺頒發了一條新的員工守則——禁止公私不分，在工作場所戀愛。」挑戰一下這非人性的員工守則，好像滿有趣的。

舒城岳興趣滿滿，可某棵呆樹卻毫不配合，「戀愛結婚什麼的，最無趣了。」

她那副過來人的滄桑口氣讓舒城岳輕笑出聲，她不理會他的嘲弄，懶散地吃下一口裹著沙拉醬的菜葉，頭一抬卻撞見從最遠處的角落射來的幽幽日光——是少爺。

他不知何時回過頭來注視著她，泛冷的陰眸裡倒影著她張大嘴巴不夠優雅的吃相，她害怕和他對視，慌張又明顯地逃避他的視線低下頭繼續嚼菜葉。他垂下眼簾，從餐桌起身，不可避免地路過她的桌邊，不做多餘停留正要邁步走過，卻被舒總監開口叫住。

「社長，你所謂的禁止辦公戀情，只要她辭職就沒關係了吧？」

被叫住的男人陰鬱地側眸，對上那雙斯文的眼睛，空氣中飛射出冷色調的火花。

被命令辭職的傢伙卻完全視而不見，「什麼？辭……辭職？舒總監，為什麼我要辭職？」

「我薪水比妳高，所以當然是妳辭職，我養妳比較划算。」

「舒總監，你不要亂說話啦！」

「隔著眼鏡，妳就看不到我的真心了嗎？」

「你眼鏡在反光啦！」

被叫住的男人側過寒眸，捏了捏拳，背後類似打情罵俏的場面刺眼透了。他磨蹭了那麼多年，遲疑了那麼多年，糾結了那麼多年，只是為了等她和別的男人打情罵俏給他看嗎？

她說為什麼要宣布，是表示他們已經在一起了，礙於他沒風度的新規定才不讓他知道嗎？

她說戀愛結婚無趣，是他讓她感到和自己在一起是如此無聊無趣的嗎？

他為什麼要聽到所有人在他面前議論他們倆的事？

在她眼裡，他到底算什麼東西？

一個不太好笑的笑話嗎？

他還要在乎她對自己的看法嗎？

找不到指責的立場，他沉步走開。

雨從天際澆下來，伴隨著幾聲夏雷，他孤單地站在飯店大門外抽菸發呆，背後陸續傳來下班員工的腳步聲。

「小樹。怎麼辦，下雨了！還下這麼大，我約了人，這下怎麼走到地鐵呀？」

「我包裡有帶雨傘，妳要是急就先拿去用吧。」

「真的？妳這多啦A夢包真是又大又實用，裡頭什麼都有，那裡買的呀！」

「……我也很喜歡它。」

「啪啪」兩聲拍包聲，讓他脣上的菸微微一顫。

「好了，妳不是著急嘛，快去吧。」

「那小樹妳怎麼辦？」

「我？我沒差啦，這包包好防水的，頂著跑沒問題。」

「那多不好……」

「沒差，我離公車站很近的，快去啦！再不走要打雷了。」

「那……那，發完薪水請妳吃飯！我豁出去了，叫上妳家男人一起啊。」

脣上的菸被輕輕摘下，黑眸朝門口淡淡一瞥。

「男人？什麼男人？」

「就舒總監嘛！先走了啊，拜！」

雨花被踩得啪啪作響，越來越遠。

大門口安靜得只剩下淅瀝作響的雨聲。

男人手裡的菸滑落墜地，不需要踩已被積水熄滅。

他靠在玻璃門外，她站在玻璃門內。

她在等雨勢轉停，他在等大雨傾盆。

什麼時候一起回家已然奢侈到需要藉口了。

沾了雨滴的皮鞋動了動，幾次想要轉身走進門內，卻又幾次作罷。

天空灰暗得讓人提不起精神，她蜷著身子蹲在門口，等不到地上的雨花變小。

「還好你碩大結實又防水。衝了！」

一甩哆啦A夢包，姚錢樹頂頭大雨奔出了飯店大門，箭步如飛地往公車站趕。

他沒料到她會這樣突然地衝進雨中，急忙丟開了所有考慮思量掙扎的心緒，身體已經跟著潛意識坐進了車子裡，打開雨刷，倒車，踩油門，追出去……

等自己反應過來，車子已經塞在雨天的馬路上，他不耐煩地用長指敲著方向盤，嘴裡碎碎地咒罵這鬼天氣。

隔著幾輛車的距離，公車站牌近在眼前，他的包衣小奴才被雨澆得很可憐，頭頂包包，兩腳不停搓動，弓著身子眺望遠處，一臉期待公車快點來的焦急模樣。

就這樣慢慢靠過去吧。只要搖下車窗，撇撇嘴角，她就會感恩戴德別無選擇地跳上他的車子。會對他笑吧？會故作禮貌地說「少爺，還好有您在」吧？會低頭扭手指不知道該拿什麼表情面對他吧？會感覺到他對她還是很好很在意吧？

雀躍還沒站穩心頭，透過雨刷滑動的擋風玻璃，只見舒城岳那眼熟扎眼的黑色轎車突兀地停在了公車站前。他推開車門撐著雨傘優雅地走到她跟前，任由車子橫擺在塞車的路口。

他被自己遲疑彆扭的情緒鬧得塞在路口中間無法動彈，隔著短短幾公尺的距離，眉頭深皺，牙根死咬地盯著那雨刷滑過的刺眼畫面，握住方向盤的手一緊再緊。

她被拉入舒城岳的傘下，卻不停地擺手拒絕，不肯上車。舒城岳揚了揚眉，若有所指地看了一眼大排車龍的塞車隊伍，喇叭聲此起彼伏地響起。他在告訴她，她不上車，他不走人。

她抓了抓溼漉漉的頭髮，無奈地眨眼撇嘴，只好放下腦袋上的包包，爬進車門大開的車子。

女人終於被男人逼上車，小男女的感情彆扭也該鬧完了。前方的道路忽然暢通起來，可一輛銀色跑車又不知為何地停擺在道路中央。

面前的雨刷機械地擺動著，背後的喇叭聲響徹動天，快要蓋過天際隱隱的雷雨聲。可他就是提不起勁去踩油門。

明明還是有感覺，明明捨不得提交離婚協議，明明硬撐得很難受，明明只要下一道小小命令，她就會乖順地回來自己身邊，為什麼還要不認輸，為什麼還要折騰自己？

就算只把他當少爺看又怎樣？就算不把他當男人看又怎樣？就算她和姓『輸』的你情我願、公告天下，大家認可又怎樣？

只要把她蠻橫地鎖在身邊，用少爺的身分下命令，他就不用擔心她會亂跑到他看不見的地方去。

姚錢樹甩掉了一身溼衣，洗了一個熱水澡，神清氣爽地摟著髒衣服走進洗衣間。

少爺專用的洗衣籃剛被送進洗衣間。那本來是她的工作，現在卻由別人在做。

洗衣籃裡堆滿少爺剛換下的衣服，沾染著少爺的氣息。她受不了誘惑蹲在少爺的洗衣籃邊，讓擴散彌漫在空氣裡屬於少爺的味道鑽進她的鼻間。

已經好久沒有幫少爺洗過衣服了。

他現在不需要她的貼身伺候。不過，她還是他的小女僕，反正現在也沒有人洗，她努力工作洗洗衣服，總不會有錯吧？

捲起衣袖，她抱起洗衣籃，正要開始久違的工作。

「還給我！」

冷硬的命令從她身後響起，她還沒轉頭回看，手裡的洗衣籃就被「咻」地拽走。

「少……少爺……」

他什麼時候回來的？

凌亂的髮絲溼漉漉地滴著雨水，襯衫貼在胸膛上，若隱若現的起伏。

他將黑瞳別開不去看她，洗衣籃護在身後，躲避她的碰觸。

「少爺……我只是想幫您洗衣服……」

「走開。不用妳多管閒事。」

「……」她的眼神黯淡下來，原來她不能再管少爺的事了，「……是。奴婢我知道了。」

她低頭走出洗衣間。

洗衣籃的衣堆裡掉出一枚不值錢的便宜銀戒，被一條銀鏈串著。

他趁她不注意急忙抓起戒指捏進掌心裡。

40 少爺，您被綁架了嗎？

深夜的酒吧裡煙霧繚繞。

清一色的男人占據著一個包廂，抽菸喝酒好不樂乎。

「錦玉，你不是不喜歡抽菸的嘛？最近抽很凶啊。還沒和好？」

「要我說，你就是太客氣了，直接抱她上床，一句『我愛妳』，不就好了，扯那些有的沒的。」

「哎呀，你們別折騰他了，他家那個小女僕啊，腦子裡長大樹，木頭做的，怎麼明示暗示都沒用，只知道把錦玉當少爺伺候，還不知道自家少爺有七情六欲，是個道道地地，對她從肉體到靈魂都很有興趣的男人呢！」

男人摘下脣間的香菸，捏熄，一扯領帶，愛理不理地繼續喝悶酒，狠不得把對木頭女人的七情六欲都一併嚥下，隨汗蒸發掉。

周遭的兄弟見他不搭腔也不再鬧他，逕自散去各玩各的，只留下一個朝他輕笑搖頭。

「前陣子找你出來玩，你說你結婚了，錢都上繳老婆，沒錢，現在富裕了吧，請大家喝酒？」

男人白了那人一眼，繼續抿著紅酒不搭腔。

「女人跑了才想到兄弟，你很有種啊。」

「……」他的女人是跑了，他親眼看她上了別的男人的車子，坐在他的副駕駛座上，扣上安全帶，他思續萬千、窩囊地坐在自己的車子裡，找不到立場去發火。

「也是啦，想當初你死不承認對人家有感覺，為了避她避到國外那麼久，受不了、認輸了才肯回來的吧？」

「……我幹麼要看上一個奴才？她對我來說就和黑手黨一樣……」

「那我倒挺好奇，你家狗狗到底對你做了什麼，讓你這個主子對她越來越有感覺，在意難受成這樣呢？難道只是因為假結婚的婚姻被人破壞，而不是因為你受不了她被人碰了？」

「……」

他是想過要避開她，要避開這個奴才，他還記得自己小時候說過的話，她就像黑手黨一樣，只是屬於他的東西。他不會對黑手黨有感覺，可為什麼偏偏對她就越來越難以自控？

他傲慢又自大，不想承認自己看上了一個奴才，而這個奴才還一副不在狀況的模樣。

他試過和別人交往看看，也企圖找個人來代替她。不要小女僕，他只要找個上流社會的女人匹配他，可是最後才發現沒辦法。

他以為找個人像她一樣唧唧喳喳就好，可是不是她，他會覺得吵；

他以為找個人像她一樣撒嬌黏人就好，可是不是她，他會覺得煩。

原來，寂寞不是沒有人陪，而是陪你的那個人不是你心裡想要的那個。

在看到那個哆啦A夢包的時候，他就認輸了。可熬完學業回到國內，第一天她就給了他當頭一棒。

她在相親，還不是第一次。

他放不下架子，開不了口，只能彆扭地暗示她可以對他有想法。

她卻一次又一次地回答她不要。

先結婚再說吧！結了婚，她就跑不了了……

可是，原來婚結了還能離，她還是溜走了，而這次他束手無策。

他難堪的大男人情緒哽在喉頭，那惡劣的獨占欲嚥不下去吐不出來，無法排解，抑鬱在胸。說什麼感情不在乎肉體，說什麼感情不該是這樣膚淺，他沒辦法不在乎，沒辦法當做什麼都沒發生過。

她會不會已經喜歡上那個男人了？她會不會把他看得比他這個少爺重要，她會不會開口對他說要離開？

「錦玉，要是放不下，不如索性算了。」

「什麼算了？」

「既然你沒辦法釋懷那件事，她也的確不再是你想要的那個傢伙了，她沒資格了。你不如把你對她的感覺停下來，丟開，放棄。就不會再難受了。」

她沒資格了？只要對她沒感覺，她和誰在一起，又關他這個少爺什麼事？

午夜時分，安靜了好久的手機在姚錢樹的枕邊響了。

是少爺送給她的那支。

這麼晚，少爺打電話給她做什麼？

她揉揉惺忪的睡眼，接起電話，「喂……」

「小女僕。」調侃的聲音從話機裡傳出來。

「喂！你是誰！怎麼會有我家少爺的手機。」陌生的聲音讓她頓時睡意全無，警鈴大作。

「是啊，我怎麼會有妳家少爺的手機呢？因為妳家少爺在我手上。」

「……綁……綁匪！你們綁架我家少爺！」

「是啊，我們不僅綁架了妳家少爺，還打算把他的男色賣一賣。這裡有好幾個女人開高價，打算買他的第一夜哦。」

「……你……你又知道我家少爺是第一次了！」

「哈，一看他就是沒有碰過女人的遜樣，才會被妳整得不成人形啊。」

「什……什麼意思啊！」

「我現在可沒有心情大半夜陪妳閒聊妳家少爺的第一次。現在聽我的指令，我叫妳做什麼，妳就做什麼，否則，妳家少爺的清白就成問題了。」

「你別碰我家少爺，我什麼都會照著做的！」她睡意全消，跳下床。

「很好，妳現在去妳家少爺的房間，打開他的電腦。」

「唔，少爺的電腦有密碼的。」

「輸妳生日進去看看啊。」

輸她的生日？

啪啪啪，輸入……確認……

成功了！

少爺的電腦密碼是……她的生日……

「進入桌面了沒？」

「……進了，你要我盜取什麼商業機密嗎？我告訴你，我……」

「桌面背景是誰？」

「欸？是是……是我……」好醜的一個大頭，眼睛瞇成了兩條大縫，嘴巴大咧著，哇哩咧，連後槽牙都看得到！她怎麼長成這個樣子呀！面對這個頭，連她自己都受不了，少爺怎麼能如此淡定得對著它辦公呀！

「哦！是嘛，現在轉身，找到妳家少爺床下的保險櫃。」

欸？這就沒了？不是要盜竊什麼商業機密之類的東東嗎？怎麼只讓她見識一下自己怪物般的大頭又要她爬床鋪底下……

「那個密碼我也不知道耶！」

「輸妳生日啊。」

「……」巧合也沒有撞上兩次都中的吧？

啪嚓……

開……開了！媽呀！她打開了少爺的保險櫃呀！金條，銀條，銅條，油條都要被壞蛋拿走了呀！

「伸手進去摸摸啊。」

欸？這是什麼東西？

一串手機吊飾掉出她的視線，上頭全是她和少爺的大頭貼……那不是她……扔掉的，打算送給少爺的生日禮物嗎？怎麼會在少爺的保險櫃裡？

還有一疊照片……全是她小時候醜死人的樣子，還有……

她和少爺詭異的婚紗照……

少爺把這些不值錢的東西跟金條什麼的放在一起嗎？

「好了，現在換好衣服出門，我在門外接妳。」

「欸？綁匪先生，你是不是少說了什麼？比如拿兩根少爺的金條銀條銅條油條之類的東東啊……」

「不需要。因為妳比那些東西值錢。」

「……你要拿我去賣器官嗎？」

「……妳真是個徹頭徹尾的木頭，妳家少爺怎麼就不掐死妳呢？」

幹麼突然對她人身攻擊！哼！

換好衣服，姚錢樹揪緊了哆啦A夢包，鑽上了一輛朝她招手的車子。

那人戴著鴨舌帽，故意低著腦袋，所以看不清楚他的臉。

「少爺在那裡？快帶我去見他！你們沒有對少爺做什麼見不得人的事吧？」

「想見少爺，妳有帶錢嗎？」

「有！我有帶少爺的提款卡的說！」她到少爺的房間摸了張提款卡出來。

「哈，那妳知道密碼嗎？」

「廢話！不就是我的生日嗎！」

唉唷？開竅了？知道她家少爺滿腦子都被她占據，整顆腦袋全是她在轉來轉去，單調笨蛋到把所有重要密碼都設置成她這個呆女僕的生日了？

「好，坐穩了，我們去取贖妳家少爺的錢了。」

車子飆飛出去，駛在人煙稀少的公路上。

車子的去向有些眼熟，他左拐右拐最後竟然停在了一家照相館前。

那正是她和少爺照過婚紗照的那家照相館……

玻璃大門緊閉著，幾盞落地燈往上照亮了高高懸掛的廣告板，那廣告板上被放大的照片不是別人，正是少爺和蓋著紅蓋頭的她……

女人身著中式傳統的喜服，大紅蓋頭把她的臉和視線完全遮住了，男人修長的手指停在她臉頰邊，似要掀起蓋頭，那狹長深幽的柔眸裡蕩漾著的全是對身邊女人幸福寵溺的笑意。

少爺那樣迷人的眼神，那樣幸福的表情，還有那唇角上揚的淺淺弧度，都是她從未見過的。原來在她被蒙在蓋頭的時候，少爺正用那盈滿笑意的眼眸看著她嗎？

那隱在眼神背後的話是什麼呢？她想悄悄猜測，偷偷期待，可又擔心現在的她已經沒了資格。

她和少爺已經離婚了，現在看到這些只會讓她更加無力。

車子駛進了酒吧，她跟著綁匪走進了一間包廂，她看到少爺正斜靠在沙發上瞇眼半寐，叼在唇上的香菸還冒著煙。

他髮絲凌亂，襯衫皺巴，領帶散亂，菸味酒味男人味籠罩在他身邊盤旋不去，平日高貴逼人的氣質驟然不見，男人性感散漫危險的味道恣意流瀉。她從沒見過少爺這副不修邊幅、邋遢頹然、抽菸酗酒的糟糕模樣。

「少爺……少爺！少爺，您沒事吧？」她撲身向前，摘掉他唇間的香菸，丟在地上，撐起他的下巴讓他看向自己，「他們對您做什麼了？少爺，您看著我呀！」

他眯起渙散的眼盯住她，酒液卡在喉嚨，不住地咳嗽。

「少爺，您還好吧？奴婢我給您拍拍。」

她順撫他的背脊，他卻占有欲濃烈地攬住她的肩，帶著酒氣朝屋子裡所有人吼：

「你們所有人給我聽清楚，她……」

他一把揪住她，霸道地宣布：「她是我老婆！」不是女僕，不是前妻，她是他老婆，他一個人的！

她愣在原地，盯著少爺不知該做何反應……他喝醉了嗎？醉得一塌糊塗了嗎？

「什麼老婆啊？以前拿照片給我們看，不是還嘴硬說她只是你家小女僕嗎？」

「她是我老婆……老婆，老婆！」他不厭其煩地重複，一邊哼唧，一邊不容拒絕地把她往懷裡塞。

「錦玉你夠了哦，都知道這是你女人了，又沒人要搶，一直叫煩不煩啊！」

「喂，妳家少爺叫妳呢，妳倒是應啊。」鴨舌帽聳了聳她，將她往少爺懷裡推送。

他整個人都掛在她身上，鬍碴刺刺的臉紮得她臉頰麻麻癢癢的，還不停地側脣輕碰她的脖頸和臉頰。

「少爺。您喝醉了，我們回家了好不好？」

他定睛撇脣嚴肅地看住她，「妳要我跟妳回家？」

他不要嗎？不想跟她一起回家嗎？又要嫌她多管閒事了嗎？她現在已經不是少爺的貼身女僕了，不能再管少爺的起居生活了……

「好！老婆叫我回家。我要和我老婆回家！你們都靠邊。」

「欸？」為什麼覺得喝醉的少爺……坦率到有點可愛……好騙好糊弄得像個單純的小男生？

他頑皮地站起身，把身體的重量放心地交給她，任由她架著他往外挪。

走到門邊她才看清鴨舌帽男的真面目——不是綁匪？是上次和少爺一起打籃球的兄弟？

他叫她開少爺的電腦，保險櫃，帶她去看照相館的照片，是為了什麼？

他忽然湊緊了她耳邊低聲哼道：「喂，小女僕，我們錦玉是第一次，妳伺候他可要憐香惜玉哦。不過，搞不好他口味比較重，喜歡妳粗野點。哈哈哈！」

這番明目張膽的暗示，她聽懂了，臉頰「轟」地燒起來，架著少爺向兄弟們道了聲謝，趕緊往外跑。

少爺，您的兄弟們太不正經了，怎麼可以教唆奴婢吃掉少爺您寶貴重要的第一次呢！

摸黑回到家中，少爺昏昏沉沉地依著她，她沒辦法把少爺搬回樓上的房間，只好把他拖進了自己的小房間，將他安置在自己床上。

她伸手解下他身上酒氣沖天的衣服，從外套到襯衫，忽然一枚銀質的戒指掉進她的視線，它被串成項鏈掛在少爺的胸口。

那不是她送他的銀戒嗎？他不是說他扔掉了嗎？為什麼會在這裡？為什麼會被他寶貝似的掛在胸口，學著她當初藏戒指的模樣……

「少爺……」她想開口問他，他眼眸眨個不停，一拽手將她拉上床，囚在胸口。

「妳和他在一起了嗎？妳幹麼躲著我？」

「少爺……您在說什麼吶？」

「我不要算了。」他在她耳邊說著莫名其妙的話，「我不要停下來，我不要丟開，我不要……」

一邊說著，他竟然動手開始脫她的衣服。

她被嚇了一跳，扭身推開他，「少爺，您喝醉了。」

「我要做。」

「少爺……」

「我要和妳做！」

「奴婢我不行……」她現在哪有資格被少爺碰。

「為什麼不行？我喜歡，我就要和妳做！」

「那不是喜歡啦！少爺，您只是喝醉了想胡鬧而已……」她一心只把他當成個小醉漢來安撫。

「那妳告訴我什麼是喜歡？」他忽然凝起黑沉沉的眸深深看進她眼裡。

她被少爺的認真的眼神怔住，看著他薄潤的脣輕輕打開。

「我十三歲的時候討厭女僕守則算不算？

「我十四歲的時候想親妳算不算？

「我十六歲的時候想抱妳算不算？

「我十八歲的時候想帶妳一起私奔算不算？

「我二十歲的時候在英國想妳算不算？

「我二十四歲回來找妳結婚算不算？

「我賤到每天只想要五十塊錢花算不算？如果這些都不算，那就算了吧。」

「……妳哭什麼？我說了什麼很奇怪的話嗎？」

她使勁地搖頭，把眼淚都跟著晃下來了。

怎麼會奇怪，根本不奇怪。如果少爺不告訴她這些話，不對她諄諄教誨細心調教，她這麼木頭這麼呆，怎麼可能領悟到所謂喜歡的真正含義原來有這麼深這麼重，沉在最底端的角落裡，悄然長在細枝末節的根裡。她以為表面根本沒有發芽的東西，卻早在土壤裡肆意紮根，瘋狂地擴散生長了。

十三歲的少爺把她拖到角落逼她叫自己錦玉，她被少爺嚇到，舌頭打結。叫不出口的她哭著跑去找奶媽總管告狀，他挫敗地作罷；

十四歲的少爺抿著唇想靠近自己，她以為他也想吃她手裡的冰淇淋，挖上好大一口塞進少爺的嘴巴。他咒罵地摔掉她手裡的甜品，她又哭著跑去找奶媽總管告狀；

十六歲的少爺眸子裡已經有太多她看不懂的東西，他喜歡故意使壞扯掉她女僕裝上的蝴蝶結，喜歡把她困在他雙手之間，看她著急跳腳，看她嗚啦啦地逃去跟奶媽總管告狀；

十九歲的少爺說他要去英國，她心口缺失了一塊她以為不重要的東西，可卻用了五年來撫平那不大不小的傷口。她也學會了過沒有少爺的生活，想念的話絕口不提。

她怎麼也沒有想到二十四歲的少爺回國後會找她結婚。

她沒有注意那些小角落裡的回憶，有些奇怪的欲言又止到底是什麼。她沒有做過她該做的努力，沒有給過該有的回應，甚至從沒付出過什麼。他都不介意，替她把該做的功課一併消滅，那些跨不過去的地位之差，根深蒂固的女僕守則，等到她回頭發現時，她的身後早已開花結果，她只需要踮腳伸手摘下，點頭答應結婚，就能輕鬆簡單地擁有。

可來得太容易，讓她懷疑到手的東西不是真的。

她的背後是幻景，不夠真實，少爺不可能簡單地叫她跟自己結婚，他有目的，為了繼承飯店，一定是這樣的吧？

她找了千般藉口，萬般理由，卻都不是少爺心裡真正想的那一個。

他問過多少次，她有沒有違反規矩偷偷動心，她次次矢口否認。她只要假結婚，她害怕奶媽總管知道，她怕自己過不了自己心裡的那關。不想要公開兩人關係的不是少爺，而是她……

他在遷就她。

等她消化完她遵行如聖旨的女僕守則，等她消化完她恣意蔓延的自卑心，等她消化完對他的隔膜和芥蒂。

和他結婚，不一定要愛上他……

所以不要有壓力，對他不負責任也沒關係。只要先和他結婚，先讓他安心就好。

和他結婚，不要被別人發現……

所以不要怕被人知道，他也可以配合她躲躲藏藏，只要私下她肯待在他身邊，讓他名正言順地抱抱她親親她就好。

原來皮夾裡的照片不是為了辟邪；原來哆啦A夢包是因為想念她才買的；原來說冷笑話是為了逗她開心；原來吃她吃過的蛋糕是為了表示親暱；原來叫她上班是想把她放在他最觸

手可及的地方；原來他說丟掉了戒指，是怕她伸手問他要回去。

少爺的好已經快要淹沒她了。

他努力學習當個肉麻的好老公，薪水上繳，等她下班，她卻毫無身為人妻的自覺。懷疑，猜忌，總是用「假結婚」當藉口破壞他苦心營造的夫妻氛圍。

還該死渾蛋無恥地提出離婚……

她的假裝不知道，到底有多傷他，多讓他懊惱討厭？

手指顫顫地爬上少爺紅潤微醺的臉，他沒閃躲，側過俊顏，好脾氣地蹭蹭她的手掌。優雅得宛如一隻放下所有戒備討好主人時撒嬌的貓。微微輕啟的嘴脣在她掌心吐吶著誘人的氣息，她的視線離不開那兩片胭紅。

明知道他在誘惑自己，可是突然間，她就是好想吻少爺。莽撞地湊上脣去貼近他，卻又在即將靠近時懦弱地停下，嘴脣一嘟三撇，呼吸粗重急促，心口麻癢難耐……

「妳要親我嗎？」他低眸凝視她的嘴脣，問得很露骨。

「……奴婢我……可以嗎？」

「來。」

「……您首肯得太快了……要不要再多考慮一下？」

「考慮要不要張開嘴巴嗎？」

「……不用。您閉著就好，奴婢我想試著自己鍬開它是什麼滋味。」

「……嗯……」

薄脣輕輕地合上，抿出一條誘人的弧線，她閉上眼探出舌尖去描繪那條嬌好的脣線。生澀地頂開，挑逗，想要闖入那條閉合的弧線，但卻總是不得要領滑下他的嘴唇。

她聽到來自他喉間渾厚的低笑，不甘心被他看不起，左右擺動舌尖想要粗野地侵入。哪知道他忽然軟軟地開啟一條脣縫，讓她的舌尖毫無防備地滑入他的齒間，被他輕輕咬住無法動彈，敏感的舌尖被他藏在脣間的燙舌捲住，扯進他的領域，讓她再也沒辦法全身而退。

少爺的誘敵深入太腹黑了！

不是說好這次讓她試試鍬開男人嘴巴的咩？

「我可以跟妳做了嗎？」少根筋問題從少爺嘴裡跳出來。

「少爺！人家我在投入的時候，您接的話也太討厭了啦！」

少爺舔舔唇，盤腿坐在床上，一臉無辜地看著她，「那我先等妳投入完再做。」

……哪有這樣的！這不是重點好嗎？重點是，「少爺，您這不是第一次嗎？可奴婢我被碰過……」純潔到無瑕的少爺她怎麼吃得下口。

「妳被黑手黨碰過那麼多次，我還是要妳了。」

……少爺，您這算是什麼安慰人的話呀……一點治癒能力也沒有哇！她和黑手黨少爺之間是最清白純潔無汙染原生態的呀！不過，是她想太多嗎……總覺得少爺故意把舒總監比喻成……狗狗……

「少爺真的不介意吃虧嗎……」

「吃虧？那就多做一次來彌補我。」

「欸？」哪有這樣算次數的啦！少爺！

她被抱坐在他盤起的腿間，仰面迎上少爺的脣。他探出舌尖調皮地舔弄她的眼瞼。毫不介意暴露自己急促難耐的喘氣聲，手也大膽地撩起她的衣裳，遊走於她的肌膚上。

手指插過她的內衣帶，將它們扯下她的肩頭，他低下眸子，大喇喇地瞥向粉嫩的她，「好可愛。」

……什麼可愛啦，不要這樣直接地看奴婢的胸部咩！少爺？您忘記您是悶騷公子了咩？這種羞人的話就麻煩您悶在胸口，不用出來啦！和您形象差太多了啦！

「我可以親嗎？」

他仰頭呆呆地問她意見，卻也只是禮貌性地問問而已，因為下一刻他已吻上了她，放肆用力地吮吸讓她輕吟出聲，腹下竄起的燒熱難受得讓她想退卻，但他的手掌卻不允許，沿著她的腰線下滑，托住她的臀將她緊緊地壓向自己。

「有感覺嗎？」

「……」

少爺的問話讓她臉龐燒紅，她當然知道少爺在說什麼……少爺對她有反應……

她不自在地端坐在少爺的腿間，不敢扭動更不敢掙扎，雙手死抱住少爺的後背，雙眸忙著逃離少爺探究灼熱的黑眸，雙腿尷尬地懸著，不知該往那裡放。

「放這裡。」

他告訴她正確的擺放法，抓起她的雙腿往他窄緊的腰身上一纏，甜蜜炙熱的動作讓她更加強烈地感覺到少爺身為男人的反應。

「我一直都想這麼做，妳知不知道？像禽獸一樣，把妳圈在我的腰上，撲倒在我的床上，不停地欺負妳折騰妳揉弄妳，至今為止好多次，我都在這麼想……」

他露骨的話讓她無處可逃，只能收緊了抱住少爺的手，感覺到他的後背竟在微微顫抖。

「想法很齷齪嗎？」

……是不太光明磊落……不過她一點都不討厭，「十八歲以後咩？」

「十八歲以前。」準確地說，自從她覺得女僕裝開始又小又窄開始，他的腦袋和身體就開始不聽話了，連看她的眼神都變得雜念眾生，色欲熏心……

「……少爺，未成年人想這個不好的說……」

「是妳不好，都是妳勾引我讓我想的。」那些眯笑撒嬌皺眉舔唇撇嘴眨眼媚態橫生的小女人動作，他看到後沒非法撲倒幼童就已經自制力傲人了，還想叫他見鬼地心靜如水，徹底沒反應嗎？

「奴婢我哪有？少爺，您這樣冤枉奴婢，奴婢感到壓力很大……」她眨著眼睛表示無辜。

你看！她又來了！他深深喘息。以為她還是未成年人，他必須要壓下男人的反應放她一馬嗎？可惜她現在已經不是了，任由他有怎樣邪惡的想法，禽獸的做法都可以！

「我還沒有壓妳。妳很想要被我壓嗎？」

既然如此，嘩啦翻身，他順理成章地把她壓在身下。

……少爺，雖然奴婢成年了，可是您這樣……奴婢的壓力更大了！

就這樣，她被少爺放倒在床上。少爺的身體緊貼住她，額髮被少爺撩開，烙上淺淺麻麻的舔吻，跨騎的姿勢已是尺度太大，可他還堅持要她雙腳圈住他的腰身。

她尷尬地抓住枕頭往床頭蠕動。

他卻一邊脫襯衫一邊傾身而下，雙手落在她腦側，整個籠罩住她。

「不要喜歡的姓『輸』的好嗎？」

他請求的語句讓她覺得可愛到爆棚……好想……好想再使壞欺負他一下。

抿住脣，她故意為難地不講話。

「喜歡我。」

「……」

「說妳喜歡我……」

「……」

「我命令妳喜歡我！就算妳討厭我也不管。」

「好……喜歡你。」

「……」軟軟的一句話讓他忽然愣在當下，性感魅惑的動作停住了，勾人挑逗的眼神呆住了。

「我聽少爺的……喜歡你。」

一句輕飄飄的話勾起他深重的呼吸，他的呼吸漸漸變得沉重，再難克制，深溺地舔吻她的脣，伸手扳開她抱住的枕頭。這一刻，什麼東西都從他們倆中間滾開了，什麼女僕守則，什麼豪門規矩，什麼結婚離婚，他只要抱她，疼她，欺負她。

「放開……不准抱枕頭。」

「不要……讓我抱呀，我不知道要怎麼做……很去臉啊……」

「不要抱枕頭，抱我。」

「……」

「抱我。」

抱他，抱住少爺，她就什麼都不用擔心了，有少爺會教她怎麼做，不會笑她丟臉，不會放開她……

她鬆開枕頭，摟上少爺發燙的背脊……手指順著肩頭往腰間遊走，惹來他悶悶的歎吟。

自上而下，少爺的動作開始變得煽情又曖昧……

「待會……要是太大力，妳要叫我……」

「欸？」什麼東西太大力？

「忍太久……我怕控制不了力道……」

「欸？」什麼東西控制不住？

「不過……要是覺得很舒服，叫我快點也可以……」

「欸欸？」究竟是什麼神祕的東西竟可以如此收放自如，隨時遙控的嘛？

「現在……我可以變成野獸了嗎？」

野……野獸……少爺，您是要鬧哪樣啊！

41 少爺，您在玩俗氣浪漫嘛？

清晨，急促的敲門聲在姚錢樹門外響起。

奶媽總管抱拳等在門前，房門被拉開一條小縫，露出一隻布滿血絲的眼睛。

「哇！小錢，妳的眼睛怎麼了！昨晚去做賊了嘛？」

「我……昨晚……有點辛苦……奶媽總管有什麼事咩？」她打著哈欠，一臉缺覺的呆樣。

「少爺他不見了呀！」

「少爺不見了？他不是正在踢被……呃……他怎麼了嗎？」

「少爺昨天晚上一整晚都沒有回來啊，他以前再忙也不會這樣的呀！」

「呃……他……他……」

「少爺徹夜不歸，開始學壞了呀！妳說少爺他會不會被什麼不三不四不堪入目的渾蛋壞女人給騙了，糊裡糊塗地把自己的小貞操送給那渾蛋女人玩沒了呀？」

「不三不四不堪入目的渾蛋壞女人啊……」

……奶媽總管，你的嘴巴好毒耶……

「要是昨夜誰碰了少爺的貞操，我就找人集資做掉她！」

……奶……奶媽總管，不需要把畫面處理得如此血腥吧……

「妳張著嘴巴站在這裡幹麼？我又沒有說要找人做掉妳！」

……你不會體會我的複雜感受的……

「小錢啊，下次開門不要這麼鬼鬼祟祟的，不知道還以為妳藏了個男人在裡面呢。」

……就是有個男人在裡面啊……他正趴睡在她的小床上展露性感裸背，秀出嫵媚睡顏，嫌床太小不夠滾，撇嘴巴皺眉頭呢！

關門，轉身，她坐在床尾仰天大喘氣。高速飆升的血壓正要歸位，可一雙大手攬過她的腰間，將她圈進懷裡跌坐在他腿上，逼她看著他沉墨般的眼睛。

少爺睡醒了，懶懶地坐在她床上撥弄頭髮，眼睛在盯著她……

她急忙抬頭去看天花板……

「妳幹麼不看我？」少爺不滿地皺眉。

「少爺……您還沒穿好衣服……」光裸的上半身，腰間小腹掛著鬆垮的薄薄被單，他是希望那裡被她看到啊？

「可昨天妳很愛看。」

……昨天沒有開燈，當然可以肆無忌憚地看啦！可是現在大白天的……

「還很愛摸！」

「……」反正看都看了，也不在乎多摸一下啊！黑燈瞎火的，碰到一下也屬於不小心嘛！

「還……」

好吧……她沒有藉口了……她就是很色很邪念很哈他的身體可以了嗎？少爺……證明她色欲熏心，對他的胴體流連忘返有什麼好處嗎？真是的！

女人正在為自己太肉欲反省，可男人對自己的肉欲卻毫不掩飾，甚至驕傲不已……

大手帶著電流從膝蓋往上游移，眼看就要溜進她睡裙的裙襬裡，她雙手一按，阻止少爺帶出麻癢感覺的手再往前進。

他不介意，順勢抓去她的爪兒送到自己脣間輕咬。充滿調情意味的眸子抬起來看向她，開口輕問：「妳還好嗎？」

昨晚她扯被單咬枕頭的小動作他都看到了……

大紅色蘑菇雲「轟」地炸開在她臉上。

「昨晚……」他放下她的手，轉而在她耳邊輕咬。

「昨晚怎樣……」她被逼得無法整理出自己的話語。

「妳不知道我在說什麼？」她這根呆木頭又開始了！

「……我……我不記得了。」

對他的首戰告捷不記得了？這良家婦女的答案顯然不讓大少爺滿意。眉頭一皺，他二話不說將她抱上床，不記得，那就再回憶一次。

掀開被子，踢掉枕頭，這次什麼小道具都不給她，讓她只能抱著他抓著他攀著他！

忽然間，一道扎眼的血痕暴露在雪白的床單上……

「……那是什麼……」

「少爺……血……」

「……廢話！為什麼會有血？妳不是……」

「……少爺……我沒有色到噴鼻血，您相信奴婢我呀……」

狠狠抽氣聲……

「少爺……您這樣看著奴婢做什麼？那種眼神，奴婢只在您發現飯店股票飛漲的時候才出現過呢……您是中獎五百萬嘛？」

「……是五百億……」

欸？這麼多？

「英鎊。」

還英鎊？

「少爺……中獎是很好吶，可您為什麼突然脫奴婢的衣服……」

「中獎了。陪我慶祝。」

要不要這麼另類的慶祝法呀！

「少爺……奴婢也很為少爺開心，可是……您能不能不要再壓下來了？奴婢要去上工了……再不去，奶媽總管會抽打我的……」

「告訴他，妳已經在上工了。」

「……欸？奴婢我在上什麼工？」在床上上工？

「伺候我。」

「……」伺候到床上去嗎？這個藉口不行啦！

「少爺，奴婢的衣服……」

「妳想穿著也可以。」

「……奴婢的意思是，我要換衣服上工了……」

「妳是想換上女僕裝再來？那也行。」

……少爺您是故意跟奴婢我雞同鴨講的嘛？制……制服誘惑什麼的，口味也太重了吧？

小女僕升級版是什麼？

網路上搜尋一下你就知道——

在古代有一種專門的稱呼給她們——

通房丫頭。

舊時名義上的婢女，要把主子往床上伺候。地位不如妾，但高於一般丫頭。

可是，時代在變遷，社會在進步，到如今，通房的好像不是她，而是少爺……

因為奶媽總管的嚴格要求，她誓死不爬去少爺的大床，所以……少爺只好每天晚上來通她的房，跟她來滾小女僕的被窩……

白天，在奶媽總管的眼皮下，大少爺翹著腳喝咖啡看報紙，小女僕低著頭擦地板洗衣服，連四目相交都沒有過。

可夜幕降臨，老人家早早就寢，通房少爺瞞天過海地溜進了小女僕的房間。

「少爺！奴婢今天有話跟您說。」

「稍後再說。」

「我們不能再這樣下去了！」

「為什麼？」他需索過度嗎？嗯，最近是有一點點……

「今天奶媽總管問我為什麼房間的面紙用的那麼快，我很難答呀！」

這問題也太實際具體了。

「而且……奴婢我工作一天已經很辛苦了，您不應該要求奴婢我加班什麼的呀。」

「好。」

「咦？」這麼乾脆？

「那妳跟大家承認我們在一起。」

隱婚地下情什麼的，他早就不想玩了。像小狗一樣在她身上留下氣味的幼稚行為他也不滿足了，他現在要個名分！要讓所有男人都滾離她身邊越遠越好的名分。

「……少爺，奴婢想加班了。」

她到底把他當成什麼了？

通房丫頭想加班了？可是大少爺沒有心情了！讓她抱著一疊厚厚的面紙去交差吧，哼！少爺怒了。

她是在第二天才察覺到，還以為他良心發現，給她通房丫頭一天休假什麼的，結果第二天奶媽總管就把一麻袋面紙運到她房裡，順便告訴她，這是少爺送她的恩典，夠她慢慢用了。她這才意識到事情有點失控。

不過更失控的還在後面……

「欸！處處處處女？」

「噓！小樹妳太大聲了啦！」

「可是妳剛剛說血是處女什麼的東東……」

「哎喲，妳很白痴耶，這種事妳上網查一下不就知道了！還在吃午餐的時候來丟臉地問我們。」

「我有查啊，我查了通房丫頭，哪個牌子面紙比較好，怎樣阻止男人需索過度……可是……這麼說來，我不是沒有背叛少爺嘛？」

想想和少爺在一起的這陣子，那件事做起來根本就不簡單，又不是抱在一起睡一覺，那天和舒總監在房間裡，她喝得爛醉如泥，軟趴趴的像條毛毛蟲，根本就不可能做出對不起的少爺事來呀！

舒總監又玩她了！這次還把少爺也玩了？

少爺知道了嗎？為什麼不告訴她？對了對了，他也是第一次，小雛一隻，待她去向他宣布這淵博的肉體之謎。

只要沒有對不起少爺，她就可以大方地向少爺要求把她調回原來的工作崗位，繼續擔當他的貼身小女僕人，照顧他的生活起居了吧！

畢竟，那才是她發家的天職呀！

撥通了少爺的手機，她興奮莫名。

少爺接起電話，她正要開口卻被先發制人。

「下班了嗎？」

「是呀，少爺，奴婢我……」

「我有話要對妳說。」

「欸？」心有靈犀嗎？

「晚上一起吃飯。」

「啊？」便當嗎？

「去餐廳。」

「咦？」拉麵館嗎？

臨湖畔的J餐廳情調絕佳，餐廳門外已在外頭大排長龍，口碑人氣這麼好的餐廳，難怪少爺非吃這家不可。可這隊伍實在太壯觀嚇人了，好不容易找到停車位，還要排隊等侯，姚錢樹拽了拽少爺的手臂。

「人好多哦，少爺，要不然我們換一家？」

少爺二話不說，手自然地往她肩上一搭，插隊走到侍者接待臺。

「兩位。」

「先生，我們現在在拿號碼牌排號，我可以給你安排個號碼……」

少爺默默無語抽出皮夾，拿出身分證往接待臺上一推。

「呃……先生，您這是……」

「對照一下營業執照。」少爺淡淡地開口。

「營業執照？」侍者莫名其妙地回頭看向掛在灰紫色格調牆壁上的營業執照——法人代表：愛新覺羅．錦玉……

法……法人代表？老……老闆？那誰敢讓他排隊呀！

「不好意思，讓您久等了，我這就替您安排位置……」老闆突擊性檢查產業，有誰受得了啊！

「臨湖觀景那間雅間。」

「是是是。」

姚錢樹在眾人怨恨的目光下，插隊進入了餐廳。

這竟然是少爺偷偷投資的餐廳，在她和奶媽總管的高度監控下，少爺他到底還做了多少他們不知道的事哇？

她迷迷糊糊地被少爺牽著往裡面走，橫條厚木地面懸空在湖面上，湖下錦鯉遊過，整個餐廳氣氛絕佳。所有女侍皆是清一色的黑白女僕裝，英式的冷色調復古吧臺邊，笨笨的落地大鐘正滴答滴答地走，每張桌上的面紙盒均為眼神無辜的哆啦A夢，這個和所有氣場格格不入的東西讓姚錢樹心肝一顫。

「這個面紙盒是……」

領班笑容可鞠地回頭答道：「這是老闆的新喜好，他昨天才下達要更換店鋪所有的面紙盒。」

牽住少爺的手一緊，他回頭若無其事地瞥她一眼，喉嚨翻出一聲冷哼。

……少爺，您是把心裡對我的恨意都默默轉發洩到您的餐廳來了嗎？

雅間門被領班推開，一間浪漫夢幻的玻璃懸浮間呈現在她面前……

與外間的裝潢不同，這間雅間從屋頂到地面都是透明玻璃搭建的，抬頭是繁星點點的夜空，腳下是被燈光照射出沉碧色的湖面。

銀質的餐具在蠟燭光下閃著耀眼高貴的光芒，刺得她覺得豪門世界好可怕。

少爺……您這是要鬧哪樣啊？把浪漫的東西一次性傾銷出售給她嗎？

高背絲絨椅被少爺拉開，他不紳士地朝她撇撇嘴，她就屁顛顛地識相坐下去。

少爺拉開對面的椅子落座，拿著菜單俐落地點完菜。

波波冒泡的芬芳香檳，海鮮起司前菜，祕製紅酒醬鮮嫩牛排，烤檸檬蛋黃布丁。從前菜到甜品，每一道都是英倫最正宗的風味，氣氛有了，浪漫有了，蠟燭有了，美型的公子哥有了，可是嬌羞懂事的灰姑娘卻沒有——

「少爺，這是您的店，所以我們在這吃飯不用花錢吧？」

「……不用。」

「少爺，您不是討厭吃西餐嗎？我以為您會點一碗大滷麵什麼的上來吃。」

「……吃妳的！」

「少爺，這塊牛排太硬了，我切不開，您幫我砍一下吧？」

「……」抽氣，接過盤子，彆扭地幫對面的女人一片一片切牛排。頭一抬，對面的女人一眼也沒看他怎麼溫柔體貼地對待她，而是兩腿大開，低著頭在欣賞湖裡的紅鯉魚。

他悶聲不吭地舉手敲了敲桌面，示意女人不要擅自冷落他這個金主。女人驚起，抬頭把下巴擱在桌上，一臉死相——

「少爺，其實我一直沒有告訴您，我有點暈眩……」

「……」

「好想吐哦……」

「……」

「嘔……」

這輩子誰再跟他提浪漫對女人最致命、最有用，他就掀桌。

挫敗地坐上車子，少爺憤憤地發動了車，瞥了一眼後座上放的東西，再看了一眼完全不理會他的浪漫計畫，擅自在他的浪漫餐廳暈眩噴吐的女人，歎了一口氣，廢話不多說，將後座的大禮盒塞進她手裡。

「少爺，這是什麼東西？」

「回家拆開看。」

「少爺，您為什麼突然要送我東西？」

「回家看日曆。」

「少爺，我可以回來給您當貼身女僕嗎？」

「回家……妳說什麼？」

「網路上說，我沒有對不起少爺呀，所以所以，您可以不要把我調走了嘛？」

「妳還想繼續給我當女僕？」

「是呀！做夢都在想呀。」

「……那妳就繼續做夢吧。」

回到家，砰地關上車門，少爺抬腳進屋了，姚錢樹又迷糊了。

只是申請換個職位怎麼就這麼困難呢？少爺為什麼又不讓她待在自己身邊了呢？他明明不討厭她的，看……還送了東西給她呢。是什麼東西啊？

拆開看看……

拆掉繁瑣的包裝，一座渾身閃閃發亮的金屬搖錢樹赫然出現在姚錢樹的眼前。

純銀打造的樹體光芒四射，樹底雙龍盤坐，樹頂孔雀望風。樹枝根根向外延伸，上頭吊掛著無數的小銅板。

他竟然送了一株小搖錢樹給她……

還叫她去查日曆。

翻開手機，她的瞳孔「咻」地放大。

原來今天，是她跟少爺的結婚紀念日。

他在陪她慶祝，她卻在這一天傻乎乎地對少爺說，她想要繼續當他的女僕。

結婚紀念日的禮物她沒有準備好，那麼就——

叩叩！

少爺房間的大門輕輕響起。等了好半晌，屋裡才傳來男人低低地回應聲：

「走開。」

他不用開門看也知道外頭站的傢伙是誰，生氣的口氣毫不遮掩。

「少爺……奴婢可以進來嗎？」

「走開。」他不用她伺候。

「奴婢有穿女僕裝哦。」

「不看。」來強調她只是他的女僕嗎？哼！

「奴婢有帶宵夜來呀。」

「不吃，拿走。」反正她從來沒有主動到他房間求歡過，只有他一頭熱地不肯離開她。

「奴婢還有帶面紙來……」

「……」

「本來打算送您紀念日的禮物，讓您吃到飽的，只不過您不讓我進去就算了吧……」

門被吱呀一聲打開，正要轉身離開的小女僕被拽進了進去，房門被重重地關上落鎖，密不透風。

原來少爺也會在乎呀，在乎她不肯公布他的名分，在乎她從不上他房間找她，在乎誰在意誰比較多。

「少爺，您這算是在追奴婢我嗎？」又約吃飯，又送禮物，還亂耍浪漫的，這好像是男人在追女人才會做的事吧？

她白目的問題讓他沒好氣地白她一眼。要不然她以為他在包養小女僕嗎？他追了這麼久這麼辛苦，她到現在才後知後覺！

「那追到了嗎？」他悶哼。

「唔，差不多吧，再用力一點點。」她躲進他的肩窩嘿嘿地奸笑。

「……」竟敢在他的床上講這種軟綿綿的話，那他就不只用力一點點了！

男人果然禁不起任何一點刺激。

清早，她拖著酸疲的身子躡手躡腳地起床，卻被身後的手拽回床沿邊。

只見少爺一頭亂髮飄散在枕頭上，那副不甘獨自被拋棄在大床上，想要留住她的耍賴模樣幾乎讓她瞬間癱軟。

「不要走。留下來陪我。」

大清早，不要這麼葷腥地誘惑她啦！奶媽總管快要起床了，她得快點窩回小房間，做出小女僕該有的樣子。

他委屈地眨動長睫，薄唇抿出一條無辜的弧度，抬起朦朧的眼眸，「是我還不夠用力嗎？」

饒了她吧！那還叫不夠用力嗎？她快要散架了！少爺！

用十足的定力掙脫了少爺的懷抱，溜回了自己的小房間，準點以女僕的身分出來上班。但是她清楚地明白昨天晚上，少爺對她的配合很是滿意。

只是——他們之間還要繼續這樣偷偷摸摸多久呢？

要是被發現了，會被分開嗎？她和少爺無論身分地位都相差十萬八千里，她連自己這關都過不了，要怎麼去面對別人的反對呢？

她的擔心少爺大概不會明白的吧？

「喂，那個女僕，妳給我過來。」

心頭亂緒被人打斷，正趴在午休間休息的姚錢樹被點名站了起來，抬頭一看，竟是香水女王瑩小姐。

一想到她和少爺的關係，她的心裡不免起了疙瘩，挪著步子走到她跟前。

「有什麼事嗎？」

「當然有事，沒事我會叫妳嗎？現在二樓的宴會廳缺人，妳去幫忙。」

「可是，我等下有自己的工作做。」

「妳家少爺叫妳上去，妳都敢違抗？」

她抿唇不說話。

「這個拿去換上。」王小姐將一套衣服塞進她手裡。

「這是什麼？」

「看不懂嗎？女僕裝。」

「……」

「妳不是很以女僕為傲嗎？剛好這次宴會統一需要女侍穿女僕裝服務。錦玉大概也覺得這種身分很適合妳吧。」

是因為她對少爺說要繼續當女僕，所以他生氣了，故意要刁難羞辱她嗎？

「還愣著幹什麼？去換吧。」

「……」

換上女僕裝，推開二樓宴會大廳的大門。

對上王瑩得逞偷笑的嘴臉，姚錢樹才發現自己上當了。

這哪有什麼女僕裝的女侍，大家都是正裝筆挺，衣冠楚楚，只有她看起來像個丟臉的傻瓜，穿著大朵蕾絲邊的女僕裝和大頭皮鞋。

竊竊私語撲面而來，所有人都停下來用驚訝的眼神看著她，捂著嘴偷偷嘲笑她的打扮。

少爺正坐在主席臺上，見她突然穿著女僕裝出現，便站起身來。

她臉紅腦脹，卻不得不接過同事端來酒杯和拖盤，四處巡走為參加宴會的賓客提供酒水。

「錦玉，你們飯店的女侍太有型了，我喜歡這樣有創意的服務，讓人過目不忘。」站在少爺身邊的老者，一直盯著那身小女僕裝滿意地笑。

「叔叔，您說什麼呢。那可是錦玉的貼身女僕，可見他這次有多看重您的宴會，特意把自己的女僕找來替您服務了。」王瑩嬌嗔地甩了甩自己叔叔的手。

「哦？那個就是錦玉的女僕？」老者挑了挑眉，忽然舉起手來朝姚錢樹揮了揮。

叫她嗎？是在叫她嗎？姚錢樹左顧右盼。

「就是妳，請過來。」

她為難地咬緊了唇，她不敢過去，更不想過去，她不想看到王小姐和少爺站在一起，不想自己因為穿著女僕裝連酸溜溜的立場都找不到。

挪著步子走到三人面前，她死低著頭不肯抬起來。

「妳就是錦玉的女僕嗎？」

她點點頭。

「很可愛嘛，可以請妳跳一支舞嘛？」

「欸？」她猛地仰起頭，對上老者微笑的臉龐和少爺皺眉不爽的表情。

「叔叔！」就連王瑩也不明白自己叔叔怎麼會突然對這個小女僕有了興趣。

不理會自己姪女的阻止，老者拉起姚錢樹滑進了舞池裡。

跟長輩跳舞的感覺實在是好奇怪，她奮力地低頭看腳，生怕自己不禮貌踩到了他。

「我和錦玉的父親是多年好友，錦玉家的規矩妳是知道的吧？禁止女僕和主人在一起。」

老者一邊跳著一邊開口，她身體一僵。

「我……我知道。」

「妳只知道不可以在一起，但是知不知道如果在一起了會怎樣呢？」

「……」奶媽總管只說不准愛上少爺，可是還真的從來沒說過，如果和少爺在一起了會有什麼後果。

「失去皇爵飯店繼承人的身分，趕出家門，一無所有，再也不是什麼豪門公子了。」

她從來不知道這些……原來她和少爺在一起，可怕的不是被奶媽總管知道，而是少爺的繼承權會被剝奪……

「所以……妳最好……」老者說著說著，突然將嘴巴湊近她的耳朵。

這個老不休，毛手毛腳地要對她做什麼呀！

「夠了！」

少爺的聲音將她和可怕的老頭隔絕開來，他擋在她前頭，一手將她護在身後。

「錦玉，你這樣對你爸爸的朋友會不會太過分了？不過是個女僕而已，跳支舞也不可以嗎？」

「她不是我女僕。」他回頭瞥了她一眼，渾厚的聲音不大，卻讓在場的每個人都聽得一清二楚。

「她是我太太。我不喜歡看見她和別人跳舞。」

她仰頭看向少爺，那側臉的弧度讓她胸口熱燙，可想起剛才被威脅的話，她立刻出聲搗亂。

「少爺！不要亂說啦，奴婢我什麼時候變成你太太了，奴婢我就是女僕而已呀！」

她的不認帳沒有改變他把話說破的意思，「她是我登記註冊的太太，雖然她現在還不肯承認，但是沒差，我等，反正也不差再多等幾年。」

「……錦玉，你膽子真夠大的，不怕我告訴你父親嗎？」

「隨便。」

「錦玉，你不要跟叔叔亂說話啦，他會當真的。」似乎完全不能接受錦玉一直藏在家中的妻子就是眼前這麼個小女僕，王瑩焦急地插話。

亂說話？他二話不說拽過身後的女人，張脣一口咬住她的嘴巴，以行動證明他到底有沒有亂說話。

老者瞇了瞇眼，「你小子，不要以為用自己能力開了幾家餐廳就有資本跟你父親橫了。」

「您想看我怎麼跟他橫，就拭目以待好了，恕我跟我太太招呼不周，先走一步。」少爺說罷，壓低了某顆還在動容不已的腦袋，牽住她就要撤場。

「喂喂喂！錦玉，算我認輸了好不好！你就說，到底要怎樣才肯把那棵搖錢樹賣給我！」

「咦？買我？」

「那棵漢代珍奇純銀搖錢樹，黑市價值兩百五十萬美元，你知道王叔我想要多久了嗎？你你你怎麼可以不顧長輩的感受，擅自將它拍走，還把它送給一個連收藏價值都不懂的女人？」

賴在少爺懷裡的姚錢樹愣住了。

什麼？那棵銀子樹是漢代文物？價值兩百五十萬美元？少爺拍這種東西當結婚紀念來送給……她？

他隨便甩給她的態度，讓她以為那只是一件碰巧合上她名字的普通裝飾。胸口鼓脹出熱燙的溫度，她明明甜在心尖，卻忍不住像所有老婆一樣責怪他的浪漫玩得太過奢侈。幹麼要送這種東西給她啦，她是真的完全不懂收藏什麼的呀……

「她什麼都不用懂，懂我就好。」

一句話堵上她的心口，她貼緊他的胸口，放心地把眼前的棘手狀況交給他處理。

「錦玉，身為社長公子，你就如此不顧大局，怠慢你的客人嗎？」老者被哽得一噎，臉色也沉了下來。

「沒錯。」少爺卻視而不見，眼神一飄瞪向宴會場的角落，淡定地宣布：「姚錢樹是我一個人的！」

狠話撂完，少爺拽著他的搖錢樹走出宴會大廳。

她穿著女僕的高頭皮鞋迷茫地跟在後頭，順著少爺剛才斜眼的方向瞄到站在角落的舒城岳。

她踉蹌地挪步從他身邊擦肩而過。

他皺著眉，指節輕動，快要碰上她的衣角，卻終是不能像少爺一樣忘記自己的身分，選擇走去安撫勸慰氣急敗壞的王氏叔姪。

宴會的大門在她後頭關上，在她心裡似乎有什麼東西也跟著了結了。

懸起的石頭放了下來。

少爺是故意的吧？有些話是說給舒總監聽的吧？噗……少爺他想好多，疑心病好重哦！舒總監才不會跟他一般見識呢，就算再缺人伺候，也不會閒到沒事跟他搶一個小女僕回家吧？舒總監他足夠成熟，足夠穩重，他明白什麼是大局為重，事業為重，才不會像少爺一樣胡鬧呢。

不過，還是胡鬧的少爺比較可愛啦！

「少爺……你會被老爺趕出家門嘛？」

「……」他才不怕被趕出家門，私奔這種事，他也不是想了一次兩次了，要不是因為家裡有這麼個女人，她以為他為什麼要回來？

他回過頭看她，卻發現她的眼睛裡開始閃爍出要命的聖母光輝。

他討厭聖母，她不准開口給他說什麼「為了您好，我們不要在一起」或者「我不能讓您因為我失去一切」還有「我配不上您，我不能高攀您」之類的聖母廢話。

眨眨眼，她開口：

「少爺，您不用擔心，我會賺錢養活您的！」

不是不要在一起，也不是誰配不上誰的廢話……

她對他說，為了要在一起，她也可以努力，可以付出，可以主動靠近他。不需要他再辛苦地唱獨角戲了……

她也可以回應！

「……妳要賺錢養我？」

「是啊！如果少爺被趕出家門了，奴婢我就去賺錢養活少爺。」

……當他的餐廳是開假的嗎？甩掉豪門公子的身分，他也沒淪落到要女人養的地步。

可是聽到這種話，他還是會開心，會滿足，會很想把她摟進懷裡壓扁她。

而他就真的這麼做了。

「賺錢養男人這種事，妳做不來。」但是賺錢養老婆這種事，他一直很想做。

「讓奴婢我試試看呀，少爺！」下巴擱在少爺的肩上，密不透風的擁抱讓她有點呼吸困難。

「妳就這麼想看我當妳的小白臉嗎？」

「咦？」

「妳為什麼不笑？」

「欸？您又在講冷笑話嗎？」

「……」

「……啊……哈哈哈哈……」

「在我被趕出家門前，我想聽妳叫……」少爺的黑瞳熠熠生輝。

「……叫？叫什麼啊……」少爺不說完，她會想歪的。

「叫錦玉，說妳喜歡我。」

「哈哈哈哈哈哈！哈哈哈哈哈！」

「妳笑什麼？我現在沒在講笑話！」

「……」竟然沒有蒙哄過關，啐！少爺的戒備心真強……

「叫。」

見無路可逃，她漲紅了臉踮起腳尖終於在他耳邊細碎地哼了哼。

啪！手機合上的聲音讓她一驚。

「少爺……你錄了什麼呀？」

「要發送給姓『輸』的東西。」

「……」

少爺！您真的很陰險卑鄙又小心眼愛計較耶！

比起舒總監，她現在比較害怕怎麼面對奶媽總管呀！

尾聲　少爺，您又胡來啦！

「奶媽總管，奴婢我有話跟你說。」
「小錢？有什麼事啊？快說快說，少爺剛叫我幫忙訂餐廳，他要約人吃飯。」
「我老公……不……我男朋友，不對……我對象想約你吃個飯……拜見你一下……」
「哦……啊？什麼什麼什麼！妳有對象了！妳什麼時候有對象了？少爺他知道嗎？他知道知道知道嗎？」瞪大眼，幸福莫名。
「唔……少爺他知道……一清二楚的說。」
「那少爺他同意嗎？同意了嗎？」
「嗯……少爺他似乎很贊同的樣子……」怎麼可能給自己投反對票呀？
「這麼說，少爺喜歡妳帶回來的男人？」
「他應該……還滿喜歡的吧。」
「太好啦！小錢，妳終於完成了妳的任務，為少爺帶回來滿意的入贅人選了呀！妳有跟他說，生的小孩是屬於少爺的人，而且要隨妳姓姚嗎？」
「……給少爺是沒所謂，可是姓姚就……」
「哦哦哦，沒關係沒關係，這個我來跟他說，約的是什麼時候？我去見他！」
「你同意了哦？」
「只要少爺同意，我沒有意見呀！妳能嫁出去實在是太好了！哈哈哈！」

「呃……奴婢我自己也很驕傲。」

翌日

少爺的J餐廳。

一桌豐富的菜肴擺上桌，奶媽總管翹首期待著自家小女僕找回來的男人。

「哎喲，小錢好巧哦，昨天我替少爺訂的餐廳也是這裡呢。」

「啊哈哈哈哈……真是好巧好巧呀……」奶媽總管你一定要挺住這打擊啊……

包廂門喀地被推開。

俊雅的男人側身推門而入，細碎的黑髮亂中有序，一身正統精心的打扮出挑又不失莊重，一襲純白的西裝，配上朵眩目的墨黑胸花，低調的華麗感肆意流瀉而出。

他禮數周全，手裡拎著孝敬長輩的見面禮，他穩重大方，一進門就謙遜地站在圓桌的下位。一舉動一投足都在表現自己是個好女婿，把自己閨女託付給他，肯定錯不了。

可是——

「少……少爺？怎麼會是你？你在這做什麼！你也來幫小錢看男人嗎？」

少爺泰然自若地將見面禮往桌上一擺，推向奶媽總管。

「我不幫她看男人，我就是她男人。」

「……」

可憐的奶媽總管，整個凍結在當下……少爺呀，您也真是完全不考慮老人家的承受能力的說……幹麼一進來連過度都沒有就直接撂狠話咩！

奶媽總管的小鬍子在抖動了，在抖動了呀……

「你……你們……你們倆……」

「我就是她找回來的男人，你同意嗎？」

「我……我……我……」

「你不同意，我就帶她走人。」要不是要她心安理得，不要再偷偷摸摸地進他房間，他才懶得來拜見什麼女方長輩。啐……當過他奶媽總管的女方長輩……

「你們……你們倆該不會企圖要結婚吧？」

「……」奶媽總管你好滯後哦，連黑手黨都知道少爺跟她不僅結婚了，還鬧了離婚，目前處於情感修復回溫的重婚階段……

「我說……該不會這就是你們倆房間的面紙這陣子減少得異常快的原因吧？你們竟然背著我做什麼見不得人的事啊啊啊啊啊！少爺啊，我一手培育的純潔無瑕的少爺啊，你怎麼就這麼不爭氣，被這丫頭給玷汙了呀！怎麼可以呀！」

好驚人的寬麵條瀑布淚哦，少爺被她吃掉就這麼讓人悲憤嗎？

「……奶媽總管哭得好大聲好可憐，少爺，你開口勸下咩……」

「不要，讓他哭。」

可憐的奶媽總管……奴婢幫不了你了。

「我不同意！不同意不同意，我怎麼可能同意呀！你們倆絕對不能在一起，女僕守則……」

「取消了。」少爺冷冷地開口。

「欸？少……少爺，你說什麼？」

「那三條鬼東西給我取消。」誰也不准再給他提那個該死的破守則！

「那怎麼可以呀！」

「為什麼不可以？」

「因為……少爺，你絕不能和小錢在一起呀！她還要照著這個守則找個男人來入贅，生孩子的話最好跟她姓，才能繼續伺候少爺……」

「小孩跟她姓？」少爺淡定地眨眼，「好，我沒意見。」

「少……少爺！你這是什麼意思啊？」

「我和她的小孩跟她姓。」

「那那那怎麼可以呀！」誰要他自動切換到疼愛老婆的好女婿拜見霸道岳父的模式的呀！他們現在討論的是女僕不能高攀少爺這個問題呀！

「或者你想要我入贅？」

「……」

「入贅我也沒問題。」

「……」

「同意了嗎？」

「……」

「他同意了，我們去生小孩。跟妳姓的那個。」

拽住小女僕，無視被炸上火星，短時間不能回魂的奶媽總管，大少爺決定盡快培養隨母姓的第二代，可……可是……

少爺啊少爺，您真打算就這樣隨隨便便把自己入贅給奴婢了嗎！

您這樣為難奴婢，也太胡來了吧？

少爺VS女僕夫妻相性一百問

愛新覺羅・錦玉（少爺）
姚錢樹（女僕）

01、請告訴我你的名字。

少爺：愛新覺羅・錦玉。
女僕：姚錢樹。
某櫻：……我孩子的名字總是這樣風中凌亂，難以琢磨。

02、年齡是？

少爺：二十五。
女僕：二十一。
某櫻：難得的正常向耶？其實作為我的惡趣味，我應該把少爺的年齡無限制拉高，變成三十歲的老頭子！
女僕：其實人家也比較愛成熟系的男人，好man喲！
某櫻：那妳覺得舒總監怎麼樣？星星眼。
少爺：（少爺掀桌）……下一題！

03、性別是？

少爺：廢話！

某櫻：咦？少爺怎麼突然鬧脾氣了啱？提到舒總監就讓你如此不爽咩咩咩咩？

女僕：我是女生，少爺是成熟性感又威猛的男人啦！

某櫻：妳馬屁拍得還真明顯。

04、你的性格怎樣？

少爺：（看女僕）……妳問她。

女僕：……儒雅。

少爺：妳是在間接告訴我，我床上表現不好嗎？

某櫻：……嘉賓請不要擅自進入後五十問階段，在陸地上，請少爺保持儒雅，謝謝合作。

05、對方的性格呢？

少爺：聽話，乖巧，用起來挺方便的。

某櫻：……用起來挺方便，怎麼聽起來有點H的感覺……

女僕：少爺霸道不講道理難伺候……（被少爺斜眼冷瞪）咦？少爺？奴婢以為可以說實話的說！

某櫻：……還真是大實話……

06、兩人何時相遇的？在那裡？

少爺：……搖籃裡。

女僕：少爺，我娘親做超音波的時候，你有跟去看嗎？我那時候就跟你打招呼了吧？

少爺：（堅持）搖籃裡！

某櫻：沒有男人想承認和自己老婆第一次見面是通過超音波的說……

07、對於對方的第一印象如何？

少爺：……妳要我對一團肉有多少想法？

女僕：少爺英俊性感亂有男人味的呀！

某櫻：……第一次知道，通過超音波，可以觀察到男人味。

08、喜歡對方那裡？

少爺：……隨便。

女僕：咦！少爺，人家哪有那麼隨便呀！

少爺：我說隨便就隨便！

某櫻：……你是想說全部就全部吧？悶出內傷了，親媽不給你報銷啊。

09、討厭對方那裡？

女僕：我沒有哦！

某櫻：這題妳倒答得快了，那少爺呢？
少爺：囉唆，相親，口是心非，穿高跟鞋，去上班，給我開門，叫我社長，和姓舒的搞不清楚……
某櫻：喂喂喂，注意一下，我給你設計的是清冷傲慢的俊男形象，不要突然變得婆婆媽媽！

10、**你覺得和對方相處得好嗎？**
少爺：（斜眼看女僕）……
女僕：少爺，您先答嘛。
少爺：答。（眼神威脅）
女僕：……少爺是我見過的最親切可人好相處的主子了呀！
少爺：哼，她……一般。
某櫻：……誰比較好相處一目了然。

11、**如何稱呼對方？**
女僕：少爺，少爺少爺少爺！
少爺：閉嘴！
某櫻：……汗，這段，大家在文裡就領教過了吧。

12、希望對方如何稱呼你？

女僕：小樹，可愛的小樹苗，非常可愛的小樹苗苗。

少爺：蠢木頭。

某櫻：……還滿適合的，那少爺希望蠢木頭怎麼叫你呢？

少爺：……叫少爺就好。

女僕：耶？少爺，你不是該期待我叫你錦玉，或者小玉，或者玉玉！

少爺：叫少爺！

13、比喻的話，對方像什麼動物？

女僕：這個問題好奇怪哦，硬要說的話……黑手黨吧？他們倆都是我的少爺呀！

少爺：（爆青筋）

某櫻：汗ing，那少爺呢？

少爺：她像植物！木頭！

某櫻：……記住你的形象！風流倜儻的清冷貴公子！打擊報復不能如此明顯！

14、送禮物的話，會給對方什麼？

女僕：我送了少爺銀戒指、內褲、沐浴乳，所有日常用品呀！

某櫻：都是便宜貨。

女僕：少爺送了我……鑽石戒指、一車花、一車煙火、貞潔版女僕套裝、限量版哆啦A

夢包……

某櫻：從送禮物就能看出貧富差距。
夢包……

15、想收到什麼禮物？
女僕：最閃亮的女僕套裝！
少爺：她的肉體。
某櫻：清冷！
少爺：穿著女僕裝的肉體也湊合。
某櫻：和諧！

16、有對對方不滿的地方嗎？有的話，是那裡呢？
女僕：我對少爺的一切都無條件接受的啊！
少爺：她的生活圈子。煩。
某櫻：你只是在撒嬌有人跟你分女人吧？欸！聳肩聳肩。

17、你有什麼癖好嗎？
女僕：伺候人算嗎？
某櫻：……沒法形容的癖好，那少爺呢？
少爺：被伺候。

某櫻：你們有考慮路人的感受嗎？

18、對方有什麼癖好嗎？

女僕：少爺他……

少爺：我什麼？

女僕：他根本是個女僕控！制服控！哆啦A夢控呀！

某櫻：……我男豬的清冷形象……淚……

19、對方做了什麼會討厭？

女僕：和別的女人去相親，學習談戀愛，還沾到女人香水味呀！

少爺：和某人相親，向某人學餐桌禮儀，還收某人的手機。

某櫻：呃，為何覺得你越變越大，你家小女僕越縮越小了……你很淡定，因為沒做對不起她的虧心事，但她在心虛吧？

少爺：（青筋連發）

20、你做了什麼對方會討厭？

女僕：請把上面的問題顛倒看，我不想再縮小一次。

少爺：（青筋超級連發）

某櫻：少爺倒不介意再發火一次嘛。

21、兩人的關係進展到那裡？
少爺：她是我老婆。
女僕：他……呃，只是我少爺。
少爺：（青筋特極連發）
某櫻：夠了，青筋有限，請不要再無限上加了！

22、初次約會是在哪？
少爺：約會？什麼東西？
女僕：我和少爺沒有約會過啊。
某櫻：說謊！你們就不會一起散個小步，喝個小咖啡，聊個小天，遛個小狗什麼的？
女僕：哦，你說那個，一般都是少爺在遛我。
某櫻：……

23、那時候的氣氛是？
女僕：溜狗的氣氛能怎樣？
少爺：溫馨。
某櫻：少爺您確定你知道溫馨的中文定義嗎？

24、那時進展到哪？

少爺：牽手而已。
女僕：少爺，您牽的是奴婢我的脖子呀！
少爺：那是因為妳不肯跟我進展。
某櫻：原來豪門大少爺虐待女僕的理由……只是因為吃不到而已嗎？這麼薄弱不堪卑鄙無恥啊……

25、約會的地點是那裡？
女僕：餐廳。
某櫻：為什麼是餐廳呢？
少爺：先餵飽她，然後她餵飽我。
某櫻：……食物鏈嗎？

26、對方生日時，會做什麼？
女僕：少爺的生日是家族的大事，不能馬虎的呀！以前要準備蛋糕，布置生日趴，還要準備很多很多東西……
少爺：（冷眼）順便準備出軌，嗯？
某櫻：他果然還在計較抓姦在床的那件事，好陰暗的心理啊！
女僕：（汗涔涔）所以，現在少爺什麼都不准我做了。
某櫻：那少爺呢？

少爺：求歡。
某櫻：ＯＭＧ，是在她生日還是您的……
少爺：都有。
某櫻：肉欲帝……

27、最先告白的是誰？

少爺：我。
女僕：欸？不是我嗎？
少爺：斜眼，妳有嗎？
女僕：分明是我呀！除了悶頭做做做，您什麼都沒有說過呀！
少爺：（挑眉）好，那你現在說妳愛我，我就當是妳先表白的。
女僕：我＃￥％￥＃￥％￥＃％￥＃
少爺：（斷定）我先告白的，下一題。

28、喜歡對方到什麼程度？

女僕：我可以為少爺赴湯蹈火，肝腦塗地呀！
少爺：空話少說，先拿肉體來。
某櫻：……為何革命志士的壯語會和肉欲禽獸的話同時出現。

29、啊，是愛嗎？
少爺：（斜眼女僕，命令）說，是。
女僕：唔，我不知道。
少爺：（青筋再度連發）
某櫻：你到底要彆扭到什麼時候？你自己不說，幹麼逼人家女孩子先開口啦！

30、對方說了什麼就沒辦法了？
女僕：少爺說什麼我都沒有辦法，尤其當他說「我命令妳，閉嘴」時。
某櫻：……這個，連我這個當娘的都沒有辦法。（冷汗）苦了妳了閨女！那少爺呢？
少爺：她說「我喜歡你」的時候。
女僕：（頓時臉紅）少、少爺，人家我從來沒有說過這句話呀！
少爺：所以，我一直拿妳很有辦法。
某櫻：……我有沒有說過，你逼人表白的方式很腦殘。

31、懷疑對方見異思遷的話，怎麼辦？
女僕：我……如果少爺想要別的女人的話，我也會含淚祝福，安然退場……
少爺：然後做小紙人紮我嗎？
女僕：呃……（眼神游離）那少爺呢？
少爺：藏獒也吃人肉，妳自己看著辦。

女僕：……我錯了。
某櫻：……少爺，你的暴躁究竟如何才肯罷休？

32、**允許見異思遷嗎？**
女僕：如果可以做小紙人詛咒他的話，唔，勉強考慮。
少爺：把黑手黨牽來。
女僕：……少爺，我真的錯了。
某櫻：……罷休。

33、**約會時對方遲到一小時的話，怎麼辦？**
女僕：等他。
少爺：等。
某櫻：哎喲，我總算在你們身上看到了一丁點的人性光輝，太不容易了！

34、**最喜歡對方的哪個部位？**
女僕：嘴巴，不開口的時候。因為少爺一開口就是很毒的話呀。
某櫻：那少爺呢？
少爺：嘴巴，張開的時候。
某櫻：我真想說我聽不懂，但是，偏偏我聽懂了……OMG。

35、對方何種舉止最妖媚？
女僕：少爺早上賴床的樣子……萌翻啦。
少爺：哼。（勾脣冷笑）
某櫻：為何我又聽懂了……ＯＭＧ……黃色廢料什麼時候才能退出我的腦袋……

36、什麼時候兩人會覺得緊張？
女僕：……不是還沒進入後五十問嗎？為什麼感覺很奇怪……
少爺：還有幾題到後五十問？
某櫻：少爺，您的期待會被和諧的。

37、對對方撒過謊嗎？擅長撒謊嗎？
女僕：不擅長。
少爺：擅長。
女僕：啊？少爺對我撒了什麼謊呀？
少爺：離我遠點。
某櫻：……你想叫她貼上來蹭你就直接說好嗎？好沒層次感的謊話。

38、做什麼的時候覺得最幸福？
少爺：愛。

女僕：（羞）

某櫻：少爺……您是偉大的奔放帝。（雪地裸身打滾跪求小編保留此段）

39、有吵過架嗎？

少爺：不常。

女僕：因為一般都是少爺在罵我。

40、是怎樣的吵架呢？

女僕：他罵我聽。

少爺：……

41、如何和好的？

女僕：少爺像摸黑手黨一樣摸我的腦袋。

少爺：然後向下摸……

某櫻：不要繼續下去了，我不能一直跪求小編的呀！少爺！

女僕：馬賽克完，就和好了。

某櫻：（鬆口氣——）呼……

42、即使轉世也想成為戀人嗎？
女僕：有下輩子的話，我希望我能變成千金小姐呀！
某櫻：那少爺呢？
女僕：執事，管家。跟在我旁邊，叫我小姐，小姐小姐。
少爺：我不叫小姐。
某櫻，女僕：ＯＭＧ……想歪ing。

43、感到「被愛著」是什麼時候？
女僕：少爺喝醉抱著我撒嬌的時候。
某櫻：少爺，別臉紅了，來說說你什麼時候感到被愛著呢？
少爺：我不說妳也能聽懂。
某櫻：ＯＭＧ，我不承認我是黃色廢料人，我不承認不承認不承認。

44、感到「難道不愛我了嗎」是什麼時候？
少爺：她不敢。
某櫻：你就嘴硬吧，還不知道是誰在抓姦在床後，整個人大崩潰喲？
少爺：（冷眼鐳射飛射）

45、你是如何表現愛的？

少爺：每天只拿五十塊。

某櫻：這個是相當愛呀，那女僕呢？

女僕：在奴婢心裡，少爺永遠最大！

某櫻：小女僕的心思是純良的，但我又想歪了，誰來救救我……

46、如果死的話，是比對方先死？還是後死？

少爺：……這是什麼爛問題。

女僕：少爺的話，大概會拖著我一起死吧……

某櫻：你以為是去度假還是洗澡啊？

47、兩人之間有隱瞞的事嗎？

女僕：我是沒有隱瞞過，不過少爺對奴婢我隱瞞了很多事情呀！

少爺：誰要妳自己不問。

女僕：不知道的事情要我怎麼問呀！

48、你的情結是什麼？

女僕：這題太沒水準了，想也知道少爺控女僕吧？

少爺：……

某櫻：他沒有反駁沒有反駁沒有反駁沒有反駁（重複無限多）。

49、兩人的關係是周圍人公認的？還是保密的？
少爺：她是我老婆為什麼要保密？
女僕：雖然之前隱藏過一段時間，現在是公開了。
某櫻：奶媽總管還在哭嗎？
女僕：有段時間他企圖躺在我和少爺中間，結果被少爺送去跟黑手黨少爺睡了。

50、覺得兩人的愛會永遠嗎？
女僕：如果下次，少爺願意穿著萌翻天的黑色燕尾服，給奴婢我當管家執事的話！
少爺：會一直做下去。
某櫻：這題我沒有聽懂，嗯！（自我催眠中）
（中場休息喝水，進入大家期待的後五十麻辣連環問階段，咩哈哈哈哈！）

51、你是攻？還是攻？
少爺：妳覺得呢？（斜眼）

52、為什麼這麼決定？
少爺：你覺得她能攻嗎？

女僕：你覺得他能受嗎？
某櫻：不能。

53、**對於這種狀態滿足嗎？**

少爺：還不錯。
女僕：敢怒不敢言。

54、**初次H是在那裡？**

少爺：她房間。
女僕：小床上。
某櫻：大家應該都有印象吧？

55、**那時的感想是？**

少爺：留不住心也要留住身體。
女僕：少爺，您的想法好大叔呀！
某櫻：那小女僕呢？
女僕：不做的話，妳很難對讀者交代吧？
某櫻：ＯＭＧ，妳獻身的理由要不要這麼聖母啊？

56、那時候，對方是什麼樣子？
少爺：通房丫頭被脅迫的樣子。
女僕：呀！奴婢的樣子那麼醜嗎？我還以為很性感呢……

57、之後的早上最先說的話是什麼？
女僕：我不敢說話，窩在被窩裡呢。
某櫻：那少爺少爺呢？
少爺：這套內衣我不喜歡，下次換。
某櫻：……您贏了。

58、一週做幾回？
少爺：每天都要。
女僕：我聽少爺的……

59、理想中一週做幾回？
少爺：現在的狀態很理想。
某櫻：明明在縱欲過度吧？
女僕：我會給少爺褒湯補身體的……
某櫻：妳太欠虐了……其實妳根本很滿足吧？

60、是怎樣的H？

少爺：從耳朵親下來，沿著脖子，摸到胸口……

某櫻：……夠了……我不想聽A片……

61、自己最有感覺的是那裡？

女僕：脖子。

少爺：她碰到的地方都有。

某櫻：敏感的少爺……

62、對方最有感覺的是那裡？

女僕：少爺的耳朵……一舔就會有很好聽的聲音從他嘴巴裡飄出來哦。

少爺：……

某櫻：他又沒有反駁沒有反駁沒有反駁……那小女僕的敏感帶是？

少爺：肚臍。

某櫻：這種色欲熏心的部位你也可以開發……少爺您……又贏了……

63、用一句話來形容H時的對方。

少爺：棉花糖。

某櫻：噗，你是想說她軟軟的還很甜嗎？那小女僕呢？

女僕：（望天ing）要怎麼形容呢，少爺偶爾也很甜甜可愛的，那就棉花棒吧！

某櫻：（鼻血飛濺ing，血泊爬動ing……）色女僕，妳是故意的嗎？這個比喻也太情色了吧？

女僕：欸？有嗎？

64、對於H是喜歡？還是討厭？

女僕：不討厭啦……

少爺：說妳喜歡。

女僕：……我喜歡H……嗚……

某櫻：一個喜歡H的女主角……悲劇！

65、一般是什麼體位？

女僕：正常的就好……可是少爺他比較喜歡……

少爺：背後位。

某櫻：你口味可以再重一點。

66、想嘗試什麼樣的做法？（場所，時間，服裝等）

少爺：辦公室。

女僕：少爺，這太危險了呀。

少爺：書桌前。

女僕：少爺，奴婢我會辛苦的……

某櫻：什麼時候發生，請不要拉窗簾，我為大家現場直播。

67、淋浴是在H前？還是後？

少爺：都要。

女僕：少爺洗頭的時候很可愛，坐在浴缸邊低著腦袋任由我擺弄呀。

某櫻：一……一起洗嗎？

68、做的時候，兩人有過約定嗎？

女僕：我有提出過在上面的要求。

某櫻：大喜！難得妳尺度這麼奔放這麼大呀，結果呢？

女僕：未遂……被反壓……

某櫻：……

69、有和對方以外的人做過嗎？

少爺：她敢！

某櫻：她差點就敢了的說……那少爺呢？

少爺：沒有。

某櫻：（偷笑 ing）對於自己是童子雞感到羞愧嗎？
少爺掀桌。

70、關於「如果不能得到心，光是身體也行」的想法，贊成還是反對？
少爺：贊同。
某櫻：少爺是這方面的能手，那小女僕呢？
女僕：……我覺得我沒有強暴別人的體力和功能……

71、對方被壞人強姦了，怎麼辦？
女僕：強姦少爺嗎？唔……關門放黑手黨吃人。
少爺：開車從那個王八蛋身上壓過去，再倒車，重複這動作一百遍。
某櫻：磨餃子餡麼……

72、H前和後，哪個更覺得害羞？
女僕：H後……
少爺：為什麼要害羞？
女僕：因為每次完後少爺都要問，有舒服嗎？有%＃$%＃嗎？下次還要這種姿勢嗎？還是昨天那種的比較好？
某櫻：好像周哥哥的新歌〈免費教學錄音帶〉……充滿了學術性和姿勢性……（注意，是姿勢不是知識……）噗！我不是故意把歌名想歪的呀呀呀！

73、朋友說「只有今晚，因為太寂寞了」，並要求H。怎麼辦？

女僕：我沒有那種朋友呀……

少爺：踩扁他。

某櫻：男生的他？少爺，您莫非被男生朋友這樣要求過嗎？大新聞呀！

少爺：（抽飛某櫻）下一題。

74、覺得自己的技術好嗎？

少爺：當然。

女僕：我應該也還不錯吧？少爺？

少爺：爛透了。

女僕：T_T

75、對方的呢？

女僕：少爺他……嗯……很厲害。

某櫻：他為了伺候妳，大概學了不少新「知識姿勢知識姿勢」……

少爺：她總是亂動。

女僕：我那叫亂動嗎？我在提高自己的技巧配合您呀？

76、做的時候希望對方說什麼？
女僕：好萌好可愛，技巧有進步之類的……
少爺：我這次不會亂動。
女僕：少爺，您……

77、H時最喜歡看到對方的臉是什麼表情？
女僕：少爺隱忍又欲求不滿的表情很可愛的說。
少爺：顫抖陶醉抽搐。
少爺：……
某櫻：我怎麼覺得後五十問裡他完全沒有隱忍的意思？

78、覺得和戀人以外的人H也可以嗎？
少爺：我不是姓輸的。
女僕：我也不是舒總監……
某櫻：悲劇的舒先生，就這樣被定位成和戀人以外的人H也可以的渣攻了。

79、對SM之類的有興趣嗎？
少爺：有。
女僕：少爺對此的興趣太過濃厚了……

80、突然對方變得不尋求身體需要了，怎麼辦？

女僕：穿女僕裝誘惑他吧。

少爺：SM她。

女僕：抖，少爺，我一直對您很需求很有興趣……

少爺：哼，繼續保持。

81、對強姦有何感想？

少爺：必要時候可以嘗試的手段，（冷笑）不過我沒有機會用到了，因為她很敏感。

女僕：少爺，我會乖乖聽話的，您要我做什麼都可以。

某櫻：……原來強姦也是需要有人配合才能達成的犯罪……太有難度了。

82、H最棘手的是什麼？

女僕：少爺需索無度。

少爺：她一直用很色的聲音叫不要。不知道到底是給還是不給。

某櫻：有一句H經典文必用的臺詞，可以提供給少爺參考。

少爺：說。

某櫻：你嘴巴上說不要，但是身體卻很誠實嘛！

少爺：句子太長了。無聊。

某櫻：#$%@#%$#%$#這可是我博覽H文最愛的臺詞！

83、目前為止覺得最驚險的Ｈ地點是那裡？
少爺：我房間。
女僕：少爺的大床上……
某櫻：奶媽總管無處不在嗎？

84、受方有主動要求過Ｈ嗎？
女僕：有……
少爺：（大驚）什麼時候有過？我怎麼不知道！
某櫻：莫非對方不是少爺？
少爺：把話給我說清楚！

85、那時受方的反應呢？
女僕：我對少爺說，我有穿女僕裝……
少爺：（鬆口氣）妳說那次……（斜眼）妳那也算主動嗎？
某櫻：（同斜眼）是啊，最起碼應該有撩人性感的邀請姿勢動作和限制級伺候戲碼吧？

86、那時攻方的反應呢？
女僕：少爺的反應……隔天我不得不申請一套新女僕裝……
某櫻：……獸欲出閘，誰也攔不住呀……可憐的女僕裝。

87、攻方有強姦過嗎？

少爺：……有興趣嘗試。

女僕：沒興趣配合。

88、有理想中的「H的對象」嗎？

某櫻：偶像之類的也算呀，男星什麼的，來呀說呀，小女僕……

少爺：她沒有選擇的權利，只能是我。

女僕：我的穿越小說都被少爺撕光了……掰掰……溫潤如玉……

某櫻：莫非我那本也……

女僕：（點頭）清空萬里，溫潤如玉什麼的，少爺最討厭了……

某櫻：>_<

89、目前對方符合自己的理想嗎？

女僕：溫潤如玉，溫潤如玉……

少爺：妳的身體明明喜歡粗野。

女僕：我的M體質還不都是少爺害的！

90、H時使用道具嗎？

女僕：女僕裝算是道具嗎？

某櫻：（嚴重點頭ing）相當刺激的道具哇！
女僕：……那……每次都使用……
某櫻：……你們好變態……

91、你的「初次」是幾歲？
少爺：二十五。
女僕：二十一。
某櫻：你們剛剛H完就來接受採訪了嗎？真是敬業呀！
少爺：（瞪）也不想想是誰害的……

92、那，是現在的對方嗎？
少爺：（怒瞪）
某櫻：好吧，我也覺得這個問題太不識趣了……

93、最喜歡被親吻那裡？
女僕：額頭……
少爺：不是胸嗎？
女僕：小可愛什麼的不要隨便講啦，少爺！
某櫻：那……少爺呢……

少爺：打馬賽克的地方。
某櫻：您好誠實……

94、**最喜歡親吻那裡？**
女僕：頭髮。少爺的頭髮好軟，洗完以後潤潤的。
少爺：打馬賽克的地方。
某櫻：有時候也可以不需要這麼誠實的，少爺……

95、**H中對方做什麼最高興？**
少爺：她對我說，再來一次。
女僕：他對我說，今天暫時放過妳……
某櫻：……我問的是H，不是SM……

96、**H時會想什麼？**
少爺：她有舒服嗎？
女僕：少爺叫起來也很好聽。
某櫻：你們倆尺度還真是大……

97、一個晚上做幾次？
女僕：對少爺來說只是兩三次吧……
少爺：對她來說……哼……兩位數以上吧。
某櫻：ＯＭＧ，少爺，您是技術帝！

98、Ｈ時，衣服是自己脫還是被脫？
女僕：我企圖自己脫，可是……
少爺：撕比較省事。
某櫻：……

99、對你來說Ｈ是什麼？
少爺：撒下氣味的標誌。
女僕：伺候主人的方式之一。
少爺：妳當我是欺壓凌辱丫頭的老員外嘛？
女僕：你還不是跟黑手黨一樣把我當自己地盤和電線杆了，哼！
某櫻：喂喂，你們真的相愛嗎？

100、最後，請對對方說一句話吧。
女僕：少爺少爺，我申請的新女僕裝什麼時候能批啊？

少爺：拿肉體來交換。

某櫻：……清冷的……（掀桌）算了，隨便你胡來吧，暴躁的肉欲變態女僕控！

作者廢話一籮筐時間

把夫妻相性一百問寫完，《少爺，太胡來》才算是真正地胡來完畢了。

這篇文章的主要內容是：少爺胡來得很用力很肆意。這篇文章的中心思想是：某櫻被他胡來得很無力很糾結。尤其是在最後他在跟自己腦袋擰麻花的時候，真是作了個孽啊！

到目前為止，姚錢樹算是某櫻最合作最乖巧的女豬了，從頭到尾都沒有給我出過任何難題，很順利地任由其自由發展，也不會阻擋我小劇情的小腳步，但是這篇文裡的男豬就不聽話到了極點！可能也是因為某櫻第一次挑戰走單一男主角路線吧。

這次的少爺是某櫻所有書裡男主特性最明顯的一個傢伙了，我對他的疼愛啊，讓舒總監整個變成了一個跑龍套的小可憐。

哈哈，某櫻每篇文都想嘗試不同的改變，希望大家這次也能喜歡我的一男一女模式。比起《嬉遊記》的糾結過程，這篇《少爺》實在是很順利，從三月交掉《嬉遊記》後，靈感不停地在撓心，於是三月底就開始挖了坑，六月底就順利交了稿，可能是因為題材是某櫻大萌的類型吧，女僕少爺什麼的最有愛了。

其實我對執事小姐也很有愛，也許下次考慮寫一個來滿足自己的私欲，嘿嘿！

寫這篇文的時候發生了很多事，最直接打擾我情緒的事件就是雙J大合體，其實某櫻是個娛樂八卦控啦，看到蔡依林和周哥哥的八卦我興奮得不能自己，於是少爺的餐廳被我命名為J餐廳，表示紀念。

這個八卦時間曾一度讓我在結尾的時候廢柴掉一個星期，什麼也不做，天天聽著〈能不能給我一首歌的時間〉爬在網路找他們倆的八卦，OMG！哈哈！

不過也是這個事件讓我最後大萌一記把稿子寫完了啦！

結稿的那個時刻很微妙，英格蘭球隊被淘汰出局，身為在英格蘭求學生活過的人，心情很鬱結，把這句話記錄在這裡，也許將來英格蘭拿到世界盃冠軍，我會把這本書拿出來緬懷一下！哈哈！

最後，下一個坑要挖什麼好呢？雖然某櫻一直都是一古一今交替挖坑，但是有時候靈感來了稍微打亂一下也不錯吧？

哦哦，最後透露個某櫻的微博，某櫻會經常在上頭混亂出現，有玩的親可以來加某櫻哦！-http://t.sina.com.cn/sakura1227

星野櫻於2010年6月28日午飯前

少爺，太胡來

作　　者／星野櫻
封面繪者／三月兔
發 行 人／黃鎮隆
協　　理／陳君平
總 編 輯／洪琇菁
執行編輯／陳昭燕
美術監製／沙雲佩
美術編輯／李政儀
企劃宣傳／邱小祐
內文排版／謝青秀

出版／城邦文化事業股份有限公司　尖端出版
台北市 104 中山區民生東路二段 141 號 10 樓
電話：(02) 2500-7600 傳真：(02) 2500-2683
讀者服務信箱：7novels@mail2.spp.com.tw
發行／英屬蓋曼群島商家庭傳媒股份有限公司城邦分公司
尖端出版行銷業務部
台北市 104 中山區民生東路二段 141 號 10 樓
電話：(02) 2500-7600 傳真：(02) 2500-1979
劃撥專線：(03) 312-4212
戶名：英屬蓋曼群島商家庭傳媒(股)公司城邦分公司
劃撥帳號：50003021
※ 劃撥金額未滿 500 元，請加付掛號郵資 50 元
法律顧問／王子文律師　元禾法律事務所　台北市羅斯福路三段 37 號 15 樓

台灣地區總經銷／中彰投以北（含宜花東）高見文化行銷股份有限公司
電話：0800-055-365　傳真：(02) 2668-6220
雲嘉以南　威信圖書有限公司
(嘉義公司) 電話：0800-028-028　傳真：(05) 233-3863
(高雄公司) 電話：0800-028-028　傳真：(07) 373-0087
馬新地區總經銷／城邦（馬新）出版集團 Cite (M) Sdn Bhd
電話：603-9057-8822　傳真：603-9057-6622
E-mail：cite@cite.com.my
大眾書局（新加坡） POPULAR (Singapore)
電話：65-6462-9555　傳真：65-6468-3710
E-mail：feedback@popularworld.com
大眾書局（馬來西亞） POPULAR (Malaysia)
電話：603-9179-6333　傳真：03-9179-6200、03-9179-6339
客服諮詢熱線：1-300-88-6336
E-mail：popularmalaysia@popularworld.com
香港地區總經銷／城邦（香港）出版集團 Cite (H.K.) Publishing Group Limited
電話：852-2508-6231　傳真：852-2578-9337
E-mail：hkcite@biznetvigator.com

版次／2011 年 12 月 1 版 1 刷
2017 年 4 月 1 版 12 刷

國家圖書館出版品預行編目資料

少爺，太胡來／星野櫻作. -- 初版. -- 臺北市：
尖端, 2011.12
面；　公分

ISBN 978-957-10-4640-2（平裝）

857.7　　100014826